ROSS

RENAUD DU PELOUX

ROSS

le cherche midi

Vous pouvez consulter notre catalogue général
et l'annonce de nos prochaines parutions sur notre site :
www.cherche-midi.com

92, avenue de France
75013 Paris
info@lisez.com

Conception graphique : Justine Dupré
Composition : Nord Compo
Dépôt légal : mai 2025
ISBN 978-2-7491-8253-7

PROLOGUE

Il se sentait idiot, coupable, fatigué.

La gifle l'avait surpris. Comme le reste des occupants de la bibliothèque, d'ailleurs. Tous avaient tourné la tête, complètement ébahis de ce qui était en train de se passer. L'Asiatique était furieuse. Elle criait sur l'individu qu'elle avait giflé. Celui-ci la regardait d'un air penaud. Tant de raffut dans ce sanctuaire, ce lieu de travail et de méditation, était choquant. La scène avait capté l'attention générale.

Le voisin de table de Ross avait profité de ce moment pour lui dérober son ordinateur.

Le temps que Ross comprenne le tour qu'on lui avait joué, il était trop tard. L'ordinateur était hors de sa portée et, vers lui, des canons d'acier se dressaient. L'Asiatique, qu'un instant auparavant il avait trouvé désirable, pointait, elle aussi, une arme dans sa direction.

Le jeune homme ne pouvait rien faire. Il vivait en vrai une scène qu'il avait vue cent fois en cauchemar. Il laissa les agents fédéraux, déguisés en civils, passer dans son dos et lui entraver les poignets. Il se demanda ce qu'il aurait dû voir, ce qu'il aurait dû remarquer, qui lui aurait évité de tomber dans le piège. Son ordinateur était configuré de telle sorte que la pression d'une simple touche permettait de le chiffrer. Une simple touche. La partie mortelle qu'il avait engagée contre le gouvernement américain s'était jouée à peu de chose.

Une silhouette massive se fraya un chemin entre celles qui le tenaient en joue. Elle portait un costume sombre et surdimensionné. La figure avait quelque chose de poupin, mais le regard était féroce. Elle se fendit d'un sourire amical. Ross ne se trompa pas sur la signification de ce sourire.

— Chris Tarbell, FBI, annonça l'homme d'une belle voix grave. J'ai le devoir de vous informer que vous avez le droit de garder le silence. Tout ce que vous direz pourra être retenu contre vous.

— Ce n'est pas moi que vous cherchez, répliqua Ross sans hésiter. J'ai agi sous la contrainte. J'ai été manipulé.

— C'est passionnant ! repartit l'individu sans quitter son sourire. Mais en ce qui me concerne, je pense que j'ai ce qu'il me faut pour t'envoyer derrière les barreaux pour le restant de tes jours. Une vie derrière les barreaux, ça va être long. Quel âge as-tu, fiston ?

Dans une bouffée d'orgueil, Ross se souvint que celui qui le narguait de cette manière représentait les forces fascistes contre lesquelles toute sa vie, de toute son âme, il avait lutté. Comme on venait de le lui rappeler, il n'avait pas à répondre. Il soutint le regard sadique avec fermeté.

— Je veux parler à un avocat, dit-il.

L'homme au costume sombre prit une mine dégoûtée. Il ne le regarda plus, mais fit signe à ses hommes de l'emmener.

En descendant les marches de la Public Library de Manhattan, hautement escorté, passant entre les lions de pierre, Ross remarqua celui qui le dévisageait avec insistance. Il devait avoir à peu près son âge. Grand, dégingandé, le cheveu ras et mal coupé, il le regardait par en dessous, dans un mélange de crainte et de curiosité. Il portait l'uniforme des douanes postales. Ce détail aurait pu suffire à Ross pour faire le lien avec son arrestation. Mais dans son émoi, il ne le fit pas.

— Nous n'avons plus besoin de tes services, Jared, lâcha d'un ton froid la brute qui s'était présentée à Ross et maintenant collait à ses pas.

L'officier des douanes postales ne broncha pas. Ainsi, Ross apprit son nom, qui reviendrait souvent au cours du procès.

Le trajet dans les rues de Manhattan ne fut pas désagréable. La voiture de police avait mis son gyrophare et il sembla à Ross qu'elle glissait à travers la circulation plus qu'elle ne s'y mêlait. Fait comme il l'était, le jeune homme n'avait plus rien à redouter. Ce qui arriverait ne dépendait plus de lui. Il put donc contempler tout à loisir ces rues qu'il aimait tant, la foule compacte des New-Yorkais, les néons et les fumées, les lignes majestueuses des gratte-ciel. Prenant conscience qu'il voyait tout cela, sans doute, pour la dernière fois, il se sentit le cœur percé d'une brûlante flèche de nostalgie.

1
UN GARÇON TIMIDE

Le Marcel Proust de la couverture n'avait pas grand-chose à voir avec le Marcel Proust qui avait écrit le livre.

Sur la photo de couverture – une photo connue, Ross ne la voyait pas pour la première fois –, Proust était jeune, en pleine santé. Il avait l'air sûr de lui. Il se tenait assis bien droit, dans une pose tonique. En même temps, il y avait dans cette pose quelque chose de nonchalant, qui semblait dire : « Je me fiche pas mal de ce que vous pensez. » Le menton était relevé, à la manière des gens arrogants, effleurant la main. Le regard était dirigé vers l'objectif. Ancien, le cliché manquait de netteté. Mais en dépit du grain, on devinait le regard dur, impérieux.

Pourtant, Ross avait toujours entendu dire que Proust était vieux, malade et reclus lorsqu'il avait écrit les livres qui l'ont rendu célèbre. Son œuvre n'était donc pas celle du jeune coq qu'on voyait sur la couverture, mais plutôt celle d'un homme mûr, qui a souffert et qui fait un retour sur sa vie. « Il est curieux que ces deux images soient associées, comme si cet insouciant jeune homme était l'auteur du monument littéraire », songeait Ross. Il en était là de ses réflexions lorsque la voix de sa maman, depuis le salon, l'appela à venir à table.

Dans la salle à manger, il retrouva ses parents. Le père avait dressé la table. Distrait comme à son habitude, il ne l'avait mise qu'à moitié et se pressait de combler ses oublis.

La mère avait préparé le repas. La télé restait allumée dans un coin, le son à mi-volume. Attaquant son repas, le père la suivait d'un œil morne. Ross et sa mère étaient habitués à ce qu'il soit distrait. La mère rapportait certes un petit salaire, mais la responsabilité du foyer pesait sur ses épaules à lui. On le laissait donc en paix. D'ailleurs, en ce moment, c'était la saison des taxes. Le père de Ross n'avait jamais aimé les taxes.

— Les pâtes sont trop cuites, je suis désolée, dit la mère de son ton inquiet.

— Mais non, maman, elles sont très bonnes, répliqua Ross qui mangeait goulûment.

— C'est à cause de ce qui arrive à Tracey. Je suis embêtée.

Et comme personne ne réagissait :

— Ils ont reçu les analyses du labo. Ce ne sont pas de bonnes nouvelles.

Sa sœur Tracey, la tante de Ross, avait un cancer.

— Il y a un traitement ? demanda le père sans détacher le regard de la télévision.

Même s'il s'agissait de la famille, ces histoires de maladie l'ennuyaient. À peu près tout, d'ailleurs, l'ennuyait ; et ça ne s'arrangeait pas avec le temps.

— Elle va commencer une chimio, répondit la mère, les coins de la bouche tirant vers le bas. Enfin, je crois.

— Tu lui as parlé ?

— Oui, confirma-t-elle, confuse.

— Alors tu devrais savoir si elle va faire une chimio ou pas ?

— Ils attendent une réponse de l'assurance, répliqua-t-elle, vexée. Ils attendent de voir s'ils sont couverts.

Le père tapa du poing sur la table, qui résonna doublement : un son grave, celui du bois ; un son aigu, le tintement de la vaisselle. Il le regretta aussitôt. Les Ulbricht étaient une famille tranquille. Les gestes brusques, les éclats de voix y étaient proscrits.

— Ce que je voulais dire, s'excusa-t-il, c'est que c'est scandaleux que des braves gens comme ça ne soient pas couverts.

— Mais ils le sont, protesta la mère. Ils ne savent juste pas exactement à quelle hauteur. Ils attendent d'être fixés. Ils sont prudents.

— C'est ça qui est scandaleux, insista le père. Quand on a travaillé toute sa vie et qu'on chope une saloperie, on devrait pouvoir se payer les soins qu'on mérite.

— C'est que ça coûte cher, dit la mère.

— On paie des taxes, dans ce pays, réagit le père. Beaucoup de taxes. Mais ces taxes ne nous donnent droit à rien. On ne sait pas où va l'argent. Ou plutôt si, je le sais : il sert à financer leurs foutues guerres. Voilà à quoi il sert, notre argent.

Il avait conclu cela triomphalement. Sa femme leva les yeux au ciel. Elle s'inquiétait de la santé de sa sœur, et lui, tout ce qu'il trouvait, c'était de repartir en croisade contre le gouvernement.

— Ross est d'accord avec moi, poursuivit M. Ulbricht, cherchant un appui du côté de son fils. Pas vrai, fiston ?

Le père échangea avec le fils un regard complice. Cette haine de l'État était une chose qu'il avait réussi à lui transmettre ; ça, et sa passion de l'informatique.

— Je ne vois pas comment ils veulent qu'on vive dans ce pays, dit-il pour clore la discussion.

Ni Ross ni sa mère ne s'y trompaient. Ces assertions d'ordre général cachaient une angoisse personnelle, très profonde, du père. Il était entrepreneur et la saison des taxes avait toujours été un problème. Plus d'une fois, il avait failli ne pas boucler son année. Comme il n'en parlait pas, on retenait son souffle ; Mme Ulbricht, en particulier, avait appris à s'inquiéter sans broncher.

White Plains, où ils habitaient, n'était pas ce qu'on appelle une banlieue chic. Pour commencer, elle était très éloignée de New York. Il fallait plus d'une heure de train pour y arriver. Mais au moins, ils avaient franchi la « ceinture d'étranglement », comme l'appelait la mère, cette zone de banlieues pauvres qui enserrait la ville. New York, c'est-à-dire l'île de Manhattan, était riche, vivante et cosmopolite, avec ses immeubles aussi hauts que le ciel ; ses avenues longilignes, dans lesquelles le vent s'engouffrait ; son ciel presque toujours pur ; ses boutiques et ses beaux quartiers aux résidences gardées. Cette ville-là faisait rêver le monde entier. Mais elle était réservée à une élite. Il fallait être avocat ou banquier pour y habiter. Le père de Ross n'était aucun des deux. Aussi sa femme et lui s'étaient-ils éloignés dès qu'ils avaient eu le projet d'avoir un enfant. « D'ailleurs, on ne voit jamais d'enfants dans cette ville, remarquait M. Ulbricht pour se consoler. On n'y croise que des célibataires qui ont trop de fric. »

Or, en s'éloignant de l'île de Manhattan, on déchantait rapidement. Au sud de l'East River se trouvait Brooklyn, qui était encore, au début des années quatre-vingt, un coin misérable où cohabitaient la pègre et les drogués. À l'est, les quartiers étaient encore plus pauvres, si c'était possible. Il y avait surtout l'immense quartier chinois. Au nord, Manhattan bordait Harlem, puis d'autres banlieues plus dangereuses encore.

La construction typique de ces quartiers était le « Project ». Le Project était une habitation à loyer modéré, en partie possédée par la ville, dans le but de permettre aux plus pauvres de se loger. La construction était de très mauvaise qualité. On la reconnaissait à ses briques rouges. Elle était haute, rectangulaire, parfaitement lisse sur toutes les faces (y compris le toit) à l'exception des petites fenêtres qui la perçaient. Ces fenêtres étaient toutes sur le même modèle, celui d'un châssis glissant verticalement. Souvent crasseuses, parfois habillées d'un morceau de tissu, la nuit, elles renvoyaient des couleurs différentes, seul élément qui les distinguât. Le bâtiment dans son ensemble représentait un besoin collectif réduit à sa plus simple expression.

Les Projects étaient souvent regroupés par dizaines, alignés de manière parallèle ou perpendiculaire. Les entrées étaient de petites portes renfoncées, à peine plus larges que les fenêtres, toujours difficiles à trouver, qui donnaient aux habitations l'aspect d'un bagne. L'espace entre les bâtiments était tendu de gazon, seule verdure à des kilomètres à la ronde. Il était agrémenté de jardins d'enfants plus tristes que tout, où des coques de plastique noir, retenues par de grosses chaînes, faisaient office de balançoires.

De loin en loin, ces zones d'où l'espoir avait fui étaient traversées des puissantes lignes aériennes du métro new-yorkais. Les trains filaient à toute allure, dans un bruit assourdissant. Les parois austères des Projects en démultipliaient le hurlement.

Les Ulbricht, donc, avaient échappé aux Projects. Ils s'étaient hissés au confort de la classe moyenne. Mais à quel prix ?

Le père de Ross avait commencé sa carrière dans un groupe informatique. Il y était au chaud. Mais il y était aussi extrêmement malheureux. Son tempérament rebelle le rendait inapte à la vie au sein d'une grande structure. Il fallait accepter de n'être qu'un rouage ; qui plus est, un rouage éminemment remplaçable. Il fallait composer avec la hiérarchie, qui ne vous laissait jamais le dernier mot, vous expropriait de vos projets ou, pire, vous accablait hypocritement lorsque ceux-ci ne donnaient pas les résultats voulus. Il fallait composer avec les collègues, ménager les susceptibilités de chacun, les ego meurtris. Tout ça pour un maigre salaire, et le risque de se faire éjecter à cinquante ans, quand on est « sur le retour » et que l'entreprise vous préfère un jeune.

À tout ceci, le père de Ross avait dit non. Il s'était accroché courageusement, plusieurs années, sous le regard plein de compassion de sa femme, qui voyait combien il souffrait. Puis il avait basculé dans l'entrepreneuriat.

À ses collègues et à lui-même, les marges obscènes réalisées par leur employeur, qui sous-traitait en Inde la réalisation de ses projets, n'avaient pas échappé. Cela faisait entre eux l'objet de plaisanteries constantes et, de temps en temps, de discussions sérieuses. Ça semblait si simple de proposer le même service, en mieux, à prix cassé. Bien sûr, la réalité d'un business est toujours complexe. Leur employeur était reconnu ; ses clients, prestigieux. Ce succès ne serait pas facile à reproduire. Mais tout de même, ça semblait possible. Après tout, ils avaient le savoir-faire et le carnet d'adresses.

Le pari était risqué mais il n'était pas fou. À trois, ils firent sécession et s'établirent à leur nom. Pour démarrer, ils étaient convenus de ne pas s'offrir de bureaux, jusqu'au jour où leur trésorerie le leur permettrait. Elle ne le put jamais. Le père de Ross ne fut pas totalement malheureux dans cette affaire : dans une certaine mesure, elle marcha, puisqu'il put en vivre et en faire vivre sa famille. Mais elle ne décolla jamais. Des trois associés, il était celui qui s'occupait du développement commercial, c'est-à-dire qu'il avait le souci des résultats. Pour couronner le tout, ses deux associés et lui ne s'entendaient pas bien. Ross avait toujours connu son père stressé, pour ne pas dire angoissé. Il travaillait à s'en esquinter la santé. Alors oui, il avait pu l'élever à White Plains. Mais Ross se demandait parfois si cela valait un tel sacrifice.

White Plains se situait bien après les banlieues que nous avons décrites. Un train vous y déposait dans une petite gare, dans laquelle il n'y avait jamais beaucoup de monde : un peu le matin, un peu le soir, mais la plupart du temps, elle était déserte.

Le centre-ville n'était pas très animé non plus. Il se composait d'un unique supermarché, petit mais suffisant pour la vie locale ; de deux restaurants, auxquels on se rendait pour les grandes occasions ; de quelques agences immobilières, souvent fermées ; d'un bureau de Poste démesuré, vestige d'une époque où les correspondances se faisaient par courrier ; et du bureau du shérif. Du shérif, Ross n'avait jamais croisé le regard ; seulement son propre reflet, dans les lunettes de soleil que le représentant de l'ordre arborait été comme hiver, à l'extérieur comme à l'intérieur. L'homme de loi mettait un point d'honneur à connaître personnellement chacune des âmes dont il avait la garde. Inlassablement, il patrouillait, au volant de son véhicule, dont une grille partageait les sièges avant et la banquette arrière, et sur la carrosserie duquel étaient inscrites, vertes sur fond blanc, assorties d'une étoile, les lettres S-H-E-R-I-F-F. Au fond, c'était ça, la sécurité que son père s'était acquise, songeait Ross. Un imbécile qui fait des patrouilles pour s'assurer que personne ne marche sur les plates-bandes.

Ross avait toujours été un garçon solitaire. Et même pis que cela. Pour dire la vérité, ses parents s'étaient plus d'une fois inquiétés pour lui. Petit, il était très différent. Il sympathisait peu avec les autres. La manière positive de considérer son tempérament solitaire était de dire qu'il avait beaucoup d'imagination. Et en effet, Ross n'avait pas besoin de camarades pour jouer. Il s'inventait des jeux et des histoires, connus de lui seul. Il passait ainsi des heures sans qu'on l'entende.

Très tôt, il avait aimé les livres, avec une prédilection pour les histoires de pirates. Il goûtait ce parfum de danger et de liberté. *L'Île au trésor* de Stevenson était son préféré. Il n'aurait su dire combien de fois il l'avait lu. Chaque fois qu'il l'ouvrait, plus rien autour de lui n'existait. Il vivait les romans avec une intensité qui n'appartenait qu'à lui.

Ses parents s'étaient tout de même inquiétés qu'il n'eût pas d'amis. Ils s'en étaient ouverts à une prof, qui leur avait répliqué de manière assez sèche que leur enfant avait des « problèmes sociaux ». Elle leur avait proposé de le placer dans un établissement spécialisé. Cette proposition ne leur avait pas plu.

Ross n'avait jamais été bon à l'école. Certaines années, il avait été moins mauvais ; c'était le mieux que l'on pouvait dire à son sujet. Pourtant, il était intelligent ; très intelligent, même. Mais il était inadapté. D'une part, il était souvent dans la lune, rêveur et inattentif, ce qui avait le don d'énerver ses maîtres ; et bien souvent, lorsque ses parents l'interrogeaient sur la vie scolaire, ses devoirs et les sujets étudiés, il répondait qu'il n'était pas au courant. Comme s'il vivait dans un univers parallèle. D'autre part, il était très remonté contre toute forme d'autorité. Intelligent, il avait conscience de sa supériorité. Mais cette intelligence le desservait, puisqu'il supportait mal la critique. Il se mettait à dos, systématiquement, tous ses professeurs.

Le père s'appliqua à lui transmettre quelque chose de positif, sa passion pour l'informatique. Il ne le forçait jamais, insistait peu. Mais il revenait toujours à la charge. Au fil des ans, grâce à ce père patient, Ross accumula un savoir-faire. Plus paresseux qu'acharné, il n'excellait pas. Mais c'était peut-être pour le mieux. Comme il n'y avait pas de pression, il ne s'en dégoûta jamais. Et lorsqu'il arriva à l'âge adulte, il avait quelques aptitudes dans ce domaine. Son père et lui s'étaient souvent amusés ensemble, pendant les week-ends, à fabriquer de petits programmes qu'ils faisaient tourner sur les ordinateurs de la maison.

*

La fin du lycée approchait. La préparation des dossiers pour l'université fut, pour Ross, une période de stress intense. Il avait toujours affecté un certain détachement face aux nécessités de ce monde, préférant se retrancher dans les livres. Mais cette fois, il avait beau se donner des airs, ce qui était en train de se passer le touchait de près. Il ne s'agissait de rien d'autre que de ce qu'il ferait dès l'année suivante et, probablement, pour le reste de sa vie.

Ross était indécis. Vaniteux, il ne voulait rien de moins que Columbia, la meilleure université de New York. Elle lui semblait adaptée à ses capacités intellectuelles, dont il avait la plus haute opinion. Mais ça, c'était son point de vue à lui. Du point de vue de la personne qui allait examiner les candidatures, le seul indice de ses capacités intellectuelles était les résultats scolaires, et ceux-ci étaient mauvais. On allait donc au-devant d'une déception. Ses parents voulurent l'y préparer. Son père lui offrit son aide dans la préparation du dossier, espérant ainsi, par la même occasion, infléchir sa stratégie. Ross refusa. Les Ulbricht avaient toujours témoigné un profond respect pour l'indépendance de leur fils, cette occasion ne fit pas exception. Il remplit donc seul son dossier pour Columbia. Il lui fallait désigner trois départements, par ordre de préférence. C'était ainsi que le système fonctionnait. On donnait ses préférences, l'université délibérait et, si vous n'étiez pas admis dans votre premier choix, vous gardiez une chance pour vos deuxième et troisième choix.

Ross ne prit pas l'exercice à la légère. En premier choix, il inscrivit « Computer Science ». Les efforts de son père avaient porté leurs fruits. Il avait un véritable intérêt pour ce domaine. De plus, c'était une discipline vierge, au sens où elle n'était pas enseignée au lycée. Ross n'avait donc pas eu le temps d'être dégoûté par un professeur ou découragé par des mauvaises notes. Enfin, à cette époque, l'informatique, avec l'apparition récente d'Internet, avait un parfum d'aventure, quelque chose d'irrévérent et de libre, qui trouvait un écho dans l'âme rebelle et compliquée du jeune homme.

En deuxième choix, il mit « Philosophie ». Ce choix surprit beaucoup ses parents. Ross n'avait rien d'un littéraire. Certes, il adorait lire, mais ses résultats scolaires, quoique faibles, pointaient tout de même du côté des sciences. Il avait déjà du mal à s'entendre avec un professeur de mathématiques, discipline objective qui laisse peu de place au débat ; imaginez avec un professeur de philosophie ! Ils tâchèrent de le lui expliquer gentiment. Mais il s'était toqué de cette idée et n'en démordait pas. Au gré de ses lectures, il avait découvert l'école d'économie autrichienne. Celle-ci donnait un fondement théorique à la haine de son père pour les taxes et le gouvernement. On pouvait rêver d'un monde différent, libéral, voire très libéral, qui répondait en tout point aux frustrations de l'entrepreneur. Depuis que Ross avait découvert ce courant, il le cultivait dans son coin. Le département de Philosophie pouvait être l'occasion de sa floraison.

En troisième choix... Il fallait bien mettre un troisième choix. C'était ennuyeux, car rien ne l'inspirait. Plein de fierté, Ross envisagea un moment de le laisser vide. Il n'aimait pas qu'on le force à entrer dans des cases. Mais l'enjeu était trop élevé. Il craignait que son dossier fût frappé d'invalidité.

Il parcourut donc une nouvelle fois la liste des départements. L'un d'eux, à cette seconde lecture, retint son attention : le département de Cristallographie. La cristallographie est l'étude des cristaux, dont font partie les pierres précieuses. Ross avait suivi quelques cours au lycée et s'était vite rendu compte, avec discernement, que cette discipline était l'une des plus ennuyeuses qui soit. Mais dans son imaginaire, les pierres précieuses évoquaient *L'Île au trésor*, le trésor de Flint, toute cette piraterie dont il se sentait proche. Il y avait là-dedans quelque chose de rebelle, qui méritait qu'on s'y intéresse. Sans réfléchir davantage – de peur, sans doute, de se décourager –, il inscrivit « Cristallographie » en troisième choix.

Sans surprise (du moins, pour un observateur impartial), ce fut ce troisième vœu qui l'emporta. En vérité, c'était déjà un miracle que Ross soit admis à Columbia. Ce troisième choix, discipline peu prisée et recherchée, s'était révélé un bon pari.

Ross était déçu. Il s'était projeté, naïvement, dans le très prestigieux département d'Informatique.

Ses parents, eux, étaient immensément soulagés.

— Mon petit Ross, tu vas à Columbia ! s'enchantait sa maman, qui passait ses journées en petites attentions pour lui rendre agréable son installation dans sa future chambre d'étudiant.

Le cursus de cristallographie lui ouvrait aussi le droit de s'inscrire à certains cours du département de Computer Science. Il ne manqua pas cette occasion.

Les cours lui parurent d'un niveau élevé. Ross s'écartait pour la première fois du bricolage que lui avait appris son père.

Ce fut aussi l'occasion de rencontrer la belle Julia. Ross n'était pas le seul à succomber à son charme : tous les garçons de Columbia tournaient autour d'elle, comme des mouches.

Pour commencer, il faut dire que Julia était l'une des rares filles dans un environnement masculin. En cette fin de vingtième siècle, « Computer Science » n'attirait pas la même population que « Marketing » ou « Journalisme ». On était en droit de se demander comment cette beauté avait atterri au milieu de tous ces geeks. Les yeux et les cheveux très noirs, elle avait aussi une touche de style gothique qui redoublait leur intérêt. On la remarquait quand elle entrait dans une pièce, on la remarquait quand elle traversait la cour, on la remarquait quand elle apparaissait à la cantine.

Ses charmes ne s'arrêtaient pas là. Il s'avère que Julia était remarquablement intelligente. Première partout ou presque, elle ne se contentait pas d'en imposer aux geeks par son allure, elle les dominait aussi de ses compétences, ainsi que de sa capacité de travail. Julia était studieuse et sérieuse. Elle ne faisait rien de frivole, mais au contraire restait concentrée sur ce qui, à ses yeux, avait le plus d'importance, la réussite de ses études.

Enfin, il faut garder le plus surprenant pour la fin. Julia était *sympa*. En voyant le niveau de convoitise qu'elle suscitait chez ses camarades de cours, on aurait pu s'attendre à ce qu'elle ait une attitude hautaine. Il n'en était rien. Julia était pourvue d'un vrai centre de gravité, comme si tout ce cirque, autour d'elle, n'existait pas. Elle se comportait avec réserve, ignorant l'attention dont elle était l'objet, toujours gaie et accessible pour qui se donnait la peine de lui parler.

Du moins, elle *paraissait* gaie et accessible, car ce qu'il en était réellement, Ross n'en savait rien. Il était éperdument amoureux de Julia. Il était tombé amoureux d'elle dès la première fois qu'il l'avait vue, dès le premier instant où il s'était trouvé en sa présence. Jamais il n'avait ressenti un sentiment d'une telle violence. Il ne pouvait demeurer dans la même pièce qu'elle et rester le maître de ses pensées. Son cœur chavirait, sa tête tournait, il devenait, tout à coup, ridiculement conscient de lui-même et de tout ce qu'il faisait. Cet état de paralysie durait jusqu'à ce que la belle se soustraie à ses regards. Alors, c'était presque un soulagement. Ross pouvait reprendre une activité normale.

Ce retour à un état des choses « normal », un état des choses dont elle était absente, valait mieux pour lui. Car il était incapable de lui adresser la parole. Ross était maladivement timide avec les filles. Il ne savait pas leur parler. Il ne savait pas les aborder. Il ne savait pas leur sourire. Il ne savait pas même leur répondre, lorsque d'aventure c'étaient elles qui lui parlaient. Il était, pour résumer, complètement nul, et il s'en maudissait intérieurement.

Aussi loin que remontait sa mémoire, Ross avait été un timide incurable. Il y avait eu cette fille dans sa classe, par exemple, à l'âge de quinze ans, qu'il avait côtoyée comme un fantôme, souffrant et languissant, prisonnier de son tempérament, incapable de provoquer le destin. Il doutait qu'elle l'ait seulement remarqué.

Il ne se serait jamais approché de Julia, autour de laquelle un essaim de mâles bourdonnait en permanence. Le mélancolique jeune homme n'avait pas sa place dans cette lutte. Il guettait Julia du coin de l'œil, l'observant se faire courtiser. Il enrageait et se consumait.

*

Lorsqu'un miracle, un jour, se produisit.

Les cours d'informatique se suivaient parfois en binôme. Le professeur formait les couples pour effectuer les exercices. Ce jour-là, sans crier gare, le destin, ou plutôt le professeur, plaça Ross avec Julia.

Le pauvre Ross en fut tétanisé. Il n'était pas préparé à une telle épreuve. Certes, il l'aimait. Mais franchement, si c'était pour souffrir autant, être aussi mal à l'aise et perdre si complètement ses moyens, il aurait préféré ne jamais obtenir cette opportunité.

À peine s'était-il approché de la paillasse, craintif et hésitant, que derrière eux les rires fusaient. Quelques bellâtres se moquaient de cette union forcée entre la plus jolie fille et le garçon le plus bizarre du campus.

— Ne fais pas attention à eux, lui intima-t-elle, consciente de ce qu'il se passait. Ils sont bêtes. Nous, on a des exercices à faire. Approche-toi et mettons-nous au travail.

Cette injonction froide, presque autoritaire, était tout ce dont Ross avait besoin. Elle avait raison, les bellâtres – l'équipe de foot, en fait, que Ross fréquentait régulièrement sur le terrain – se montraient puérils. Ça n'avait pas d'importance. Il y avait un exercice à faire, un exercice difficile même, en tout cas pour Ross, mieux valait ne pas traîner.

Julia était fidèle à sa réputation de fille sympa. Elle se montrait accessible et souriante. Ross prit confiance, ils se mirent à travailler ensemble.

— J'ai vu que tu fais partie du club libertarien ? demanda-t-elle lorsqu'ils eurent pris assez d'avance dans l'exercice pour se permettre de bavarder.

Ross fut très surpris, pour commencer, qu'elle sache quoi que ce soit à son sujet. Mais plus encore, qu'elle connaisse ce détail, car le club libertarien de Columbia était confidentiel.

— Oui, dit-il. J'ai entendu des élèves en parler, alors je l'ai rejoint.

— Et… c'est comment ?

— Intéressant, dit Ross. Enfin, si on s'intéresse à la philosophie libertarienne.

— C'est quoi, la philosophie libertarienne ? demanda la brune, plissant, pour l'occasion, son joli front. Je veux dire, je situe à peu près, mais je connais très mal. Ce sont des gens qui défendent la liberté individuelle ?

— C'est ça, acquiesça Ross d'une voix tranquille. Et qui essaient de limiter le rôle de l'État.

— Pourquoi ?

— Parce que, selon eux, un État fort est incompatible avec la liberté individuelle. Prends le cas d'un système de santé universel, par exemple. Sur le papier, c'est chouette. Ça permet à tout le monde d'avoir accès aux soins, d'être protégé en cas de maladie ou d'accident. Ça semble désirable. Mais la réalité est que ça coûte cher et que c'est inefficace. Et le résultat, c'est que des gens se retrouvent à payer pour des soins dont ils ne vont jamais se servir. Et ça, c'est une offense à leur liberté.

— Cette situation que tu décris, réagit-elle, est peut-être contrariante pour certains, mais elle est moins catastrophique

que la situation inverse, celle où personne n'a accès à un système de santé normal !

— Définis « un système de santé normal », dit Ross.

Julia hésita.

— Il n'y a pas de « système de santé normal », expliqua-t-il pour la mettre sur la voie. Chacun a ses besoins, chacun a sa mesure. Pour certains, un système normal est un système minimal qui protège uniquement des maladies les plus graves. Pour d'autres, c'est un système extrêmement préventif où le moindre petit pépin mérite des examens, des équipements et des équipes de choc. Il n'y a pas de « système normal ». L'endroit où on place le curseur est forcément arbitraire. Moi aussi, j'aimerais un système où chacun obtiendrait gratuitement ce qu'il désire. Mais ça n'est pas possible, ça coûterait trop cher à la collectivité. Les uns n'ont pas à payer pour les lubies des autres. Chacun a droit au niveau de risques qu'il se choisit. Le mieux est de laisser les gens décider pour eux-mêmes.

Julia le regardait d'un air amusé, sans être convaincue.

— Il y en a d'autres comme toi dans ce club ?

— Bien sûr, répondit Ross sérieusement. Ce sont des copains.

— Quand vous vous retrouvez, vous faites quoi ?

— On discute. On échange des idées. On prépare des débats, aussi. À la fin de l'année, il y aura une sorte de joute organisée par le département de Sciences politiques. Il y aura un thème proposé. Les représentants de chaque formation politique pourront défendre leur point de vue. Pour les libertariens, dont les idées ne sont pas très connues, c'est une belle opportunité.

— On peut venir à vos séances ? demanda-t-elle.

— Je… je ne sais pas, répondit Ross, qui ne s'était pas préparé à cela. Il faudra que je demande.

Quelle qu'en serait l'issue, cette matinée avait été pour lui pleine de surprises.

— Très bien, dit-elle en changeant de sujet. Je crois qu'on a fini. Mais sache que j'ai apprécié de travailler avec toi, Ross Ulbricht. Si tu veux, on peut travailler ensemble plus souvent.

Ross se demanda s'il avait bien entendu. Elle, avec beaucoup de naturel, le planta là. Les élèves sortaient de la classe. Dans l'allée, quelque chose vint buter contre le talon de Ross, qui trébucha et manqua de tomber. Il se retourna. Derrière lui se trouvaient les bellâtres du club de foot, un sourire narquois aux lèvres. Il n'aurait pas su dire qui lui avait porté le coup, ni même si c'était fait exprès. Il décida que ça ne méritait pas de s'énerver.

*

Au fil de leurs années d'études, Ross et Julia devinrent très proches. Cette première séance de travail fut suivie de beaucoup d'autres. Julia se montrait toujours aussi accueillante. Au début, c'était elle qui venait le chercher, jusqu'à ce qu'il s'enhardisse et devienne moteur, à son tour, de leur relation. Et bientôt, ils ne se virent plus uniquement pour travailler. Il eut l'idée de l'emmener voir un film français. Julia n'en avait jamais regardé. Cette occasion permit au jeune homme de lui ouvrir davantage son univers. Julia était très curieuse de tout ce qui touchait à sa personne. Il lui parlait de philosophie libertarienne, de ses lectures, de ses ambitions. C'était la première fois qu'il s'épanchait de cette manière.

Il commençait à comprendre, aussi, pourquoi elle s'intéressait à lui. En dépit des apparences, Julia était une fille assez malheureuse. Peut-être était-elle plus jolie qu'elle n'aurait voulu l'être. Courtisée sans relâche, elle n'était pas approchée par les types les plus intéressants mais par les moins inhibés. Or ce n'était pas son genre d'hommes. Elle ne cherchait pas le petit copain le plus flamboyant. Par certains côtés, Ross répondait à son idéal. Il était mignon, romantique, mystérieux. Il était intelligent, cultivé, et surtout sensible, qualité indispensable aux yeux de Julia. Il ne s'intéressait pas à elle comme à un trophée. Elle pouvait lui dévoiler des facettes de sa personnalité qu'elle ne révélait pas aux autres, ses contradictions, sa vulnérabilité. Ils s'entendaient comme des âmes sœurs.

Mais à la grande déception de Ross, ils ne dépassèrent jamais cette zone grise de l'amitié. Il avait pris confiance dans son rôle de confident et d'ami. Mais il ne s'imaginait pas devenir son amant. Rien ne lui indiquait que c'était ce qu'elle désirait. Peut-être aurait-elle été surprise, s'il s'était risqué à faire le premier pas. Peut-être lui aurait-elle ri au nez. Peut-être aurait-elle été gênée et aurait-il perdu le privilège de la voir, d'être près d'elle. Or il aimait profondément être près d'elle. Aussi ne tenta-t-il jamais rien.

Certaines choses mettaient, entre elle et lui, une distance regrettable. Son club libertarien en particulier. Julia avait exprimé beaucoup d'intérêt, mais il n'avait jamais voulu qu'elle y aille. D'une manière générale, il ne tenait pas à ce qu'elle s'en mêle. C'était une partie de sa vie qu'il préférait garder privée, son terrain de liberté, un lieu où il était tout à fait lui-même, Ross le pirate, exprimant ses idées bizarres sans retenue. Bien qu'elle manifestât une grande curiosité, il ne doutait pas qu'une fois entrée elle le réprouverait aussitôt.

Il faut dire aussi que le club libertarien n'était pas fréquenté par les meilleurs. Ross adorait ce ramassis de bons à rien. Ils se réunissaient dans la chambre d'étudiant de l'un d'entre eux, à tour de rôle, soi-disant pour parler de philosophie, mais en réalité, surtout pour consommer de la marijuana en quantité immodérée. C'était par le biais du club que Ross avait découvert la substance, qu'il avait immédiatement appréciée.

Elle correspondait à son tempérament. Elle décuplait la puissance de son imagination. Elle meublait sa solitude. Elle encourageait sa paresse. À des degrés divers, tous les membres du club étaient comme lui. Ils écoutaient du jazz et rivalisaient d'adresse pour rouler ces cônes, petits ou grands, qu'ils fumaient aussitôt. Les discussions traînaient tard dans la nuit. Parfois, on restait dormir sur le tapis. On se réveillait à côté d'un cendrier plein, dans une odeur de mort, sans énergie. On ouvrait la fenêtre. L'air s'engouffrait avec violence.

Ross ne se faisait pas d'illusion et savait que Julia n'approuverait pas cette manière de passer le temps. C'était un des défauts de leur relation. Ils étaient peut-être trop intimes, et Julia, parfois, prenait avec lui des attitudes de grande sœur. Elle ne se privait pas de dire ce qu'elle pensait. Le club libertarien, encore, avait le vernis de la respectabilité. Mais elle savait que Ross fumait, et elle faisait tout pour l'en décourager. Ça la chagrinait de voir ce garçon si doué, auquel elle tenait tant, gaspiller ainsi ses forces et ses jeunes années. Ross essayait de lui cacher sa consommation autant que possible. Une fois, elle l'avait appelé alors qu'il venait de fumer, et elle avait deviné, à ses réponses décousues, dans quel état il se trouvait. Elle lui avait passé un savon. Depuis, quand il comptait fumer, Ross éteignait son téléphone. Selon la fréquence de sa consommation, ce silence pouvait durer quelques heures, ou bien des jours entiers.

Une tragédie vint mettre un terme aux aventures du club libertarien de Columbia. L'un d'eux, Will, fumait davantage que les autres. C'était d'ailleurs lui qui fournissait le groupe. Il avait ses petits dealers et ses petites combines.

Mais un soir où ils avaient bien discuté et bien fumé, l'herbe vint à manquer. Comme il était tard, cette pénurie donna le signal du départ. Dans un bâillement, les yeux rougis et creux, on se dit au revoir.

Demeuré seul, Will n'était pas satisfait. Il n'avait pas fumé suffisamment. En outre, il avait pour habitude de se rouler un dernier joint et de le fumer en solo. Il aimait cette fumette solitaire qui le mettait sur le chemin du sommeil. Or, comme un idiot, il n'avait pas fait sa réserve. Il en était vraiment frustré.

Il décida, malgré l'heure tardive, de sortir et de se laisser porter au gré des rues, à la recherche d'un dealer. L'université de Columbia se situe tout au nord de Manhattan, à l'extrémité de Central Park, à la frontière avec Harlem. En remontant donc un petit peu plus au nord, chercher un dealer dans la rue n'était pas un projet vain.

Will trouva bientôt. Il rencontra deux types, un grand, un petit, à une sortie de métro, qui semblaient guetter les consommateurs dans son genre. Il les aborda. Il était déjà à côté de ses chaussures, ayant fumé avec ses amis du club, mais ce détail ne choqua point ses nouveaux interlocuteurs. Ils se montrèrent, en fait, assez menaçants, au point que Will eut peur de se faire détrousser. Mais il n'en fut rien. Pour un prix déraisonnable, il obtint un tout petit morceau de résine.

Will n'aimait pas beaucoup la résine. Il préférait l'herbe, évidemment. L'herbe, c'est naturel, on sait ce qu'on fume. La résine, on se demande toujours ce qu'il y a dedans. C'est difficile de le savoir. Le seul indicateur, c'est l'odeur.

L'odeur de cette résine n'était pas engageante. Will dut en convenir, tandis qu'il l'effritait, de retour dans sa chambre d'étudiant. Mais enfin, qu'espérait-il ? Il avait acheté de la drogue à des inconnus, au beau milieu de la nuit. Il était déjà chanceux d'avoir trouvé. Il n'avait qu'à la consommer avec parcimonie.

C'est ce qu'il fit, se roulant un tout petit pétard, en se promettant que ce serait bien le seul. Le goût, malheureusement, ne fit pas mentir l'odeur. C'était atroce. Will fuma quelques lattes puis, de dégoût, renonça au reste du pétard. Il le jeta par la fenêtre ouverte, puis jeta également, par la même occasion, cette mauvaise drogue qu'il avait eu la bêtise d'acheter.

Il n'avait tiré que quelques lattes. Mais le mal était fait. Avec quelle saloperie la résine avait-elle été coupée ? Quel vilain tour s'étaient amusés à lui jouer les deux escrocs ? Il ne le sut jamais. Il eut, cette nuit-là, d'affreux maux de tête, des nausées, des montées d'angoisse et des cauchemars. Il parvint à dormir, mais le lendemain, il ne se sentait pas mieux. Dépité, anxieux, il dut décommander toutes ses activités de la journée. Il n'était pas en état de sortir de sa chambre. Il dut se priver, aussi, de la journée du lendemain, puis de celle du surlendemain.

Il est difficile de décrire le doute qui, peu à peu, s'installa chez Will. Il lui semblait devoir renoncer à retrouver un jour son état normal. Il restait, comme on dit, « perché » ; mal perché, si on veut être fidèle à la réalité. Son état ne s'améliorait pas. Il demeurait paranoïaque, désorienté ; incapable de reprendre une vie ordinaire. Au bout de cinq jours de vie recluse, il lui fallut se résoudre : il appela ses parents pour leur expliquer la situation. Ils le conduisirent à l'hôpital, où il fut diagnostiqué psychotique, puis interné.

Ce fut un coup très dur pour le club libertarien de Columbia. Ils se réunirent aussitôt qu'ils apprirent la nouvelle. Ce soir-là, personne ne proposa de fumer.

— Il faut retrouver ces dealers et leur faire la peau, dit l'un.

— Il faut donner leur signalement, de manière qu'ils ne fassent pas d'autres victimes, dit un autre.

— Il faut surtout arrêter de fumer, dit un troisième. C'est dangereux, ces conneries. Ça n'est pas pour rien que c'est interdit.

Il y eut un silence gêné. Cette dernière proposition n'avait pas grand-chose de libertarien.

On venait de perdre un ami cher. Et cette perte avait le visage sinistre de la folie et de l'internement. Les membres du club étaient sous le choc, ils osaient à peine se regarder dans les yeux.

— Je ne suis pas d'accord, dit Ross d'une voix posée.

Tout le monde fut surpris – et choqué – de sa réplique. Leur ami venait de dire adieu à sa santé mentale, et Ross refusait la seule conclusion qui s'imposait. Les visages se tournèrent vers lui avec douleur et incompréhension.

— Nous sommes un club libertarien, oui ou non ? interrogea Ross. Il ne faut pas s'embarquer dans des conclusions hâtives. Il ne faut pas laisser nos sentiments dominer notre faculté de raisonner. Will s'est fait vendre de la merde. Pourquoi ? Pourquoi est-ce qu'il s'est fait vendre de la merde ?

Les membres du club le dévisageaient en silence. On aurait aimé qu'il explique, effectivement, comment une chose aussi monstrueuse avait pu se produire.

— Je vais vous dire pourquoi. On vit dans un système répressif. Nous n'avons pas le droit de nous livrer à une activité aussi inoffensive que celle de fumer quelques pétards entre amis. Le produit est illégal, et pour nous le procurer, nous sommes *obligés* de prendre des voies détournées, d'acheter de la merde à des inconnus au milieu de la nuit, dans des quartiers qui craignent. C'est le système qui nous y oblige. Si c'était légal, s'il n'y avait pas de difficultés à se procurer un peu d'herbe, jamais il n'arriverait ce qui est arrivé à Will. On achèterait des produits normaux dans des magasins normaux. Avec une putain de carte de crédit. Voilà le fruit de la répression.

L'orateur laissa planer un petit silence, qui resta inviolé.

— L'histoire l'a montré avec la prohibition, reprit-il. Est-ce que vous pouvez empêcher les gens de boire un coup ? Bien sûr que non ! Les gens boiront toujours un coup, c'est la nature humaine. La seule chose que la prohibition a réussi à faire, c'est de transformer l'alcool en un produit de contrebande, donc en un produit dangereux, de mauvaise qualité, acheté dans de mauvaises conditions. Alors moi, je refuse votre conclusion. Will était mon ami autant que le vôtre. Mais je ne pense pas que la réponse soit de respecter la loi. On se trompe d'ennemi.

Les membres du club échangèrent un long regard. Ils auraient aimé adhérer au point de vue de Ross. Mais c'était trop fort pour leurs jeunes consciences. Ils étaient surtout déchirés par le remords et le regret. Ils étaient emplis, aussi, du désir de passer à autre chose et d'enterrer cette histoire morbide. Il ne faisait aucun doute qu'il s'agissait de la dernière réunion du club.

Même Ross en menait moins large qu'il ne voulait bien le dire. La perte de son ami l'affectait. Les circonstances de la tragédie le déprimaient. Ross n'avait jamais eu un mental très solide. Cette fois, il se laissa sombrer au fond du gouffre.

Julia tentait de le joindre, sans succès. Elle se doutait combien cette histoire, qui avait fait le tour de Columbia, avait dû l'affecter. Mais dans ce type de situation, Ross n'était pas du genre à chercher de la compagnie. Au contraire, il s'isolait, se coupait littéralement de sa famille et de ses amis.

Des mois s'écoulèrent avant qu'ils ne reprennent contact. La fin de l'année approchait. Les résultats de Ross étaient en chute libre. La cristallographie l'avait à peine intéressé. Il s'était rapidement convaincu qu'il avait fait une erreur en choisissant ce cursus, et que le mieux était de tourner la page rapidement.

Il se traîna jusqu'aux examens de fin d'année, se présenta à peine aux épreuves, reçut des résultats déplorables. Il n'obtint jamais son diplôme. Il était déprimé, perdu, ne savait pas ce qu'il allait devenir.

Il se raccrocha à la seule chose solide en lui, sa passion pour l'informatique. À force de postuler, il finit par trouver une place au sein d'une startup sans avenir qui s'appelait Good Wagon Books. Il s'agissait d'une plateforme de livres usagés. Ross aimait les livres. Il avait besoin d'un travail. Good Wagon Books ferait l'affaire.

Julia, elle, termina brillamment son cursus de Computer Science, comme elle l'avait commencé. Elle trouva un travail au sein d'une des startups les plus prometteuses des États-Unis. Un site web qui proposait des articles de bricolage, commerce traditionnellement réservé aux grandes surfaces et aux petits magasins spécialisés. La startup était en pleine croissance, embauchant par paquets de dix. Julia ferait le Produit, c'est-à-dire qu'elle serait responsable de l'expérience du site.

Ross était admiratif de la réussite de son amie, et d'autant plus honteux de sa déchéance personnelle. Il vivait désormais complètement replié sur lui-même. Et attendait, pour reparaître, de retrouver un peu de confiance en lui.

2
UNE RENCONTRE QUI CHANGE UNE VIE

Quand il avait passé ses entretiens avec le patron de Good Wagon Books, Ross l'avait trouvé plutôt sympathique. Ce monsieur, qui n'était pas tout jeune, lui avait présenté l'entreprise par le prisme de sa mission.

— Notre mission, avait-il expliqué à Ross, c'est d'augmenter l'adoption des livres de seconde main. Le constat est simple : il y a un volume incalculable de livres qui se consument sur les étagères. Ces livres ne servent à rien. Ils ne sont jamais lus. Nous, on les collecte, on leur refait une beauté, on les remet en vente sur notre site. Grâce à nous, des milliers de livres ont pu retrouver un foyer et vivre une seconde vie.

En soi, l'idée n'était pas mauvaise, même si, pour gagner de l'argent, il fallait atteindre de sacrés volumes.

Or c'était là que Good Wagon Books péchait. Pour faire du volume, il faut être efficace. Il faut être prêt à investir dans son informatique et sa logistique. Mais derrière le patron visionnaire, Ross découvrit rapidement le gagne-petit, presque un escroc, pour qui un dollar restait un dollar.

Good Wagon Books se présentait comme un site web pour acheter des livres usagés. On était accueilli par une image de livres dans un petit chariot, accompagnée d'un message de bienvenue : « Aidez-nous à partager le plaisir de lire. » Il y avait un moteur de recherche rapide, qui permettait de taper un titre, un auteur ou un mot-clef, et qui faisait remonter les résultats pertinents. Il y avait aussi une série d'onglets, pour guider le visiteur dans sa recherche : « Meilleures ventes », « Nouveautés », « Romans », « Science-fiction », « Scolaires », « Bien-être », « En langue étrangère ». En amont, les livres étaient collectés par Javier, responsable de l'approvisionnement. Javier faisait du porte-à-porte. Il rendait une visite quotidienne aux librairies, bibliothèques, universités, écoles, mais aussi aux particuliers, pour collecter les livres qui pourrissaient sur les étagères et les rapporter dans leur entrepôt minable de Brooklyn.

« C'est notre seconde mission, expliquait le patron avec malice. Aider les entreprises et les particuliers à désencombrer leurs lieux de vie. Cette seconde mission n'est pas moins importante que la première. »

Javier était énergique et Good Wagon Books réussissait à collecter un assez grand nombre de livres. Ceux-ci étaient ensuite préparés (toujours par Javier), c'est-à-dire qu'on enlevait les couvertures, les étiquettes, les éventuels marque-pages qui traînaient. Puis ils étaient catégorisés.

Quand Ross arriva à Good Wagon Books, les livres étaient mal triés. Ils étaient jetés en tas dans l'entrepôt et Ross, qui avait la responsabilité du site web et de la livraison, devait saisir les informations des livres sur le site, puis les retrouver lorsqu'ils faisaient l'objet d'une commande. Après s'être usé quelques semaines à fouiller dans le tas de Javier, il décida de prendre les choses en main et de créer de grandes et belles étagères, finement organisées. Il en fit la construction lui-même.

Quand elles furent finies, le patron eut un sifflement d'admiration. Il avait pourtant fait toutes les difficultés possibles, rechignant à la dépense, acceptant seulement parce que Ross s'était porté volontaire pour la fabrication. Et maintenant que ces rayonnages étaient là, on se demandait comment Good Wagon Books avait pu fonctionner avant.

Le patron était si pingre que c'en devenait contre-productif. Ross avait mis plusieurs semaines à le convaincre d'investir dans une petite machine à imprimer des étiquettes collantes, qui avait coûté moins de cent dollars. Il avait en effet la tâche, en expédiant les commandes, d'inscrire sur l'enveloppe l'adresse du destinataire à la main. Pouvoir imprimer ces adresses directement depuis son ordinateur, sur de petites étiquettes qu'il n'avait plus qu'à coller sur les enveloppes, lui faisait gagner un temps précieux. Il eut beau représenter à son patron les gains de productivité, schémas à l'appui, rien n'y faisait. Il finit par se demander s'il n'allait pas acheter la machine lui-même, sur sa paie, afin de se faciliter la vie. Mais le patron, qui l'aimait bien, finit par céder.

— Pour te faire plaisir, lui dit-il.

Ross avait honte de travailler dans une entreprise aussi dysfonctionnelle. Heureusement pour lui, en cette période, il ne voyait personne, ni famille ni amis. Il n'avait donc pas besoin de se lancer dans ce récit embarrassant. Il détestait les petits bureaux minables, attenants à l'entrepôt de Brooklyn. Le sien était un coin de mur, dans lequel il s'étonnait de réussir à passer autant de temps sans devenir cinglé. Il aurait pu être ami avec Javier, qui avait son âge. Mais du fait que Ross avait transformé l'entrepôt, bousculant leur manière de travailler, était née une rivalité qui semblait ne jamais devoir s'éteindre.

Brooklyn en ce temps-là était un quartier mal fréquenté. Le bord de l'East River, qui aurait pu offrir une jolie vue sur Manhattan, était bouché de gigantesques usines défigurant le paysage et empuantissant l'atmosphère. Les rues étaient sales, à tel point qu'on se demandait si les services de propreté passaient jamais. Les trottoirs étaient défoncés, et les maisons à trois étages menaçaient de s'effondrer. Les quartiers étaient strictement délimités par ethnies, les Dominicains, les Cubains, les Russes, les Chinois, les Juifs hassidiques. Nulle communauté ne s'aventurait dans les rues d'une autre. On ne parlait même pas la même langue.

Après la tombée du jour, il ne faisait pas bon traîner dans les rues de Brooklyn. Elles étaient souvent désertes, mais il n'était pas exclu d'y récolter une balle perdue. Ç'avait été le cas de Javier, qui avait eu l'épaule traversée de part en part tandis qu'il jouait au basket. Il n'avait jamais su d'où la balle était venue.

Le pire était la mi-mars, à la fonte des neiges. Le blanc manteau de l'hiver apportait un peu de charme et de poésie. Mais lorsqu'il fondait, il ne restait que l'ordure, qui flottait. C'était immonde. En dépit de ses faibles revenus, Ross n'avait pas hésité à s'acheter des bottes.

Il en était là de sa solitude et de ses échecs lorsqu'il reçut un e-mail de Julia. Eux qui jadis étaient si proches ne s'étaient pas revus de l'année. Ross n'en avait pas eu le courage. Il était miné par le sentiment de sa propre indignité. Elle lui avait écrit, plusieurs fois. Mais dans l'état d'esprit où il se trouvait, il prenait tout de travers. Il se disait qu'elle le faisait par politesse.

Cette invitation piqua tout de même sa curiosité :

Salut Ross,

Comment vas-tu ? Ça fait longtemps qu'on ne s'est pas vus. J'espère que tout se passe bien dans ta maison d'édition.

Cette erreur sur son métier en disait long, pensa-t-il, sur le niveau de désinformation qu'il avait délibérément entretenu. Il comprit que même les gens dont il s'estimait le plus proche ne savaient pas ce qu'il faisait. Ses parents auraient-ils été plus exacts que Julia ? Il était certain que non.

De mon côté, tout roule. Le travail chez HomeDepot est passionnant, même si la charge est conséquente et, pour tout dire, stressante. Mais je crois que je m'en sors bien. Les gens sont sympas. Il y a une ambiance de dingue et on sort presque tous les soirs. Je ne savais pas qu'on pouvait mixer comme ça le travail et l'amusement. Ça crée des liens très forts et c'est un puissant facteur de motivation. Cet hiver, on est allés à Aspen dans le Colorado et, pour la première fois, j'ai skié. Je crois que je n'aime pas trop ça. Mais c'était une expérience marrante, et puis ces montagnes, c'est vraiment très beau. J'aurais aimé que tu sois là. Qui sait, peut-être que nous aurons l'occasion d'y aller tous les deux, un jour.

Je voulais aussi te donner des nouvelles de Will. Il va mieux. Enfin, un peu mieux. Il sort de l'hôpital régulièrement, pour des séjours plus ou moins prolongés. Je n'ai pas très bien compris selon quel planning. Toujours est-il qu'il sort, qu'il voit du monde, qu'il reprend peu à peu une vie normale. Il n'est pas question, je crois, qu'il se mette à travailler pour le moment. Il reste assez étrange et parle beaucoup de Jésus, c'est son nouveau truc. Il n'est plus tout à fait le même. Mais au moins, il n'a plus l'air malheureux. J'ai pensé que ça te ferait plaisir de l'apprendre.

J'allais oublier la raison pour laquelle je t'écris. La semaine prochaine, comme tu le sais peut-être, se tient la Product Conf. C'est la plus grande conférence mondiale sur l'approche Produit dans la tech. Mon métier ! Et je suis incroyablement chanceuse. Je rougis de te le dire. J'ai été désignée pour faire le speech qui doit ouvrir la conférence. Je ne sais pas pourquoi ils m'ont choisie ! C'est un tel honneur. La réputation de HomeDepot me profite.
Bref, je ne t'écris pas pour te faire ma pub. Je voulais t'inviter à la conférence. Je dispose de places gratuites. Les places sont très chères et comme je sais que la tech te passionne, j'ai pensé à toi. Il y aura plein de conférenciers sans doute beaucoup plus intéressants que moi. D'ailleurs, si tu viens, j'aimerais beaucoup que tu me fasses un retour sur mon speech. C'est précieux d'avoir les retours d'un ami, dont on sait qu'il sera honnête et ne dira pas uniquement les choses qui font plaisir. Ce serait chouette que tu viennes.
Allez ! Je retourne à la préparation de mon speech. J'y passe mes soirées en ce moment. J'espère vraiment que tu vas bien ! Donne-moi de tes nouvelles à l'occasion.
Bises,
Julia.

Ross savait très bien ce qu'était la Product Conf. Il adorait l'approche Produit. Ça lui rappelait ses conversations passionnées avec Julia, à Columbia. Il avait eu cet élan, jusqu'à ce qu'il vienne s'enliser chez Good Wagon Books. « C'est fou, pensa-t-il, à quel point un mauvais environnement de travail peut vous miner. Vous venez avec une passion, des convictions. L'environnement vous fait vite déchanter. Et au bout de quelques mois, vous n'avez plus ni passion ni convictions.

Vous n'avez même plus d'idées. Un mauvais environnement de travail tue l'innovation. » Aller à la Product Conf, c'était renouer avec cet élan, revenir à la source de ce qui lui avait fait un jour choisir ce métier.

Il se rendit donc au Javits Center ce jour-là. Le Javits Center était le superbe espace événementiel, flambant neuf, qui accueillait la Product Conf. Sa construction avait mis en chantier une partie de Manhattan, à mi-hauteur de l'île, entre les quartiers de Chelsea et de Hell's Kitchen. Il étalait ses cubes de verre resplendissants le long de l'Hudson, face aux rives tranquilles du New Jersey. En y pénétrant, on laissait derrière soi l'Empire State, flanqué des gratte-ciel de la Cinquième Avenue.

Ross prit conscience qu'il n'était pas venu à Manhattan depuis longtemps. Ayant réduit sa vie sociale à zéro, il n'avait eu aucune occasion de le faire. Le trajet depuis White Plains jusqu'à l'entrepôt de Brooklyn ne s'arrêtait pas sur l'île. Comme un touriste, il fut frappé par sa majesté, son énergie. Il admira l'élégance de ses gratte-ciel.

À l'intérieur du Javits Center, la Product Conf était sauvage. Elle se déroulait dans un hall géant, dans lequel les plus grandes entreprises technologiques du monde entier étaient venues exposer. Le plafond était une jungle de logos suspendus, rivalisant de couleurs flashy et de formes épurées. Les allées fourmillaient de visiteurs. L'agitation était telle qu'on en avait la tête qui tournait.

Ross dut se dépêcher pour ne pas manquer la conférence de Julia. Il arriva quelques minutes après le début du speech, prenant place sur les gradins qui encadraient la scène. Il se plaça haut et loin, tout au fond, car il était timide. Il y avait là beaucoup de gens, qui étaient venus écouter.

Elle était sur la scène, vêtue de noir comme à son habitude. Lorsqu'il la vit, Ross eut le même coup de foudre, il ressentit la même décharge qu'au premier jour. Il la trouva immensément belle. Concentrée, elle arpentait la scène en parlant. Derrière elle, un écran gigantesque affichait les *slides* d'une présentation. On y reconnaissait les couleurs, désormais célèbres, de HomeDepot. On pouvait y lire les mots : « *The Age of Emotional Tech* ».

La conférencière expliquait à son auditoire captivé que nous étions entrés dans l'âge de ce qu'elle appelait la « tech émotionnelle ». Le premier enjeu des produits tech avait été de fonctionner. Il fallait d'abord que les sites marchent, que les services tiennent leurs promesses. C'était l'âge de la « tech fonctionnelle ». Quand un site fonctionnait, on avait atteint le but. La seule amélioration envisagée était l'optimisation du contenu des pages, de manière qu'elles se chargent plus rapidement. Toute « l'expérience » s'arrêtait là.

Ici, la conférencière prenait l'exemple de l'application mobile du réseau de bus américain. Le parcours de l'application était truffé d'absurdités. On s'égarait, on ne trouvait jamais ce qu'on cherchait, on tombait sur des informations qui ne nous concernaient nullement : tout, résumait la conférencière, était nul. Elle l'illustrait en direct, l'écran géant étalant aux yeux de tous la malheureuse navigation. Cette démonstration pleine de malice fit beaucoup rire l'assistance.

Puis elle en vint à ce qu'elle appelait la « tech émotionnelle ». Aujourd'hui, le fait pour un Produit de fonctionner correctement devenait juste un prérequis. Il était impensable qu'un site ne fonctionne pas, que ses pages ne se chargent pas rapidement. La tech fonctionnelle était acquise, ouvrant la voie à une tech émotionnelle. Face à la prolifération des sites et des services souvent similaires, en compétition les uns avec les autres, il fallait se distinguer. Fonctionner ne suffisait plus à garder un utilisateur captif. Les visiteurs voulaient une expérience. Un bon Produit devait leur offrir cette expérience et être capable de déclencher chez eux certaines émotions.

Julia prenait l'exemple d'Airbnb. Airbnb était un site très populaire, une plateforme de mise en relation entre des propriétaires de logements et des touristes désirant louer un « vrai logement » plutôt qu'une chambre d'hôtel ou une auberge de jeunesse. La plateforme ne faisait que les mettre en relation, permettant aux propriétaires de signaler leurs logements, aux voyageurs de trouver celui qui leur convenait.

Julia racontait comment, les premières années, les fondateurs s'étaient démenés pour obtenir quelque chose qui fonctionne. Ce point acquis, ils s'étaient ensuite intéressés à la pérennité de leur site. Leur idée avait été d'offrir au visiteur une émotion, celle de la découverte.

« Voyager, expliquait Julia, c'est rechercher le frisson du dépaysement, de l'inconnu, ce plaisir si particulier de la découverte. Lorsque j'organise mon voyage, si je tombe sur un site où tout est uniforme et ennuyeux, je perds ce frisson. Mon expérience devient fade. Si au contraire le site est capable de m'apporter ce frisson, comme un avant-goût du voyage que je vais faire, alors c'est le jackpot. Il est assuré (pour peu que la location elle-même ne soit pas décevante) de me voir revenir. »

Elle montrait, captures d'écran à l'appui, comment le site d'Airbnb s'organisait autour de cette émotion de la découverte. Sur la page d'accueil en effet, on tombait en premier sur une sélection des « Logements les plus bizarres et les plus exceptionnels ». Ce choix était audacieux, soulignait la conférencière. La manière classique aurait été de proposer un simple moteur de recherche. Si l'éditeur mettait ainsi en avant des logements qui avaient peu de chances d'être réservés – puisque le visiteur n'était, *a priori*, rien venu chercher de bizarre ni d'exceptionnel, mais visait plutôt un logement basique –, c'était dans le but de créer cette émotion. Le visiteur était surpris, intrigué et charmé.

Le propos était transmis avec des mots simples, accessibles à tous. Ross était stupéfait de ce talent d'oratrice. Surtout, il trouvait l'enseignement étonnamment riche, révélant un sentiment qu'il avait éprouvé mille fois sans parvenir à poser des mots dessus.

Mais il se laissa entraîner par des pensées sombres. Julia tirait tant de choses de son existence, tandis que lui restait au sol, dans une hébétude improductive. Il avait l'impression d'être passé à côté de sa vie, d'avoir emprunté un chemin fatal qui ne lui permettait pas de repartir du bon pied. Ross n'écoutait plus et ressassait ces pensées négatives. Il en venait à redouter le moment où le speech s'arrêterait et où il lui faudrait se présenter devant elle.

— C'est pas mal, son truc. Un peu tarte à la crème, mais pas mal.

La voix émanait de la personne à côté de lui. À droite, au-delà des deux sièges vides qui les séparaient, se trouvait un drôle de type.

Il était assis comme Ross mais pas dans la même position. Lui était affalé. Il prenait ses aises et occupait carrément l'espace de trois personnes. Il était massif, extrêmement musculeux, vêtu d'un simple tee-shirt moulant noir, bien que la saison fût froide.

Ses cheveux étaient d'un roux flamboyant. Ils semblaient tenir en arrière sans artifice, comme une crinière, lui donnant l'allure d'un lion. Sa peau était semée de discrètes taches de rousseur.

Ross remarqua immédiatement les nombreux tatouages qui lui couvraient le corps.

Il avait toujours éprouvé pour les tatouages une sorte de fascination mêlée de dégoût. Ses parents en avaient une sainte horreur, et ne manquaient jamais de s'indigner dès que les circonstances leur faisaient croiser un tatoué. Leur intention était sans doute d'en détourner leur fils. Ils avaient réussi, puisque Ross éprouvait la même répulsion. Mais d'un autre côté, le tatouage était une chose subversive. Pour cette raison, elle le fascinait.

Il ne se gêna pas pour détailler les tatouages de l'individu. Sur l'avant-bras, une phrase en lettres grasses annonçait : ***Like an eternal sunshine.*** De toute évidence, ça ne signifiait pas grand-chose. Ce tatouage était particulièrement gros et sale. De manière assez convenue, le coude était orné d'une toile d'araignée, dont le centre arrivait exactement sur l'os. Le biceps exhibait une forme compliquée et incompréhensible, du moins telle que Ross la voyait, c'est-à-dire à moitié mangée par le tee-shirt. Les doigts, serrant le dossier du siège à côté de Ross, montraient aussi, sur deux phalanges, des formes particulières : sur l'index, un triangle barré d'un trait ; sur le majeur, deux lignes qui se croisaient selon un angle aigu. Le diable savait ce dont ils étaient le symbole.

Le type avait tourné la tête vers Ross. Avec tranquillité, il se laissa détailler, comme quelqu'un qui en a l'habitude. Ross leva les yeux vers les siens. Ils étaient bleus comme de la glace, à tel point, songea Ross, qu'il était presque impossible de soutenir ce regard. Avec le roux des cheveux, ils formaient un contraste d'une exceptionnelle beauté. Le visage était celui d'un marin, ou de tout aventurier ayant l'habitude de vivre sans toit, émacié et buriné. L'homme le regardait avec un sourire. Son regard se fit lointain, comme pour protéger son interlocuteur de sa puissance magique.

— Tu ne trouves pas ?

Ross dut faire un effort pour retrouver ses esprits.

— Si, articula-t-il finalement. C'est remarquable. Elle a mis des mots, je pense, sur ce que nous avons tous déjà ressenti.

— En même temps, dit le type, ces émotions, c'est important pour un Produit banal qui a beaucoup de concurrents. Mais la vraie innovation, l'idée de génie, elle n'a pas besoin de ça. Il lui suffit de fonctionner. C'est ça, le privilège d'être le premier. Mais quand on bosse pour HomeDepot, évidemment... l'émotion peut être un atout, concéda-t-il.

Ross était stupéfait de ce que le type ait réussi à démonter aussi vite ce qui lui paraissait, un instant avant, irréfutable. La voix était traînante, posée, agréable ; la voix de quelqu'un qui a l'habitude d'être écouté. D'une manière générale, le type dégageait une grande assurance. Il ne regardait plus Ross à présent ; il regardait la conférencière qui répondait aux questions.

— En plus, elle est jolie, lança-t-il à Ross comme s'ils étaient amis. Regarde-moi ces seins. Tout ce dont j'ai envie, c'est de poser ma tête dessus et de m'endormir. Comme un petit enfant.

Un large sourire éclairait le visage léonin. Ross se prit à rougir violemment. La remarque de l'inconnu le renvoyait au contexte pénible qu'il avait connu à Columbia, lorsque Julia était courtisée sans relâche, par des individus plus charismatiques que lui, des individus peu inhibés qui ne se gênaient pas pour dire ce qu'ils pensaient. Ross, lui, n'avait jamais su exprimer ses désirs aussi librement.

Son interlocuteur remarqua son embarras.

— Pourquoi tu rougis ?

— C'est que je la connais, expliqua Ross.

— Oh, pardon, vieux. Je ne voulais pas lui manquer de respect. Ça allait, ce que j'ai dit, non ? J'ai parlé de ses seins, c'est vrai, excuse-moi. Je ne voulais pas t'offenser.

— Pas de problème, dit Ross qui retrouvait la maîtrise de soi.

L'attitude de l'individu était réellement sympathique et bienveillante. Ross avait envie d'être son ami. Ses relations professionnelles mises à part, il avait traversé des mois de solitude. Il avait besoin d'un peu de conversation.

— Qu'est-ce que tu fais dans la vie ? demanda-t-il pour prolonger la discussion.

Le type lui tendit immédiatement sa carte.

— Je m'appelle Robert. Je suis freelance. À ton service, si jamais tu as besoin. Et toi ?

— Je… je travaille pour un site qui vend des livres de seconde main, dit Ross.

— C'est super, répliqua Robert du tac au tac.

Il était impossible de savoir s'il le pensait. Mais de toute évidence, la réponse était conçue pour mettre Ross à son aise.

— Combien ça fait de chiffre d'affaires, ton truc ?

— Quelque chose comme un million de dollars.

— Et la marge est de combien ?

— 15 %.

— Et vous êtes combien ?

— Trois à temps plein.

— Et il te paie combien ?

Ici, Ross hésita. Il n'était pas habitué à ce qu'on lui pose la question de manière aussi directe.

— Trente mille dollars, lâcha-t-il un peu honteux.

Le visage roux se fendit à nouveau d'un sourire amical.

— Eh bah, il t'encule bien, le patron, conclut-il. Au moins, il y en a un qui sait s'occuper de lui-même.

— Il assume le risque, essaya Ross.

— Un risque terrible, abonda aussitôt Robert, sarcastique. T'inquiète pas, mon pote, je suis pas là pour te juger. Juste pour te taquiner. Le salariat, c'est une affaire de dupes, et ça, c'est pas ta faute. Le principe même, c'est de réaliser une plus-value sur le travail des autres. Donc à partir du moment où tu es salarié, tu es baisé. C'est la nature qui veut ça.

Cette manière de présenter les choses amusa Ross, réveillant en lui le libertarien endormi. Robert avait, bien évidemment, raison. Il était une époque, pas si ancienne, où Ross avait partagé cette conviction.

— Dis donc, ta copine, relança Robert, faisant sursauter Ross. C'est pas ta petite copine au moins ?

Il avait le visage tendu vers la conférencière, qui quittait la scène.

— Non, dit Ross.

— Tu es sûr ? insista Robert. Pourquoi pas ? Une jolie fille, on a forcément envie de se la taper, tu ne crois pas ?

Décidément, cette manière de parler de Julia mettait Ross au supplice. Il voulut rebondir, mais ne le put pas.

— Je plaisante, enchaîna Robert, s'amusant de la confusion de son nouvel ami. Mais si ce n'est pas ta petite copine, alors il faut que tu me la présentes. On y va ?

Sans lui laisser le temps de répondre, comme mû par un ressort, il était debout. Ross admira malgré lui la carrure athlétique. Si on y ajoutait les fringues stylées, les tatouages, les cheveux roux et le regard glacé, Robert ne passait pas inaperçu. « Tout l'inverse de moi », songea Ross.

Julia était entourée d'une foule nombreuse. De toutes parts, on affluait pour lui faire un compliment, tâcher de se faire connaître de celle qui était, sans aucun doute, une étoile montante de la tech. Elle avait l'air épanouie et heureuse. Son auguste front était couvert de sueur.

Traînant Ross par le poignet, Robert fendit la foule sans façon. Il alla droit à la conférencière, qu'il ne connaissait pourtant ni d'Ève ni d'Adam.

— Ross ! s'exclama celle-ci dès qu'elle le vit. Tu es venu !

On aurait dit que ce fait, à lui seul, était plus important que la conférence qu'elle venait de donner. Toute l'appréhension de Ross disparut aussitôt.

— Qu'est-ce que tu en as pensé ?

— C'était super, dit-il de sa voix réservée.

— C'était mieux que ça, c'était brillant, dit Robert, s'immisçant dans la conversation.

Ross l'avait pourtant entendu, quelques minutes avant, soutenir le contraire.

— Je suis vraiment fan. Mademoiselle... ?

— Julia, répondit-elle, et Ross put voir, au premier coup d'œil, qu'elle était impressionnée par Robert.

Elle se tourna néanmoins vers son ami.

— Ça me fait vraiment plaisir que tu sois venu. Comment vas-tu ?

— Ça va, dit-il.

— Comment ça se passe, ta maison d'édition ?

— De livres de seconde main, corrigea-t-il. Pas mieux que ça, mais j'ai d'autres projets, se sentit-il obligé de mentir aussitôt.

— C'est excitant, rebondit-elle de façon convenue.

Le cadre n'était pas propice pour une conversation personnelle. Autour de Julia, les gens faisaient le siège, avec politesse mais détermination.

— Il faut qu'on se voie, dit-elle.

— Avec plaisir, coupa Robert, prenant aussitôt l'invitation pour lui. Voici ma carte.

Le regard de la jeune femme s'arrêta, sembla-t-il à Ross, sur l'avant-bras musclé du marin.

— Merci, dit-elle à Robert, prenant la carte. Tu es un ami de Ross ?

— On vient de se rencontrer, lâcha Robert avec désinvolture. Il m'a dit qu'il te connaissait, alors j'ai sauté sur l'occasion.

C'était assez direct. Ross, qui n'avait pas l'habitude, fut très gêné. Il tenta de reprendre le contrôle de la conversation.

— On se voit quand tu veux, dit-il à Julia. C'est vrai que j'ai été absent ces derniers temps. Je n'étais pas dans mon assiette. J'espère que tu peux le comprendre. Mais ça va mieux maintenant, ajouta-t-il, se persuadant lui-même, aussitôt, de ce qu'il disait.

— Super, alors on se revoit vite, dit-elle. Et toi aussi, peut-être, pouffa-t-elle, s'adressant cette fois à Robert.

Celui-ci répondit par un large sourire, dans lequel n'entrait nulle réserve.

À la sortie de la conférence, Ross et Robert, à leur tour, se quittèrent. Non sans que Robert ait fait promettre à Ross de l'appeler, si jamais il avait besoin d'un freelance.

— Tu as ma carte, lança-t-il avant de disparaître.

Ross était content d'avoir revu Julia et d'être sorti de sa solitude.

Il reprit son travail chez Good Wagon Books. La conférence de Julia mais aussi sa rencontre avec Robert avaient laissé en lui des traces profondes. Un solitaire, en effet, est comme un puits : une pierre qu'on y jette tombe tout au fond de lui.

Chez Good Wagon Books, Ross se mit à passer ses journées comme une ombre. Ça ne l'intéressait plus. Il faisait de moins en moins d'efforts dans son travail, dans son attitude et même dans sa tenue. Il venait en jogging, ne se rasait plus. Il devint coutumier d'actes manqués : monter dans le mauvais train, oublier de régler son réveil pour le lendemain. Son patron, qui ne connaissait rien à l'informatique, était trop dépendant de lui de toute façon.

Un jour qu'il voulait apporter des améliorations au site, Ross eut l'idée d'appeler Robert. Il avait besoin d'un coup de main. Il présenta l'idée au patron, qui grommela, mais ne dit pas non. Ross était habitué à ce type de réaction. « Si j'attends qu'il me dise oui, raisonnait-il, je perds six mois. Il ne m'a pas dit non. Le mieux que je puisse faire est de commencer le travail avec Robert, s'il est disponible ; puis Robert enverra sa facture, et on verra ce qui se passera. »

Il appela Robert au téléphone. Il se sentit bizarre en le faisant.

Robert ne décrocha pas immédiatement.

— C'est qui ? fit la voix, avec assez peu de cérémonie.

— C'est Ross, annonça celui-ci tout content, pensant qu'ils allaient tomber dans les bras l'un de l'autre.

Il y eut un blanc au bout du fil.

— Ross, répéta-t-il. On s'est rencontrés à la Product Conf. Le mec des livres de seconde main.

Le silence au bout du fil se prolongea.

— L'ami de la conférencière, pensa-t-il à dire soudain.

— Oh, bien sûr ! réagit immédiatement la voix. Alors, comment ça va mon pote ? Quoi de neuf ?

Passé cette phase initiale de reconnaissance, Robert s'était, semblait-il, mis à manger des chips ou quelque chose de ce genre tout en parlant au téléphone. Ça faisait un bruit de croustillement et de mastication assez désagréable.

— On a besoin d'un coup de main chez Good Wagon Books. Tu ne serais pas disponible par hasard ?

— Laisse-moi voir mon agenda, répondit Robert d'un ton professionnel. Oui, c'est ce que je pensais... Je suis disponible dès maintenant ! annonça-t-il joyeusement, sans se soucier de son image de prestataire peu sollicité. À ton service, mon pote.

— Tu ne veux pas que je te parle d'abord du projet ?

— Bonne idée, parle-moi d'abord du projet, abonda Robert.

— Tu connais MySQL et PHP ?

— Oui !

— Alors tu vas m'aider sur le site. Il faut que tu viennes dans nos bureaux. On paie cinquante dollars la journée.

— Ça me va, dit Robert.

Et ainsi, ils commencèrent à travailler ensemble.

Ça faisait beaucoup de bien à Ross d'avoir quelqu'un avec qui travailler. C'était amusant. Il sentait moins le fardeau de ses journées.

— Qu'est-ce qu'il se passe ici ? demanda le patron d'une voix agressive, lorsqu'il le vit.

Flamboyant et musclé, Robert détonnait en effet dans le bureau minable.

— Ne t'en fais pas, le rassura Ross, une fois que le patron fut parti. Il n'est pas méchant.

— Je ne m'en fais pas, dit Robert, qui n'avait effectivement pas l'air de s'en faire.

— C'est parce que c'est la saison des taxes, expliqua Ross. Comme tout entrepreneur, il est nerveux.

— Ne les payez pas, répliqua Robert.

Ross se tourna vers son ami. Il ne savait pas s'il parlait sérieusement. Les opinions de Robert étaient souvent inhabituelles, éloignées de celles des gens normaux.

— Comment ça, « Ne les payez pas » ?

— Ne payez pas vos taxes, répéta Robert, sans détacher les yeux de son ordinateur. Dites au gouvernement d'aller se faire foutre. Ne vous laissez pas extorquer cet argent durement gagné. L'État est un voleur et un expropriateur, il n'a aucune légitimité. Il prend votre argent parce que c'est facile. Ne le laissez pas faire. Ne lui envoyez pas vos taxes volontairement.

— Mais… on va se prendre une amende ? questionna Ross.

— C'est sûr, dit Robert. Je te dis ce que je pense, mais c'est sûr que dans votre cas, vous ne pouvez pas faire autrement.

— Tu ne paies pas tes taxes, toi ?

— Disons que si je peux les éviter, je les évite. Allez, tu ne penses pas qu'on a assez travaillé pour aujourd'hui ? Ton patron est parti. Viens, je te paie un coup à boire, pour te remercier de ton hospitalité.

Ils sortirent dans les rues froides de Williamsburg. Ross ferma l'entrepôt à clef.

C'était la mi-novembre, et le vent d'automne avait commencé à souffler. Ross se recroquevilla dans son manteau. Robert au contraire gardait le sien ouvert, offrant au froid son éternel tee-shirt tendu sur sa poitrine musclée. La bise agitait sa crinière rousse, fièrement rejetée en arrière. En contrebas, derrière l'usine à sucre, on apercevait les eaux opaques et bouillonnantes de l'East River. Le pont de Brooklyn, vieux et sombre, la traversait. De l'autre côté, Manhattan scintillait, comme une cité fabuleuse dans les ténèbres. Ross prit la direction du métro.

— Pas par là ! dit Robert.

— Par où ?

— Par là.

Du pouce, il désigna les profondeurs de Brooklyn.

— Mais… il y a quelque chose de ce côté ? hasarda Ross.

— Tu connais Gowanus ? C'est un quartier super. La bière est pas chère et les bars sont sympas. Allez, ne discute pas, je t'emmène.

Ross avait bien entendu parler du canal de Gowanus, mais il n'y était jamais allé. Il ignorait même, en réalité, qu'il fût possible de s'y rendre, sauf peut-être dans une voiture blindée. Brooklyn, à cette époque, n'était pas un endroit sûr. Personne ne savait vraiment ce qui s'y trouvait, quels trafics s'y livraient, si des gens y vivaient ou si c'était simplement abandonné. C'était un endroit pauvre, une zone urbaine misérable qui séparait Manhattan de l'aéroport John-Fitzgerald-Kennedy. Ross ne se serait pas attendu à y trouver des bars « sympas ».

Sur l'insistance de Robert, il le suivit. Même en compagnie de cet athlète, il n'était pas trop rassuré. Ils s'enfoncèrent dans les rues obscures et mornes, aux immeubles bas et délabrés, aux fenêtres desquels une lumière, çà et là, indiquait une présence humaine. Très vite, Manhattan et ses lumières dorées, le pont, la rivière disparurent. Le chemin que leur faisait emprunter Robert était tortueux. Chaque rue avait l'air d'un cul-de-sac, jusqu'à ce que, arrivé au bout, on s'aperçoive qu'il y avait un coude. Robert semblait connaître l'endroit comme sa poche. Il parlait fort dans les rues désertes, augmentant la nervosité de Ross, qui redoutait qu'ils ne fissent une mauvaise rencontre. L'éclairage était rare et les rues très sombres. S'ils tombaient sur des coupeurs de gorge, ils pouvaient dire adieu à tout espoir de retour.

Robert les guida dans une rue étroite mais longue qui franchissait un canal. Ross comprit qu'il s'agissait du canal de Gowanus, de sinistre réputation, se rappela-t-il, puisque la légende new-yorkaise voulait que le célèbre mafieux Al Capone s'en soit servi durant ses années de règne pour se débarrasser de ses cadavres. Dans un noir presque complet, ils franchirent les eaux misérables, d'où émergeaient des formes indécises, végétation ou déchets. Ross eut un frisson. Robert avait l'air d'être chez lui. Ils passèrent encore un immense bâtiment de briques désaffecté, dont les lueurs chatoyantes indiquaient qu'il était squatté.

Mais Robert ne s'était pas trompé. De l'autre côté du canal, la rue devenait animée. Soulagé, Ross découvrit les lumières d'un établissement bas et long, accueillant beaucoup de monde. L'aspect était même plutôt soigné, comme une poche de civilisation dans ce territoire abandonné. Trois videurs gardaient l'entrée. Dans ce froid et ces ténèbres, on avait irrésistiblement envie de s'y réfugier.

À l'intérieur, la population était insolite mais pas effrayante ; des types dans le style de Robert. On jouait au billard et au *shuffleboard.* Tout cela était bon enfant. Les filles, peut-être, rappelaient au visiteur qu'il était loin de Manhattan et de ses clubs sophistiqués.

Après avoir bu et joué, Ross et Robert sortirent fumer. Robert s'avachit le long du mur, une bière à la main. Ross l'imita. Il se sentait à l'aise dans ce nouvel environnement.

— L'État nous fournit des services, lança Ross. Il ne se contente pas de nous prendre notre argent comme tu l'as dit.

La brève conversation qu'ils avaient eue au bureau, au sujet des taxes, continuait de lui trotter dans la tête. Elle faisait écho à ses vieilles idées libertariennes, ses idéaux de pirate qu'il avait depuis longtemps laissées tomber. Robert paraissait radical dans sa façon de penser. Ross avait le désir de l'écouter.

Robert prit son temps pour lui répondre.

— Tu vois la baraque à frites, finit-il par dire.

Il y avait au bout de la rue, sous la lumière d'un réverbère, une baraque à frites. C'était le seul point de nourriture, probablement à des kilomètres à la ronde, aussi y avait-il une file de gens plus ou moins éméchés qui comptaient sur ces frites grasses, distribuées dans des récipients en plastique, pour éponger la bière de leur estomac.

— Est-ce que, d'après toi, il y a des chances que les frites soient bonnes ?

Ross se demanda à quoi rimait cette question.

— Est-ce qu'il y a des chances que les frites soient bonnes ? insista Robert.

— Non... probablement aucune, convint Ross.

— Pourquoi ?

— Pourquoi quoi ?

— Pourquoi est-ce que tu penses que les frites ne sont pas bonnes ?

— Parce que… Elles n'ont pas *l'air* bonnes, hésita Ross.
— Oui, mais même si elles avaient l'air bonnes ? Ou en tout cas, pas trop dégueulasses ? Même si de loin, la baraque à frites pouvait faire illusion ? Qu'est-ce qui fait que *de toute façon*, tu sais que ça ne va pas être bon ?
Ross haussa les épaules.
— S'ils sont installés dans ce coin désert, il y a peu de chances que ce soit bon.
— Exactement, rebondit Robert avec entrain. La baraque à frites est en situation de monopole. Si tu sors du bar et que tu as faim, la seule option dont tu disposes pour manger, c'est cette baraque à frites qui est là. Tu n'as pas le choix. Sinon, il faut que tu renonces à manger. Donc si tu as faim, tu ne te poses pas de question et tu y vas. Dans ces conditions, je te le demande, quelle raison aurait le vendeur de se casser le cul à préparer de bonnes frites ?
— Aucune, dit Ross.
— Aucune, répéta Robert. Il n'a absolument aucune incitation à le faire. Qu'est-ce que ça lui apporterait ? Ceux qui ont besoin de manger, ils viendront lui en acheter de toute façon. Il n'a aucun intérêt à leur proposer un bon produit. Ce serait même irrationnel de sa part. Ça lui coûterait plus d'argent, et ça n'augmenterait pas son profit.
Robert laissa à Ross le temps de méditer cette allégorie de la baraque à frites. De toute évidence, elle était destinée à le faire réfléchir. Mais à quoi ? Du bar s'échappaient une musique et le fracas des voix, comme avec une sourdine.
— Maintenant, dit Robert après avoir laissé passer un temps assez long, si j'étais Robin des Bois et que je voulais libérer l'honorable population de ce bar de l'intolérable monopole de cette baraque à frites. Si je voulais ouvrir le

marché à la concurrence, amener d'autres baraques à frites dans la rue. À ton avis, les habitués de ce bar, ils diraient quoi ?

— Ils seraient contents ?

— Ils seraient contents, acquiesça Robert triomphalement. Il ne leur viendrait pas à l'idée de me reprocher d'ouvrir ce marché de la frite à la concurrence ? Qu'en penses-tu ?

— Je pense bien que non.

— Ils ne m'accuseraient pas, je pense, de les empêcher d'acheter ces frites dégueulasses ? Ils me remercieraient plutôt d'avoir fait venir d'autres baraques à frites, qui tireraient la qualité vers le haut, et les prix vers le bas ?

— Je pense, oui.

— Merci, dit Robert, claquant des doigts comme si la démonstration était terminée. Merci de ton soutien. Parce que conserver jalousement son monopole, c'est exactement ce que fait l'État. Mais le problème, c'est que les gens sont tellement habitués à Lui, on vit dans un contexte où Son monopole existe depuis si longtemps, que lorsque je propose d'ouvrir ce monopole à la concurrence, en général, les gens ne me remercient pas du tout. Ils me prennent pour un fou.

Ross avait oublié son manteau à l'intérieur. Le vent passait son souffle glacé sur ses bras et sur sa nuque.

Mais il s'en fichait. Il était en train de comprendre quelque chose. C'était comme si, mue par les propos de Robert, pour la première fois, son âme entrevoyait la vérité.

— Pour répondre à ta question, dit Robert, tandis que Ross avait complètement oublié sa question de départ, l'État nous fournit des services. Tu le soulignes à juste titre. Mais je veux souligner, moi, que rien ne prouve qu'il soit le seul à pouvoir nous les fournir, ni même qu'il s'en acquitte correctement.

Si tu veux mon avis, il n'a aucune incitation à le faire. Il est tout seul ! Pourquoi ferait-il du bon travail ? Ce n'est pas comme s'il allait souffrir d'une comparaison. Aussi tous ses efforts vont-ils servir à conserver jalousement son monopole. Justice, police, monnaie, tout ça, ce sont des monopoles. Je ne dis pas que l'État ne s'en acquitte pas. Mais je doute qu'il s'en acquitte bien. Pourtant, chacun de ces services pourrait être proposé de manière privée, dans un système libre, ouvert à la concurrence. Les tribunaux pourraient être privés, les services de sécurité également. Les monnaies pourraient être produites de manière privée et mises en concurrence. Le problème, c'est que nous n'osons même pas essayer. Nous nous laissons escroquer. Nous payons l'État passivement. Ce qui me fascine, moi, c'est la facilité avec laquelle les gens se laissent imposer un système et renoncent à leur liberté.

Ross buvait ces paroles.

Ce n'était pas seulement que Robert poussait très loin les idées libertariennes qu'il connaissait déjà. Ce n'était pas seulement que ce discours le réveillait, le reconnectant à une partie de lui-même. C'était aussi que Robert semblait avoir réponse à tout. Il aimait la controverse et, loin d'être mis en difficulté par les objections de Ross, qui jouait le rôle de contradicteur, il développait chaque fois son propos.

*

— Et le vote ? demanda Ross un soir où ils traînaient dans ce bar où ils avaient pris leurs habitudes. En démocratie, on choisit librement ses dirigeants. Tu ne peux pas prétendre être l'esclave d'un système si c'est toi qui le choisis.

— Réfléchis, répliqua Robert. Ça n'est pas parce que tu as la possibilité, une fois tous les quatre ans, de te choisir un maître parmi le petit nombre qui t'est proposé, que ça fait de toi un homme libre. Au contraire ! Le fait que tu remettes les choses entre les mains d'un maître, même choisi, *ça*, ça fait de toi un esclave. Et le vote ne représente pas un assentiment. Si tu es agressé par une bande de voleurs au coin d'une rue, on ne va pas te reprocher, je pense, d'user de légitime défense ? Eh bien, dans le cas du vote, c'est pareil. Cette bande de voleurs qu'on appelle l'État te tombe dessus et te force à payer l'impôt. Ta seule ressource pour te défendre, c'est, une fois tous les quatre ans, de voter. Alors tu uses de cette ressource. Tu n'as pas le choix. C'est de la légitime défense. Ça ne fait pas du vote un acte délibéré.

Les deux compères ne passaient pas uniquement leurs soirées à déconstruire l'État, l'ennemi déclaré de Robert, et maintenant aussi celui de Ross. Robert en effet était entreprenant avec à peu près toutes les filles qu'il croisait. Ce n'étaient pas toujours des beautés ; mais Ross lui enviait cette facilité et ce succès.

— Comment fais-tu pour aborder une fille ? lui demanda-t-il un soir. Quelle est ta technique, ton secret ?

Robert se fendit d'un sourire jusqu'aux oreilles.

— D'abord, expliqua-t-il à son acolyte avec délectation, il faut que tu commences par un exercice mental. Tu as un problème, Ross. Tu sacralises trop les femmes. Moins tu t'en tapes, moins elles te paraissent accessibles, moins elles te paraissent accessibles, moins tu t'en tapes. Il faut que tu brises ce cercle vicieux. Déjà, il faut que tu arrêtes de fantasmer sur les nanas les plus belles et les plus sophistiquées.

Ça ne t'apportera rien de bon. Crois-moi : il vaut beaucoup mieux se taper une moche. C'est mieux à tout point de vue. Réponds-moi franchement : est-ce que tu m'as déjà vu avec une jolie fille ?

Ross réfléchit gravement à la question.

— Non… dit-il avec lenteur. Je ne t'ai jamais vu avec une jolie fille.

— C'est exactement ce que je te disais, conclut un Robert fier de lui. Ce n'est pas moi que tu verrais avec une jolie fille. Les jolies filles, c'est ton surmoi qui a envie de se les taper. Ton inconscient, il s'en fout. Tout ce qu'il te demande, c'est du sexe. Alors tape-toi des moches. Tu verras, elles seront ravies.

Ross était complètement ébahi par ce discours. Il n'avait jamais rien entendu de pareil. Il se sentait peu à peu gagné par la hardiesse de son ami, sans toutefois arriver au point où il aurait pu être comme lui.

— J'ai un projet dont je voudrais te parler, dit Robert, un soir où il était particulièrement tard et où ils avaient particulièrement bu.

Ayant dit cela, il se contenta de siroter sa bière pendant un moment, fixant un point imaginaire au fond de la rue déserte. Ross se tenait coi, laissant l'inspiration venir à son ami.

— Est-ce que tu connais le réseau Tor ?

— Oui, dit Ross. Enfin non, pas vraiment. Je vois ce que c'est. C'est ce qu'on appelle le « *dark web* ». Mais pour tout te dire, je n'y suis jamais allé.

— Le *dark web*, c'est un nom un peu à la con, dit Robert. Ça ne veut rien dire. Tor, c'est juste une manière de mettre les ordinateurs en réseau. Elle a été inventée par la Marine américaine, dans les années quatre-vingt-dix, pour protéger leurs communications des écoutes. Au début des années deux mille, quand ils n'en avaient plus besoin, ils l'ont publiée sous licence libre.

— C'est ce dont se servent les lanceurs d'alerte ?

— C'est ça. Et c'est sacrément efficace. Je ne connais pas le fonctionnement mais, en gros, Tor, c'est un navigateur qui te permet de garder l'anonymat. C'est comme Firefox, sauf que les sites que tu visites, ils n'ont aucune idée de ton identité, d'où tu viens, où tu vas, ils n'ont aucun moyen de te retrouver. Tu te balades sur le web comme à ton habitude, mais de manière totalement anonyme. Et c'est aussi un moyen de créer des services cachés. Un blog. Un site. Un site d'e-commerce, par exemple. N'importe quel service que tu veux créer. Il se cache dans les nœuds du réseau, si bien que tu peux le consulter, mais que tu ne peux jamais le localiser. C'est pour ça qu'on lui a donné le nom de « *dark web* ». À cause de ces services cachés.

— OK, dit Ross. Intéressant. Je suppose que tu veux lancer une alerte sur le fait que l'État nous vole notre argent ?

— Tu connais Amazon ? répliqua Robert le plus sérieusement du monde.

— Oui, dit Ross avec ennui. Je connais Amazon.

En ce début de vingt et unième siècle, Amazon était le plus gros site d'e-commerce au monde.

— Amazon est une plateforme, reprit Robert. N'importe quel vendeur peut y créer sa boutique et vendre ses produits. N'importe quel acheteur peut se promener et acheter ce dont il a envie. Acheteurs et vendeurs ne se rencontrent jamais. Ils échangent via la plateforme. La plateforme sert de moyen de rencontre, de moyen de paiement et, parfois, de service logistique. Tu peux trouver tout ce que tu veux sur Amazon.

Ross se demandait où son ami voulait en venir, avec son cours pour débutants.

— Tout ? continua Robert. Pas exactement. Car Amazon est soumis aux lois du pays. Tu ne peux pas trouver de produits illégaux sur Amazon.

— Évidemment, dit Ross. Je suppose qu'il y a une politique du site ou quelque chose de ce genre. Des gens qui surveillent ce qu'il s'y passe et qui retirent les produits illégaux.

— Ça nous laisse un vaste champ de produits, conclut Robert.

Il se tourna vers son ami. Il avait cet air sérieux que Ross ne lui avait vu que rarement.

— J'ai toujours pensé que c'est un scandale que l'État ne nous laisse pas mettre dans notre corps tout ce qu'on a envie d'y mettre. Je veux parler des drogues, bien sûr. C'est notre corps, on devrait pouvoir y mettre ce qu'on veut. Si on se détruit, c'est notre problème. Tu n'es pas d'accord ?

— Mais tu ne prends pas de drogues, objecta Ross, qui avait plusieurs fois proposé de la marijuana à son ami.

— Je fais très attention à ce que je mets dans mon corps, répliqua Robert. Mais il n'empêche que j'estime que c'est ma liberté. C'est à moi de décider. Ce n'est pas à l'État de me dire ce que j'ai le droit ou pas le droit de faire. Si je veux faire des expériences, si j'ai envie de me mettre en danger, j'en ai le droit. D'ailleurs, qu'est-ce qu'un danger ? Est-ce qu'une boisson sucrée ne représente pas un danger ? Prise en trop grandes quantités, elle donne le diabète. La drogue, c'est pareil. À petites doses, c'est de la médecine. À hautes doses, c'est mortel. Dans tous les cas, ce n'est pas à l'État d'en décider. C'est à chacun de fixer pour lui-même ce qu'il considère comme une limite et un danger. L'État n'a pas à nous infantiliser.

— Ce n'est pas moi qui te dirai le contraire, abonda Ross. J'aime la beuh et d'ailleurs, j'ai un ami qui a mal fini, juste parce qu'il a acheté dans l'illégalité un produit qui ne lui a pas réussi.

Ce souvenir l'assombrit.

— Tu vois, lança Robert. C'est le genre de lois fascistes que je déteste. Ça n'amène rien de bon. Ça donne le contraire du résultat espéré. Je dis qu'il faut libérer les gens, les laisser faire ce qu'ils ont envie de faire, ne pas détériorer les conditions de leur liberté. Le réseau Tor, il permettrait de créer une place de marché parfaitement anonyme. Les vendeurs se connecteraient de manière anonyme, ils créeraient leur boutique, ils présenteraient leurs produits. Les acheteurs se connecteraient eux aussi anonymement. Ils navigueraient, ils achèteraient tout ce dont ils auraient envie. Des drogues. Toutes les drogues. N'importe quelle drogue. De la marijuana, de la cocaïne, du LSD. Des champis. D'autres choses aussi. Tout ce qui est illégal. Tout ce que tu ne peux pas trouver sur Amazon, en fait. Il n'y aurait pas de limite. L'anonymat serait garanti par Tor.

— Un Amazon de la drogue, résuma Ross gravement.

— C'est ça. Si tu veux. Un Amazon de la drogue.

L'idée était fascinante. Les deux amis se mirent à y rêver.

— J'ai besoin d'un associé, dit Robert. J'aime avoir les idées. Mais l'exécution, ce n'est pas mon truc. Tu me connais. Toi et moi, on est complémentaires. Tu es bien meilleur que moi en informatique. Tu serais capable de comprendre le fonctionnement de Tor et de créer un service caché. À nous deux, on pourrait y arriver. Qu'est-ce que tu en dis ?

Pour toute réponse, Ross fit tinter sa bière contre celle de son associé.

3
L'OIGNON ET LES CHAMPIGNONS

Pour faciliter la collaboration, Robert avait proposé à Ross de venir habiter chez lui.

Quand on est entrepreneur, chaque seconde compte. Une idée pour émerger a besoin d'être testée. Or, comme elle ne rapporte pas d'argent – du moins, pas pour le moment –, ça signifie qu'il faut se dégager du temps, en plus de tout ce qui compose déjà une vie normale : gagner de l'argent, se déplacer et, bien sûr, se détendre et s'amuser. Mine de rien, Good Wagon Books occupait une bonne cinquantaine d'heures du temps hebdomadaire de Ross. Le flux des livres, les demandes des utilisateurs ne tarissaient pas. S'il rentrait à White Plains toutes les nuits, cela laissait aux deux amis peu d'occasions de travailler sur leur projet.

Or Robert possédait une grande maison à Red Hook. Qu'était Red Hook à cette époque ? Un endroit encore plus délabré, si c'était possible, que le reste de Brooklyn. Pour accéder à cette péninsule isolée, il fallait pour commencer passer sous l'autoroute aérienne 278. Cette autoroute était une véritable horreur. Elle avait été imaginée comme une voie express pour relier Manhattan à l'aéroport JFK. Elle faisait tout le tour de Brooklyn, depuis Rockaway, en passant par Gravesend Bay, croisant l'énorme Verrazzano Bridge, qui rejoignait Staten Island puis le New Jersey ; filant à toute allure le long de Bay Ridge, traversant Sunset Park, séparant la péninsule de Red Hook, frôlant les vieilles demeures de Brooklyn Heights, offrant une bifurcation vers Manhattan par le Brooklyn Bridge, puis remontant vers le nord pour aller se perdre dans le Queens. Elle était certes très rapide, et cela avait changé la vie des gens qui se rendaient à l'aéroport. Mais elle avait été construite à l'américaine, c'est-à-dire de manière efficace, avec un minimum de moyens, sans souci esthétique, sans considération pour son environnement.

Le résultat était qu'à hauteur d'homme on était écrasé par cette gigantesque voie aérienne qui passait au-dessus des habitations, interminable et large, déroulant son ruban à quelques dizaines de mètres au-dessus du sol. Les piliers qui la soutenaient n'avaient jamais été enrobés. Ces monstres de métal déployaient donc leurs griffes rouillées en plein milieu du quartier. Sous le pont, le vacarme était assourdissant. On ne se serait pas entendu hurler. Flottait aussi, partout dans l'air, une sorte de poussière de métal et de béton, qui vous piquait les yeux et qui, si vous aviez le malheur d'habiter là, vous brûlait les poumons. Le pire était probablement Brooklyn Heights où, dans l'espoir sans doute de protéger les habitations, on avait construit un demi-tunnel ouvert sur le côté, qui amplifiait considérablement le bruit. Son gémissement ne tarissait jamais. Selon le vent, on pouvait l'entendre jusqu'à Manhattan.

Pour rejoindre Red Hook, donc, il fallait quitter Gowanus, passer sous la 278, et là, on se trouvait dans un quartier encore plus minable que tout ce que l'on avait vu précédemment. Les maisons en bois menaçaient de s'écrouler. Çà et là, une maison s'était tout simplement effondrée, et personne n'avait pris la peine de la relever. Ces vestiges témoignaient d'une époque où Red Hook avait été un port de pêche, face à Manhattan, avec ses chalutiers et ses arrivages de poissons. Ça, c'était avant. L'activité de pêche avait été balayée, réduite à néant. Mais dans leur hâte de vider les lieux, les poissonniers avaient laissé derrière eux leurs maisons, leur matériel, leurs entrepôts qui sentaient le poisson. Red Hook était rempli d'objets rouillés, tranchants et dangereux. Les pavés étaient si disjoints qu'il était difficile de passer en voiture. Les entrepôts déserts offraient refuge à toute une population glauque. Si vous vouliez dissimuler quelque chose, un produit de contrebande, ou vous cacher vous-même, c'était l'endroit rêvé. Il y avait tout de même l'électricité à Red Hook, bien que l'installation n'eût pas l'air conçue pour durer. Les fils pendaient dans les rues jusqu'à toucher le sol.

Malgré tout, Red Hook conservait quelque chose de son allure passée. La péninsule était une excroissance de Brooklyn, une avancée de la ville dans la baie. On y respirait un air salé. Les rues descendaient en pente douce jusqu'au rivage. Ses rives sablonneuses offraient une vue imprenable sur la baie et, au loin, sur la statue de la Liberté.

Oui, elle était là. Tournée vers le large. Le symbole de l'Amérique.

Il n'y avait pas de doute, Red Hook était l'endroit parfait pour l'entreprise criminelle de Ross et de Robert.

Robert y avait récupéré une maison. « Achetée », aimait-il préciser, avec un air de propriétaire. Au début, Ross avait eu quelques doutes. Mais il était vrai que Robert semblait avoir de l'argent. Robert était soigné de sa personne – bien plus que Ross, soit dit en passant. Il aimait s'acheter des vêtements. Et puis, c'était toujours lui qui invitait Ross, le soir, à boire des coups dans ce bar où ils s'étaient établis. Avec son maigre salaire, Ross n'aurait jamais pu s'offrir autant de bières. Et les modestes missions qu'il confiait à son associé ne l'auraient pas permis non plus. Robert était freelance ; quelles étaient donc ses autres sources de revenus ? Ross se risqua une fois à lui poser la question.

— Comment tu gagnes tout cet argent ?

Robert se fendit de son plus large sourire.

— Viens, je vais te montrer, dit-il.

Ils prirent le métro en direction de Manhattan.

Ils descendirent à Chelsea. Comme chaque fois qu'il se rendait au milieu des gratte-ciel, Ross en éprouvait un petit choc. Manhattan était pour lui le centre du monde, riche, puissant, bouillant d'impatience et d'énergie. Un monde dans lequel il ne se sentait pas vraiment inclus.

Robert, lui, ne semblait pas y prêter attention. Il les guida sous la High Line jusqu'aux galeries d'art de Chelsea, aux vitrines léchées, aux œuvres hors de prix. Ross se demanda ce qu'ils venaient faire ici. Il était en jogging et il se dit que, s'il avait su, il aurait fait un effort pour se vêtir.

Robert poussa la porte d'une galerie.

— Bonjour, Susan, dit-il en entrant.

— Robert ! s'exclama celle-ci, en lui sautant au cou.

Susan était une petite brunette assez grasse, pas très jolie, qui faisait penser à un hamster, avec toutefois des yeux très vifs. Ross décela immédiatement qu'il y avait entre Robert et elle quelque chose de sexuel. Comme beaucoup de gens à Manhattan, Susan était bavarde et fébrile, comme sous le coup d'une substance euphorisante.

— On en a encore vendu une ce mois-ci, confia-t-elle. Dix mille dollars. Mais apparemment, il y a quelque chose de défectueux. Je suis contente que tu sois là. Je t'ai laissé des messages, dit-elle à Robert d'un ton de reproche.

— J'ai été débordé, Susan, répondit Robert d'une voix tranquille.

Il fit un clin d'œil à son ami. Ross était stupéfait de voir cette fille, qui respirait l'argent, tourner autour de Robert comme une mouche.

Elle les précéda dans une salle où, sur un mur, était suspendu un grand panneau de couleur rose, dans un cadre noir, avec, dans le coin supérieur droit, un petit écran à cristaux liquides affichant une phrase lumineuse : « I wish *I could be exactly what you're looking for.* »

Ross se prit à scruter ce panneau, qui lui sembla curieux. Au bout de quelques secondes, la phrase se renouvela : « I wish *I could record my dreams and watch them later.* » Puis, au bout de quelques secondes encore : « I wish *I could help, but I'll just make things worse.* »

À côté de ce panneau rose était un panneau bleu, exactement de mêmes dimensions, avec le même petit écran dans le coin supérieur droit. Cet écran disait, à son tour : « I hate *when people just assume things.* » Puis, quelques secondes plus tard : « I hate *when people ask dumb questions.* » Et ainsi de suite.

Ces panneaux, lui expliqua Robert, étaient des œuvres d'art ; *ses* œuvres d'art. Les petits écrans à cristaux liquides étaient connectés à l'API d'un réseau social. Ils étaient programmés pour retransmettre, toutes les trois secondes, une phrase prélevée au hasard sur le réseau, avec pour seule contrainte qu'elle dût commencer par les deux mots qu'il avait choisis. Pour le panneau rose, ces deux mots étaient « *I wish* ». Pour le panneau bleu, « *I hate* ». Le spectateur prenait ainsi connaissance d'une phrase qui venait d'être publiée sur un réseau social par quelqu'un quelque part dans le monde, qui avait souhaité ou haï quelque chose. C'était assez poétique.

Il y avait un panneau vert similaire, affichant un message d'erreur. Robert le répara rapidement. Les phrases de ce panneau commençaient par « *I doubt* ».

— Tu connais maintenant le secret de ma fortune, dit Robert en sortant.

— Tu te fais beaucoup de thunes ?

— Un peu, répondit-il modestement. C'est la galerie, bien sûr, qui s'en fait le plus. Mais disons que quand j'ai besoin d'argent, je sais où en trouver.

Ross était profondément impressionné. Pas tant par les œuvres d'art en elles-mêmes, qui ne retenaient guère l'attention plus de quelques minutes – comme l'art moderne en général, songeait Ross – mais par l'esprit d'entreprise de son ami, dont l'imagination semblait inépuisable. « Si je reste près de lui, j'irai loin », se disait-il.

La maison de Robert était à deux étages, très grande, pourvue d'un petit jardin. Quand il emménagea, Ross fut effrayé par l'état des lieux. C'était comme si Robert lui-même avait emménagé la veille. Les plafonds s'effritaient ; les canapés étaient de vieilles ruines ; les tapis étaient miteux. L'escalier, de bois comme la maison, tremblait et grinçait formidablement. Ross préféra ne pas demander d'où venait la literie qu'il trouva dans les chambres. Les salles de bains étaient pleines de crasse. Seule la cuisine était à peu près convenable.

Robert était le prince de cet univers misérable. La possession de cette maison le remplissait de fierté. Il fit faire à Ross le tour du propriétaire, comme s'il s'était agi d'une plantation de coton. Ross se laissa gagner par l'enthousiasme de son ami. Ce n'était peut-être pas reluisant, mais ils étaient chez eux. Ils avaient l'espace pour travailler, dormir et se délasser. Il y avait des ordinateurs. Ceux-ci étaient disposés dans le salon, au gré du mobilier. Le salon ouvrait sur la cuisine, dont les fenêtres de plain-pied donnaient sur le jardin minable, où rien ne poussait. Les maisons alentour avaient l'air abandonnées. Il n'y avait pas de voisins. Ils ne risquaient pas d'être dérangés.

Ross s'attaqua au projet sans tarder. Il était maintenant pourvu de ce dont il avait été, ces dernières années, si cruellement dépourvu : un but. Ça le galvanisait. Il mettait d'autant plus d'ardeur à la tâche que Robert, lui, ne fichait pas grand-chose. Ross avait depuis longtemps remarqué, dans le cadre de leur collaboration à Good Wagon Books, que son associé n'était pas du genre appliqué. Mais ça n'avait pas d'importance. Robert avait les idées. Ross avait la patience de les exécuter.

Dès qu'il commença à se pencher sur Tor, Ross comprit qu'il faisait son entrée dans un monde paranoïaque. Le maître-mot était « anonymat ». Pour que l'Amazon de la drogue puisse fonctionner, il fallait que tout reste anonyme. Il fallait que les transactions qui s'effectueraient sur le site ne puissent pas être tracées jusqu'aux personnes qui les auraient effectuées.

Or si on voulait rester anonyme, une première question se posait. Anonyme par rapport à qui ? Formulé d'une autre manière : qui écoute Internet ? Le travail qui occupait Ross était intéressant parce qu'il l'obligeait à revenir à la base, à maîtriser le fonctionnement du web. Il s'entourait de paquets de chips et de boissons sucrées, et il passait des heures à se renseigner.

Internet permet à des appareils d'échanger des informations entre eux. Pour qu'ils puissent échanger leurs informations, il faut qu'ils soient connectés à un réseau. La manière la plus classique de se connecter au réseau est de posséder un routeur wifi à la maison.

Le wifi s'achète. L'ordinateur aussi. L'ordinateur possède une carte réseau, un composant qui lui permet de se connecter au wifi. Cette carte réseau est unique. Elle est créée par le fabricant. Lorsque la carte se connecte au réseau via le wifi, celui-ci crée pour elle une adresse réseau, qu'on appelle aussi « adresse IP ». Un identifiant unique de connexion à Internet. Cet identifiant est tout aussi unique que la carte elle-même. Il permet donc de vous identifier et de savoir qui vous êtes. Une fois qu'un appareil possède une adresse IP, il fait officiellement partie du réseau. Il peut envoyer et recevoir des informations.

Comment les informations circulent-elles sur Internet ? Il faut comprendre qu'Internet n'a rien d'une transmission directe. Internet n'est même pas un réseau centralisé. C'est un réseau décentralisé ou, si l'on préfère, une multitude de réseaux qui se recoupent grâce à des nœuds. Chaque réseau est un système autonome, opéré, en général, par votre fournisseur d'accès à Internet (l'entreprise qui vous a vendu le wifi). Chaque fournisseur gère son propre réseau. Les réseaux communiquent entre eux grâce à des points d'échange qui prennent la forme de gigantesques *data centers* où les différents réseaux sont physiquement reliés entre eux.

Pour chaque information envoyée d'un appareil à un autre, il existe de nombreuses routes possibles. Celles-ci sont calculées selon un protocole qui s'appelle le « Border Gateway Protocol ». C'est lui qui définit le chemin que va emprunter l'information, pas le plus direct, mais le moins coûteux. Ce point est essentiel à comprendre. Car tout ceci a un coût.

Chaque réseau a un coût. Les petits réseaux paient des droits de passage aux gros réseaux, et les gros réseaux, parfois, choisissent de s'échanger les informations gratuitement. Le Border Gateway Protocol calcule ces coûts automatiquement, et choisit la meilleure route, qui peut très bien, géographiquement parlant, être totalement aberrante. Elle est choisie parce qu'elle est la route la moins chère. On se représente à tort le trafic sur Internet comme quelque chose de linéaire. Il y avait déjà au tournant du siècle plus de mille points d'échange, pour plus de cent mille réseaux indépendants. Cela laissait beaucoup, beaucoup de possibilités.

Pourquoi parler de circulation de l'information ? Sur Internet, des sites permettent de faire un tas de choses : se renseigner, réserver une place à un événement, regarder des vidéos. Tout ceci est fluide. On voit mal, à première vue, le lien entre ces usages que l'on connaît et la circulation mondiale de l'information.

Mais sur Internet, tout est échange d'informations. Rendre visite à un site web, c'est en réalité lui envoyer la requête « Affiche-moi ta page d'accueil, s'il te plaît ». Le serveur qui héberge le site répond. Il renvoie la page d'accueil, qui s'affiche sur l'appareil d'où est partie la requête. Cliquer sur un bouton, c'est envoyer une autre requête : « Affiche-moi telle page, s'il te plaît. » Le serveur reçoit la requête et renvoie la page demandée. En ouvrant sa boîte e-mail, on envoie une requête au serveur qui stocke les e-mails : « S'il te plaît, affiche-moi les derniers e-mails reçus. » On reçoit en retour une page qui affiche, sous la forme d'une liste, ces derniers e-mails. Et ainsi de suite.

Donc tout, sur Internet, est échange d'informations. Ce qui vous trompe ou, en tous les cas, ce qui peut vous tromper dans votre perception, c'est la vitesse à laquelle cette information circule. Si on prend le cas du streaming, par exemple, lorsque vous regardez une vidéo ou que vous écoutez une chanson, vous avez l'impression d'avoir affaire à un phénomène continu. Or il n'en est rien. Il s'agit de petits paquets d'informations, envoyés successivement à une telle vitesse qu'ils vous donnent l'impression d'être continus.

Pour revenir à la question de l'anonymat, on comprend que nos informations transitent par un grand nombre de points du réseau, qu'on appelle aussi des « nœuds ». La mauvaise nouvelle est qu'à chaque nœud l'information qui y circule peut être lue, copiée et stockée. Il n'y a rien d'anonyme sur Internet. On peut difficilement, en fait, imaginer un pire endroit pour rechercher l'anonymat.

On pourrait au moins espérer que toutes ces informations, personne n'en ait rien à faire. Quand on pense à l'utilisation que nous faisons d'Internet, cette attente paraît raisonnable.

Et pourtant, des lanceurs d'alerte, au début du vingt et unième siècle, ont révélé l'ampleur des programmes de surveillance. D'énormes moyens sont déployés pour épier ces informations. Il y a d'abord un espionnage qu'on peut qualifier de commercial, réalisé par les sites web. Il consiste à cerner les habitudes des visiteurs, afin de leur proposer des services adaptés. Ces sites augmentent ainsi, à la marge, le temps passé et l'argent dépensé chez eux.

Mais ils ne sont pas les seuls à vous épier. Il y a aussi, évidemment, l'État, que Ross cherchait à contourner. L'État s'appuie sur les plus gros éditeurs de sites web et sur les fournisseurs d'accès à Internet. Il entretient avec eux une relation de pouvoir. Les lanceurs d'alerte ont révélé la facilité et l'hypocrisie avec lesquelles ces sociétés de droit privé, tels des courtisans, lui font cadeau de toutes les informations qu'il peut leur demander.

Quelles informations exactement ? C'est là qu'intervient le premier élément rassurant. Pour être routés de manière efficace, nos paquets d'informations ne sont pas, à chaque nœud, lus dans leur intégralité. On peut même distinguer le contenant et le contenu. C'est un peu comme envoyer une bonne vieille lettre par la Poste. Il y a le contenu de la lettre, écrit sur la feuille de papier pliée qui est glissée dans l'enveloppe. Et il y a l'enveloppe, sur laquelle sont indiquées les adresses de l'expéditeur et du destinataire.

Nos paquets d'informations sont semblables à ces lettres. Nos informations sont empaquetées de manière que seules les métadonnées soient lues par les routeurs – les métadonnées, c'est-à-dire l'adresse d'origine et l'adresse de destination, qui permettent de faire circuler adéquatement le paquet –, ainsi que quelques informations d'ordre général, selon le protocole de transmission. L'adresse d'origine et l'adresse de destination, ce sont les adresses IP.

Par défaut, les routeurs ne lisent que ces métadonnées, car elles leur suffisent à router les paquets. Mais rien ne les empêche de prendre également connaissance de leur contenu. Comme si les enveloppes n'étaient pas scellées.

Pour y remédier, des protocoles de chiffrement efficaces sont à la disposition du public. Un chiffrement est une méthode qui permet de brouiller le contenu d'un message. Par exemple, en remplaçant chaque lettre par la lettre placée deux rangs derrière dans l'ordre de l'alphabet. Vos « A » deviennent des « C », vos « B » des « D », et ainsi de suite. Votre message est chiffré. Cela veut dire que seul celui qui connaît la clef (« Remplace chaque lettre par celle qui la précède de deux rangs dans l'ordre de l'alphabet ») peut le déchiffrer.

Vos messages, donc, peuvent être chiffrés, ce qui rend difficile une lecture indiscrète. Mais les métadonnées, elles, les adresses d'origine et de destination, ne peuvent pas être chiffrées. Sinon le paquet ne peut pas être livré. Elles sont donc à la disposition de qui s'amuse à écouter le trafic sur Internet.

Ces métadonnées étaient celles que Ross et Robert devaient anonymiser, s'ils ne voulaient pas que la police débarque chez le premier naïf qui se serait avisé d'acheter de la drogue sur Internet.

Comment donc anonymiser les métadonnées ? Tel était le problème qui occupait les deux amis. Et c'était là que le réseau Tor entrait en scène.

*

Tor est connu sous le nom de « réseau en oignon ». Et l'oignon est vraiment la meilleure analogie pour le comprendre. Tor est un réseau d'ordinateurs qui acceptent de servir de relais. Tout le monde peut, avec son ordinateur personnel, accepter de servir de relais. On se rend sur *torproject.org*, on télécharge le logiciel Tor, on l'installe, et hop ! On est devenu un relais. Ce n'est pas plus compliqué que cela. Au moment de cette histoire, il existait environ six mille relais Tor, représentant autant de bénévoles.

Le réseau Tor est constitué de ces relais. Le *dark web* n'est pas un Internet parallèle. Il s'agit bien du réseau Internet que tout le monde utilise chaque jour. Seulement, avec Tor, les relais anonymisent le trafic, masquant les adresses de départ et de destination, suivant un protocole simple et élégant.

Voici comment ça se passe. Quand on ouvre le navigateur Tor – qui ressemble à n'importe quel navigateur, excepté qu'il est très lent, étant donné qu'il doit passer par tous ces relais – et qu'on s'apprête à envoyer un message, visiter un site web, utiliser une application – en bref, envoyer et recevoir des paquets de données par Internet –, Tor choisit au hasard trois relais, parmi tous les relais à sa disposition.

Il crée alors trois clefs de chiffrement différentes. Il envoie chaque clef, par avance, à l'un des trois relais. Ensuite, le paquet de données est chiffré. Il est chiffré trois fois, c'est-à-dire qu'il est enveloppé de trois couches de chiffrement différentes, comme un oignon qui a plusieurs peaux. Chaque couche ne contient, en fait de métadonnées, que l'adresse du relais qui la précède immédiatement et celle du relais qui doit la suivre immédiatement. Chaque couche de l'oignon est alors lue puis « pelée » – éliminée – par un relais. Et comme il y en a trois, aucun relais ne peut connaître le trajet complet, c'est-à-dire réunir l'adresse de l'ordinateur d'où la requête est partie et l'adresse finale du site qui est visité.

À cause de tout ce travail de chiffrement et de déchiffrement, le réseau Tor est très lent. Mais le résultat est une navigation anonymisée. Il est impossible, pour qui épie le réseau, de relier un ordinateur aux sites qu'il a visités. Un observateur malveillant verra une requête entrer dans le réseau, disparaître, et quelque part ailleurs, une autre requête en ressurgir.

Il est vrai que Tor ne se contente pas de faire circuler le trafic. Tor propose aussi la création de services cachés. C'est cette fonctionnalité, sans doute, qui lui a valu le nom de

« *dark web* ». En effet, suivant le protocole décrit plus haut, on peut se promener de manière anonyme, mais on ne peut pas créer de site anonyme. Ce site trahirait son adresse et, s'il s'agissait d'un site illégal, il serait aussitôt saisi. Tor a prévu ce cas de figure, et c'est cette possibilité qui avait attiré l'attention de Robert.

Tor permet de créer des points de rendez-vous à l'intérieur de son réseau de relais. L'application désigne un relais pour être le lieu de rendez-vous, puis crée deux circuits de trois relais, l'un reliant le visiteur au lieu de rendez-vous, l'autre le lieu de rendez-vous au service caché. Ainsi, visiteur et service caché peuvent dialoguer, sans qu'aucun des deux sache qui est l'autre. Et si l'on est le créateur d'un de ces services cachés, comme Ross et Robert s'apprêtaient à le devenir, personne ne peut le découvrir. Personne ne peut remonter au-delà du point de rendez-vous.

On peut comprendre le sentiment de paranoïa qui s'empara de Ross en se lançant sur Tor. Il y avait le fait angoissant de toute cette surveillance dont on est l'objet, le fait de lire continuellement des choses à ce sujet, de baigner dans un environnement de geeks qui en étaient obsédés, dont l'unique et constant souci était d'échapper à cette surveillance perçue comme malfaisante. À l'évidence, les lectures de Ross n'étaient pas saines.

Mais il y avait aussi quelque chose d'inhérent à la démarche même d'anonymat.

Pour échapper à la surveillance étatique, Ross devait d'abord se renseigner sur les moyens d'y échapper. Il ne faisait rien d'illégal – pour le moment – mais il adoptait exactement le comportement de quelqu'un qui se *prépare* à faire quelque chose d'illégal. Autrement dit, il se signalait. Tenter d'échapper à cette surveillance était le meilleur moyen de la déclencher. Ross faisait face à un véritable paradoxe, façon philosophie grecque, l'un de ceux qui peuvent vous rendre timbré. Socrate disait qu'on ne peut pas apprendre ce qu'on ne sait pas déjà, puisque ce qu'on ne sait pas déjà, on ne le connaît pas, et ce qu'on ne connaît pas, on ne sait pas comment se mettre à sa recherche ; et si par hasard on tombe dessus, eh bien, on ne saura pas le reconnaître. De la même manière, sur les forums du projet Tor, de parfaits inconnus avertissaient Ross que chercher à se soustraire à la surveillance de l'État, c'était tomber dans ses filets.

Plus concrètement, avant de devenir un expert Tor, ou simplement de savoir l'utiliser correctement, sans commettre d'erreurs, il fallait explorer certains sites, parfois poser certaines questions, télécharger des documents ou logiciels, en laissant derrière soi ses précieuses informations personnelles, à tout le moins une adresse e-mail, qu'il avait bien fallu créer, sur un service de messagerie quelconque, qui en garderait désormais une trace éternelle. Un anonymat parfait était impossible à réaliser. Il fallait démarrer quelque part, donc consentir à laisser des traces. La recherche d'anonymat devenait ainsi une sorte d'idéal jamais atteint ; et la paranoïa, l'état d'esprit permettant de s'en approcher. Il fallait avancer sans bouger, être prudent dans sa prudence. Une règle d'or de l'anonymat était d'ailleurs de réévaluer constamment ses pratiques.

*

Robert, lui, ne s'en mettait pas autant sur les épaules. D'une manière générale, Ross remarquait que son acolyte n'était pas du genre stressé. Il faisait énormément d'exercice physique, travaillait un peu, passait du temps à réfléchir allongé dans l'un de leurs canapés tachés et défoncés. Il pensait toujours au coup d'après. Il avait la vision, il était l'éclaireur qui guidait leur entreprise dans les ténèbres.

Ross lui abandonnait volontiers ce rôle, se concentrant sur l'exécution de ce qu'ils s'étaient promis. C'était déjà pas mal. Et puis, la tranquillité de son ami avait un effet positif sur sa propre disposition. Ils pénétraient, lentement mais sûrement, dans le territoire de l'illégalité. Voir ce type complètement détendu aidait Ross à rester calme lui-même.

Le site était loin d'être prêt – tout juste un rêve, en fait – que Robert réfléchissait déjà à ce qu'il appelait leur « produit d'appel ».

— Il faut qu'on mette un truc en vente, expliquait-il. Les vendeurs ne vont pas apparaître par magie. Toutes les places de marché présentent un double problème : l'offre et la demande. Il faut faire affluer la demande, mais il ne faut pas oublier l'offre. Si tu fais affluer la demande, que tu attires une tripotée de camés avides d'acheter, mais que tu n'as pas suffisamment de produits en vente, tes camés, ils vont se barrer. Et ils ne vont jamais revenir. D'un autre côté, pour que tes vendeurs se donnent la peine de mettre leurs produits en ligne, il faut qu'il y ait une demande. S'ils voient qu'il n'y en a pas, ils ne vont pas se casser le cul. Ils iront ailleurs. Le plus difficile dans une place de marché, c'est le démarrage. Et pour chaque place de marché, c'est différent. Pour Amazon, c'était facile de créer l'offre, mais il fallait convaincre les consommateurs de changer leurs habitudes et de se mettre à acheter en ligne. Pour Airbnb, c'était facile de choper des touristes qui cherchent une chambre. Ces gars-là traînaient déjà sur Internet. Mais il fallait convaincre les propriétaires de mettre leur logement en location. Personne n'avait fait ça avant. Le problème, c'était l'offre. Dans notre cas, je pense que le problème, c'est aussi l'offre. Notre idée est tellement géniale que les camés vont affluer, je n'ai pas d'inquiétude là-dessus. Mais il faut convaincre les dealers de transporter leur business depuis le monde physique jusqu'à notre site. Et ça, ça ne va pas être évident. Voilà pourquoi je pense qu'il faut qu'on montre l'exemple. On doit mettre nos propres produits en ligne. De toute manière, on ne peut pas ouvrir le site sans rien dessus, ça n'a aucun sens.

— On devrait proposer de la marijuana, réagit Ross. C'est facile à faire pousser. Et puis si on n'arrive pas à la vendre, on pourra toujours la fumer.

— À mon avis, répliqua Robert, ce qu'il nous faut plutôt, ce sont des champignons. L'herbe, ça va mettre au moins trois mois à pousser. Les champignons, tu peux les récolter en trois semaines. C'est beaucoup plus efficace. Et ça a un meilleur rendement. On se fera plus de thunes.

Robert avait manifestement réfléchi à la question. Comme d'habitude, Ross était pris de court. Il aimait bien la fumette, il aurait voulu faire d'une pierre deux coups. Et pour tout dire, leur projet d'Amazon de la drogue lui paraissait irréel. Il n'était pas sûr qu'ils rencontrent le succès espéré, ou simplement qu'ils arrivent à mettre le site debout. Mais faire pousser de l'herbe pour la fumer, ça au moins, c'était concret.

— Je ne serai jamais prêt dans trois semaines, tenta-t-il. C'est beaucoup trop court. On ferait aussi bien de faire pousser de l'herbe. Comme ça, on en profitera, le temps que le site soit prêt.

D'allongé qu'il était sur le canapé crasseux du salon, Robert se redressa comme un *i*. Il dévisagea Ross de toute l'intensité de son regard glacé.

— Il *faut* que tu sois prêt dans trois semaines, mon ami. On ne *peut pas* attendre.

— Pourquoi ? demanda Ross, perplexe.

— Parce que je ne suis pas là pour enfiler des perles. Je t'ai dévoilé mon projet, j'ai fait de toi mon associé. Maintenant, il faut foncer. Si j'ai eu cette idée, ça veut dire qu'un autre gugusse peut très bien l'avoir eue aussi. Peut-être y a-t-il des projets concurrents qui se lancent en ce moment. On n'en sait rien. L'innovation, c'est une course. Pas une promenade de famille. Alors tu vas te secouer et me sortir ce site rapidement.

— D'accord, répliqua Ross, vexé.

Au fond, il aimait cet enthousiasme de Robert. Il savait qu'il avait besoin d'être bousculé de cette manière.

Toujours affalé sur le canapé, après sa matinée de sport, Robert feuilletait désormais un imposant manuel, intitulé *Comment construire et diriger un laboratoire de drogues clandestin*. Titre explicite s'il en était.

Ross sentit une légère appréhension le gagner. Lui était plongé dans son travail préparatoire sur les questions de sécurité, qu'il menait avec le plus grand soin. Il lisait des instructions sur le fait de créer sur son ordinateur un compte administrateur séparé pour utiliser Tor, et de ne jamais, jamais, se connecter à ses réseaux sociaux avec une session Tor ouverte simultanément.

— Mec, lança Ross d'un ton faussement détaché. Qu'est-ce que tu lis ?

Robert se tira de sa lecture, retourna le livre pour en voir la couverture, comme s'il la découvrait.

— *Comment construire et diriger un laboratoire de drogues clandestin*, lut-il à haute voix.

— Qu'est-ce que ça raconte ?

— C'est plein de conseils utiles. Ça te dit, par exemple, qu'il faut faire attention aux odeurs. Que ce soit du cannabis ou des champis, si tu en fais pousser de grosses quantités, ça va forcément sentir. C'est important d'avoir un local isolé.

— Comment tu t'es procuré ce manuel ?

— Sur Internet, répondit sobrement Robert.

Ça y était. Ross était complètement crispé. Son ami ne faisait attention à rien, ne prenait aucune précaution. Par son attitude négligente, il réduisait à néant tous les efforts que lui, Ross, faisait pour leur sécurité.

— Et comment tu vas le trouver, ton local ? réagit-il agressivement. Tu vas faire un tweet ? « Cherche local isolé pour construire et diriger mon laboratoire de drogues clandestin. » N'oublie pas de taguer le FBI, ils auront peut-être des idées.

— Mec, répliqua Robert en se redressant de son canapé, comme il le faisait quelquefois lorsqu'il voulait dire à Ross une chose sérieuse, il faut que tu te détendes. Tu es beaucoup trop tendu. C'est super, tout ce que tu fais pour la sécurité. J'ai confiance en toi. Mais le business doit avancer. Et je suis là pour ça. J'ai besoin que tu me fasses confiance de la même manière que je te fais confiance. On est cool ?

— On est cool, répliqua Ross, qui ne l'était qu'à moitié.

Les jours suivants, Robert se mit à faire entrer dans la maison de Red Hook des caisses de matériel. Il y avait des bocaux en verre, beaucoup de bocaux. Il y avait des tenues de laboratoire, des lunettes, des gants. Il y avait des ustensiles de cuisson : des grilles, des tamis, des plaques, des chalumeaux, exactement, pensa Ross, comme pour un cours de chimie. Et il y avait, bizarrement, d'énormes quantités de farine de riz.

— Qu'est-ce que tu as acheté ? demanda Ross, qui ne pouvait plus garder son anxiété pour lui.

— Mec, détends-toi, répliqua Robert en train de déballer les cartons.

— Qu'est-ce que tu as acheté ? répéta Ross, sur un ton agressif cette fois.

Robert tourna vers lui son regard acéré.

— Je te répondrai quand tu seras détendu.

Ross soupira, se versa un grand verre de jus de fruits multivitaminé, le vida. La saveur familière l'aida à se décontracter.

— Qu'est-ce que tu as acheté ? demanda-t-il cette fois d'un ton plus posé.

Robert lui expliqua le matériel, qui devait servir à la culture des champignons.

— T'inquiète, ajouta-t-il, j'achète dans des boutiques différentes à chaque fois, et je paie en cash. Je trimballe tout ça d'un bout à l'autre de la ville, si tu veux savoir. Impossible que quelqu'un fasse le lien entre mes différents achats. Tiens, dit-il en sortant délicatement une seringue d'un étui. Ça, ce sont les spores.

L'objet intrigua Ross, qui se leva pour mieux voir. Il y avait un liquide clair dans la seringue.

— Je vois rien, observa-t-il.

— C'est normal, expliqua Robert fièrement. C'est parce qu'elles sont minuscules. Les spores, ça se voit pas. Mais elles sont là-dedans.

— Et tu as acheté ça où ? demanda Ross qui lorgnait vers l'étui rempli de seringues identiques, que Robert avait laissé en équilibre sur l'accoudoir du canapé.

— Ça, mon pote, je peux pas te le dire, dit Robert. Mais fais-moi confiance. C'est un mec que je connais. Je l'ai payé en cash, précisa-t-il, comme si cela allait suffire à rassurer son acolyte.

— Tu as de belles fréquentations.

— Venant de la part d'un trafiquant de drogues, je trouve ta remarque un peu déplacée, le taquina Robert.

— Je ne suis pas un trafiquant, dit Ross. Je fais un site web.

— Un site web pour vendre des drogues.

— Peut-être, mais les drogues, ce n'est pas moi qui vais les vendre. Je ne fais que le site.

— Et cette quantité de champis qu'on fait pousser ? C'est pour notre consommation personnelle peut-être ?

Cette remarque fit écho à une interrogation qui sommeillait en Ross depuis quelque temps.

— Combien tu en fais pousser ?

— Quelques kilos. Suffisamment pour lancer le site. Ce qui fait de nous des trafiquants, mon pote. Renseigne-toi.

C'est ce que Ross fit. Il se renseigna en ligne, en utilisant Tor, dont il maîtrisait maintenant les bases. Il découvrit la différence entre faire pousser de la drogue pour sa consommation personnelle – ce qui était déjà un délit – et en faire pousser dans le but de la vendre – ce qui était beaucoup plus grave. Pour quelques kilos de champignons hallucinogènes, Ross et Robert ne risquaient rien de moins que la prison à vie.

Cette information surprit Ross. Dans sa tête, il n'en était qu'aux travaux préparatoires. Il se renseignait, il étudiait, il apprenait à utiliser un logiciel. L'illégalité restait, pour lui, une frontière abstraite, située loin devant, une ligne imaginaire qu'il lui faudrait franchir un jour. Or voilà que, tout à coup, sans même s'en rendre compte, il l'avait franchie. Il était de l'autre côté. Il baignait maintenant dans l'illégalité.

Il médita cela gravement. Puis il décida qu'il voulait continuer, et que le mieux était, comme le lui avait suggéré Robert, de faire confiance à son associé et de se concentrer sur sa partie à lui.

*

Robert rentrait désormais tard le soir, traînant après lui une curieuse odeur de sous-bois. Comme un parfum de terre et de mousse après la pluie. Il était fort et si Robert ne se douchait pas, il ne partait pas. Bientôt, les canapés sentirent. Mais Ross décida de laisser son associé tranquille. Il savait qu'il fallait que le site soit prêt bientôt, il avait du pain sur la planche.

Les deux amis se mirent à avoir de longues et passionnantes discussions sur la conception du site. Comme pour beaucoup de choses, Robert savait ce qu'il voulait. Mais il revenait à Ross de coder, faisant appel à ses modestes connaissances en PHP et MySQL. Ross essayait donc de mettre de l'ordre dans les idées de Robert.

— Je te propose de commencer par le commencement, disait-il. Mettons que tu sois un mec comme nous qui ait envie de s'acheter de la beuh. Mettons que tu aies entendu parler du site, que tu saches utiliser Tor, que tu entres l'adresse du site et que tu te connectes. Qu'est-ce que tu vois ?

— Une page d'inscription, dit Robert.

— Exactement. Une page d'inscription. Mais une page d'inscription un peu spéciale, puisqu'on ne va pas demander aux gens leur adresse e-mail. On est une *marketplace* anonyme. Il faut donc une page où ils se créent un nom et un mot de passe qui seront uniques. Et ensuite ?

— Ensuite… tu arrives sur la page d'accueil, dit Robert.

— C'est ça. La page d'accueil. Elle est hyper importante, évidemment. Tout le monde va passer par là. C'est une différence avec Amazon, expliqua Ross, où tu entres directement par les pages produits. Amazon est référencé par Google. Tu tapes « chaussette » dans Google, et ça te propose un lien qui t'envoie sur une page « chaussette » d'Amazon. Tu atterris tout de suite sur la page produit. Sans passer par la page d'accueil. Nous, c'est différent. On ne sera pas référencés par Google. Donc tout le monde transitera par notre page d'accueil. Tu entres l'adresse *.onion* dans Tor, tu te connectes, et pouf, tu es sur la page d'accueil. Pas le choix.

— OK, dit Robert, impressionné par la subite assurance de son ami.

— Cette page d'accueil, il faut qu'elle soit engageante, poursuivit Ross. Mais surtout qu'elle permette aux gens de trouver facilement nos produits. Il ne faut pas que ce soit une tannée. Donc ça doit être bien organisé. Pour le côté engageant, je propose, bien sûr, de faire remonter les produits qui se vendent le mieux. Nos « meilleures ventes ». Donc quand tu arrives sur cette page d'accueil, tu es accueilli par de jolies photos de produits, accompagnées d'une courte description. Tu as envie de cliquer.

— C'est chouette, dit Robert.

— Oui, mais ça ne correspond pas forcément à ce que les gens recherchent. C'est joli, mais les chances que les gens cliquent sont assez faibles. Eux, ils se rendent sur notre site pour un truc précis, par exemple de la beuh, des champis, de la MDMA. Ils ne viennent pas par hasard.

— OK, dit une nouvelle fois Robert.

— Alors la jolie liste des meilleures ventes, ça ne suffit pas. Il faut des catégories. Tu aurais, par exemple, au centre, les meilleures ventes, et sur le côté gauche, la liste des catégories. On doit être exhaustifs et couvrir toutes les catégories de drogues possibles et imaginables, de manière à être sûrs que les gens trouvent ce qu'ils sont venus chercher.

— Ça, je peux me renseigner, dit Robert.

— Parfait, dit Ross. On dit que c'est ta partie. Donc tu reviens vers moi avec la liste la plus complète possible. Il faut aussi, évidemment, un moteur de recherche interne au site. De manière que les gens puissent chercher par mots-clefs. C'est facile. Tu tapes « cannabis » et ça te fait remonter les pages produits de cannabis, rien de plus simple. OK. Quoi d'autre ?

Ross prenait des notes à toute vitesse, au fur et à mesure qu'ils discutaient.

— Je pense qu'il y a un truc qui doit apparaître très, très vite, dit Robert. Parce que c'est presque aussi important que les produits. Ce sont les avis.

— Les avis… sur les vendeurs ?

— C'est ça, dit Robert. Comme Airbnb. Comme Uber. Si les gens viennent sur notre site caché, après avoir téléchargé Tor et tout le bazar, s'ils y arrivent, la première chose qu'ils se demanderont c'est « Est-ce que c'est fiable ? ». Parce que c'est un truc du *dark web*. Les visiteurs n'ont aucune raison de supposer que c'est fiable et que ça fonctionne. Le cœur du site, en fait, ce ne sont pas les produits. Ce sont les avis. Ce sont eux qui feront qu'un acheteur va avoir confiance dans un vendeur, parce qu'il verra qu'il a de bons avis, que d'autres ont acheté chez lui, qu'ils ont apprécié et que le mec est sûr. Et c'est toujours grâce aux avis que les vendeurs vont se défoncer pour offrir les meilleurs produits et le meilleur service possibles. Parce que tout le site sera bâti sur la réputation. Si tu offres un mauvais produit et un mauvais service, tu as de mauvais avis, et tout le monde te fuit, tu n'as aucun espoir de vendre. Les avis, c'est ce qui va tirer le site vers le haut. Faire que les choses vont s'auto-organiser, s'améliorer spontanément. Comme une vraie place de marché. Une place de marché libre est toujours de meilleure qualité qu'une place de marché régulée. La liberté est plus efficace que la contrainte. Dans le cas d'Uber, c'est flagrant.

C'était au tour de Ross d'être impressionné par la puissance visionnaire de son ami. Mais il commençait à y être habitué.

— OK, abonda-t-il. Donc je fais remonter les avis. Où ça ?

— Juste sous les meilleures ventes. Tu mets une ligne de meilleures ventes, pas plus, et juste en dessous, les avis.

— Les meilleurs avis, je suppose ? Je prends les avis qui ont cinq étoiles et je les fais remonter.

— Non, surtout pas ! réagit Robert. Au contraire. La clef d'un bon système d'avis, c'est la transparence. Il ne faut pas que ça ait l'air de faux avis, mis là uniquement pour faire de la pub. Il faut que ce soient de *vrais* avis, donc aussi de *mauvais* avis. Il faut que le visiteur comprenne que le site est honnête. C'est la clef. C'est comme ça qu'il aura confiance. Il se dira : « OK, tous les vendeurs ne sont pas au top, mais c'est normal. C'est à moi de bien choisir mon vendeur. Avec ces avis, au moins, je suis en capacité de le faire. »

— Donc je fais remonter quoi, demanda Ross, les *derniers* avis, tout simplement ?

— Tout simplement.

Ross coucha tout ceci dans ses notes.

— Ah, il y a un truc super important auquel on n'a pas pensé, dit Ross.

— Quoi ?

— Deux trucs, en fait. Le visiteur peut être dérouté. On sera la seule et unique *marketplace* de ce type. Donc il faut guider l'utilisateur. Dès qu'il arrive, par exemple à droite de la page d'accueil, symétrique aux catégories, il faut un lien qui renvoie vers une page qui explique comment ça marche.

— Bien vu, dit Robert.

— Et il faut aussi, tout de suite, un lien qui propose de devenir vendeur. Car comme tu l'as dit, on aura d'abord des acheteurs avant d'avoir des vendeurs. Alors il faut que les acheteurs aient rapidement l'idée de devenir des vendeurs. Donc on les redirige vers une page qui explique comment on fait pour devenir vendeur sur le site, et tous les bénéfices qu'ils peuvent en tirer.

— Très bonne idée.

— Et j'allais oublier quelque chose d'important, ajouta Ross. On doit pouvoir nous contacter. Un site où tu ne peux pas entrer en contact avec les administrateurs, où tu n'as pas de support client, c'est inquiétant. Dans le cas où il y a des disputes entre acheteurs et vendeurs, par exemple. Les mecs ne sont pas d'accord et ils s'embrouillent. Il faut qu'ils puissent nous contacter pour trancher le litige. Sur Airbnb, ça se produit tout le temps. Nous, ce sera pareil. Donc on a besoin d'un bouton de contact.

— Qui va s'occuper de ce truc-là ? demanda Robert, dubitatif. Honnêtement, je préférerais que ce soit toi. Je n'ai pas envie de m'emmerder avec ça.

— Entendu, dit Ross. Ça ne me dérange pas. Et puis ça me permettra d'en apprendre plus sur l'expérience du site. Ça me convient. Je te propose de créer une seule adresse administrateur, avec une boîte de réception. Je te donnerai l'accès, bien sûr, comme ça, si tu as besoin, tu peux t'en servir.

— Ça me va, dit Robert.

— Bon, et c'est pas tout ça, ajouta Ross. Quand on clique sur les catégories, il y a les pages catégories, qui font remonter tous les produits de la catégorie. Ce n'est pas difficile. Ensuite, on clique sur un produit, et là, on tombe sur la page produit. Il y faut quoi ? Le nom du produit, la photo, le prix, le nom du vendeur, les petites étoiles de ses avis ? Un espace libre pour ajouter une description si le vendeur en a envie ? Ça suffit ?

— Tu oublies le panier, dit Robert. Il faut un joli petit panier, à cliquer pour y ajouter mes achats. Et quand j'ai fini mon shopping, je vais sur mon panier, pour payer.

— Ça ne sera pas possible.

— Comment ça ? demanda Robert, contrarié.

— Il n'existe pas de système de paiement anonymisé. Un paiement en ligne, ça laisse une trace. Ça donne les infos de ta banque. Ça permet de te retrouver.

— Et Tor ?

— Tor n'a pas de système de paiement intégré. Il faudrait que j'ajoute une brique de paiement type PayPal, mais ça, ce n'est pas anonyme. C'est même tout le contraire.

— Mais alors, ça ne marche pas notre truc ? observa Robert tout déconfit.

— Ça marche de manière locale, nuança Ross. À un moment donné, il faudra que l'acheteur et le vendeur se rencontrent physiquement, pour faire l'échange. Ça marche, si tu veux, comme un site local de petites annonces. C'est déjà pas mal ! Mais c'est sûr qu'un mec en Louisiane ne pourra pas acheter à un mec dans le Montana.

Robert paraissait extrêmement déçu.

— Je trouverai une solution pour les paiements, dit-il.

Ross n'y croyait pas et se contenta de hausser les épaules.

— Enfin, reprit-il, pour boucler l'architecture du site, il faut que les vendeurs aient la possibilité de créer leur boutique en ligne. Ça suppose une interface administrateur pour créer les pages produits. Chaque vendeur aura une page dédiée, avec sa boutique, regroupant tous ses produits. Il y aura son nom, et quelques infos indispensables, générées automatiquement, comme la date de création de son compte, la date de son activité la plus récente, le nombre de ventes déjà réalisées. L'acheteur potentiel pourra vérifier que le mec est actif, ça le rassurera. Il se dira qu'il n'a pas affaire à un compte fantôme. Il faudra aussi un espace libre pour qu'il puisse ajouter une description, se présenter, présenter son activité et ses produits, donner envie de faire affaire avec lui. Et, bien sûr, la liste de ses produits, ainsi que la liste de tous les avis laissés par ses clients. Je crois que c'est complet.

— Comment ils se parlent ?

— Sur la page produit, plutôt. Tor a un système de messagerie anonymisé. C'est très facile à utiliser.

— Eh bien, y a plus qu'à ! conclut Robert, prêt à passer à autre chose.

— Y a plus qu'à, répéta Ross, sur un ton moins convaincu.

— Je compte sur toi, mon vieux, dit Robert. N'hésite pas si tu as un problème.

Ross avait envie de plaire à Robert. Coder le site, c'était sa partie du travail. Or ce n'était pas lui qui avait eu l'idée, ce n'était pas lui qui avait eu l'audace de se lancer. L'exécution était donc le moment de prouver à Robert qu'il était digne d'être son associé. Aussi ne précisa-t-il pas qu'il s'apprêtait à bricoler avec les deux seuls langages qu'il maîtrisait, PHP et MySQL. Ni qu'il ne connaissait rien à l'hébergement d'un site, et qu'il lui faudrait probablement avoir recours à une solution tierce.

Il y avait dans leur maison de Red Hook un vieux piano dont Robert jouait parfois. C'était un piano droit, en bois, de couleur claire, de marque inconnue, et surtout très vieux. Du fait de l'air marin, il rendait un son épouvantable. Un objet pointu en avait éventré l'un des flancs.

Robert n'avait aucune formation. Il ne savait pas lire les notes et déchiffrait tout à l'oreille. Mais il jouait avec une passion certaine. Sans aucun complexe, il assénait les accords, pleins de fausses notes, en s'accompagnant de la voix. Ross devait reconnaître que ce n'était pas si désagréable à entendre. Il était surpris de découvrir qu'on puisse s'approprier un instrument d'une manière aussi personnelle.

Un jour que Robert était au piano, Ross réfléchit à haute voix.

— Comment on va l'appeler, ce site ? Il faut bien lui donner un nom.

— Et un logo ! cria joyeusement Robert par-dessus les accords.

— Alors ? répliqua Ross. Je n'ai pas d'idée.

Robert s'interrompit pour réfléchir. Puis il dévisagea Ross de son œil bleu.

Se tournant vers le piano, il plaqua les premiers accords d'un air qu'il affectionnait particulièrement, *Caravan* de Duke Ellington. Il donnait de temps en temps une interprétation bien à lui de ce célèbre morceau.

— Les caravanes, expliqua-t-il, étaient les convois de marchandises au temps de la route de la soie. La plus grande route commerciale ayant jamais existé... Silk Road, c'est ça le nom du site.

L'idée plaisait à Ross.

— Et comme logo ? Une carte du monde ? suggéra-t-il.

— Trop banal ! Je pense plutôt à un petit chameau. Un chameau comme dans ces caravanes du temps jadis.

Ainsi, le site avait trouvé son nom et son symbole. Ross mit un peu de temps, de son côté, pour créer, sous forme d'image, ce petit chameau de couleur verte.

*

Le codage avançait à grande vitesse. Mais pas assez pour Robert, qui s'impatientait. « Les champignons seront bientôt prêts », répétait-il fréquemment à son ami. Sensible à cette pression, Ross ne s'embarrassait d'aucun design. Le site, au moins dans sa première version, serait aussi nu qu'efficace. Après tout, il s'agissait d'un site clandestin, les gens comprendraient qu'ils n'aient pas embauché une armée de designers.

Il n'en restait pas moins que Ross butait sur des difficultés techniques.

— Je n'y arrive pas, je deviens fou, confia-t-il à Robert en train de faire des pompes.

— Ne te décourage pas.

— Facile à dire, rétorqua Ross. Cette fois, je n'y arrive pas. C'est technique. Et ce n'est pas toi qui pourras m'aider.

Robert se releva, essuyant la sueur de ses aisselles et de son front à l'aide d'un carré de tissu aussi souillé que le reste de la maison.

— Je connais quelqu'un qui pourrait t'aider, dit-il.

— Ah oui ? réagit Ross, très surpris.

Silk Road était leur petit secret, dont ils ne parlaient, évidemment, à personne. Ross s'étonna donc que Robert paraisse prêt à faire entrer une troisième personne dans le projet.

— Quelqu'un que tu connais bien et qui serait disposé à t'aider. Comme tu la connais bien, elle accepterait de t'aider sans trop poser de questions. Et tu pourrais ainsi garder notre secret.

Le regard de Robert, tandis qu'il s'avançait vers Ross, était particulièrement pénétrant.

— Elle est très forte. Je n'ai aucun doute que tu obtiendrais d'elle toute l'aide dont tu as besoin.

Ça faisait deux fois que Robert employait le féminin.

Une lumière blafarde, comme celle d'un petit matin d'hiver, se fit dans l'entendement de Ross.

— Julia ?

— Tu as deviné.

— Tu te souviens d'elle ?

Plusieurs mois, en effet, s'étaient écoulés depuis la conférence, le moment où Robert l'avait rencontrée.

— Et comment que je me rappelle, lâcha celui-ci, un sourire juvénile aux lèvres. Je me la tape régulièrement.

Le sang de Ross ne fit qu'un tour. Il demeura complètement ébahi à cette nouvelle. Robert achevait d'éponger son torse nu, tatoué, musculeux et luisant. Était-il possible que

Julia et lui aient eu une liaison dans son dos ? Était-il possible qu'une simple mise en relation ait suffi à Robert pour accomplir ce que lui, Ross, n'avait pas réussi à concrétiser en trois années d'études ? Était-il possible enfin, songea Ross consterné, que Julia ait craqué pour cette brute tatouée, si éloignée de ce qu'elle semblait apprécier ? Dans son esprit, il se refit le film de la rencontre de Robert et de Julia. C'était lui, idiot, qui les avait fait se rencontrer.

— Ça va, vieux ? demanda Robert depuis la cuisine où il se servait un verre d'eau. Tu n'as pas l'air bien.

Comme Ross ne réagissait pas, il revint avec un air inquiet.

— Pardon, mon pote, je ne t'ai même pas posé la question... Ça ne t'ennuie pas que je me la tape ?

Ross fut forcé de revenir à la réalité.

— Non... Non, articula-t-il avec effort. Non, ça ne me dérange pas.

— Tu es sûr ? Parce que tu peux me le dire, tu sais. J'en ai rien à faire, de cette meuf. Ce qu'on a toi et moi, c'est beaucoup plus précieux. Les gonzesses, c'est pas ça qui manque. Un mot de toi et je la largue.

— Non... Non... répétait Ross, qui nageait en plein cauchemar.

— C'est vrai que je ne t'en ai pas parlé, et j'aurais peut-être dû, reconnut Robert. Mais tu m'avais dit que vous étiez seulement amis.

— C'est le cas, se ressaisit Ross. Je m'en fiche complètement de cette meuf, ajouta-t-il, reprenant le vocabulaire de Robert qui, dans sa bouche, sonnait faux. C'est juste que je ne m'y attendais pas. Je ne savais pas que vous aviez continué à vous voir.

— Tant mieux, conclut Robert, tant mieux. Il ne faut pas qu'elle perturbe notre amitié.

— Ouais, dit Ross, se servant un grand verre de jus de fruits multivitaminé parce qu'il avait la bouche sèche.

— Enfin, ce que je voulais dire, c'est que tu devrais la contacter, elle acceptera sûrement de t'aider. Prends garde à ne pas lui dévoiler le projet, c'est tout. Pose-lui juste tes questions de code. Moi, je ne lui ai absolument rien raconté.

*

C'est un Ross encore abasourdi qui écrivit à Julia puis la retrouva dans un joli café de Nolita.

Il avait choisi ce café qu'ils fréquentaient du temps de leurs études. Situé dans la rue Lafayette, large et calme, il faisait face au bâtiment de briques rouges du Public Theater. Comme il était un peu en avance, Ross eut le temps de s'accabler de reproches. Comment avait-il pu laisser Robert lui passer devant ?

Elle apparut, rayonnante. Elle n'avait pas changé. Elle était même plus belle encore, si c'était possible. Ross, subjugué, se demanda s'il allait tenir le coup. En s'asseyant, elle plongea ses yeux noirs dans les siens.

— Comment vas-tu ? dit-elle.

Elle avait l'air très contente de le voir. Il y avait, sembla-t-il à Ross, de la tendresse dans sa voix. Ou peut-être était-ce lui qui avait perdu l'habitude du contact des femmes.

— Ça va, répliqua-t-il. Et toi ? Comme ça se passe à HomeDepot ?

— Bien. J'étais complètement crevée avant les vacances, mais ça va mieux, j'ai récupéré. Je fais beaucoup de recrutements et j'ai beaucoup de problèmes humains à gérer. Je ne suis pas habituée. Ça m'épuise. On recrute des gens pour être aidé, mais parfois, c'est un problème de plus qu'on se met sur les bras.

— Je vois ce que tu veux dire, dit Ross qui n'avait jamais recruté de sa vie.

— Tu m'as dit que tu avais besoin d'aide sur une question technique ? demanda-t-elle pour le mettre à l'aise, comme elle avait toujours su le faire avec lui. Je suis là pour t'aider, tu peux me demander ce que tu veux.

— C'est gentil, dit Ross. Voilà, j'ai pensé à toi, parce que je bosse sur un projet de place de marché, et que HomeDepot est une place de marché elle aussi.

— OK, dit-elle de son ton le plus sérieux.

— Je ne trouve pas comment suspendre le compte d'un utilisateur. Je suis capable de supprimer le compte, ça, c'est facile, il suffit que je l'efface de la base de données. Mais là, je ne veux pas l'effacer, je veux juste le suspendre. Par exemple, si j'estime qu'il a un comportement frauduleux. Tant que j'ai un doute, je veux le bloquer, le temps de creuser et de me faire une opinion. Ensuite, je le supprime si c'est avéré, ou je le remets en ligne si je me suis trompé.

— Oui, réagit-elle, c'est un cas de figure classique. Il y a plusieurs méthodes. Tu as des développeurs ?

— Je suis tout seul.

Elle fronça ses beaux sourcils arqués.

— C'est quoi comme place de marché ?

— Je ne peux pas te le dire.

— Comment ça, tu ne peux pas me le dire ?

— Je suis désolé, c'est un projet top secret.

Elle fronça de nouveau les sourcils.

— Comment veux-tu que je t'aide, si tu ne m'expliques pas ce que tu fais ?

Ross n'avait pas anticipé que la conversation serait aussi difficile.

— Je n'ai pas besoin de t'expliquer ce que je fais, s'empourpra-t-il. Je t'ai amené des bouts de code pour que tu les regardes, et que tu me dises ce que j'ai mal fait. C'est un truc sur étagère. Je veux ajouter une fonction, mais soit ce n'est pas la bonne, soit je ne sais pas comment l'ajouter. Je voudrais que tu regardes, insista-t-il, lui fourrant son ordinateur sous le nez.

Bien que froissée, elle regarda et trouva le moyen de l'aider. Ross pouvait repartir avec son code corrigé.

Mais le manque de franchise de la conversation avait fait baisser la température d'un degré. Ross réfléchit vite à un petit mensonge afin de remettre les choses d'aplomb.

— Je suis désolé de ne pas pouvoir t'en dire plus, s'excusa-t-il. Je travaille sur un projet de startup et je ne suis pas seul dans le coup. Avec mes associés, on s'est juré de ne pas en parler à n'importe qui. Tu sais comment c'est. On a tous signé un truc de confidentialité.

— Alors je suis n'importe qui ? dit-elle froidement.

— Ce n'est pas ce que j'ai voulu dire.

— Mais tu l'as dit. Et je croyais que tu codais tout seul ?

— C'est exact. Mes associés s'occupent de la partie business.

Il se mordit la lèvre. Il s'était empêtré dans son mensonge. Maintenant son projet avait l'air louche, avec plusieurs commerciaux et un seul codeur.

— Laisse tomber, dit-elle.

Elle se mit à siroter son chocolat en regardant ailleurs.

Ross avait du mal à déchiffrer ses réactions. Il pouvait comprendre qu'elle soit vexée qu'il ne la mette pas au parfum, mais il ne pouvait pas comprendre qu'elle le soit *autant*.

Elle avait l'air en colère et son visage était complètement fermé. Elle se comportait comme s'ils étaient intimes et qu'il ne respectait pas cette intimité. Or à sa connaissance, ils ne s'étaient pas vus depuis six mois, à la Product Conf, et avant cela, depuis plus d'un an. Ross sentit que le rendez-vous touchait à sa fin et il ne voulut pas la laisser repartir sans lui avoir posé la question qui le taraudait.

— Alors tu es avec Robert ? demanda-t-il gravement.

— Avec *qui* ?

— Robert.

— Qu'est-ce que c'est que cette histoire ?

— Il n'y a pas de problème, Julia, dit-il avec détachement. C'est lui qui me l'a appris. Je comprends que tu sois attirée par lui. Je te le répète, il n'y a aucun problème. J'espérais juste qu'on pourrait en parler.

— Mais de quoi tu parles ?

Ce déni le laissa perplexe. Soit elle était embarrassée, mais alors sa pudeur semblait excessive. Après tout, elle avait le droit de coucher avec qui elle voulait. Soit, et cette idée se fraya un chemin dans l'esprit de Ross, Robert s'était vanté.

— Tu n'es pas dans ton assiette aujourd'hui, coupa-t-elle d'un air sévère. J'espère que tu n'as pas repris la fumette. Allez, il faut que j'y aille. Je ne peux pas m'absenter trop longtemps du bureau. J'espère t'avoir été utile.

Il n'y avait plus aucune douceur dans sa voix. De mauvaise humeur, elle se leva brusquement. Confus, Ross l'observa s'éloigner de lui.

« Tu as tout gâché, idiot », se dit-il à lui-même.

*

De retour à Red Hook, il se préparait à interroger Robert au sujet de Julia, lorsqu'un événement fit passer ce problème au second plan.

Il était seul dans la maison, en train de mettre en place le code que Julia lui avait indiqué. C'était le milieu de l'après-midi.

Hormis une petite activité du côté des entrepôts sur les quais, Red Hook était désert. De manière générale, en journée, il n'y avait personne dans le quartier. Sa maigre population partait le matin et rentrait tard le soir. Et même alors, les gens restaient cloîtrés chez eux. Il n'y avait pas de lieu où sociabiliser. Le vent marin était seul à souffler dans les rues abandonnées, aux poteaux descellés, aux pavés disloqués.

Cette tranquillité était une chose qu'appréciaient Ross et Robert, et la raison pour laquelle, sans doute, ils avaient choisi cet endroit. Ross n'y avait jamais vu l'ombre d'un commerçant ou d'un voisin. Dans leur grande maison, il se sentait aussi en sécurité que s'il avait habité quelque grotte inaccessible, au sommet d'une montagne.

Or voilà qu'on sonna à la porte.

Ross n'avait jamais entendu le bruit de la sonnette ; il fut surpris de découvrir qu'elle marchait. Il se demanda s'il avait bien entendu ou s'il rêvait. Mais au bout de quelques minutes, elle retentit à nouveau.

Perplexe, il quitta son ordinateur et se dirigea vers la porte. Derrière le verre fumé, on devinait une forme humaine. Celle-ci avait l'air imposante. Mais peut-être était-ce le verre, en estompant ses contours, qui donnait cette impression.

Avec précaution, Ross ouvrit la porte et découvrit un individu dont l'aspect ne lui annonçait rien de bon : un vieux type grisonnant, crasseux, massif. Son visage était particulièrement vilain, les traits grossiers, le front profondément ridé des gens qui n'ont connu que des soucis dans la vie. Le nez était gros et tordu. L'homme dévisageait Ross de son regard oblique.

— Vous ne me reconnaissez pas ?

— Non, confessa Ross.

— Je suis votre propriétaire de Hicks Street. Celui qui vous loue le local.

« Il doit me prendre pour Robert, pensa Ross. Il a l'air âgé et n'a pas peut-être pas toute sa tête. Inutile de le contrarier. »

— Comment puis-je vous aider ? demanda Ross, qui n'appréciait pas d'être dérangé dans son travail.

— J'ai essayé de vous joindre mais vous ne répondez pas à votre téléphone.

— Excusez-moi, j'étais occupé.

— Vous m'avez obligé à me déplacer.

La voix était menaçante. Ross se demanda ce que cela cachait. Qu'est-ce que Robert avait encore fait ? Avec cet oiseau-là, il fallait s'attendre à tout. Ross opta pour la diplomatie.

— Excusez-moi, dit-il à nouveau d'un ton poli.

L'homme avait l'air de vouloir entrer. Ross ne lui en offrit pas la possibilité.

— Je suis passé au local, par curiosité, expliqua enfin l'individu. Juste pour m'assurer que tout se passait bien. J'ai bien fait, je crois.

— Que voulez-vous dire ?

— J'ai remarqué l'odeur. Une odeur… de sous-bois. Comme une odeur de plantes en train de moisir. Je suis entré.

Ross saisit enfin l'horreur de ce qui était en train de se passer. Ce vieil homme, le propriétaire, avait découvert leur plantation de champignons hallucinogènes. Il venait lui faire part de sa découverte. Ce n'était pas seulement un produit illégal ; la quantité de champis indiquait clairement que l'intention des deux fermiers était d'en faire le commerce. Ross était pris en flagrant délit de trafic de drogues. Son sang se figea et il dut pâlir affreusement, car son interlocuteur parut le remarquer. En vérité, l'informaticien tremblait comme une feuille.

— J'aurais pu aller à la police, dit le vieil homme, pesant ses mots, ne le lâchant pas de son regard oblique. Mais je ne l'ai pas fait. Vous avez de la chance d'être tombé sur moi. Tout ce que je vous demande, c'est de vider les lieux immédiatement. Pas demain, insista-t-il, immédiatement. Et vous me nettoyez le local. Je ne veux pas que l'odeur continue à traîner.

Comme si la demande ne souffrait pas de réponse, il tourna les talons et abandonna Ross sur son misérable perron. Celui-ci n'osa pas bouger avant que le vieux ait disparu au coin de la rue, quelques blocs plus loin.

Ross rentra et s'affala dans un canapé, toujours tremblant. Il n'eut pas le courage de se servir un jus de fruits multivitaminé.

En revenant du sport, Robert le trouva dans cet état.

— Assieds-toi, lui dit Ross.

— Qu'est-ce qu'il y a ? Tu n'as pas l'air bien.

— Assieds-toi, répéta Ross, blanc comme un linge.

Robert s'exécuta. Il posa son sac de sport à côté du fauteuil. En dépit du temps hivernal, il était vêtu d'un simple chandail, révélant sa carrure athlétique. Il sembla à Ross que le cou et les épaules avaient encore épaissi.

— Qu'est-ce qui se passe ? demanda Robert d'une voix pleine d'empathie.

— Le proprio du local est passé aujourd'hui.

— Et ?

— Il a découvert le pot aux roses.

Ross s'attendait à un choc, à de la stupéfaction ; ou, à tout le moins, à de la contrition et des excuses. Il n'y eut rien de tout cela.

— OK, dit simplement Robert.

Ross explosa.

— « OK » ? C'est tout ce que tu trouves à dire, « OK » ?

— Qu'est-ce que tu veux que je dise ? On va changer de local, c'est tout !

— Ça ne te dérange pas ?

— Ça devrait ? La récolte est mûre de toute façon. J'aurais bien laissé quelques jours de plus mais s'il faut que je moissonne maintenant, je moissonne maintenant. J'aurai déjà quelques kilos.

— Il aurait pu aller aux flics ! hurla Ross. On aurait pu finir derrière les barreaux !

Robert eut une moue de déplaisir.

— N'importe quoi, rétorqua-t-il. Le type, je le paie au black. Il a très probablement trois ou quatre sources de revenus non déclarées de cet acabit. Aucune chance qu'il aille aux flics. Il t'a dit qu'il le ferait ?

— Non, convint Ross.

— Tu vois ! Il n'y a rien à craindre de ce côté-là. Et toi, tu te mets dans tous tes états. Mon vieux, si tu n'as pas les épaules pour un business clandestin, il ne fallait pas te lancer.

Ross se prit à réfléchir à ce que venait de dire Robert. Ça n'était pas sans fondement. La vérité était qu'il avait eu une frousse bleue.

Robert se leva, comme si la discussion était close.

— Il n'empêche, lança Ross. Ce local, c'était ta responsabilité. Et il a été découvert. C'est un énorme raté dans notre sécurité. Et tu as l'air de t'en foutre complètement.

Robert le dévisagea. Il le dominait de toute sa carrure. « Il doit faire deux fois mon poids », songea Ross subitement. Il lui sembla – mais était-ce le contre-jour ? – que le regard de Robert avait perdu sa bienveillance. L'œil bleu était d'une dureté qu'il ne lui avait jamais vue.

Puis ce regard se radoucit.

— Je suis désolé, dit Robert avec lenteur et une pointe d'ironie dans la voix. Je m'excuse. Voilà. Tu es content ?

— OK, dit Ross, qui appréciait cette marque de considération.

— Je vais me doucher, dit Robert. Si c'est bon pour toi. Allez, mon pote. On garde le moral. Je vais récolter ces champis. J'espère que le site est bientôt prêt.

Passant devant le canapé de Ross, il lui posa une main amicale sur l'épaule.

*

Prêt, le site l'était enfin. Du moins, dans sa version minimale, « squelettique », comme l'appelait Ross, qui commençait à prendre goût à ce design. Le fond était blanc. Le petit chameau, qui servait de logo, était vert ; verts également, les catégories et les liens. Au milieu resplendissaient les photos de leurs premiers produits, les champignons magiques, séchés et empaquetés dans des sachets de dix grammes. Il n'y avait pas à dire, c'était satisfaisant de voir ça.

Et Robert avait le sens du marketing. On pouvait supposer que très peu de gens connaissaient Tor et qu'encore moins de gens auraient l'idée de s'y rendre pour rechercher de la drogue.

Robert imagina donc une stratégie d'acquisition.

Il créa sur le *clear web* (le web normal, accessible à tous) un site qui racontait simplement ceci :

Ce n'est pas encore Silk Road, mais vous y êtes presque ! Silk Road est un site caché du réseau Tor. Ce site permet d'acheter et de vendre toutes les drogues imaginables de manière parfaitement anonyme et sécurisée. Tor garantit votre anonymat et votre sécurité, même quand vous échangez avec votre vendeur. Pour en savoir plus sur l'anonymat du réseau Tor, visitez *torproject.org*.
À l'heure actuelle, Silk Road propose surtout des champignons. Mais d'autres drogues arrivent très prochainement.
Pour vous rendre sur Silk Road et commencer à acheter des drogues, vous aurez besoin d'installer le navigateur Tor. Pour cela, visitez *torproject.org/download*. Une fois le navigateur installé, vous êtes prêts à vous lancer.
Entrez l'adresse *tydgccykixpbu6uz.onion* dans la barre de recherche.
La navigation est lente, c'est normal ! C'est parce que Tor se charge de l'anonymiser. Patientez quelques instants et vous arriverez sur Silk Road.
Alors, qu'attendez-vous ? Installez Tor et rendez-vous sur Silk Road !
L'équipe Silk Road.

Puis il alla sur un forum dédié aux champignons hallucinogènes, l'un de ces lieux où les amateurs se retrouvent pour échanger impressions et bons conseils. Ce forum s'appelait *champi.org*. Avec malice, Robert y posta le message suivant :

« Je viens de tomber sur ce site qui s'appelle Silk Road. C'est un site caché du réseau Tor où il est possible d'acheter et de vendre n'importe quelle drogue de manière parfaitement anonyme. Le site propose de magnifiques champignons. J'ai envie d'en acheter, mais je me demandais si quelqu'un en avait déjà entendu parler et pouvait me le recommander ? Toutes les infos pour y accéder sont détaillées sur *silkroad.wordpress.org*. Merci pour votre aide ! »

Le post reçut deux commentaires :

« J'ai l'impression que c'est une arnaque », disait le premier.

« Ça a l'air chouette, dommage qu'ils n'aient pas d'acides ! » disait le second.

Puis ce fut tout. Les deux amis retinrent leur souffle. Ils avaient fait un sacré pari, investissant des mois de travail, prenant le risque de faire pousser les champis, sans même savoir si la démarche intéresserait les gens ou pas. Mille choses pouvaient y faire obstacle, l'utilisation de Tor bien sûr, mais aussi le peu de confiance que pouvait inspirer le site.

Pourtant, le miracle se produisit. Quelques jours après avoir posté sur le forum, le site enregistrait sa première commande. Lorsqu'ils la virent, les deux amis ne se sentirent plus de joie. Ils sautaient et criaient dans la maison comme des déments.

Ross se chargea des échanges avec l'acheteur, et ce fut Robert, en toute logique, qui prit le risque de la rencontre physique. Tout se déroula parfaitement. Le premier sachet fut vendu pour cinquante dollars.

D'autres commandes suivirent.

Les premiers avis apparurent sur le site :

« Il y avait bien dix grammes. Le sac contenait de gros champis, mais aussi quelques petits. La qualité était OK. Je n'aurais jamais cru que c'était aussi facile de se procurer des champis en ligne. Quand je pense à toutes les fois où j'ai galéré ! C'est sûr, je reviendrai. »

« Les champis étaient très gros, avec de gros capuchons. Je me demande quelle taille ils pouvaient faire avant d'être séchés. Ils étaient fondants. J'ai eu des hallucinations. J'ai l'habitude, mais mon pote, lui, en prenait pour la première fois. Ça l'a rendu complètement zinzin. Il racontait n'importe quoi et il riait tout le temps. C'était mythique. Vraiment un bon trip. Je recommande les yeux fermés. »

« Je me suis tapé trois grammes d'un coup et je dois dire que les hallucinations étaient intenses. J'ai essayé de regarder la télé mais j'étais tellement défoncé que je n'arrivais pas à me concentrer. Et quand je regardais autour de moi, tout était beau. Franchement un bon trip, je recommande. Même si c'est vrai que j'ai eu un peu mal au ventre après. »

Il y en eut beaucoup d'autres de même farine. Robert écoula tout le stock rapidement, récoltant la coquette somme de vingt mille dollars.

Mais surtout, son intuition était validée. Les gens aimaient le principe du site, ils aimaient commander de la drogue en ligne, ils adoraient laisser des avis et tout raconter de leur expérience. Les avis apportaient de la crédibilité au site et le flot de commandes grossissait. Ça marchait à merveille. Robert était bien le visionnaire qu'il avait prétendu être.

C'est alors qu'un second miracle se produisit.

Un miracle presque aussi important que le premier, puisque Ross et Robert avaient vocation à gérer une place de marché, pas à devenir vendeurs de champignons en ligne.

Après quelques semaines, d'autres profils de vendeurs – autres que celui de Robert – firent leur apparition :

« Salut tout le monde ! Je suis GanjaMan, disait l'un. Pour commencer, j'ai listé du pollen pour un gramme, deux grammes, dix grammes. Je vais bientôt proposer de la résine. Et dès que j'en aurai l'occasion, du concentré. J'espère bâtir une bonne réputation sur ce site, avec plein de clients heureux. Merci à tous et bonne fumette ! »

« Bonjour à tous, je suis Bob le Fermier, annonçait un autre de manière plus sentencieuse. J'ai de la bonne herbe, beaucoup de variétés à proposer. À fumer dans un stick ou dans une pipe, c'est vous qui voyez ! Mais toujours bien verte, qui sent bon, qui colle aux doigts et qui brûle bien. À votre service ! »

Ces nouveaux profils de vendeurs étaient rapidement honorés d'une multitude d'avis :

« Je lui ai pris un gramme et c'était fantastique. Douce à fumer et vraiment psychédélique. Les arômes sont subtils, rien à voir avec cette merde que j'achète en bas de chez moi. Ça se voit que ça a été planté à la maison, arrosé et cueilli avec amour. Je suis fan. Et croyez-moi, ça fait longtemps que je fume, je n'ai pas le compliment facile. »

La machine était lancée. Qui savait où elle s'arrêterait ?

4
LA MONNAIE

Ross était assez perplexe face à ce qui apparaissait à l'écran. Il recula son siège, prenant un peu de distance comme s'il contemplait une toile de maître ou un trompe-l'œil. Curieusement, cela lui fit penser à ses parents. Voilà longtemps qu'il n'avait pas pensé à eux. Il vivait chez Robert depuis des mois maintenant. Il n'appelait pas et ne leur donnait aucune nouvelle.

Le site rencontrait un certain succès, et la page qui venait de s'afficher était, pour Ross, la rançon de ce succès. De nouveaux vendeurs arrivaient chaque semaine, de nouveaux produits s'ajoutaient chaque jour. Et voici la page qu'il avait sous les yeux.

Le nouveau vendeur avait pris le pseudonyme de Reine des Neiges. Il vendait, comme on peut s'en douter, de la cocaïne.

Ross n'avait jamais vu de cocaïne en vrai. Mais les images des produits ne laissaient pas de place au doute : de petits tas de poudre fine, blanche comme la neige. Reine des Neiges en proposait plusieurs quantités, un quart de gramme à vingt-cinq dollars – auquel il donnait le nom d'« échantillon » –, un demi-gramme à quarante dollars, un gramme à soixante-quinze dollars, trois grammes et demi à deux cent cinquante dollars. Il n'y avait rien à dire, la tarification était professionnelle.

Plus professionnelle encore était la description que Reine des Neiges donnait de lui-même. Ou plutôt, d'eux-mêmes. Car il semblait que Ross eût affaire à une véritable corporation. Elle s'exprimait, dans tous les cas, en utilisant le « nous » *corporate* :

> Cocaïne de qualité. Livrée rapidement. Sans embrouille.
> Qui sommes-nous ?
> Nous sommes nouveaux sur Silk Road. Mais nous avons une longue expérience dans l'industrie. Après avoir exploré Silk Road, nous avons compris que nos produits et nos prix étaient plus compétitifs que tout ce qu'on trouvait sur le site. Nous avons donc décidé de nous lancer.
> Nous proposons notre produit phare, de la *social coke* pure à 90 %. C'est très au-dessus de la qualité moyenne de tout ce que vous trouverez. Super pour faire la fête.
> Attention : pour utilisateurs expérimentés seulement. Si c'est votre première fois, ce produit n'est pas pour vous.

Cette courte présentation avait suffi à assécher complètement la gorge du pauvre Ross. D'une main tremblante, il se servit un grand verre de jus de fruits multivitaminé. Était-il vraiment à l'abri derrière son ordinateur ?

Mais sa principale source d'anxiété n'était pas dans la description. Elle était dans les avis.

Le premier ne signalait rien de spécial :

« Vendeur courtois et professionnel. La poudre a belle consistance et apparence. Très douce à sniffer. Pas de mauvaise réaction, brûlure ou autre. Ça monte doucement et sûrement. Dans l'ensemble, c'est de la très bonne coke. Et le prix défie toute concurrence. À ce prix-là, je reviendrai. Merci Reine des Neiges. »

Mais ça se corsait dès le deuxième avis :

« Livré rapidement, ça, c'est conforme à l'annonce. Ce qui l'est moins en revanche, c'est la qualité du produit. Faiblarde. J'ai été déçu. J'ai déjà tout fini, et je dois dire que c'est beaucoup moins bien que ce que j'ai l'habitude de sniffer. Normalement, une quantité comme celle-là me dure au moins une semaine. Là, j'ai tout fini dans la journée. Et je n'ai jamais eu la montée que je cherchais. Très décevant. J'ai fait le test d'en dissoudre un peu dans l'eau. Ça ne s'est pas complètement dissous. Ça a laissé un résidu de pâte blanche. Ça, ce n'est pas acceptable. Je déconseille. »

Cet avis était signé par un certain King Kong. Ross aurait voulu demander à King Kong de ne pas irriter Reine des Neiges. Mais c'était trop tard maintenant. Le mal était fait. Et la question que Ross se posait était la suivante : vais-je devoir gérer une dispute entre les deux ?

Les disputes entre acheteurs et vendeurs étaient fréquentes, surtout pour des questions d'écart entre la réalité du produit et la qualité annoncée. Ross avait été malin, il s'était construit une interface administrateur qui lui permettait de retrouver facilement les profils des acheteurs, des vendeurs, les échanges entre eux, les produits concernés ; c'était l'initiative la plus intelligente qu'il avait prise à ce jour.

Mais le travail en lui-même était ennuyeux. Ross ne pouvait rien faire de plus que remonter le fil de la discussion, offrir son sentiment, parfois supprimer définitivement un profil s'il apparaissait avec évidence que celui-ci n'était pas digne de confiance. Ses ressources étaient limitées. La plupart du temps, il ne savait pas résoudre les disputes. Il finissait par faire le mort et ignorer les relances des utilisateurs frustrés.

Il décida d'aller se préparer un petit déjeuner pour se changer les idées. Il avait encore travaillé toute la nuit sur Silk Road, sans voir le temps passer. Et il devait maintenant se rendre à Good Wagon Books. Ce travail-là l'ennuyait de plus en plus. Mais il avait besoin d'argent. Hormis la vente initiale des champignons, Ross et Robert ne gagnaient rien. Les transactions s'effectuant hors du site, ils ne pouvaient pas prélever de commission. Autrement dit, ils n'avaient pas de *business model.* Ils travaillaient à perte. Ross espérait que Robert imaginerait une solution rapidement.

Il était en train de se servir un grand verre de jus de fruits dans la cuisine, plissant les yeux dans la lumière blafarde du matin, songeant qu'il devait avoir une tête de déterré, lorsque la brique de jus d'orange faillit lui tomber des mains.

Julia venait d'entrer dans la cuisine. Elle portait une robe noire brodée de fleurs colorées, avec un col fermé dans le style japonais. Cette robe était plutôt pour une soirée que pour une matinée, songea Ross, étonné. Mais surtout, Julia avait l'air aussi mal réveillée que lui, n'ayant visiblement pas pris de douche, les cheveux comme une crinière de lionne. Elle se tenait dans l'embrasure de la porte. Elle lui souriait. Ses yeux de chat semblaient le dévorer.

— Qu'est-ce que tu fais ici ? demanda-t-il stupidement.

Il n'avait pas pensé que Julia avait probablement passé la nuit avec Robert. Ross n'avait pas eu l'occasion de vérifier ce que prétendait Robert, à savoir qu'il couchait avec elle. Maintenant, c'était chose faite. Elle était là, dans la cuisine, *leur* cuisine, à lui sourire comme une fleur.

Le sourire tomba sitôt qu'il eut posé la question.

— Connard, dit-elle brusquement.

Elle se dirigea vers la chaise contre laquelle était appuyé Ross, en arracha un petit chandail noir qui était posé sur le dossier et que Ross n'avait pas vu et, sans lui adresser un regard de plus, elle sortit de la maison.

Ross en demeura complètement ébahi. La dernière chose qu'il s'était attendu à trouver dans sa cuisine, c'était Julia. Et voilà que, sans raison apparente, elle s'était fâchée, au point de lui claquer la porte au nez. Ross restait stupide, sa brique de jus d'orange à la main.

Robert descendit l'escalier avec des airs de jeune coq.

— Tu l'as vue ? demanda Ross, toujours stupidement.

— Qui ? Ah ! Julia ? Hé hé, ricana son ami d'un petit air entendu. On ne t'a pas dérangé, j'espère ?

— Je n'ai rien entendu. Je mets de la musique en travaillant.

— Tant mieux, répliqua Robert. Parce que quand elle baise, elle ne se donne pas à moitié. Je suis content que tu ne nous aies pas entendus.

Robert ouvrit le réfrigérateur moisi pour se saisir d'une brique de lait, qu'il renifla soigneusement. Puis, tournant les yeux vers Ross :

— Tu as une tête affreuse.

— Merci, répondit vertement celui-ci. Ça fait plaisir. Il y en a au moins un de nous deux qui travaille, je te signale.

Robert ne releva pas la provocation.

— Il faut que tu t'aères et que tu fasses du sport, rétorqua-t-il. Sinon tu vas me claquer entre les doigts. Samedi, je t'emmène faire du surf à Rockaway.

— Je ne fais pas de surf, répondit Ross, maussade.

— Je sais, dit Robert. Justement.

*

Rockaway était le spot de surf de la jeunesse branchée et désargentée de New York. Désargentée, car quand on avait de l'argent, on n'allait pas à Rockaway. On allait à Long Island, presqu'île paradisiaque à une centaine de kilomètres de Manhattan, qui abritait plusieurs spots de surf, dans une eau pure et fraîche. Si votre papa ou votre maman étaient banquiers et possédaient l'une de ces villas confortables du bout de la presqu'île, c'était là que vous passiez vos week-ends.

Plus au sud sur la même côte, Rockaway Beach en était le parent pauvre.

Ce qui était cool et en faisait un endroit branché, c'était la possibilité d'y accéder en métro depuis Manhattan. Rockaway était la banlieue attenante à l'aéroport John-Fitzgerald-Kennedy. La ligne C, la bleue, y conduisait. Vous pouviez descendre à Shepherd, à Euclid ou à Grant, toute la côte à cet endroit offrait de beaux rouleaux de surf. Tôt le samedi matin, tous les barbus surfeurs de Manhattan empruntaient la ligne bleue, leur planche de surf sous le bras, enveloppée d'une invraisemblable chaussette. Dans le vacarme de la rame, on se retrouvait, on causait, on commentait la session de surf de la semaine précédente.

Là s'arrêtait le glamour. Située directement sous le couloir aérien de l'aéroport John-Fitzgerald-Kennedy (paix à son âme), Rockaway était une banlieue extrêmement pauvre. Les Projects – ces habitations à loyer modéré de briques rouges que nous avons déjà évoquées – le disputaient à des baraquements minables dont les murs, semblait-il, étaient de carton. Les surfeurs du samedi matin mis à part, l'endroit était désert : pas de commerces, pas de restaurants, pas de lieux où sociabiliser. Pas de vie, en somme. Les avenues s'enchaînaient dans une triste régularité, plus larges que de raison, d'un calme menaçant. La ligne aérienne du métro trouait cette désolation de sa trajectoire rectiligne, ne rencontrant nul obstacle, comme si toute cette pauvreté n'était qu'un rêve. Les seuls humains qu'on apercevait étaient des obèses revenant de faire leurs courses. Les avions passaient si bas que c'était une petite apocalypse à chaque fois.

Pourtant, les New-Yorkais, dont rien n'entamait l'énergie, débarquaient du métro avec leurs planches sous le bras. Il fallait d'abord que la planche passe le tourniquet. Il y avait ensuite quelques centaines de mètres jusqu'à la plage – une marche assez longue, où l'on avait encore le temps de bavarder, sans prêter attention au décor sinistre. La plage elle-même était une bande de sable clair, large et droite, bordée de ces Projects qui la dominaient. Les week-ends d'été, elle pouvait accueillir beaucoup de surfeurs.

L'eau sentait mauvais. C'était particulièrement perceptible lorsque, allongé sur votre planche de surf en train de ramer, vous aviez le nez juste au-dessus. Il y avait là, sans doute, bien des égouts qui se jetaient. La plage était d'ailleurs traversée d'énormes tuyaux rouillés, qui disparaissaient sous la mer. Jusqu'où allaient-ils avant de se vider de leur contenu ? Pas bien loin, sans doute. Ainsi, l'eau puait, elle était opaque, et la seule chose dont on avait envie, en rentrant de Rockaway, était de prendre une bonne douche. En contrepartie, ces eaux étaient trop pourries pour attirer les requins. Il y en avait à Long Island, à quelques kilomètres au nord ; il n'y en avait pas à Rockaway.

Les vagues étaient plutôt bonnes. Ça dépendait de la météo, tous les surfeurs le disaient. Mais en tombant bien, on pouvait profiter de vrais, grands et beaux rouleaux. On pouvait surfer tout son soûl. On trouvait d'excellents surfeurs à Rockaway. Et si c'était l'un de ces beaux jours d'été, l'affluence, l'ambiance sportive, la présence exceptionnelle de vendeurs de saucisses, dont les fumées chatouillaient les narines, pouvaient faire momentanément de Rockaway Beach un endroit appréciable.

Ce fut donc là que Robert emmena Ross, un samedi matin. Ross avait entendu parler de Rockaway, comme tout New-Yorkais qui se respecte, mais il n'y était jamais allé.

Ce fut en habitué des lieux que Robert franchit le tourniquet de la station Euclid de la ligne C. La matinée de printemps était splendide. Le ciel était lavé. Le soleil cognait, même si le fond de l'air était frais. Un avion-cargo volant à très basse altitude fit rentrer à Ross la tête dans les épaules. Ce n'était que le premier d'une longue série.

— Tu verras, commenta Robert. Il y en a tellement qu'au bout d'un moment tu ne les remarques plus.

Ils avaient chacun leur planche de surf sous le bras, dans une chaussette à rayures. Robert en avait prêté une à Ross. Il avait de nombreuses planches, pour tous les types de vagues.

Arrivant sur la plage, ils furent accueillis par le fracas des vagues. Elles étaient belles, hautes et rondes. Robert ne cacha pas sa satisfaction. Il y avait là de nombreux surfeurs, bien qu'on fût encore tôt le matin, car les sites spécialisés avaient alerté les New-Yorkais de la qualité de la houle.

Les deux amis s'avancèrent sur la plage. Robert s'était mis torse nu. Ross put admirer son tatouage, sorte de grand serpent qui se déployait depuis son flanc jusqu'à son épaule. Robert était en forme et musclé, comme en toute saison.

Ross était blanc comme un cachet d'aspirine, maigrelet et voûté. Il clignait des yeux comme quelqu'un qui n'a pas vu le soleil depuis des mois.

— Allons-y, dit Robert, sans lui laisser le temps de redouter les vagues qui les attendaient.

Ils se jetèrent à l'eau. Avec beaucoup de patience, Robert, comme un grand frère, donnait ses conseils à Ross. Il lui apprit à ramer, à franchir la zone où se brisent les vagues, à les guetter lorsqu'elles se forment, à bien se placer et à ramer vite pour les attraper. Il lui hurla plus d'une fois de se lever, ce que Ross ne fit jamais.

Allongé sur sa planche, le nez au ras de cette eau qui puait, il était véritablement effrayé. Les rouleaux lui paraissaient gigantesques. Ils s'abattaient sur lui avec la dernière violence. S'il avait de la chance, il se cramponnait à sa planche, passait sous la vague, ressurgissait de l'autre côté, hors d'haleine, ayant juste le temps de respirer, avant la lame suivante. S'il n'avait pas de chance, celle-ci l'emportait. C'était alors comme s'il entrait dans une machine à laver. Il roulait et roulait, ne sachant plus où se trouvait la surface. Il était recraché, brisé et découragé, sur le rivage.

Mais Robert ne lui laissait jamais le temps de se reposer.

— Tu progresses ! mentait-il. Allez, viens, on y retourne.

Puis, au bout d'une demi-heure, voyant que son ami n'en pouvait plus :

— Bon, va te reposer. Tu t'es bien donné aujourd'hui. Le problème, c'est les bras. Si tu n'as rien dans les bras, c'est sûr que tu ne peux pas attraper la vague.

Ross était trop essoufflé pour répondre à cette remarque humiliante. Au moins, il avait gagné le droit de retrouver sa serviette. Il s'y étendit et laissa le soleil lui brûler la peau.

Robert surfa longtemps. Il était très impressionnant. Ce n'était pas seulement qu'il était à l'aise, se levant, glissant, tournant dans un creux ou sur une crête avec douceur. Il était aussi très habile pour accaparer les meilleures vagues. La matinée touchait à sa fin et il y avait beaucoup de surfeurs dans l'eau. Robert était toujours en amont, là où l'écume apparaissait, se levant le premier, déferlant et obligeant les autres à s'écarter. Depuis le rivage, on ne voyait que lui.

Quand il rejoignit Ross, il était lui aussi épuisé. Sa crinière rousse, trempée, lui pendait bas dans le cou. Il étendit son corps musclé sans le sécher.

Une fois reposé, il se dressa, observant la faune autour de lui. Il était midi et l'immense plage était pleine. On bronzait, on lisait, on mangeait, on jouait au beach-volley. Il y avait de jolies filles en maillot de bain. Ross ne se lassait pas de ce spectacle.

— Je te laisse quelques minutes, dit Robert. Je vais voir des personnes que je connais.

Et curieusement, il prit son sac sur le dos.

Non sans une certaine appréhension, Ross le vit se diriger vers le groupe le moins fréquentable de la plage. Ross les avait repérés parce qu'ils étaient bruyants. Les hommes étaient musclés et tatoués, cheveux coupés très court. Ils ne surfaient pas. Ils ne jouaient pas au volley. Ils se contentaient de faire griller de la viande sur un barbecue, de parler fort et de faire profiter la plage de la pulsation agressive de leur musique. Les filles qui les accompagnaient ne faisaient pas grand-chose non plus, sinon se prélasser sur leurs serviettes. Ils formaient une sorte de gang, tant ils étaient nombreux et se ressemblaient. À moins d'avoir une bonne raison, on n'aurait pas songé à s'approcher.

Robert se glissa parmi eux comme un poisson dans l'eau. Il les connaissait tous, saluait même les demoiselles. Ross les observa discuter un moment. Puis – ce détail ne lui échappa pas – de manière fugace, ils procédèrent à un échange. Des choses sortirent du sac de Robert et passèrent dans les mains du groupe. C'était rapide et discret.

Ross crut ensuite que Robert allait le rejoindre. Mais il n'en fut rien. Robert alla voir d'autres groupes, son sac toujours sur le dos. Il semblait les connaître. Chaque fois, ils discutaient un moment, puis ils procédaient à un échange, comme celui que Ross venait de le voir effectuer.

Quand il eut fini sa tournée, il revint vers Ross.

— On rentre, lança-t-il avec autorité.

— Tu en connais du monde, dis donc.

— J'ai beaucoup d'amis, convint Robert.

— Tu ne me présentes pas ? demanda Ross pour le tester, espérant qu'il ne le ferait pas.

— Non. Pas à ces amis-là. Il ne t'a pas échappé que nous causions affaires.

— De quoi s'agit-il, si ce n'est pas indiscret ?

— Du tout, répondit Robert, qui rangeait les planches dans leurs chaussettes. Je facilite certaines transactions qui ont lieu sur le site. Il y a maintenant plein d'acheteurs et de vendeurs sérieux. C'est une très bonne nouvelle pour nous.

— C'est vrai, dit Ross, qui ne put s'empêcher de frémir en repensant à Reine des Neiges.

— C'est chiant qu'on n'ait pas de système de paiement, dit Robert. Les gens aiment le site, mais ce mode de fonctionnement, c'est compliqué. Je t'avoue que je n'ai pas encore trouvé la solution.

— Ça viendra, dit Ross.

— En attendant, je me démène pour aider notre communauté. Je donne un coup de main à droite, à gauche. Les gens apprécient. Ces premiers utilisateurs, il faut absolument les garder.

Ross ne trouva rien à redire. Il était, au fond, reconnaissant à son ami de s'occuper de cette partie-là. Ce qui l'intéressait, lui, c'était de faire marcher le site.

— D'ailleurs, j'ai un rendez-vous intéressant cet après-midi. Si tu veux, je t'emmène.

Ross se laissa tenter. Tant qu'il était avec Robert, il se sentait en sécurité. Après tout, il fallait qu'il apprenne à connaître, lui aussi, le nouveau monde dans lequel ils entraient.

*

Après les plages déshéritées de Rockaway, Robert entraîna Ross au Flatiron, le cœur vibrant de Manhattan. Ici, la population était riche et bien habillée, rien à voir avec ce à quoi les deux amis étaient habitués. En cette journée de week-end, les gens semblaient n'avoir que deux obsessions : faire du shopping et manger. Les boutiques étaient pleines à craquer. Le Flatiron séparait majestueusement, de son angle aigu, la Cinquième Avenue et Broadway.

Les deux amis pénétrèrent dans un bel immeuble de bureaux, à la façade moulée. La galerie était haute, dorée et marbrée. Un homme en livrée les salua quand ils passèrent devant son guichet. Un autre leur ouvrit les grilles de l'ascenseur, monta avec eux, actionna le mécanisme pour les faire grimper. Ce luxe mettait Ross mal à l'aise. Robert, lui, semblait ravi d'être ici. Il souriait et mastiquait un chewing-gum avec bruit.

Ils se retrouvèrent dans le grand bureau d'un haut étage de l'immeuble, blanc et épuré. Il n'y avait pas de postes de travail dans cette grande pièce nue qui aurait pu en contenir beaucoup. Il y avait juste une sorte d'îlot central, aux parois de verre fumé, dont il était impossible de savoir ce qu'il contenait.

Ils furent accueillis par un drôle de type, seul, qui déplut tout de suite à Ross. Ni voyou ni homme d'affaires, il était quelque chose entre les deux.

Le type les accueillit avec une relative chaleur, semblant connaître Robert et se montrant familier. Sans être particulièrement athlétique, il paraissait de nature violente ou, à tout le moins, imprévisible. Il adressait à Ross des regards durs et défiants, marquant une différence de traitement entre les deux amis, bien qu'ils fussent venus ensemble. Il était vêtu d'un costume blanc, cher et voyant.

— Tu sais ce que je me suis prévu cet été ? lança-t-il à Robert. Un truc incroyable. Je me fais parachuter au beau milieu de la jungle, tout seul, avec un peu de matos. Et là, je me démerde pour survivre.

— Pas possible ! réagit Robert, qui jouait le jeu à fond.

Il était pourtant évident que le type se vantait.

— Je t'ai préparé une présentation, enchaîna Robert, une fois qu'ils eurent fini d'écouter ses exploits.

Et là, sous les yeux ébahis de Ross, Robert sortit un ordinateur portable et partagea quelques *slides* qui donnaient de Silk Road une présentation aussi *corporate* que possible. Problème à résoudre, vision, stratégie et courbe de croissance, tout y était. Robert faisait défiler ses jolies *slides* d'une simple pression du doigt, les accompagnant de sa voix mélodieuse.

— Il faut faire entrer le marché de la drogue dans le vingt et unième siècle, expliquait-il. Se les geler dans la rue à attendre un dealer qui ne vient pas, ce n'est plus possible. Les gens veulent une meilleure expérience que ça. Et aujourd'hui, la technologie le permet. C'est ce petit génie qui s'en occupe.

Il tourna son regard vers Ross. Leur hôte, à son tour, lui adressa l'un de ses regards menaçants.

S'ensuivit une brève présentation du réseau en oignon.

— Et on ne va pas s'arrêter là, expliqua Robert. La drogue, ce n'est que le début. On s'intéresse à tout ce qui est illégal. On pense aux armes, évidemment. Là aussi, le marché est immense. Mais il y en a d'autres. On ambitionne de devenir la plus grande plateforme de produits illégaux dans le monde.

Ross était le premier surpris de l'entendre ; même si, de toute évidence, ce raisonnement collait avec la philosophie de Robert.

— C'est intéressant, les gars, très intéressant, réagit leur hôte, qui paraissait plus détendu. Il faut qu'on s'y mette, nous aussi. Vous l'avez dit, c'est le vingt et unième siècle. Il faut vivre avec son époque. Et puis un réseau de distribution, vous n'avez pas idée de la tannée que c'est à diriger. C'est juste que, vous vous en doutez, dans notre métier, on n'a pas du tout de culture digitale. En fait, on fait même tout ce qui est possible pour éviter le digital. Le digital, ça laisse des traces. Donc on n'aime pas ça. Mais c'est sûr qu'avec ce truc en oignon, là, ça devient intéressant.

— Ce n'était qu'un rendez-vous de découverte, conclut un Robert très professionnel, rangeant son ordinateur. Prenez le temps de réfléchir. Si vous voulez, on se revoit dans un mois. J'aurai de nouveaux chiffres, je vous montrerai comment la plateforme a évolué.

— Avec plaisir, dit l'homme au costume blanc. Super présentation, en tout cas. Ça fait plaisir de rencontrer des jeunes comme vous, qui font bouger les lignes. Sans jeu de mots.

Sitôt qu'ils furent sortis, Ross explosa :

— Qu'est-ce que c'était que ça ?

— Hey, ça ne t'ennuie pas de la jouer cool et d'attendre qu'on s'éloigne un peu, avant de me faire une scène sur le trottoir ? Ces gens-là ne sont pas des enfants de chœur.

Lorsqu'ils eurent atteint le petit parc ombragé de Madison Square, Ross reposa sa question :

— Qu'est-ce que c'était que ce truc ?

— Comme tu as vu, dit Robert en haussant les épaules.

Affalé sur un banc, il était surtout occupé à reluquer les jolies filles qui passaient. Il portait une chemise hawaïenne ouverte sur sa poitrine bronzée et musclée. Les passantes ne restaient pas indifférentes. Une blonde en talons, fascinée, faillit se payer un réverbère.

— Je veux dire, c'était qui, ce type ?

— Un homme d'affaires.

— C'était un trafiquant, Robert. Tu m'as fait rencontrer un trafiquant.

Le ton était aigre. Ross n'appréciait pas que son associé le prenne pour une poire.

— Écoute, mon petit père, dit Robert nonchalamment, adressant un sourire à une fille qui s'était retournée. Je ne partage pas ton point de vue. C'est une histoire de conventions. Ce qui est illégal aujourd'hui sera légal demain. Si tu vendais de la bière pendant la prohibition, ça faisait de toi un mafieux. Aujourd'hui, le patron de Budweiser, on l'appelle « Monsieur le président-directeur général ». Et il est invité à la télévision. Ça me déçoit que tu ne sois pas capable de le comprendre.

Ross réfléchit un moment. Il n'avait pas envie de décevoir son ami. Et puis, dans la logique de Robert, ces explications se tenaient. Il ne l'avait pas pris pour une poire, finalement.

Tout de même, Ross restait partagé. Il lui arrivait de regretter de s'être laissé embarquer dans le projet.

*

Ce qu'il trouvait en rentrant à « la maison », comme il l'appelait désormais, n'était pas fait pour l'encourager. Sans aucun scrupule, Robert couchait avec Julia ouvertement. Ross devait supporter, à longueur de nuit, et parfois même en journée, le bruit de leurs ébats. Et Robert ne lui avait pas menti : Julia semblait se lâcher complètement. Ça durait des heures et c'était à vous rendre dingue. Le pauvre Ross mettait de la musique dans son casque, essayant de se concentrer sur son travail. Mais c'était difficile. Aussi se mit-il à retourner à la Public Library de Manhattan, qu'il avait fréquentée étudiant, afin de retrouver un peu de calme.

Il la croisait quelquefois au rez-de-chaussée, le plus souvent le matin, avant qu'elle ne se rende au travail. La relation de Ross et de Julia était compliquée. Peut-être était-ce dû au fait qu'ils n'avaient jamais parlé franchement de Robert. Ou peut-être était-ce dû, plus simplement, aux maladresses de Ross.

Certains matins par exemple, elle pouvait se montrer câline avec lui. Elle le rejoignait dans la cuisine. Elle lui proposait de préparer le petit déjeuner. Sortant de la chambre de Robert, elle était parfois vêtue d'un simple déshabillé. Cette tenue était sexy ; très sexy, même. Ross en était embarrassé. Il montrait une grande nervosité, quittait la pièce sans s'expliquer. Il estimait qu'elle lui manquait de respect. Mais elle n'avait pas l'air de comprendre ce qui le gênait.

Un matin, elle s'enquit de sa santé. Il était vrai que Ross travaillait énormément. Il devait corriger les bugs, faire évoluer les fonctionnalités du site, gérer les disputes entre acheteurs et vendeurs, et cela lui demandait un effort constant. Il y passait des nuits entières sans même le remarquer. Pour la première fois, son travail le passionnait.

Mais sa santé déclinait. Il manquait de sommeil, il avait le teint cireux. Les coins de sa bouche se mettaient à tirer vers le bas, comme ceux de sa mère. Il s'alimentait irrégulièrement, parfois se goinfrant, jeûnant à d'autres moments. Il commençait aussi à se voûter.

— Comment ça va ? lui demanda-t-elle soudain. Tu as l'air fatigué. Tu m'inquiètes. Tu ne veux pas te reposer aujourd'hui ? Tu diras à ton employeur que tu es malade. Il te refusera un jour de paie, ce n'est pas grave. L'argent, j'en ai, si tu en as besoin.

Elle s'approcha et lui caressa la joue.

Ross n'appréciait pas d'être materné de cette manière. Elle se permettait de coucher avec son meilleur ami, sans égard pour ses sentiments, et voilà qu'en prime elle le traitait comme un petit enfant. Il la repoussa durement.

— C'est pas tes oignons, dit-il.

— Comme tu voudras, répliqua-t-elle, déçue. Je m'en vais, si c'est ce que tu veux. À un de ces quatre. J'espère ?

Elle lui adressa l'un de ces regards de chat qui le faisaient craquer lorsqu'ils étaient étudiants. Mais qu'espérait-elle, maintenant, avec ses phrases sibyllines ? Si c'était lui qu'elle aimait, elle n'avait qu'à le dire. Et quitter *l'autre*.

D'autres fois, c'était elle qui était de mauvaise humeur, sans que Ross en comprenne la raison. L'apercevant depuis le salon, il lui disait bonjour, levant momentanément la tête de son ordinateur. Mais tout ce qu'il récoltait, c'était un « Connard » aussi énigmatique que le reste. Elle ramassait ses affaires avec colère et elle claquait la porte. Ross n'avait aucune idée de ce qu'il lui avait fait.

Il s'en fichait. Après tout, ça n'était pas sa petite amie à *lui*.

Quand elle était dans de bonnes dispositions, il en profitait. Il avait, en effet, bien besoin d'aide sur le site. Ross prenait chaque jour un peu plus la mesure de sa médiocrité. Il codait, en vérité, n'importe comment. Il ajoutait des bouts de code les uns aux autres jusqu'à ce que, finalement, cela produise un bug qu'il ne savait pas résoudre. Alors il n'avait d'autre choix que de se tourner vers Julia. À qui d'autre aurait-il pu demander de l'aide ? La nature illégale de Silk Road le plongeait dans une solitude forcée.

Heureusement pour lui, Julia était parfois de bonne humeur ; et surtout, extrêmement compétente. Il ne lui avait jamais soumis de problème qu'elle n'ait réussi à résoudre. Son aide était souvent assortie d'un commentaire cassant.

— C'est dingue ce que tu codes mal, disait-elle. Tu resteras toujours un amateur.

Ross encaissait. Au fond, il s'en fichait. Ce qu'il voulait, c'était que le site fonctionne.

— Tu ne veux toujours pas me dire sur quoi tu travailles ? demandait-elle d'une voix lasse, après lui avoir réglé un bug. Un site de rencontres, pour que tu puisses trouver la petite amie qui te correspond ?

— Je ne peux rien te dire, lui opposait Ross. Tu le sais bien, c'est top secret.

— C'est ridicule, répliquait-elle.

— C'est peut-être ridicule, mais c'est top secret.

Il savait qu'il n'avait pas intérêt à lui révéler sur quoi il travaillait. Il anticipait sa réaction. Elle se mettrait en colère, et peut-être appellerait-elle ses parents, M. et Mme Ulbricht, pour le livrer. L'illégalité, ce n'était pas la tasse de thé de Julia. Elle était brillante, elle avait une belle carrière devant elle. Cette histoire de drogues lui aurait profondément déplu, et Ross le savait.

— Je pourrais t'aider davantage si je savais sur quoi tu travailles, tentait-elle parfois. Là, tu me files un bout de code sans que je sache ce que tu veux faire avec.

— Tant pis, répliquait Ross. Ne m'aide pas.

Il savait qu'elle avait de l'affection pour lui et qu'en dépit de ces mystères elle l'aiderait.

« Au fond, se disait-il, je garde le secret autant pour elle que pour moi. Si elle venait à découvrir la vraie nature de Silk Road, cela ne lui laisserait que deux choix. Me livrer à la police, ou se rendre complice d'un crime fédéral, passible de la prison à vie. Pour ne pas la compromettre, il vaut mieux ne pas l'impliquer. Garder le secret est meilleur à tout point de vue. »

*

Un soir, Robert invita des amis pour une partie de poker à la maison.

Il proposa à Ross de se joindre à eux, mais Ross préféra mettre les voiles. Les « amis » de Robert n'étaient pas vraiment son genre.

En outre, il devait rejoindre ce soir-là les anciens du club libertarien de Columbia. Ils avaient en effet repris contact et ils se réunissaient de temps en temps pour une soirée de discussions et de fumette, en hommage à celles dont ils étaient coutumiers du temps de leurs études. Cela faisait plaisir de se retrouver, de constater qu'on n'avait pas changé, de rigoler comme si on s'était quitté la veille.

Les anciens du club avaient entamé des carrières plutôt brillantes, à l'image de Julia. Ross, évidemment, ne pouvait pas leur dire sur quoi il travaillait. Il se contentait d'évoquer Good Wagon Books sans s'étendre plus qu'il n'était nécessaire.

L'herbe était bonne.

Celui qui fournissait leur apprit qu'il se l'était procurée sur un site qu'on lui avait conseillé, portant le nom de Silk Road. C'était, résumait-il, le « site le plus cool de la Terre » :

« On y trouve toutes les drogues imaginables. On y trouve tout ce qui est illégal, en fait ; il n'y a aucune limite à ce qu'on peut y faire. C'est un site clandestin, qui fonctionne sur le réseau Tor. C'est vachement bien pensé. Le mec qui a fait ça est un génie. Et même mieux : c'est un libérateur, un héros. On le surnomme le Che Guevara du *dark web* », dit-il pour conclure.

Ross n'était pas au courant de ce surnom. Il ne dit rien à ses amis. Il laissa, simplement, le nectar de l'amour-propre se répandre doucement dans ses veines. « Dieu, que c'est bon, songea-t-il. L'amour-propre, c'est cela dont j'avais un si cruel besoin. »

Pour rentrer, il prit la ligne jaune jusqu'à Red Hook. Il était délicieusement tard. Il se sentait bien. Attendre vingt minutes le métro, à cette heure tardive, ne l'importuna pas le moins du monde.

Le lendemain, il fut réveillé par Robert, penché sur son lit, qui le secouait.

— Hé ! J'ai quelque chose à te dire.

Ross émergea des brumes du cannabis. Il ne se sentait plus aussi bien qu'en se couchant. Son niveau d'énergie était bas, il envisageait la journée avec mauvaise humeur. Il subissait le contrecoup de la fumette.

— T'es rentré tard, s'étonna Robert. Je t'ai attendu jusqu'à trois heures.

— Ouais, dit Ross, qui n'avait aucune idée de l'heure à laquelle il était rentré.

Il se redressa sur son matelas posé à même le sol, dans sa couette d'enfant qu'il avait rapportée de White Plains. Il chercha de la main sa brique de jus de fruits.

— Figure-toi qu'on était en train de jouer et que je gagnais. Et Josh commençait à me devoir un paquet de pognon.

Robert s'était lancé dans son histoire avec son enthousiasme habituel. On pouvait voir à quel point il était excité. Il ne tenait pas en place. Une joie sans mélange illuminait son visage.

— Alors il était emmerdé, le Josh. Il n'a jamais d'argent. Pourtant, il en gagne plein ! Mais je ne sais pas ce qu'il fait avec. Il s'achète des conneries. Résultat, quand il en a besoin, il n'en a plus. Mais réveille-toi, mec ! Tu ne vas pas passer la journée sous tes couvertures !

— Ouais, fit Ross, maussade, qui détestait être tiré du lit.

— Alors il me dit… tu sais ce qu'il me dit ? Il me dit : « Je peux te payer en bitcoins ? »

Robert le dévisageait d'un air de triomphe.

— En… quoi ?

— En bitcoins, répéta Robert. Moi non plus, je n'en avais pas entendu parler. Apparemment, c'est une monnaie dématérialisée. Et tiens-toi bien : parfaitement intraçable.

— Tu es sûr ? demanda Ross, qui doutait qu'une telle chose existât.

— C'est ce qu'il faut vérifier ! Allez, viens, j'ai besoin de toi. Good Wagon Books attendra.

Mal réveillé, un grand verre de jus d'ananas à la main, Ross entama une recherche en ligne, un Robert fébrile juché sur son épaule.

Ross n'avait jamais entendu parler de Bitcoin. Mais il était familier de la notion de monnaie dématérialisée. Celle-ci existait depuis les débuts d'Internet. Elle avait fait l'objet de plusieurs tentatives sérieuses, dont l'éphémère eCash, de triste mémoire. Le protocole d'eCash était si compliqué que seuls des informaticiens confirmés étaient capables de l'utiliser, si bien qu'il n'avait jamais rayonné au-delà d'une poignée de fanatiques.

Il n'en était pas de même avec Bitcoin. La monnaie avait été conçue par un individu mystérieux du nom de Satoshi. Ross découvrit rapidement que Satoshi faisait l'objet d'un véritable culte.

Nul ne savait qui il était. Satoshi n'était guère plus qu'un pseudonyme, associé à une adresse e-mail.

En 2008, le mystérieux Satoshi avait publié un livre blanc, décrivant le fonctionnement de Bitcoin ; puis en 2009, le code source du logiciel correspondant. Il prétendait avoir réalisé ça tout seul. Au vu de l'ingéniosité du système, beaucoup avaient jugé improbable cette paternité individuelle. Mais les mensonges de Satoshi ne s'arrêtaient pas là. Il avait, entre autres choses, prétendu être japonais, tandis qu'il s'exprimait dans un anglais élégant et précis, dont les linguistes affirmaient qu'il ne pouvait s'agir que de sa langue maternelle.

Il avait diffusé le petit livre blanc, de neuf pages seulement, sur un site spécialisé de cryptographie. Il s'était ainsi acquis une première communauté de passionnés, qui l'avait aidé à développer le logiciel, à partir de sa description de référence. Satoshi avait accompagné cette communauté pendant un an, jusqu'à ce que le logiciel, qui fonctionnait à merveille, devienne viral. Son mystérieux créateur avait alors annoncé à la communauté qu'il se retirait. Il les priait cordialement de ne pas en faire tout un plat, et d'oublier jusqu'à son nom, qui n'avait, disait-il, aucune importance. Son dernier message ne contenait que quelques menues remarques, presque du radotage, sur le travail en cours.

Autant que Ross pouvait en juger par sa recherche initiale, Bitcoin avait l'air fiable. Il y avait un registre public, qui consignait l'ensemble des transactions, depuis sa création par Satoshi jusqu'à aujourd'hui. Il y avait des plateformes qui permettaient de se créer un porte-monnaie, d'échanger des bitcoins de porte-monnaie à porte-monnaie, mais aussi d'échanger des dollars contre des bitcoins et des bitcoins contre des dollars. Il y avait un cours du bitcoin. Tandis que Ross et Robert le découvraient, émerveillés, celui-ci venait d'atteindre la parité. Un bitcoin valait un dollar. La communauté tenait cette parité pour l'une des étapes les plus importantes de la courte histoire de cette monnaie virtuelle.

Il faut savoir que le bitcoin venait de loin. À ses débuts, tandis que seule une petite communauté croyait en son avenir, il n'avait aucune valeur. Personne n'aurait voulu en donner un centime. La communauté avait travaillé à lui donner de la valeur, d'abord en en faisant un objet de spéculation, puis en se démenant pour qu'il soit adopté comme moyen de paiement par des commerces de l'économie réelle. L'un de ses premiers champions, un Américain nommé Laszlo, était célèbre pour avoir obtenu de la chaîne de restaurants Papa John's qu'elle lui livre deux pizzas en échange de dix mille bitcoins. Au cours actuel du bitcoin, quelques mois après cette négociation historique, cela représentait dix mille dollars. « Je n'ai aucun regret, aimait à plaisanter Laszlo. Les pizzas étaient bonnes. »

Et – faut-il le préciser ? – la raison pour laquelle il intéressait tant Ross et Robert était son anonymat.

Comment donc fonctionnait Bitcoin ? Telle était la question que se posaient les deux amis. Les heures filaient tandis qu'ils appliquaient toutes les forces de leur intelligence à s'approprier la brique technologique qui pouvait, potentiellement, changer le modèle du site.

Bitcoin résolvait en fait le vieux problème de tous les paiements numériques, qu'on appelle « le problème de la double dépense ». Si je vous donne un billet d'un dollar, ce billet est physique. Si c'est moi qui l'ai dans ma poche, il est à moi. Si c'est vous qui l'avez dans votre poche, il est à vous. Si je vous l'ai remis en mains propres, je ne peux pas prétendre que c'est toujours moi qui le possède.

Si vous payez en ligne, votre échange prendra la forme, en fait, d'une ligne de code. Cette ligne de code peut être dupliquée, elle peut être copiée-collée par n'importe qui sachant se servir des fonctions copier et coller d'un ordinateur. Dans ce contexte, comment garantir l'unicité d'une transaction ? Comment résoudre une dispute entre deux personnes qui prétendent toutes les deux qu'un actif est à elles ?

Ainsi pouvait se résumer le problème de la double dépense. La seule manière d'en sortir était qu'une banque joue le rôle de tiers de confiance. Pour donner un dollar de manière numérique, il fallait passer par une banque, qui se portait garante de la transaction.

Or, cette manière de faire annulait en quelque sorte le bénéfice qu'on pouvait espérer d'une monnaie numérique. D'une part, cela coûtait cher, étant donné que les banques coûtent cher, comme toute institution qui doit payer des salariés, payer des murs, prélever de juteuses commissions en conséquence – commissions qui, soit dit en passant, ne sont pas toujours d'une transparence exemplaire.

Mais surtout – et c'était le problème de Silk Road –, passer par une banque revenait à rester dans le giron du gouvernement. La transaction était traçable, la banque ayant accès à l'identité, à l'adresse, à tout un tas d'informations concernant l'utilisateur, et faisant rarement des difficultés pour les communiquer au gouvernement. Le gouvernement à son tour pouvait décider de geler vos actifs, de les saisir, de vous retrouver, de vous emprisonner. Aux yeux de Ross et de Robert, avoir ses transactions gérées par une banque ou directement par le gouvernement, c'était à peu près la même chose.

Satoshi avait résolu le problème de la double dépense en remplaçant le tiers de confiance. Le tiers de confiance n'était plus une banque. C'était un registre public, distribué à des ordinateurs en réseau.

Bitcoin, au fond, était assez similaire à Tor, en ce qu'il reposait sur des ordinateurs bénévoles s'associant en réseau. Le registre contenait l'intégralité des transactions depuis la création du bitcoin. Chaque ordinateur possédait une copie du registre. Lorsqu'une nouvelle transaction était effectuée, elle était diffusée à l'intégralité du réseau. Rapidement, un premier ordinateur l'authentifiait et mettait à jour son propre registre, puis un autre, puis encore un autre. Pour finir, l'intégralité du réseau avait effectué sa mise à jour. La transaction figurait sur le registre public. Elle était visible de tous, ineffaçable, aussi sûre que n'importe quelle transaction bancaire, si ce n'est davantage.

Pour comprendre le processus d'authentification, au cœur du fonctionnement de ce registre public que Satoshi avait baptisé « blockchain » et dont il était l'inventeur, il fallait entrer dans le détail de ce qu'on appelle « la cryptographie asymétrique ». Grâce à Tor, Ross en était déjà familier. Robert en profita plutôt pour aller faire des pompes dans la cuisine.

La cryptographie asymétrique se distingue de la cryptographie classique en ce qu'elle utilise deux clefs de chiffrement. Dans la cryptographie classique, il n'existe qu'une seule clef, qui sert à chiffrer le message puis à le déchiffrer. Elle suppose donc que les deux parties possèdent la même clef.

Dans la cryptographie asymétrique, la personne qui souhaite recevoir le message engendre deux clefs, une clef publique et une clef privée. Le message est chiffré au moyen de la clef publique, mais seule la clef privée permet de le déchiffrer. Ainsi, en rendant publique votre clef publique, tout le monde peut chiffrer un message qui vous est destiné. Mais vous seul, à l'aide de votre clef privée (que vous conservez jalousement), êtes en mesure de le déchiffrer. Tout le monde peut chiffrer, une seule personne peut déchiffrer. L'histoire du bitcoin est pleine de légendes d'utilisateurs ayant égaré leur clef privée, incapables d'ouvrir leur portemonnaie, contenant un trésor perdu à jamais.

Concernant l'échange de bitcoins, rien n'était plus simple. L'acheteur qui souhaitait transférer des bitcoins utilisait la clef publique du vendeur. Il lui transférait officiellement les bitcoins, aux yeux du registre, grâce à cette clef publique. Le vendeur était le seul à pouvoir les récupérer grâce à sa clef privée.

Il n'y avait pour le moment, autant que Ross pouvait en juger, aucune utilisation du bitcoin comparable à celle qu'ils s'apprêtaient à en faire. C'était d'ailleurs une des raisons pour lesquelles cette monnaie était déconsidérée. Elle semblait condamnée à servir de support à la spéculation ou, éventuellement, à des transactions de gré à gré. Personne n'avait réussi à en faire un usage économique d'envergure.

— Bon, alors, ça a l'air de marcher ou pas ? demanda Robert.

— Ça a l'air de marcher, confirma Ross.

— C'est cool, on va devenir riches.

— Minute, papillon. On *peut* devenir riches. Si on s'y prend de la bonne manière. Ce système de paiement a des implications énormes pour notre site, il faut y réfléchir calmement.

— Je suis très calme, dit Robert.

— Tant mieux. Il faut qu'on se pose, qu'on imagine le parcours de l'utilisateur. Comme on l'a fait à la création du site. Il faut qu'on note chaque étape, qu'on réfléchisse aux problèmes qui peuvent se présenter, qu'on trouve des solutions. Ensuite, je pourrai coder.

— D'accord, consentit Robert, déçu par la lenteur du processus.

— Assieds-toi, lui dit Ross. Je ne peux pas réfléchir si tu me tournes autour comme une mouche. Ce bitcoin, qu'est-ce qu'il va nous permettre de faire ?

— Devenir un business 100 % digital.

— Exactement, abonda Ross. Devenir un business 100 % digital. On ne sera plus un site de petites annonces. L'acheteur et le vendeur ne seront plus obligés de se rencontrer. En fait, ils ne se rencontreront plus jamais. Les transactions auront lieu en ligne.

— C'est beau, commenta Robert.

Une lueur d'excitation brillait dans ses yeux bleus.

— Pour le site, concrètement, qu'est-ce que ça veut dire ? Quelle est la première brique à ajouter ? demanda Ross, qui connaissait d'avance les réponses.

Il laissait à Robert, en quelque sorte, un droit de préséance.

— Le panier ! cria presque Robert, avec un enthousiasme d'enfant.

— Le panier, confirma un Ross condescendant, comme si Robert venait de souffler ses bougies d'anniversaire. Et qu'est-ce que tu vas faire de ce panier maintenant ?

— Chaque fois qu'un acheteur voit un produit qui lui plaît, il l'ajoute au panier. Il peut même en ajouter plusieurs.

— Ça semble improbable qu'il le fasse, observa Ross.

— C'est vrai, convint Robert.

— Mais appréciable. Il faut lui en laisser la possibilité. On verra ce que ça donne à l'usage. Donc, il ajoute son petit sachet de beuh au panier, et ensuite ?

— Il se rend sur le panier. Il paie.

— Avec quoi ?

— Avec des bitcoins.

— Il lui faut donc un porte-monnaie de bitcoins sur Silk Road, conclut Ross.

Robert hésita. Il n'avait pas prêté une grande attention au fonctionnement de Bitcoin. Pour lui, c'était surtout un moyen de réduire l'écart avec sa vision de départ. Ross vit l'hésitation dans son regard. Il décida de l'aider un peu :

— Il crée un premier porte-monnaie sur une plateforme d'échanges. Ce porte-monnaie-là lui permet de convertir des dollars, qu'il transfère depuis son compte en banque, en bitcoins. Et ensuite, il crée un autre porte-monnaie sur Silk Road. Il transfère les fonds depuis le premier porte-monnaie jusqu'au deuxième, qui lui permet de faire ses achats sur le site.

— Pourquoi ? demanda Robert. Pourquoi un deuxième porte-monnaie, au lieu de payer directement avec celui qu'il possède sur la plateforme d'échanges ?

— Ça nous procure deux avantages, expliqua Ross. D'abord, le paiement en un clic. C'est comme sur Amazon que tu aimes tant. Si l'acte d'achat est compliqué, c'est dissuasif pour l'acheteur. Il faut qu'il sorte du site, qu'il se livre à tout un tas d'opérations compliquées, avant de pouvoir finaliser son achat. À ce moment-là, il risque de se décourager. Le paiement en un clic, depuis un porte-monnaie intégré à notre site, va améliorer le taux de conversion.

— Compris, répondit Robert.

— Ensuite, ça va nous permettre de résoudre un de mes problèmes à moi. Tu sais que je me tape les disputes entre acheteurs et vendeurs à longueur de journée. C'est franchement pénible. Le pire, c'est que la plupart du temps, je ne suis d'aucune utilité. Mais avec un paiement intégré à Silk Road, on va pouvoir mettre en place un système de dépôt, expliqua Ross à un Robert qui était tout ouïe. Comme sur Airbnb, que tu aimes bien également. Sur Airbnb, quand un mec réserve un appartement, il est tout de suite débité. Mais le mec qui lui loue l'appartement n'est pas payé pour autant. Au contraire. L'argent est gardé par le site sur un compte de dépôt. On attend que le séjour soit terminé, que tout se soit bien passé, et là, si c'est le cas, alors le loueur est payé. Si le loueur a escroqué le voyageur, s'il a menti dans l'annonce, si le séjour s'est mal passé, alors il n'est pas payé. Il ne reçoit l'argent que si le voyageur indique clairement au site qu'il a été satisfait.

— Et si c'est le voyageur qui a abusé, s'il a ravagé l'appartement, c'est à lui de dédommager le vendeur. C'est pour ça qu'on lui demande un dépôt de garantie.

— Tu as tout compris, dit Ross.

— C'est génial, dit Robert. Tout ça va faire beaucoup d'argent sur notre site.

— Tout ça *peut* faire beaucoup d'argent sur notre site, nuança Ross. Il faut penser le parcours jusqu'au bout. Pour l'instant, on n'y est pas encore. Donc l'acheteur ajoute un produit au panier, il paie, le vendeur est notifié qu'il a payé. À ce moment-là, il faut qu'il livre.

— Oui, approuva Robert.

— Mon ami, tu n'as pas oublié quelque chose ? Il la livre comment, la drogue ? Tu vas embaucher des livreurs à domicile ? Des mecs avec des scooters aux couleurs de Silk Road ?

— En vrai, ce serait cool, mais j'ai une bien meilleure idée, dit Robert qui laissa planer quelques secondes de suspense. Il l'envoie par la Poste.

— Par la Poste ?

— Par la Poste.

— De la drogue par la Poste.

— C'est ça.

— Mais les colis, ils vont se faire intercepter ?

— C'est là où tu te trompes, *mon ami*, le taquina Robert, qui était content de reprendre l'ascendant dans la discussion.

Laisse-moi t'expliquer quelque chose. À la Poste, ils sont complètement finis. Ils se prennent de plein fouet la concurrence de l'e-mail. C'est comme une mort subite. L'envoi postal existe toujours, mais c'est devenu misérable en comparaison de ce que c'était il n'y a pas si longtemps. En conséquence, les budgets ont été divisés par dix. Par dix ! Et ils continuent de l'être chaque année. Donc je peux t'assurer que ce n'est pas une armée de superflics, équipée des dernières technologies, qui s'occupe d'examiner le courrier. À mon avis, c'est plutôt une poignée de pauvres types, sous-qualifiés et sous-payés. Je ne suis pas inquiet de ce côté. Et de toute façon, je ne t'ai pas encore dit ce qu'il y a de plus beau dans ce plan.

Ross, rempli d'admiration, était suspendu aux lèvres de Robert.

— Tu ne peux pas être inculpé pour un colis que tu reçois, lâcha celui-ci d'un air modeste.

Il n'en fallait pas davantage à Ross pour comprendre. Ce que disait son ami était évident. Vous ne pouviez pas être inculpé pour ce que vous *receviez* par la Poste. Sinon, en effet, il aurait été trop facile de faire inculper n'importe qui, en lui envoyant un colis compromettant. En toute justice, seul *l'expéditeur* pouvait être inculpé. Il suffisait donc que celui-ci prenne ses précautions. L'acheteur, de son côté, ne risquait absolument rien. Le pire qui pouvait arriver à un acheteur était que son colis soit saisi et ne lui arrive jamais.

— C'est brillant, dit Ross.

— À ton service, dit Robert.

Sous la réflexion conjointe des deux amis, toutes les difficultés semblaient se dissiper.

— L'acheteur reçoit la drogue par la Poste, reprit Ross qui commençait à être fatigué. Il la consomme, il estime qu'il est satisfait, et là, il reste encore une étape. Il faut qu'il se rende à nouveau sur le site. Il faut qu'il indique que le produit était conforme à ses attentes, de manière que l'argent, pour l'instant en dépôt, soit versé au vendeur. On appelle ça « finaliser ». C'est à ce moment-là aussi que l'acheteur laisse un avis. Le moins que l'on puisse dire, c'est que le parcours est complexe. Notre page « Comment ça marche » ne va plus suffire. Il va falloir des guides complets, un pour l'acheteur, un pour le vendeur.

Mais Robert s'apprêtait à tenter une descente en skateboard de l'escalier. Il avait peu d'intérêt pour ces détails.

— On prend combien ? demanda la voix depuis le haut de l'escalier.

— Je te demande pardon ?

Un grand fracas fut la première réponse qui parvint jusqu'à Ross.

— La commission, on prend combien ? Je propose 10 %, reprit la voix depuis le bas de l'escalier.

— Ça semble raisonnable, répliqua Ross, tout en travaillant. On pourra toujours l'augmenter si besoin. Mais il reste une question : qui est-ce qui la paie ? L'acheteur ou le vendeur ? J'aurais bien envie de m'inspirer de ce qui se fait avec les cartes de crédit. Chaque fois que tu paies avec une carte, la banque prélève une commission bien sûr, cette bande de chiens. Mais elle est invisible pour l'acheteur, qui paie le prix indiqué sur le produit. Si le produit est à dix dollars, il paie dix dollars. Le vendeur, lui, ne touche que neuf dollars cinquante. C'est lui qui a payé la commission.

Ce n'était qu'une des très nombreuses questions que Ross aurait à traiter. Il découvrait avec stupéfaction la complexité d'une place de marché. « Quand on n'est qu'un vulgaire utilisateur, songeait-il, le fonctionnement paraît facile. On clique trois fois de suite et le tour est joué. Mais quand il s'agit de la fabriquer et de la gérer, c'est une autre paire de manches. On n'a pas idée du nombre de couches qui se superposent pour que l'utilisateur puisse avoir cette expérience en trois clics. »

Aussi ne cessait-il de buter sur des difficultés. Peu avant de mettre en ligne la nouvelle version du site, celle qui devait intégrer Bitcoin, il prit conscience avec horreur d'une faille majeure dans la sécurité.

Si un vendeur était aussi acheteur, c'est-à-dire s'il vendait de la marijuana sur le site, mais l'utilisait également pour se procurer de la cocaïne, alors il se retrouvait très exposé. Pour recevoir sa cocaïne, il devait communiquer son adresse postale au vendeur. Mais ça signifiait que le vendeur de cocaïne possédait l'adresse postale de son client qui était aussi vendeur d'herbe. Il pouvait dès lors menacer de le dénoncer aux autorités, et le faire chanter. En d'autres termes, l'acheteur-vendeur se trouvait exposé, en tant que vendeur, du fait des informations qu'il avait communiquées en tant qu'acheteur. C'était épouvantable. Ross dut imaginer un système où un même compte ne pourrait pas être utilisé à la fois pour acheter et pour vendre. Il bricolait aveuglément, en espérant que ça marche.

Ça représentait pour lui, de nouveau, énormément de stress. Il disposait de maigres connaissances en PHP et MySQL – même si elles s'étoffaient sous l'effet des conseils de Julia –, il maîtrisait plutôt mal Tor, et il découvrait Bitcoin. La tâche lui paraissait insurmontable. Il passait de plus en plus de nuits collé à son ordinateur, s'étonnant que le besoin de dormir puisse être aussi malléable. Il ne cessait de repousser les limites dans ce domaine.

Ça pouvait le rendre irritable, comme lorsque Robert demandait « si c'était bientôt prêt ». On aurait dit qu'il était en train d'attendre une pizza. Dans ces occasions-là, Ross s'énervait. Ça lui faisait du bien d'évacuer un peu de sa tension. Avec prudence, Robert retournait alors à ce qu'il appelait pompeusement les « partenariats ».

— Je pense que ça va être prêt, le prévint Ross un beau jour. Tu m'as mis la pression, alors je n'ai pas pu automatiser les transactions. Pour être honnête, je n'y arrive pas. Au lieu d'avoir une comptabilité qui se fait toute seule, il va falloir que je fasse correspondre à la main chaque commande sur le site avec chaque ligne de dépôt sur notre compte Bitcoin. Je les traiterai en masse une fois par jour. Il y a un vrai risque que je perde le fil ; mais au moins, on peut se lancer.

— Bon garçon, répliqua Robert, lui ébouriffant les cheveux.

Pendant le week-end, Ross effectua la mise à jour du site. Il essaya de s'imaginer la réaction des utilisateurs, lorsqu'ils verraient soudain le site flambant neuf, au design toujours rudimentaire mais pourvu des nouvelles fonctionnalités. Ce serait une révolution dans leurs vies de drogués. Plus besoin de sortir pour rencontrer son dealer. Plus besoin de prendre des risques. Et surtout, le plaisir ineffable de recevoir sa came chez soi, sans bouger de son fauteuil.

— Comme un putain de service à domicile, s'amusait Robert. Les employés de la Poste américaine viennent tous de devenir des dealers. Ils ne sont juste pas au courant.

Les deux amis s'installèrent confortablement dans leur canapé, une bière fraîche à la main. Ils regardèrent leur compte de dépôt se remplir, aussi détendus que s'ils regardaient un match de foot à la télé. Une transaction, puis une autre, et encore une autre : il y en avait quasiment une par minute. Ross ne s'était pas trompé ; la fluidité de l'expérience de paiement améliorait le taux de conversion. Et puis, acheteur et vendeur n'étaient plus obligés d'être dans la même ville à présent. Vous pouviez commander de la drogue à Seattle depuis Miami. Vous pouviez même, si vous en aviez envie, commander de la drogue au Bangladesh depuis les États-Unis. Silk Road devenait une plateforme mondiale.

*

Ce n'est qu'au milieu de la nuit que Ross fut réveillé. Tiré de son sommeil, mais aussi de son euphorie.

Le compte n'y était pas. Il ne savait pas pourquoi, mais c'était comme s'il avait fait le calcul en dormant. Il avait vu les chiffres défiler toute la soirée ; et voilà qu'au milieu de la nuit il était réveillé par le résultat nocturne de son calcul mental.

Fébrile, sans prendre la peine de rallumer la lumière, il se connecta à son interface administrateur. L'écran projetait dans la pénombre une lumière crue. Il prit une feuille de papier, un stylo, se mit à faire des additions. Il avait vu juste. Le compte n'y était pas.

Une attaque de panique, comme il n'en avait jamais connu auparavant, se déclencha dans sa poitrine. Il avait du mal à respirer. Il dut ouvrir la fenêtre pour ne pas défaillir. « Calme-toi, se répéta-t-il, calme-toi. En paniquant, tu diminues tes chances de t'en sortir. » Cette pensée rationnelle eut le pouvoir de l'apaiser. Il put reprendre son analyse plus froidement.

À chaque nouveau dépôt, une partie disparaissait. Toujours la même. Et Ross n'avait aucune idée d'où elle allait.

Au rythme actuel des transactions, le site perdrait quelques milliers de dollars par semaine.

Il prit alors conscience de l'horreur qui était en train de se produire. L'argent se volatilisait entre le moment du dépôt et celui de la finalisation. Ils ne pouvaient donc plus payer le vendeur, du moins pas entièrement, sauf à prélever la somme dans une autre transaction. Silk Road devenait une pyramide de Ponzi ; un panier percé, qu'on maintient rempli en faisant entrer toujours plus de clients. Et lui, Ross, aurait bientôt une meute de trafiquants furieux à ses trousses.

Évanouie, envolée, évaporée : Ross n'avait aucune idée de ce qui pouvait arriver à la partie des bitcoins qui disparaissait. Il parcourut fébrilement son code et la seule chose que cet exercice lui suggérait, c'était qu'il ne savait pas ce qu'il faisait et qu'il avait joué aux apprentis sorciers.

Après quelques heures de recherches aussi vaines qu'angoissantes, et tandis que l'aurore aux doigts de rose dans son berceau de brumes se levait, il se résolut à réveiller Robert.

— On a un problème.

— Qu'est-ce qu'il y a ? demanda celui-ci qui, pour célébrer leur réussite, avait bu bien davantage que Ross.

— On perd des bitcoins.

— Quoi ?

— Il faut que j'appelle Julia.

On y venait. Chaque fois qu'il avait un problème, il appelait Julia. Il se voyait mal, en effet, appeler une boîte de conseil en informatique.

Il ne se mit aucun frein. Ruine et désolation approchaient à toute vitesse. Il appela Julia frénétiquement. Il n'était pas tout à fait six heures du matin. Il dut attendre sept heures pour qu'elle décroche enfin.

— J'ai besoin que tu m'aides, dit-il précipitamment dès qu'il entendit sa voix au téléphone.

— On peut se voir ce week-end si tu veux, répondit-elle assez froidement.

— Non, maintenant. C'est une question de vie ou de mort.

— Qu'est-ce qui se passe ?

— Je ne peux pas t'en parler au téléphone. Il faut qu'on se voie maintenant. Je suis chez toi dans trente minutes.

— Je préfère dans un café si tu veux bien. Au pied de mon bureau. Et je ne pourrai pas rester longtemps. Il faut que j'aille travailler.

— Non, chez toi. Je te le répète, c'est une question de vie ou de mort.

Il n'y allait pas avec le dos de la cuillère. Mais en vérité, c'était bien ainsi qu'il se représentait les choses.

— Tu as vraiment un problème, lui lança Julia pour l'accueillir, quand il fut à la porte de son studio dans l'Upper West Side.

Pour quelqu'un qui gagne un bon salaire, Julia vivait modestement. Une petite cuisine et un salon-bureau-chambre à coucher, séparés par un long couloir ; une seule fenêtre ; un immeuble sans ascenseur ; peu d'espace, mais de la tranquillité. Julia était sérieuse et prévoyante, elle dépensait juste ce dont elle avait besoin. Mais telles n'étaient pas les préoccupations de Ross, tandis qu'il pénétrait, en trombe, dans l'appartement.

— Je ne te le fais pas dire, répliqua-t-il, soulagé de l'avoir en face de lui, prête à l'aider. J'ai beau tourner le code dans tous les sens, je ne comprends pas où est la faille.

— Non, je voulais dire : *tu* as un problème, vraiment un problème, Ross. Ça n'est pas étonnant que tu sois aussi seul.

Il encaissa le coup. Malgré son état de panique, il fut désagréablement touché par la remarque de Julia.

Il la scruta un instant, plein de dépit. Elle soutenait son regard, mais d'une manière changée. D'habitude, elle était en colère, et la colère a quelque chose de rassurant. On est en colère contre ceux qu'on aime, contre ceux qu'on a envie de faire évoluer. Là, cette émotion peinte sur son visage, c'était plutôt du mépris.

Ce mépris l'aida à prendre conscience de lui-même.

— Écoute, dit-il, tu as raison. J'ai sans doute un gros problème. Je l'admets. Mais là, j'ai besoin de toi. Et si tu veux, on dit que c'est la dernière fois que je t'importune. Et on discutera de mon problème, je te le promets.

Ross avait une tête abominable, abîmée par le stress, blanche, les yeux caves. Julia eut pitié de lui. Elle voyait bien que quelque chose le rongeait ; sans nul doute cette saloperie de projet dont il ne voulait jamais lui parler, sauf pour lui montrer ses petits bouts de code ridicules. Elle ne se sentit pas le courage de lui refuser son aide.

— J'ai annulé un meeting que j'avais à neuf heures, dit-elle. Pour toi. Mais à neuf heures vingt, il faudra que je sois partie. D'ici là, je suis à toi. Je vais nous faire du café.

— Merci, dit-il, soulagé, se laissant tomber dans le canapé.

Julia revint avec deux tasses fumantes. Elle s'assit en face de lui et l'enveloppa de son regard pénétrant. Tiré de sa torpeur, Ross sortit son ordinateur pour lui expliquer le problème.

Elle le coupa.

— Pas avant que tu m'aies raconté ton mystérieux projet, dit-elle.

Ross en demeura bouche bée.

— S'il te plaît, Julia, ce n'est pas le moment…

— Si tu ne me dis rien, je ne t'aide pas.

Il avait été imprudent. Il avait laissé éclater son angoisse, espérant que celle-ci lui permettrait de convaincre Julia. Il n'avait pas réfléchi au fait que cela le rendait vulnérable. Et voici qu'il se retrouvait, en quelque sorte, pieds et poings liés. Elle savait que son problème était urgent. Il savait qu'elle partirait à neuf heures vingt. Elle profitait de la situation pour le mettre à genoux.

Il connaissait Julia pour être une fille déterminée. Elle était certes accessible aux sentiments, mais quand elle avait un plan, il était difficile de l'en faire dévier. Il le savait. Le temps pressait. Il capitula donc.

Sa tasse de café dans les mains, il lui expliqua le projet. Quitte à avouer, il n'hésita pas à être exhaustif : une place de marché clandestine, fondée sur Tor ; aujourd'hui, un Amazon de la drogue ; demain, la plus grande plateforme de services illégaux dans le monde. Il raconta les champignons, les premiers utilisateurs, le succès rapide du site ; sa popularité, sa communauté grandissante, sa version initiale et celle qu'il venait de mettre en ligne, qui faisait disparaître les bitcoins.

Julia était consternée. Elle se prenait la tête à deux mains, son noble front se plissait, on avait l'impression, se disait Ross, qu'elle avait envie de vomir. Était-ce lui qui la dégoûtait ? Ou seulement le projet ? Au fur et à mesure de son explication, il se sentait de moins en moins assuré.

— Qu'est-ce que tu as fait ? dit-elle, quand il eut fini. Tu es devenu fou !

Il ne savait pas quoi répondre.

— S'il te plaît, Julia, j'ai besoin de ton aide.

Elle le considéra attentivement. La pâleur mortelle, les yeux creux, le regard fuyant, tout indiquait un mal-être profond. Le jeune homme qu'elle avait en face d'elle n'était plus que l'ombre de lui-même.

— Tu vas me promettre d'abandonner ce projet, dit-elle d'une voix ferme.

— Julia...

— Je vais t'aider, coupa-t-elle. Je ne vais pas te laisser dans cette situation... *catastrophique*...

Visiblement, les mots lui manquaient.

— Mais avant ça, je veux ta promesse que dès que ton problème sera résolu, tu abandonneras le projet.

Ross considéra gravement la demande. En toute honnêteté, elle n'avait peut-être pas tort. Loin de Robert et de leur repaire de Red Hook, il avait perdu de sa superbe. Il n'était plus bien sûr de ce qu'il devait faire. Si Julia réagissait ainsi, comment réagiraient d'autres gens ? Probablement de la même manière. En cet instant, Ross n'était plus le héros du monde souterrain. Il n'était qu'un gamin qui a fait une grosse bêtise.

— Voilà ce que je te propose, dit-il, tentant de rester maître du jeu. Silk Road, ce n'est pas juste un site. C'est plus d'un an de ma vie. Je ne peux pas le jeter à la poubelle comme tu le demandes. Ce que je peux faire en revanche, c'est m'engager à trouver un repreneur rapidement. Dès que j'aurai trouvé, je vendrai et je me retirerai. Comme ça, au moins, je sais que mon travail ne sera pas perdu. J'en tire un petit quelque chose. Et je ne suis pas inquiet sur le fait de trouver un repreneur. J'ai déjà eu des propositions.

C'était un mensonge. Il était vrai qu'il n'était pas inquiet, la communauté de Silk Road étant grande, remplie de geeks ; mais il était faux qu'il eût déjà reçu des propositions.

Julia parut lui faire confiance. Elle accepta les termes du marché.

Ils examinèrent ensemble le travail de Ross et la réponse de son amie fut très rapide :

— Il faut que tu réécrives entièrement ton code.

— Mais est-ce que ce n'est pas plus simple de trouver la faille dans le code existant ? Ça m'a pris des semaines de l'écrire.

La suggestion de Julia était, au fond, ce qu'il ne voulait pas entendre. Réécrire entièrement le code était toujours une solution. Mais c'était trop dur moralement.

— Il n'y a pas d'erreur majeure dans ce que tu as fait. Et je ne connais pas Bitcoin. Tu as dû faire une petite erreur quelque part. Ce n'est pas moi qui saurai la trouver. Mais si tu réécris le code en faisant attention, il n'y a pas de raison que ça ne fonctionne pas.

Ross se sentait stupide. Il s'était compromis pour un conseil auquel il aurait pu penser tout seul. Elle lui avait arraché sa promesse. Il était neuf heures vingt. Avec amertume, il la remercia.

Elle lui offrit un visage aussi aimable qu'une porte de prison.

*

Ayant regagné ses pénates, Ross dut faire ce qu'il avait redouté de faire, fermer temporairement le site, avec un beau message d'excuse, annonçant que Silk Road était temporairement fermé pour maintenance. Quelles allaient être les réactions ? En particulier, de ceux dont les transactions étaient en cours ? Il préférait ne pas y penser. Il se mit à réécrire entièrement le code, comme Julia le lui avait suggéré.

Mais le lendemain, ce fut un Robert furieux qui le tira de son lit.

Encore endormi, Ross fut saisi par les bras, soulevé dans les airs comme une peluche, et assis dans le fauteuil qui faisait face à son ordinateur.

— Qu'y a-t-il ? bafouilla-t-il à Robert. Si c'est pour la fermeture du site, je n'ai pas eu le choix. J'allais t'en parler. C'est l'affaire de quelques semaines, peut-être de quelques jours...

— Connecte-toi à Facebook, dit simplement Robert, forçant Ross à regarder l'écran qui s'allumait.

Celui-ci dut faire un effort, car il n'avait pas les yeux en face des trous. Il se connecta à Facebook. Mais que Robert voulait-il donc lui montrer ? Sûrement pas ses photos de vacances. Il avait l'air d'être dans une colère noire, son regard était fixe comme celui d'un taureau qui charge. Son visage d'habitude si avenant était déformé par la haine.

Tout à coup, la chose lui apparut. Elle était là, bien en évidence sur son mur Facebook, offerte à la vue de n'importe qui. Elle tenait en deux lignes : « Je suis sûre que la police serait très intéressée d'apprendre que tu as créé un site de drogues. »

— Qui a écrit ça ? demanda un Ross confus et encore mal réveillé.

— Tu me prends pour un con ?

— Non, je... C'est signé Erica. Je ne connais pas d'Erica.

Un clic sur le profil lui révéla qu'Erica et lui possédaient une amie en commun. Une fille du nom de Julia.

— Tu m'as trahi, dit Robert. Tu lui as parlé du site. Tu as trahi ma confiance.

La voix était chargée de menaces. Robert le maintenait assis en lui comprimant les épaules, avec une telle force que Ross en grimaçait de douleur. Le visage léonin était près, tout près du sien, le regard bleu tranchant comme une lame.

— Tu me fais mal, dit Ross.

Mais il n'avait pas la force de se dégager, loin de là.

— Qu'est-ce que tu lui as dit ? lui gronda Robert en plein visage.

Ross ne le reconnaissait pas. Ce n'était pas son ami, celui avec lequel il partageait ses soirées dans leur maison de Red Hook. C'était un individu froid et hostile, prêt à lui faire du mal. Ross fut pris d'un accès de panique.

— Je lui ai demandé son aide pour la fuite des bitcoins, expliqua-t-il rapidement. On allait au-devant d'un très gros problème, Robert. Elle m'a forcé à lui dire sur quoi on travaillait. Elle ne m'a pas laissé le choix. L'un dans l'autre, c'était la meilleure chose à faire. J'ai pensé que c'était sous contrôle. Mais je ne connais pas cette Erica et je ne comprends pas ce message Facebook.

Robert le lâcha brusquement.

Ross se mit à masser ses épaules endolories.

Robert arpentait la pièce nerveusement, sombre et violent.

— Si cette pute me cherche, elle va me trouver.

La menace fit forte impression sur Ross. L'informaticien n'osait pas bouger de son fauteuil. Robert semblait hors de contrôle. Ross se demanda si Julia ne se trouvait pas en danger.

— Laisse-moi m'en occuper, suggéra-t-il d'une voix blanche. Je vais l'appeler. Je ne sais pas ce qu'il s'est passé, mais ça peut sûrement se réparer. Je vais faire retirer le message.

Robert ne répondit rien, mais lui jeta un regard malsain. Il sortit en claquant la porte.

Un peu tremblant, Ross composa le numéro de Julia.

— Peux-tu m'expliquer le message d'Erica ? demanda-t-il d'une voix qui se voulait autoritaire, mais qui dérailla.

— Quel message ?

— Sur mon mur Facebook.

Julia se connecta.

— Je ne sais pas, dit-elle au bout d'un moment.

— Comment ça, tu ne sais pas ?

— Je ne lui ai jamais demandé d'écrire ça.

— Mais c'est toi qui lui en as parlé ?

— Oui, reconnut Julia. Après ta visite, j'étais mal. J'avais besoin de me confier à quelqu'un. J'ai appelé Erica. Je lui ai juste raconté notre conversation.

— Mais enfin, Julia, explosa Ross, tu ne peux pas faire une chose pareille ! Tu imagines à quel point je me retrouve exposé ?

— Le site, de toute façon, tu vas t'en débarrasser ? répliqua-t-elle d'une voix froide.

Ross se mordit la lèvre. Il avait pris un engagement et il se comportait d'une manière qui contredisait cet engagement. C'est qu'il subissait à présent l'influence de Robert.

Il tenta de réfléchir calmement.

— Tu as raison, dit-il. Je vais m'en débarrasser. Et même le plus vite possible. Mais ça ne se fera pas en vingt-quatre heures. Et le temps que ça se fasse, je ne peux pas courir de risque comme celui-là. Il faut que tu demandes à ton amie de retirer son message. Et de bien la fermer, ajouta-t-il grossièrement, si tu ne veux pas avoir ma mort sur la conscience.

— Débarrasse-toi du site, répéta Julia fermement.

— Je le ferai, c'est promis, répliqua Ross, qui sentit son estomac se nouer.

Elle raccrocha brutalement. Ross retourna à son écran, angoissé, se rongeant les ongles. Il actualisa sa page Facebook jusqu'à ce que, au bout d'un moment, le message disparaisse. Il poussa un soupir de soulagement.

Il n'avait pas informé Robert de la promesse faite à Julia.

5
AUX DOUANES POSTALES

Jared n'aimait pas le surf.

On peut même dire que Jared *détestait* le surf. Il l'avait toujours détesté, autant qu'il détestait les types qui en faisaient, les surfeurs athlétiques qui se pavanaient sur la plage le samedi matin. La plage, c'était simple, Jared n'y allait jamais. Il était allé la voir une fois lorsqu'il avait emménagé à Rockaway. Elle était grande et baignée de soleil. Jared n'aimait pas non plus le soleil. Sa peau fragile ne lui permettait pas de s'y exposer. Il avait vu la plage une fois, cela lui avait suffi. Il n'y était plus jamais retourné. Pourquoi donc habitait-il à Rockaway ? Car s'il y avait bien, sur Terre, un endroit sinistre, c'était Rockaway Beach à la fin du jour.

En fin de journée, les week-ends d'été, les surfeurs vidaient les lieux. Ils le faisaient avant que la nuit ne soit tombée. En effet, hormis le métro et les habitations glauques, il n'y avait rien ici. C'était comme un désert, sauf que dans le désert, au moins, vous êtes seul. Rockaway était un endroit dangereux. Aussi y avait-il, dès que le soleil commençait à décliner, un mouvement général de la plage vers le métro. Tous ces gens qui avaient passé la journée à se prélasser et à prendre du bon temps faisaient maintenant la course. Personne ne voulait être le dernier à quitter les lieux. La dernière rame à s'éloigner du quai encore ensoleillé était bondée. La première rame à partir dans l'obscurité était vide.

À quoi pouvait bien ressembler la plage, la nuit ? Il est probable que personne ne le savait ; sauf, peut-être, quelques sans-abri égarés. Les tours des Projects la dominaient, percées de lumières jaunes et inquiétantes.

Les rues de Rockaway étaient bordées de maisons résidentielles. Des maisons sans étage, basses, aux murs préfabriqués dans quelque lointain chantier et assemblés hâtivement sur place par un entrepreneur au bord de la faillite. Le garage était souvent aussi grand que la maison.

On bouchait ses fenêtres de manière que la lumière de l'intérieur ne soit pas visible. À tout prendre, il était préférable que les rôdeurs ne sachent pas si la maison était habitée. Ce doute pouvait les reporter favorablement sur une autre maison.

À la nuit tombée, les résidents du quartier rentraient du travail, épuisés. Ils rangeaient leur pick-up au garage ou, s'ils n'en possédaient pas, l'arrêtaient devant leur maison, sans prendre la peine de se garer. Les rues de Rockaway étaient exagérément larges. Entre voisins, il était impossible de se gêner.

On déchargeait son pick-up de la nourriture achetée dans les centres de distribution à prix réduits. Car si vous étiez prêt à gâcher votre temps libre dans les embouteillages, puis à naviguer, poussant votre chariot, dans les allées sans fin de ces surfaces géantes, vous pouviez vous procurer votre poids en viande surgelée à vil prix ; sans parler des pizzas déjà préparées, du guacamole tout fait, des cubis d'un vin qui n'avait de chardonnay que le nom.

Après cette brève période d'activité, tandis que les ténèbres s'épaississaient, Rockaway devenait parfaitement silencieuse. Comme un tombeau. De loin en loin, un réverbère trouait l'obscurité. La paix n'étant troublée que par les passages espacés, mais réguliers, du métro aérien ; et bien sûr, par le ballet des lourds avions, déchirant le ciel sans relâche.

Ce ciel n'était pas peuplé d'étoiles. La ville, la vraie, Manhattan, était trop proche. La voûte nocturne reflétait sa lumière mauve et dorée.

Il fallait une très bonne raison pour venir habiter à Rockaway. La pauvreté en était une. Mais ça n'était pas celle de Jared.

Il était employé des douanes postales, à l'aéroport John-Fitzgerald-Kennedy. Son titre, Homeland Security Officer, le remplissait de fierté.

Son salaire, bien que modeste, aurait pu lui permettre de vivre, peut-être pas à Manhattan, mais dans une banlieue un peu moins sinistre. Mais Jared n'en voyait pas l'utilité. Il était dévoué à son travail. Moins sa vie personnelle l'occupait, mieux il se portait. Il avait donc réglé ce détail pratique en achetant une maison juste à côté de l'aéroport.

Son rêve – car Jared, comme tout un chacun, rêvait – avait été de devenir agent secret. Malheureusement, il était loin d'en avoir les capacités. Après une série d'examens ratés, il avait atterri aux douanes postales. Ce qui n'était pas si mal, finalement. C'était adapté.

Il avait commencé par un stage, qui devait durer six mois et déboucher sur un emploi. Mais les choses ne s'étaient pas passées avec autant de facilité. Les six mois s'étaient prolongés en neuf mois, puis les neuf mois s'étaient répétés. En d'autres termes, en dépit de son acharnement, Jared avait eu beaucoup de mal à obtenir le poste.

Pourtant, il était un serviteur zélé des services postaux. Il se montrait d'une grande rigueur. Bien davantage, d'ailleurs, que ses collègues, qui se trouvaient là, pour la plupart, parce que c'était une bonne planque, avec une mauvaise paie mais beaucoup de temps libre, ainsi qu'on en plaisantait à la machine à café. Jared, lui, *aimait* son travail, aussi étrange que cela puisse paraître à ses collègues.

C'est que Jared avait le sens du service public. Il aimait son pays, le gouvernement, l'administration. Il aimait l'ordre et la discipline. Il aimait tout ce que le pouvoir central représentait. Alors, aux douanes postales ou ailleurs, il servait avec passion. C'était pour lui un honneur, une raison d'être.

S'il était dans d'aussi bonnes dispositions, et s'il travaillait autant, effectuant des heures supplémentaires sans les compter, s'il était donc si investi dans son travail, qu'est-ce qui avait pu mettre un frein à son embauche ?

Il faut savoir que Jared n'était pas très apprécié de ses collègues. Respecté, peut-être ; craint, sans doute ; mais apprécié, certainement pas. Il était différent, comme un vilain petit canard. Ses collègues en faisaient le moins possible, prenaient de longues pauses-déjeuner, se retrouvaient à la moindre occasion pour bavarder. Pas Jared. Lui ne prenait aucune pause, même pour le déjeuner. Il n'était pas idéologiquement opposé à toute forme de plaisanterie ; mais il prenait son travail au sérieux, et il n'aimait pas qu'on plaisante dessus. Encore en stage, il était allé rapporter au chef certains propos de ses collègues, qui s'étaient permis de se moquer de leur équipement désuet. Le chef s'était contenté de le regarder comme s'il avait affaire à un malade.

Le problème ne se résumait pas à son comportement. Jared était physiquement gênant. Chefs, égaux, subordonnés, il avait le don de tous les mettre mal à l'aise. Personne n'était jamais content de le croiser. Il avait un front et des sourcils proéminents, donnant ainsi l'impression de vous regarder par en dessous, bien qu'il fût grand. Il était maigre, tandis que tous ses collègues étaient gras. Surtout, il avait une très mauvaise hygiène corporelle. Il sentait la sueur, une sueur rance et ancienne, de celles qui ne partent pas à la première douche. Il avait, enfin, terriblement mauvaise haleine. Pauvre Jared ! Ce n'était pas sa faute. Car il se brossait les dents. Mais il était né avec une mauvaise dentition. Il dilapidait une part non négligeable de son salaire en soins dentaires, et malgré tout, c'était insuffisant. Quand il s'en plaignait à ses collègues, comme s'il évoquait le mauvais temps, ceux-ci réagissaient avec dégoût.

Il existait un contraste frappant entre son corps et son vêtement. Par « vêtement », il faut entendre l'uniforme, celui des douanes postales, qui était composé d'une chemise, d'un pantalon, d'une cravate, et de chaussures, tous également noirs. Sur la poitrine droite luisait la plaque dorée, éclatante, du gouvernement américain, ornée de l'aigle impérial, aux ailes déployées. Sur la poitrine gauche, une autre plaque, rectangulaire, signalait le nom de l'officier en fines lettres d'or, sur un fond noir discret. Sur l'épaule droite était brodé l'écusson du service, le US Department of Homeland Security, ourlé de blanc. Jared gardait son uniforme dans un état impeccable. Il y tenait plus qu'à la vie. Il était, de ce point de vue, l'employé le plus soigneux des douanes postales. Mais le soin qu'il apportait à son apparence s'arrêtait là. Comme si son corps était, en comparaison de son vêtement, une chose sans importance.

Avec ce portrait, on aura compris que Jared n'avait pas de petite amie. D'ailleurs, il n'avait pas d'amis tout court, hommes ou femmes, sexuels ou fraternels. Mais ce n'est là qu'une ébauche du personnage. Pour en achever le portrait, il faut encore quelques coups de pinceau.

Quand il ne travaillait pas, Jared dormait beaucoup, car il mettait à son travail une grande énergie, et il avait besoin de récupérer. Il sortait peu. Ce qu'il aimait, c'était regarder des films ; en particulier des films d'horreur. Il n'avait pas choisi le genre immédiatement ; mais ayant épuisé tout ce que l'Amérique comptait de comédies, de drames et de films policiers, il avait essayé, et ça lui avait plu. Il était devenu incollable. Il regrettait qu'en dehors de quelques classiques ses collègues n'y connaissent rien.

Sexuellement, Jared était inactif. À l'échelle de sa vie, ses interactions avec les femmes se comptaient sur les doigts d'une main. Il y avait sa mère, dont il était très proche, qui lui rendait régulièrement visite depuis la Floride. Il y avait eu une fille qu'il avait suivie, une fois, dans les rues de Manhattan ; elle avait fini par se retourner et lui demander ce qu'il voulait ; mais lui-même n'en savait rien. Et il y avait eu cette affaire regrettable au service des douanes.

Jared venait d'avoir sa promotion. Non, soulignons-le, parce que son chef l'appréciait. Mais parce qu'il était évident que Jared travaillait trois à quatre fois plus que n'importe lequel de ses collègues, et que, pour son chef personnellement, cela signifiait trois à quatre fois moins de travail. Par amour de la paresse, celui-ci avait donc surmonté son dégoût et l'avait promu.

Jared dirigeait à présent une équipe de six personnes, dont le rôle était de fouiller les bassines bleues à la recherche de lettres au contenu frauduleux. Pour débuter, il avait dû recruter. Il avait embauché Mandy, une fille très jeune, qui ne manquait pas de fraîcheur. Jared s'était révélé un excellent chef, professionnel et attentif, en tout point irréprochable.

C'est ainsi, du moins, qu'il le percevait. Il était persuadé de n'avoir rien fait de blâmable.

Mais au bout de quelque temps, la fille avait commencé à lui témoigner de la défiance. Elle l'évitait, prenait un déplaisir évident à lui parler. Elle compliquait, semblait-il à Jared, leurs relations de travail.

Finalement, elle avait déposé une plainte pour harcèlement.

— Je ne comprends pas, avait répliqué Jared à son chef, qui lui avait rapporté l'information.

— On ne te demande pas de comprendre, mon vieux. On la transfère. On te demande de te tenir à l'écart et de ne plus jamais lui adresser la parole.

Le chef ressentait, au fond, une triste compassion pour son employé.

Mais celui-ci avait eu du mal à s'en tenir à ces explications. Il n'avait eu aucune mauvaise intention et ne comprenait pas la plainte qui le visait.

Il était donc allé trouver Mandy pour en discuter avec elle. Il tenait, expliqua-t-il, à s'excuser s'il avait fait quelque chose de mal. Il tenait surtout à comprendre. Mais Mandy lui répliqua, avec une froideur qui le blessa, qu'elle ne voulait plus jamais avoir affaire à lui.

Tout ce que cette démarche lui valut, ce fut un nouvel avertissement de son chef, qui lui dit cette fois que sa carrière était dans la balance.

Jared n'ajouta pas un mot. Il avait compris. Plus jamais, se jura-t-il, on ne le prendrait à mettre en danger son métier, pour qui que ce soit.

Il se contentait donc désormais d'administrer sa petite équipe de six personnes avec toute la rigueur qui le caractérisait. Lui demeurait à son poste de travail, devant un ordinateur, donnant ses ordres, sans jamais regarder ses subordonnés dans les yeux. Il saisissait frénétiquement toutes les données qui lui parvenaient. Ses rapports d'enquête, chefs-d'œuvre de littérature bureaucratique, étaient cités en exemple. Ses six collaborateurs récupéraient, depuis le ventre des avions sur le tarmac, les grandes bassines bleues, qu'ils appelaient « les baignoires », remplies de lettres en provenance de tous les coins du monde. Ils les acheminaient à l'entrepôt où, avant de disparaître dans le gigantesque centre de tri pour une distribution vers le reste des États-Unis, ils avaient le privilège de les examiner quelques instants.

Ils les fouillaient à la main. Robert avait vu juste : les budgets de la Poste s'étaient réduits comme peau de chagrin, et les douanes postales n'y avaient pas échappé. Ici, nulle technologie, nul moyen sophistiqué ; on enfilait des gants et on explorait les grandes bassines bleues. Le flux de lettres était considérable. Une infime partie, seulement, pouvait être examinée. Une fois par semaine, la brigade des stupéfiants leur amenait deux chiens renifleurs pour la journée. C'était une largesse qu'ils leur consentaient. Encore fallait-il faire renifler aux chiens les paquets individuellement. Il était hors de question, disait la brigade, qu'on se contente de les laisser devant le tapis roulant, qui les rendait fous. Aussi les agents des douanes postales leur tendaient-ils laborieusement les colis suspects un par un.

Jared enrageait du manque d'intérêt que leur témoignaient la brigade des stups. Ceux-ci ne se préoccupaient que des quantités importantes. Or il était très rare que de telles quantités soient envoyées par la Poste. Jared et son équipe n'interceptaient que de très petites doses. Ou alors, dans le cas contraire, les Stups avaient eu l'information en amont. Ils appelaient Jared, lui demandant – lui *intimant* – de mobiliser ses équipes pour intercepter une marchandise qui devait arriver, selon une *source* – dont, bien sûr, Jared ignorait tout. Il détestait quand la tempête des Stups déferlait, comme s'ils étaient chez eux, en aboyant à chacun ce qu'il devait faire. Mais il fallait reconnaître que ces déferlantes lui avaient donné les plus beaux frissons de sa carrière. Il se souvenait, en particulier, de cette fois où de la cocaïne avait été fourrée dans une cargaison de nounours. Une drôle d'idée de la part des trafiquants, avait-il pensé. Il avait été royalement invité à escorter le convoi jusqu'à l'incinérateur, où on avait mis la drogue à brûler, toujours à l'intérieur des nounours. Cette image des peluches se consumant dans le grand four était l'un de ses meilleurs souvenirs.

Ces collaborations spéciales mises à part, l'équipe de Jared se contentait de fouiller les baignoires à la recherche de quelque chose de suspect, une tache, un écoulement, une protubérance, une adresse bizarre, n'importe quoi. Ça n'avait rien de scientifique et c'était même parfaitement ennuyeux.

Quand ils repéraient une enveloppe suspecte, l'excitation grandissait. Mais ils n'avaient pas le droit de l'ouvrir immédiatement. L'efficacité n'a jamais été le fort des administrations. Non, ils devaient d'abord remplir un formulaire afin d'obtenir un mandat. Ils devaient expliquer consciencieusement pourquoi l'enveloppe leur avait paru suspecte. Alors, et alors seulement, ils étaient autorisés à l'ouvrir.

Pour cela, ils prenaient d'infinies précautions. Si le contenu se révélait intéressant, Jared pouvait décider de procéder à une « livraison contrôlée » : ils refermaient soigneusement l'enveloppe, si soigneusement qu'il était impossible, à moins d'un examen minutieux, de remarquer qu'elle avait été ouverte, puis, sous l'œil vigilant de l'équipe, on la livrait. Avant cela, on étudiait le lieu afin de s'assurer qu'il ne s'y trouvait pas de sortie cachée par laquelle le destinataire pourrait fuir. On déposait le pli dans la boîte aux lettres, on attendait et on observait. Si le destinataire le récupérait et le conservait, alors on était en mesure d'obtenir un deuxième mandat, pour sonner chez lui et l'interroger.

En même temps que l'ouverture de l'enveloppe, on procédait à un relevé d'empreintes digitales, qui pouvaient, parfois, aider la police du pays d'origine à identifier l'expéditeur. C'était sans doute la partie préférée de Jared. Dépourvue de budget, son équipe ne pouvait pas se procurer de la vraie poudre de laboratoire. Mais ça marchait aussi bien avec de la poudre de cacao. On saupoudrait légèrement l'extérieur, ainsi que l'intérieur, de l'enveloppe. S'il restait de bonnes empreintes, elles apparaissaient. On collait alors délicatement, par-dessus, une portion de ruban adhésif transparent, qu'on retirait puis qu'on collait, à son tour, sur une feuille blanche, de manière à faire ressortir la poudre noire. On possédait alors une magnifique empreinte, qui pouvait servir de preuve ; même si, il est vrai, Jared détestait les collaborations avec les douanes postales étrangères, qu'il jugeait beaucoup moins professionnelles que la leur.

Il saisissait toutes ces informations à la main, dans son ordinateur. Les minuscules quantités de drogue sur lesquelles ils tombaient n'intéressaient personne, il le savait. Mais il n'était pas pressé. Il avait même tout son temps. Il guettait la grande occasion, celle qui le propulserait au sommet. Il ne faisait aucun doute qu'elle finirait par arriver. Quand on s'applique de cette manière, le destin finit toujours par frapper à la porte. Et c'est bien ce qui se produisit.

*

Dans son équipe, Jared avait un préféré, un obèse du nom de Mike. Il aimait bien Mike, même si celui-ci, pour sa part, n'aimait pas particulièrement Jared. Mais il faut dire qu'ils travaillaient bien ensemble. Mike était un type sérieux et capable. Il rapportait des trouvailles intéressantes de ses plongées dans les bassines bleues.

Or depuis quelques semaines, Mike avait fait des découvertes particulièrement intéressantes. Il s'agissait de petites pilules d'ecstasy, de couleur rose, frappées d'un logo représentant un écureuil de profil. Il avait mis la main dessus, car les pilules arrivaient dans des enveloppes expédiées de particulier à particulier, mais dont l'adresse était imprimée, ce qui, sans être totalement louche, était plutôt inhabituel. En les palpant, Mike pouvait sentir une protubérance et, en la pressant de ses doigts, il pouvait entendre le bruit caractéristique d'un sachet plastique que l'on froisse. De son expérience, cela valait la peine de jeter un œil à l'intérieur.

Ainsi avait-il découvert une première enveloppe contenant l'une de ces pilules roses. Puis une deuxième. Puis une troisième qui contenait, cette fois, deux de ces pilules. Il en avait ainsi intercepté une dizaine. Toutes venaient d'Allemagne, de Berlin, accompagnées de la mention *« Hier öffnen »* au verso. Ces petites pilules étaient frappées du même logo, et indiquaient donc une origine commune. Mike était allé trouver Jared.

— Très intéressant, avait commenté celui-ci.

— Qu'est-ce qu'il y a d'intéressant, chef ? demanda le gros Mike qui se tenait dans l'embrasure de la porte.

Sa question n'était pas une provocation, mais bien la question d'un officier qui rapporte une prise mineure et s'étonne de la réaction disproportionnée de son chef, même s'il le considère comme un type bizarre.

— C'est cette régularité qui m'intrigue. Ainsi que le côté, disons, professionnel de l'emballage. Réfléchissez, Mike. Mettez-vous à la place de ces personnes qui échangent ces drogues.

— Je vais essayer, dit l'employé qui n'avait pas beaucoup d'imagination.

— S'il s'agit d'un envoi entre amis, si l'expéditeur et les destinataires se connaissent, pourquoi cette régularité dans le temps ? L'expéditeur enverrait tout d'un coup, n'est-ce pas ? Il ne prendrait pas le risque de se rendre dix fois de suite au bureau de Poste ?

— Je suppose, dit Mike, qui avait envie de retourner dans l'entrepôt, avec les copains.

— Et s'ils ne se connaissent pas, s'ils ne sont pas amis, comme le laisse d'ailleurs supposer l'emballage professionnel, comment sont-ils entrés en relation ?

Comme le gros Mike ne répondait rien, mais se dandinait d'un pied sur l'autre comme s'il avait envie d'aller aux toilettes, Jared dit simplement :

— Merci, Mike. Gardez l'œil ouvert et rapportez-m'en d'autres, je vous prie.

Les pilules arrivaient sur le bureau de Jared avec une régularité désarmante. Celui-ci passait beaucoup de temps à y réfléchir, en contemplant ces petits comprimés roses, alignés sur son bureau.

Il y avait, bien sûr, les adresses des destinataires sur les enveloppes. Jared mourait d'envie de leur rendre visite. Mais pour des quantités aussi ridicules, il n'avait aucune chance d'obtenir un mandat.

Restait la possibilité de ce qu'ils appelaient, dans le jargon des douanes, un « knock-and-talk ». Le knock-and-talk consistait à aller frapper à la porte du destinataire, lui signifier qu'il ne risquait absolument rien d'un point de vue juridique puisqu'il n'y avait pas de mandat, mais que s'il voulait bien aider les douanes, son soutien serait grandement apprécié. En général, c'était le plus sûr moyen de se faire claquer la porte au nez. Mais une porte se claquant sur son nez n'avait rien pour décourager Jared. L'ennui était plutôt que les adresses étaient celles d'autres villes aux États-Unis, et que, pour de si petites quantités, il ne pourrait même pas obtenir le budget pour se déplacer. Il connaissait son chef. Celui-ci allait lui rire au nez, et probablement lui proposer de négocier directement avec le président des États-Unis en personne. Jared avait besoin de l'aval de son chef pour ce genre d'initiatives, et ce sésame était une chose qu'il ne sollicitait qu'après réflexion et avec parcimonie, comme on joue un coup aux échecs.

Non, Jared n'aurait pas gâché son crédit. Il attendait plutôt que la chance lui sourie.

Ce qu'elle fit.

Elle prit la forme d'une de ces enveloppes qui arrivaient de Berlin, dont à présent il était familier. Son contenu – deux petites pilules d'ecstasy, toujours roses et décorées de l'animal à queue touffue – était semblable à celui des autres enveloppes. Mais celle-ci était adressée à Manhattan. 737 Park Avenue, dans l'Upper East Side. Les quartiers chics, une sacrée trotte depuis Rockaway, mais qui ne coûterait à Jared pas plus cher qu'un ticket de métro.

Il emmena Mike l'obèse, qui ne put s'y soustraire et eut le déplaisir de se farcir une heure de transport en commun avec son chef mutique.

Ils sortirent à la station Hunter College.

L'Upper East Side n'avait rien à voir avec l'environnement dans lequel Jared vivait, et dont il ne s'éloignait jamais. Les avenues étaient immenses et froides ; les immeubles étaient vraiment très hauts, de cette beauté surannée du vieux Manhattan, tout de briques et de balcons sculptés ; la police était omniprésente. Mike remarqua que Central Park se trouvait juste à côté, mais Jared jugea cette observation sans intérêt. Concentré sur sa partie de chasse, l'enveloppe à la main, il se dirigea droit au numéro 737.

Les Hecht, leur apprit le portier, habitaient au dernier étage. Cet homme aimable croyait savoir qu'ils étaient absents, mais qu'il y aurait peut-être leur fille, Lee. Cela tombait bien pour Jared. L'enveloppe était adressée à Lee Hecht.

L'ascenseur rapide leur comprima les tympans. La cage était de nickel doré. Ni Jared ni Mike n'étaient déjà entrés dans une résidence aussi belle. Le dernier étage appartenait tout entier à la famille Hecht. Ils sonnèrent. On ne vint leur ouvrir qu'après un temps très long.

Une jeune fille blonde en déshabillé leur ouvrit. « C'est comme un film porno, mais en beaucoup plus chic. Ce genre de chose n'arrive que chez les riches », songea Jared. Le gros Mike, lui, en avait la mâchoire qui lui tombait jusqu'au genou.

Elle pouvait avoir vingt-deux ans, soit à peu près l'âge de Jared, sauf que lui travaillait depuis longtemps, alors que le monde du travail, c'était certain, n'était pas encore venu flétrir la beauté qu'il avait devant lui. Les yeux des deux officiers du très respecté service américain des frontières et des douanes ne pouvaient s'en rassasier. Elle soutint leur regard avec une assurance qui les força, finalement, à regarder leurs pieds. C'était tout juste s'ils n'en oubliaient pas la raison de leur visite.

— Que voulez-vous ? demanda-t-elle pour briser la glace.

Il leur parvenait des profondeurs de l'appartement ce que Jared prit pour le chant des sirènes, mais qui n'était probablement que la radio. Il fit un effort pour rassembler ses esprits, tendit l'enveloppe.

— Ceci, expliqua-t-il, vous était adressé.

La jeune fille s'empara de l'enveloppe et s'apprêta à leur claquer la porte au nez. Sans doute les avait-elle pris pour des postiers. Il n'y avait rien d'anormal, au 737 Park Avenue, dernier étage, à ce que deux officiers viennent vous remettre votre courrier en mains propres.

Jared bloqua de sa main, le plus doucement qu'il put, la porte qui se fermait.

— Nous sommes du service des douanes, expliqua-t-il en montrant son badge. Nous nous excusons de vous déranger ainsi au milieu de l'après-midi, mais cette enveloppe nous a paru contenir quelque chose de suspect. Pourriez-vous l'ouvrir devant nous, s'il vous plaît ?

La jeune fille haussa les épaules et l'ouvrit. Elle y découvrit les deux pilules d'ecstasy, dans leur sachet de plastique.

— Cool ! s'exclama-t-elle.

Les deux officiers n'avaient pas imaginé cela.

La réaction normale qu'on pourrait attendre d'un citoyen qui ouvre un paquet contenant de la drogue sous le regard aiguisé de deux représentants de l'ordre serait plutôt la peur ou, à tout le moins, une feinte naïveté. Mais au 737 Park

Avenue, à trois heures de l'après-midi d'une vie désœuvrée, on se sentait tout à fait l'aise. Il était manifeste que la jeune fille se souciait de leur présence comme d'une prune. Peut-être son papa était-il sénateur, sa maman, conseillère à l'ONU ? Quoi qu'il en soit, Jared, à qui les facultés étaient pleinement revenues, en profita pour poser les questions que, dans une autre situation, il n'aurait pas osé formuler.

— Vous voulez dire que vous reconnaissez le contenu de ce paquet ?

— Bien sûr, dit-elle.

— Vous reconnaissez que c'est vous qui en êtes à l'origine ?

Elle les dévisagea l'un et l'autre de son regard autoritaire.

— Pas si bête, répliqua-t-elle. Je sais qu'on ne peut pas être inculpée pour quelque chose qu'on reçoit.

— Comment le savez-vous ? demanda Jared, curieux.

— Parce que c'est écrit sur le site.

Mike et Jared échangèrent un long regard silencieux.

— Mademoiselle, reprit Jared, excusez-nous à nouveau de notre intrusion inopinée. Permettez-moi de vous dire que vous avez parfaitement raison. Vous ne pouvez en aucune manière être inculpée pour avoir reçu ce courrier, sauf si, bien sûr, vous faisiez la déclaration solennelle que vous en êtes à l'origine. Mais ça n'est pas ce que nous vous demandons. Ça n'est pas la raison pour laquelle nous sommes là aujourd'hui. Nous sommes venus simplement dans l'espoir que vous acceptiez de discuter, et de nous en dire un peu plus sur ce que vous savez. Rien de tout ceci ne sera enregistré. Rien ne sera retenu contre vous. Nous sollicitons, si vous le voulez, une aide amicale. Un coup de main aux autorités. Chez nous, on appelle ça un « knock-and-talk ». Accepteriez-vous de nous laisser entrer quelques minutes ?

— Bien sûr, répliqua-t-elle, comme si tout ce baratin avait été inutile.

Et elle leur offrit, en les précédant, sa superbe chute de reins.

Ils s'installèrent dans un salon grand comme une cathédrale, surplombant Park Avenue, dont on percevait la rumeur lointaine. On se serait cru sur le mont Olympe. Le salon était blanc, les canapés étaient blancs, la jeune fille, elle aussi, était vêtue de blanc. Leurs pieds disparaissaient dans la moquette. Les murs étaient décorés de gigantesques tableaux aux formes abstraites. Pour Mike, c'était un vrai supplice. Il se sentait comme un éléphant dans un magasin de porcelaine.

Jared ne fit pas tant de manières.

— Vous nous avez parlé d'un site.

— Oui, dit-elle. Vous ne connaissez pas Silk Road ?

— Non, confessa Jared.

— Vous êtes à la ramasse, jugea la jeune fille. C'est très populaire. Vous devriez vous mettre au courant de ce qui se fait aujourd'hui.

— Nous essayons, mademoiselle, répondit poliment l'employé des douanes.

— C'est comme Amazon, dit-elle. Mais pour de la drogue.

Jared et Mike échangèrent à nouveau un regard.

Lee fut traversée d'un doute.

— Vous connaissez Amazon ?

— Oui, mademoiselle.

— Ouf, répliqua-t-elle, soulagée. Silk Road, c'est un peu pareil. Avec des drogues. Vous allez en ligne, vous trouvez toutes les drogues possibles et imaginables, vous cliquez dessus et vous êtes livré. Généralement, c'est très rapide.

— C'est disponible… en ligne ? demanda Jared, qui était complètement ébahi et n'arrivait pas à croire à ce qu'on lui racontait.

— Oui. Enfin, non. Ça dépend de ce que vous appelez « en ligne ». Vous ne trouverez pas le site sur Google. Il faut télécharger un truc qui s'appelle Tor. C'est le *dark web.* Vous avez entendu parler du *dark web* ?

— Certainement, dit Jared, qui n'en connaissait pas plus que le nom. Et vous commandez la drogue… sur le site… et… vous la recevez ?

— Écoutez, répliqua-t-elle, à bout de patience. J'ai des choses à faire et malheureusement, je ne vais pas pouvoir vous proposer de rester plus longtemps. Trouvez le site, vous pourrez satisfaire votre curiosité. Silk Road. J'espère que vous êtes contents.

— Nous vous remercions, mademoiselle, dit Jared en se levant et s'inclinant profondément.

Le trajet du retour fut aussi silencieux que celui de l'aller, quoique pour d'autres raisons. Mike était tombé amoureux. Jared, lui, réfléchissait. On pouvait même dire que ses neurones tournaient à pleine vitesse.

De retour au bureau, il s'installa devant son ordinateur. Tout ce qu'il sut faire pour commencer, ce fut d'aller sur Google, bien que Mlle Hecht lui eût précisé que ce n'était pas sur Google qu'il trouverait le site. Il tapa « Silk Road ». À la suite de quelques informations sur la fameuse route chinoise, en descendant la page de résultats du moteur de recherche, il tomba sur le site WordPress de Robert. « Ce n'est pas encore Silk Road, mais vous y êtes presque ! » disait le titre. « Je ne suis donc plus très loin », se dit à lui-même, pour s'encourager, celui qui jadis avait voulu devenir agent secret.

À partir de là, l'affaire se corsait. Jared se retrouva sur un site de couleur violette, décoré d'oignons qui semblaient le provoquer. Le champ lexical, pour un individu de la profession de Jared, était offensant. « Résistance. » « Liberté. » « Équipez-vous contre la surveillance malfaisante de l'État. » « Ne laissez pas le gouvernement épier ce que vous faites. »

Jared se souvint alors de cet informaticien du nom d'Edward Snowden qui, selon l'administration américaine, était un traître. Quand vous démarriez dans l'administration, c'était tout juste si on ne vous proposait pas des cibles à son effigie pour jouer aux fléchettes. Snowden avait dévoilé au monde entier le programme de surveillance généralisée de la NSA, la très secrète National Security Agency américaine. Et il l'avait fait à l'aide de ce logiciel, Tor. Jared fut aussi stupéfait de découvrir que Tor avait été une création de la Marine américaine, avant de devenir un repaire pour les pirates du monde entier.

Surtout, ce logiciel lui posait un problème technique. Il en avait besoin pour accéder à Silk Road, mais pour l'installer sur son ordinateur de bureau, il fallait qu'il en demande l'autorisation à son chef, peut-être même qu'il obtienne un mandat.

Le vent de liberté qui soufflait sur le site lui inspira une conduite différente. « Qu'ils aillent au diable », grommela-t-il intérieurement.

Arriver sur Silk Road fut bien la chose la plus stupéfiante de sa vie.

La fille ne lui avait pas menti. Tout était là, de manière aussi éhontée que si on avait directement craché au visage de l'ensemble des forces de police américaines. Ce que Jared vit en premier, ce furent les photos, avec les descriptions et les prix. « 1 gramme de pure MDMA, 5,83 dollars. » « 50 buvards de LSD Buddha/Ganesh, 56,13 dollars. » « 7 grammes de White Widow spéciale super qualité, 98,40 dollars. » « Cristal Meth 3,5 grammes, 28,88 dollars. » « Speed 14 grammes, 3,77 dollars. » « Opium – qualité supérieure – déchire grave – 1 gramme, 49,50 dollars. » « 100 milligrammes de morphine, 115 dollars. » « Pfizer Xanax 25 pilules de 2 milligrammes, 334,46 dollars. » « Flocon de cocaïne non coupée haute qualité – 1 gramme – 164,57 dollars. » « 1 gramme d'héroïne brune numéro 3 – pas cher ! –, 79,41 dollars. » « Royal Afghani Premium Has 10 grammes, 110 dollars. » « 1 joint pré-roulé, 8,49 dollars. » Il y avait certaines descriptions que Jared ne comprenait même pas : « 250 milligrammes de 2C-E qualité laboratoire, 50 dollars. »

C'était… sidérant. Il y en avait des pages et des pages.

Quand il eut satisfait sa curiosité initiale, Jared remarqua que le site était bien organisé. Les drogues étaient regroupées dans la colonne de gauche en huit catégories : « Cannabis (978) », « Ecstasy (225) », « Psychédéliques (630) », « Opioïdes (128) », « Stimulants (359) », « Dissociatifs (17) », « Benzos (231) », et « Autres (66) ». Google, ouvert dans une nouvelle fenêtre, lui apprit que les « dissociatifs » étaient des substances hallucinogènes, et que « benzos » faisait référence aux antidépresseurs. Sans posséder de culture web, il comprit instantanément que les chiffres entre parenthèses, apposés aux catégories, indiquaient le nombre de produits en vente sur le site.

Était-ce un cartel qui avait créé son site web ? La simplicité du design, en tout cas, avait quelque chose de plaisant. On était au pays de la drogue, on n'avait pas fait de chichis. Le petit chameau vert, en haut à gauche de l'écran, l'intrigua.

Il avait quelque chose d'envoûtant. « Silk Road – place de marché anonyme », annonçait sobrement le site. « Un cartel qui se lance en ligne. Pas de panique. Si c'est un cartel, il doit y avoir un moyen de l'arrêter », pensa Jared.

C'est alors qu'il remarqua, dans la colonne de droite, des liens auxquels il n'avait pas fait attention. « Devenez vendeur sur Silk Road ! » proposait le premier, plus visible que les autres. « Mon Dieu, ce n'est pas possible. C'est un cauchemar. Je n'arrive pas à y croire », se dit Jared, saisissant l'analogie avec Amazon. Silk Road était bien une place de marché, comme annoncé tout en haut du site. Un carrefour sans matérialité ni racines où se croisaient, apparemment, des milliers d'acheteurs et de vendeurs anonymes.

Le fébrile officier des douanes, qui n'avait pas remarqué que ses collègues étaient partis, ni même que le dernier avait éteint la lumière, le laissant dans l'obscurité, changea de méthode de recherche.

Il avait compris que le site effectuait une simple mise en relation entre acheteurs et vendeurs. Des vendeurs y possédaient donc leur boutique en ligne. Qui étaient-ils ? Que pouvait-on apprendre à leur sujet ? Jared se mit à explorer les profils.

Pablos Puro, cinq mois d'ancienneté sur le site, actif aujourd'hui, classé dans le top dix des vendeurs avec 80 % d'avis positifs, et plus de trois cents transactions à son actif, se décrivait en ces termes :

> Soldes – Pure Cristal Méthylone.
> Meilleure qualité sur le marché, en direct depuis le producteur. Vous ne trouverez jamais de meilleure méthylone nulle part, ni auprès de personne.

Je livre rapidement (dix jours au maximum, mais en général, ça arrive plus vite) et avec beaucoup de discrétion.
Je propose aussi de plus larges quantités – envoyez-moi un message privé pour me faire part de votre besoin.
En commandant chez moi, vous reconnaissez avoir lu intégralement mon profil et pris connaissance de mes conditions générales de vente. Je ne répondrai à aucune réclamation de personnes n'ayant pas lu mes conditions générales de vente.
Je ne traite qu'avec les acheteurs matures et respectueux.
Merci.

Mister Charlie, une semaine d'ancienneté, actif il y a deux jours, avec 100 % d'avis positifs pour cinq transactions à son actif, se présentait ainsi :

Salut à tous !
Je suis nouveau sur Silk Road et j'ai hâte de partager avec le monde mes magnifiques produits.
Cocaïne, LSD, MDMA, ecstasy...
Comme je suis nouveau... vous pouvez me demander un échantillon ! C'est GRATUIT. Je ne fais ça que pour une période limitée, le temps de recevoir des avis positifs.
Après, les prix reviendront à la normale.
Donnez-moi une chance... je démarre de zéro !
ENVOI POSTAL.
Je comprends l'importance d'un bon service postal.
Je ne peux pas vous détailler ici mes méthodes, si jamais un agent des douanes lisait ce message... Mais je peux vous promettre que tout est préparé avec amour. Ça

ressemble à une enveloppe tout ce qu'il y a de plus normal... Bien sûr, c'est mis sous vide, parce que c'est plus sûr... Mais aussi parce que ça conserve la fraîcheur !
Si vous avez des questions, envoyez-moi un message.
Merci.

Australian Weed, pour sa part, un mois d'ancienneté sur Silk Road, actif pas plus tard qu'aujourd'hui, classé dans le top cinquante des vendeurs avec, lui aussi, 100 % d'avis positifs, pour cette fois soixante transactions, adoptait un style plus sérieux :

Chers clients,
Nous sommes un groupe d'agriculteurs à plein temps, basés en Australie. (NOUS EXPÉDIONS DEPUIS L'AUSTRALIE.) Nous avons plus de quinze années d'expérience dans l'industrie du cannabis. Le plus gros de notre production est acheté par les coffee shops des Pays-Bas. Nous consommons aussi nos produits, c'est pourquoi vous pouvez être sûrs qu'ils sont bons.
Nous expédions dans le monde entier. Mais attention, toujours depuis l'Australie. Comptez une dizaine de jours au moins, où que vous soyez. Sauf si vous êtes en Australie, bien sûr, en général ça arrive en une journée.
On fabrique notre propre spray pour dérouter les chiens des douanes.
On livre du lundi au jeudi. On ne travaille pas le vendredi.
Ne commandez que si ces conditions vous conviennent.
Nous ne faisons pas de remboursements.

Jared aurait pu continuer longtemps, tant il était fasciné.

Mais il y avait maintenant une chose qui le titillait. Beaucoup de ces descriptions évoquaient son métier, ainsi que les méthodes pour mieux l'abuser.

Il retourna donc sur la page d'accueil. Comme il le soupçonnait, parmi les liens pratiques de la colonne de droite, il en était un qui disait : « Envoi postal. » « Ça, c'est pour moi », se dit-il. Et il y découvrit, pour la première fois, la prose de Ross :

> Vous devez prendre les plus grandes précautions pour assurer la sécurité des livraisons de vos clients. En tant que vendeur sur Silk Road, nous attendons de votre part le plus haut niveau de service. Soyez soigneux dans votre travail, et vous serez récompensé par de bons avis et une progression de vos ventes. La réputation fait tout sur Silk Road.
>
> Maquillez avec créativité le contenu de votre envoi, de manière qu'un agent des douanes ne trouve pas ce qu'il cherche, même s'il ouvre le colis.
>
> Sachez qu'un agent des douanes aux États-Unis doit obtenir un mandat pour ouvrir votre colis. Cela signifie qu'il ne peut le faire que si l'extérieur de votre colis est suspect. Veillez donc à ce que l'extérieur de votre colis ne présente rien d'anormal. Faites en sorte que votre envoi se fonde dans la masse des envois que traitent les services postaux.
>
> Si vous expédiez un produit qui a une odeur, il peut être détecté par les chiens des douanes. Il est impératif de le mettre sous vide. N'utilisez pas de café comme agent masquant, parce que c'est tellement classique que les chiens sont dressés pour réagir aux colis qui sentent le

café. Mettre sous vide, avec soin et application, devrait suffire. Vérifiez que le sachet scellé sous vide est bien serré autour de son contenu, sinon ça signifie qu'il y a une fuite.
Ne révélez pas, sur votre profil de vendeur, les détails de l'aspect de votre envoi. Vous pourriez être attrapé ainsi.
Ne conservez jamais l'adresse de votre acheteur une fois que vous lui avez expédié le produit. Détruisez-en toute trace, toute note, de la même manière que nous détruisons vos messages sur le site. Il en va de notre sécurité à tous. Nous comptons sur vous.
Si vous avez des questions, écrivez-nous à l'aide du bouton de contact.

À juste titre, Jared se sentait défié. Quand il eut terminé de lire, une révolte viscérale s'empara de lui tout entier. Il ne pouvait rester une minute de plus sans agir. Détruire ce site était le nouveau sens de sa vie. Il se disait, en songeant aux films de superhéros, que la justice, désormais, allait avoir un nouveau visage.

Mais il fallait que Justice – le nouveau nom qu'il se donnait – reste prudent, car il n'était qu'un petit employé des douanes postales ; or, la règle d'or de toute administration était qu'un bureaucrate, jamais, sous aucun prétexte, ne prenne d'initiative. Le concept même était proscrit.

Jared se mit donc à réfléchir à une stratégie.

Il fallait qu'il se livre, avec l'aide de Mike, à une patiente collection d'indices. Qu'ils continuent ensemble à récupérer ces pilules, ainsi que les autres « produits » proposés sur ce site odieux et transitant par leur service. Il fallait non seulement qu'ils les interceptent, mais aussi, et surtout, qu'ils retrouvent les pages correspondantes sur le site, afin d'établir un lien entre eux. Chaque produit possédant sa photo, cela semblait réalisable. Une fois ce travail de fourmi mené à bien, lorsqu'ils auraient accumulé suffisamment de preuves – disons, au moins une centaine, une centaine de drogues saisies correspondant sans ambiguïté à une page de Silk Road –, alors Jared aurait de quoi parler à son chef.

Son avenir se jouait là. Une occasion comme celle-ci, il n'en trouverait pas une deuxième. C'était, rêvait-il, son passeport vers les services secrets.

Deux dangers, également importants, le menaçaient. S'il ne faisait pas assez bien son travail, si ses preuves n'étaient pas assez convaincantes, son chef lui rirait au nez. Il lui interdirait de continuer. « Tu gaspilles nos ressources, et l'argent du contribuable », l'entendait-il déjà répliquer. Mais s'il faisait *trop bien* son travail, si ses preuves étaient *trop* convaincantes, l'affaire pouvait lui être retirée ; au profit de son autre et plus ancien ennemi, les Stups.

Mike et Jared se mirent à ce travail. Mike renâcla, essaya de se défausser ; mais Jared ne le laissa pas s'échapper. C'était lui qui avait trouvé les pilules. Jared avait besoin de sa magie, de ses doigts de fée. « Quand je monterai, tu monteras avec moi », promettait-il à son collègue mal rasé et dubitatif. Le travail requérait de la patience, mais pourquoi se presser ? Ce qui comptait, c'était d'y arriver.

Par un après-midi de chien où il pleuvait des trombes sur le tarmac de l'aéroport JFK, Jared pénétra dans le bureau de son supérieur sans y avoir été invité. Il avait choisi le vendredi après-midi, car il savait que c'était le moment de la semaine où son chef était le moins occupé. Dans sa démarche, tout était calculé. Il entra et, sans mot dire, se mit à disposer sur le bureau, côte à côte, des enveloppes, sous lesquelles il glissait chaque fois une page imprimée. Sur les pages imprimées figuraient des images de Silk Road.

— Qu'est-ce que tu fabriques, lui demanda son chef qui était en train de manger. Qu'est-ce que c'est que ces merdes ?

— Pas des merdes, Gary, rectifia Jared, prenant un air sûr de lui. Des enveloppes. Avec de la drogue dedans.

Par politesse, le chef en prit une et l'ouvrit. Il y trouva une minuscule pilule d'ecstasy.

— Qu'est-ce que tu veux que je foute de ça ?

— Regarde la feuille qui est en dessous, dit Jared avec patience. En dessous de l'enveloppe que tu as prise. Eh bien ?

— Eh bien, je remarque qu'il s'agit de la même pilule. Mais qu'est-ce que tu veux que ça me foute ? Pour le moment, c'est ça le mystère.

— Est-ce que tu as entendu parler de Silk Road ? demanda Jared en s'éclaircissant la voix. C'est une place de marché clandestine sur Internet, poursuivit Justice sans attendre de réponse. Pas l'Internet normal, mais le *dark web*. On y accède par un logiciel qui s'appelle « Tor ». Le logiciel anonymise complètement la navigation. C'est-à-dire que quand tu navigues sur le site, personne ne peut découvrir ton identité. Je dis bien *personne* : ni la police ni le FBI, *personne*.

— Ça n'existe pas, ce que tu racontes là. C'est des conneries.

— Je te prie de croire que non. Je te montrerai la documentation. On consultera un expert si tu le souhaites. Pour l'instant, j'ai besoin que tu comprennes le fonctionnement de Silk Road.

— D'accord, dit Gary, qui n'était pas contre l'idée de s'ouvrir un peu l'esprit.

— C'est comme Amazon, ou Uber, ou Airbnb. Mais pour de la drogue. Silk Road est ce qu'on appelle « une plateforme ». Il y a les acheteurs d'un côté, les vendeurs de l'autre. En tant que vendeur, tu te connectes, tu crées ta boutique en ligne et tu proposes tes produits à la vente. Comme les captures d'écran que tu vois ici, dit-il en désignant les feuilles imprimées. En tant qu'acheteur, tu te connectes aussi, tu navigues sur ces pages, tu choisis les produits qui te plaisent, tu cliques, et tu es livré. Tu reçois ta drogue à la maison.

— Tu es livré comment ? demanda Gary, qui avait mis en route sa matière grise.

La question fit rire Jared. Mais il se rappela qu'il travaillait sur le sujet depuis des semaines, et qu'au début lui aussi avait été dans les choux.

— C'est *nous* qui livrons, Gary. Les services postaux des États-Unis d'Amérique.

Gary se gratta la tête.

Il était ennuyé. C'était déjà le milieu de l'après-midi, presque le week-end en fait. Il songea au match de base-ball qu'il devait regarder le soir. Il lisait les pronostics lorsque Jared était venu le trouver. Et voilà que cet individu déplaisant contrariait ses projets avec une affaire qui sortait de l'ordinaire.

Il se gratta la tête longtemps. Jared connaissait son homme sur le bout des doigts, aussi le laissa-t-il se gratter autant qu'il le fallait.

— Ce n'est pas possible, finit par lâcher le chef. Je ne peux pas y croire. Si c'était aussi facile de se procurer de la drogue, ça se saurait.

— Les jeunes le savent, eux, tu peux me croire, répondit Justice sans se démonter.

Gary repartit dans un long grattage de tête.

— Ce n'est pas possible, répétait-il de temps à autre, allant des pilules aux captures d'écran, des captures d'écran aux pilules. Et tu penses qu'il y en a beaucoup, des pilules livrées de cette manière ?

— Ça, c'est une excellente question, chef, réagit Jared, replaçant Gary dans une position de supériorité. C'est même toute la question. Est-ce que c'est anecdotique ? Ou est-ce une menace sérieuse pour la sécurité de notre pays ? J'ai ma petite idée là-dessus, annonça-t-il d'un air finaud.

— Et c'est quoi, ta petite idée ?

— Des preuves comme celles que tu vois, c'est-à-dire des drogues saisies qui correspondent à des pages du site, j'en ai plus d'une centaine aujourd'hui. En même pas un mois de travail. Il y a des chances que ce ne soit que la partie émergée de l'iceberg. Mais il y a plus important. Tu connais Amazon, chef ?

— Oui, je connais Amazon, fiston, répliqua Gary, dont la patience commençait à s'épuiser.

— Tu sais comment Amazon a commencé ? Comme une librairie en ligne. En fait, même pas une librairie. Une simple place de marché, qui listait les livres disponibles dans les grandes librairies. Et aujourd'hui, quand tu veux une nouvelle télé, tu l'achètes où ?

— Amazon.

— Un nouveau barbecue pour ton jardin ?

— Amazon.

— Un rouleau de PQ, chef. Ton rouleau de PQ, tu l'achètes où ?

— Là, fiston, tu fais fausse route, répliqua Gary. Je ne chie jamais.

Renversé dans le fauteuil qui craquait sous son poids, Gary toisa Jared d'un air de défi.

— Là où je veux en venir, chef, reprit Jared avec prudence, c'est que Silk Road, ce n'est pas juste la centaine de pilules que j'ai dans mon bureau. C'est une startup en hyper croissance.

— En quoi veux-tu que ça me concerne ? File ça aux Stups et fous-moi le camp.

— Aux Stups ? réagit vivement Justice. Silk Road utilise notre service, Gary, pour importer de la drogue et la distribuer dans notre pays. *Notre* service. Le service postal des États-Unis d'Amérique. Ils utilisent Internet, dont l'infrastructure a elle aussi été conçue par les États-Unis d'Amérique. Même leur logiciel d'anonymisation a été créé par la Marine américaine. C'est ce qui s'appelle « se la faire mettre profond », si tu veux bien me passer l'expression. Mais les Stups, ils vont pas comprendre. Avec nos petites pilules roses, ils vont nous rire au nez. Ils vont les prendre et ils vont les flanquer aux oubliettes. Et nous, on aura loupé la plus belle occasion de rendre service à notre pays.

Gary soutint le regard de son subordonné. Il fallait reconnaître que le petit avait du cran. Il tenait surtout un véritable argument. Gary n'avait peut-être pas la dévotion de Jared pour son travail, mais il se sentait patriote. Il n'avait pas atterri dans l'administration par hasard. Et puis, tout au fond de lui, il détestait Internet. Internet menaçait un peu plus, chaque année, de reléguer les services postaux au rang de dinosaures. L'un dans l'autre, c'était l'occasion de prendre une revanche.

— Qu'est-ce que tu veux ? demanda-t-il avec flegme.

— Que tu me laisses ouvrir une enquête. Que tu trouves quelqu'un pour me remplacer temporairement. Je monterai un dossier en béton. Et une fois qu'on aura le dossier, que ce sera tellement gros que les Stups ne pourront plus l'ignorer, alors on ira leur parler.

Gary laissa planer un silence pesant. Ça n'était pas tous les jours qu'il accordait ses faveurs à son subordonné. Il fallait que celui-ci en ressente toute la valeur.

— Tu as un mois, lui dit-il gravement.

Mais il n'avait pas fini sa phrase que Jared était déjà sorti de son bureau.

Gary jeta un œil par la fenêtre. Il pleuvait des cordes. Il pleuvait tant que le tarmac était une véritable piscine. Le vieux directeur des douanes postales songea avec mélancolie au monde et à sa course folle, qui le dépassait.

6
UN CHANGEMENT D'ÉCHELLE

Ross n'avait jamais parlé à Robert de la promesse qu'il avait faite à Julia.

Dans le fond, Julia avait raison. Ce projet de plateforme était dément. Il fallait qu'il renonce, avant que ça ne devienne trop dangereux pour lui.

Mais ça n'était pas envisageable pour l'instant. Pas tant que le site était en pleine croissance, et commençait tout juste à fonctionner correctement. Pas au moment où la vision de Robert devenait réalité.

Ross ne disait donc rien, et il pensait qu'il n'y avait pas non plus de risque que Robert l'apprenne directement de Julia.

— Vous n'avez jamais parlé du site tous les deux ? avait-il une fois demandé à Robert.

— Tu sais, mon pote, Julia et moi, on ne se voit pas vraiment pour *parler*. La tchatche, je laisse ça aux romantiques dans ton genre, l'avait taquiné son frère d'armes.

Ross voulait bien le croire. L'apocalypse avait toujours lieu, sur une base régulière, dans la chambre de Robert. Ces nuits-là, pour Ross, il était difficile de dormir. Il entendait des cris de plaisir, qui devenaient de plus en plus primitifs ; des cris de bête, rauques ; un meuble qui tremblait ; ce qui devait correspondre, supposait Ross, au fait que Julia et Robert s'accouplaient contre l'armoire de la chambre de Robert. Parfois même, la maison tout entière tremblait, comme sous l'effet de formidables coups de butoir. Ross entendait aussi la voix de Julia apostropher Robert pour le motiver. C'était une pratique assez coquine. Ross n'aurait jamais imaginé ça de Julia. Mais manifestement, quand elle était avec Robert, elle n'était pas dans son état normal.

Et puis, Robert évitait en général de parler à ses petites amies, car il n'y avait pas que Julia. Il avait parfois deux, voire trois maîtresses à la fois. Même si Julia restait sa préférée, la seule avec laquelle il entretenait une relation suivie. Robert appréciait cette diversité. Il s'en vantait fréquemment.

— Ce qui m'ennuie, disait-il, c'est que ça m'épuise. Trois maîtresses, c'est un job à plein temps. Je ne leur raconte plus rien parce que je serais obligé de mentir tout le temps, et que je finirais par ne plus savoir quel mensonge j'ai servi à qui. Il est impossible de s'y retrouver. Quand je dois passer de l'une à l'autre, je dis que j'ai des choses à faire, et quand elles me demandent quoi, je réponds que c'est personnel, et voilà tout.

— Et elles l'acceptent ? s'étonnait Ross.

— Mon vieux, tu n'as pas idée. Parfois, j'ai l'impression que ce sont elles qui veulent être trompées. Moins je suis fiable, plus elles s'accrochent. C'est étonnant.

— D'ailleurs, demandait Ross naïvement, comment tu fais pour en choper autant ? C'est quoi ton truc ?

Ce grand timide aurait aimé connaître ne serait-ce qu'un dixième du succès de son ami.

— C'est très simple, répliquait Robert sérieusement. Ce qu'il faut faire quand une fille te plaît, c'est le lui manifester très clairement. Tu la dévisages, avec un regard sans équivoque. Tu laisses ton désir s'exprimer de la manière la plus frontale. Souvent, un regard suffit. Si tu regardes une fille vraiment salement, elle sait ce que tu lui veux. Ensuite, il faut totalement cesser de t'intéresser à elle. Comme si elle n'existait plus. Ce que tu veux éviter à tout prix, précisait-il en se tournant vers son ami, pour lui représenter une idée importante, c'est d'être lourd. Le mec qui passe des heures à mater et qui n'attaque pas. Les filles détestent ça. Donc tu la dévisages une fois et ensuite, tu l'ignores. Et là, tu vas bien voir si elle te cherche ou non. Si elle te cherche, c'est dans la poche.

*

Maintenant qu'ils gagnaient de l'argent, Robert avait poussé Ross à démissionner de Good Wagon Books.

— À quoi ça te sert ? lui avait-il demandé dans un style oratoire. L'argent, on en a, et on va en avoir de plus en plus. Ça va s'accélérer. Tu n'as plus besoin de perdre ton temps là-bas. Et moi, j'ai besoin de toi.

Ils petit-déjeunaient dans un *diner*, à la frontière de Red Hook et de Carroll Gardens. Le seul *diner* à des kilomètres à la ronde. L'endroit était vraiment minable, tout en formica bleu, tables, chaises, sol et comptoir. On y servait un petit déjeuner qui faisait immédiatement grimper votre taux de cholestérol au plafond. Tartines grasses, bacon gras, œufs dégoulinants de gras. Même le café était gras. Mais c'était servi à la vitesse de l'éclair, ça ne coûtait rien, et on pouvait faire remplir sa tasse autant qu'on voulait. La clientèle du *diner* était composée d'ouvriers, dont on pouvait admirer la raie lorsqu'ils étaient assis sur les tabourets.

— Appelle-les, avait ajouté Robert, toujours au sujet de Good Wagon Books. Dis-leur que tu démissionnes.

— Quoi, maintenant ?

— Pourquoi attendre ?

En y réfléchissant entre ses tartines et son café brûlant, cette brusquerie plaisait à Ross. Il avait appelé son patron devant Robert.

— Salut, comment vas-tu ? avait-il dit au téléphone.

Lui et son patron étaient maintenant amis.

— C'est super. Au fait, je t'appelle pour te dire que je démissionne. Aujourd'hui. Oui… oui… Écoute, ma décision est prise, donc ça ne sert à rien que je m'éternise, autant partir… oui… oui… Toi aussi, tu vas me manquer. Bien sûr, dis-lui de m'appeler. Je lui expliquerai tout. C'est ça. Au revoir.

Que c'était bon de démissionner ! Ross respirait à pleins poumons l'air de cette matinée de printemps, pollué par l'autoroute 278 qui passait au-dessus de leurs têtes.

L'informaticien en herbe était à présent entièrement disponible pour la dernière idée de Robert. Il faut dire que l'idée était bonne, du genre de celles dont on se demande pourquoi on ne les a pas eues plus tôt.

Il s'agissait d'ouvrir des forums. Ceux-ci permettraient aux utilisateurs de Silk Road, désormais nombreux, d'échanger directement entre eux. Ça allégerait, espérait Robert, le travail de Ross. Beaucoup de questions auxquelles il devait répondre pouvaient être gérées directement par la communauté. Les vétérans du site aideraient les nouveaux venus, et les connaissances une fois rédigées resteraient visibles, de manière que tout le monde puisse les consulter.

Les forums seraient aussi, prétendait Robert, un moyen de mieux connaître la communauté. En leur laissant un espace d'expression, ils en apprendraient davantage sur leurs envies, leurs frustrations, sous une forme plus intéressante que les réclamations qui polluaient l'unique compte administrateur du site.

Enfin – et c'était là, en réalité, la vraie raison, celle qui avait poussé Robert vers cette idée –, les forums lui serviraient aussi de tribune d'expression.

— Silk Road n'est pas juste une place de marché. C'est une révolution, aimait-il rappeler, allongé dans son canapé, à Ross qui travaillait. Il faut que les gens le comprennent. Il faut leur ouvrir l'esprit. Que notre philosophie soit transmise.

C'était une partie du travail que Ross abandonnait de bon cœur à Robert. S'il partageait ses convictions, il ne possédait pas la même inspiration.

— Et puis, ajoutait Robert, c'est bien que l'Administrateur prenne la parole. Qu'il s'exprime en disant « je ». Il faut commencer à incarner Silk Road.

Ross réfléchissait surtout aux aspects pratiques. Pour aller plus vite – Ross avait toujours besoin d'aller plus vite, il était en permanence débordé de travail –, il prit la décision de créer les forums comme un site neuf, séparé de la place de marché. Il y aurait, bien sûr, des ponts pour aller de l'un à l'autre. Mais les forums représenteraient un nouveau service caché, avec une adresse *.onion* différente. Et les visiteurs seraient obligés de se créer de nouveaux pseudonymes et mots de passe.

— Si je dois fusionner les deux sites, je vais galérer, ça va me prendre des semaines, avait justifié Ross.

— Comme tu voudras, avait répondu Robert, qui lui faisait une entière confiance.

Les forums étaient divisés en fils, chacun traitant d'un sujet particulier. Dans leur version initiale, seul l'Administrateur pouvait créer les fils. Du fait de son inexpérience, Ross avait constamment, et souvent sans raison, peur que les choses lui échappent. La version initiale contenait donc un nombre de sujets limité. Il y avait d'abord un fil de discussion général, pour les ragots et l'actualité. C'était le plus actif. Là où on trouvait les informations les plus importantes. Par exemple, si le site devenait temporairement inaccessible, comme cela arrivait fréquemment avec Tor, on savait tout de suite ce qu'il se passait grâce au forum. L'Administrateur pouvait y rassurer les utilisateurs. Non, Silk Road n'avait pas été saisi par le FBI. Oui, Silk Road serait bientôt de retour, avec de nouvelles fonctionnalités. Oui, les profils seraient intacts, acheteurs comme vendeurs, chacun pourrait y reprendre tranquillement ses petites affaires comme si rien ne s'était passé. Ce lieu d'échanges eut le résultat escompté par Robert, c'est-à-dire soulager Ross d'une bonne partie des demandes qu'il recevait.

Ensuite, venaient les fils techniques. Il y en avait un sur Tor, un sur Bitcoin. Les visiteurs pouvaient s'y renseigner, découvrir ces logiciels, partager leurs trucs et astuces pour les utiliser plus facilement. Il y en avait un sur les questions de sécurité et d'anonymat, afin d'éduquer aux bonnes pratiques. Pour démarrer ce fil de discussion, Ross, soulagé de pouvoir enfin donner son sentiment, avait écrit :

> Votre plus grand danger sur Silk Road, c'est vous-même. Je vois constamment sur la plateforme des choses qui me consternent. Des vendeurs laissent leur adresse Gmail sur leur profil. Des acheteurs demandent le numéro de suivi de leur colis, ou communiquent leur adresse en oubliant de la chiffrer à l'aide d'une clef. Des photos de produits

ont des métadonnées qui permettraient de retrouver très facilement leur auteur. Des informations imprudentes dévoilent les lieux où vous vivez, les lieux où vous passez vos vacances. Et dans un cas particulièrement édifiant, je suis tombé sur un imbécile qui avait laissé un lien direct vers son profil Facebook. Je me suis chronométré. Ça m'a pris 6 secondes pour retrouver son nom, son adresse et son numéro de téléphone.
Je reçois plein de messages me demandant si je veille bien à la sécurité du site, si je fais bien mon travail. Tor est le plus sûr moyen de rester anonyme sur le web. Mais il ne peut pas être plus sûr que l'utilisation que vous en faites. Si vous agissez n'importe comment, si vous vous lancez sur Tor sans savoir ce que vous faites, si vous ne prenez aucune des précautions nécessaires, alors ne comptez pas sur Tor, il ne vous sera d'aucune utilité. Vous vous mettez vous-même en danger. Pire, par vos habitudes inconsidérées, vous mettez en danger la communauté, vous sapez notre vigilance collective. Alors, s'il vous plaît, faites un petit effort. Protégeons ensemble notre liberté. Évitons de faire connaissance derrière les murs d'une prison.

Il y avait, bien sûr, un fil dédié à la question de l'envoi postal. Les utilisateurs de Silk Road étaient avides de conseils sur cette partie de leur expérience qui, moins abstraite, pouvait mettre directement en péril la réception de leurs colis. Ross démarra la conversation, puis, à son agréable surprise, un membre de la communauté se manifesta, disant qu'il travaillait lui-même aux douanes postales et qu'il était heureux de partager ce qu'il savait. Les visiteurs pouvaient lui poser toutes les questions qu'ils désiraient.

Il y avait aussi un fil qu'on pouvait qualifier de « médical », proposant des conseils pour une sage utilisation des drogues, en particulier des drogues dures. Ross créa cette discussion, car elle lui semblait nécessaire. Mais il ne s'y rendit jamais. Ce sujet lui faisait horreur.

Il y avait, enfin, un fil par catégorie de produits. Dans chaque catégorie, la communauté pouvait retrouver les dernières informations sur son produit préféré, les recommandations sur les meilleurs vendeurs, les nouveaux et ceux à éviter. Les utilisateurs de Silk Road prirent rapidement l'habitude de consulter ce fil avant d'acheter, comme une garantie supplémentaire.

*

— Il faut des règles, avait un jour dit Ross à Robert, qui revenait de sa session de sport quotidienne.

— Il y en a déjà, non ? Les guides de l'acheteur et du vendeur, que tu as créés.

— Ce n'est pas pareil, répliqua Ross. Les guides sont là pour aider. Là, je te parle de contraindre. J'en ai marre que les gens fassent n'importe quoi sur Silk Road. Ce n'est pas seulement que ça me fait perdre mon temps. Ça dégrade l'expérience du site, ça renvoie une mauvaise image, ça tire tous les comportements vers le bas. Il faut que les gens comprennent qu'il y a des règles à respecter. Ce serait un peu, si tu veux, comme notre Constitution à nous. Un ensemble de mesures minimales.

Robert réfléchit profondément.

— Je vois ce que tu veux dire, répondit-il lentement, comme s'il entendait cette phrase littéralement.

Cette idée le perturbait. Des règles étaient-elles absolument nécessaires en ce bas monde ?

— Je comprends que tu en aies besoin, poursuivit-il. Mais alors, il faut vraiment qu'elles se limitent à ce qui te semble indispensable. Nous sommes d'accord sur le principe que moins il y a de règles, mieux c'est ?

— Nous sommes d'accord, répondit Ross.

— Alors fais un premier jet et envoie-le-moi, conclut Robert. Je te dirai ce que j'en pense.

Après quelques allers-retours, ainsi qu'un effort d'empathie mutuel, Robert et Ross se mirent d'accord sur la rédaction suivante :

Cher utilisateur de Silk Road,

Tu trouveras ci-dessous un ensemble de règles.

Elles sont importantes pour nous, elles doivent l'être pour toi aussi. Sache qu'enfreindre la moindre de ces règles peut entraîner la suspension de ton compte et la saisie de tes bitcoins.

Elles n'ont pas été décidées au hasard ! Elles sont le fruit de notre expérience d'Administrateur du site. Sois assuré qu'elles sont là pour ton bien.

1/ Ce site existe parce qu'il est anonyme et caché. La première règle est que tu respectes cet anonymat. Ne fais jamais rien qui mette en péril ta sécurité et celle de notre communauté.

2/ La deuxième règle est que tu respectes cet anonymat ! Ne fais jamais rien qui mette en péril ta sécurité et celle de notre communauté !

3/ Vendeurs : vous et vous seuls devez connaître l'adresse de votre acheteur. Détruisez-la sitôt après l'avoir inscrite

sur l'enveloppe. N'en gardez jamais aucune trace et ne la divulguez à personne.
4/ Acheteurs : utilisez le système de paiement du site. Pour la transaction mais aussi pour tout échange, ne les faites jamais en dehors du site, quelle que soit la raison que peut vous donner le vendeur.
5/ Envoi postal : prenez les précautions nécessaires. Ne soyez pas négligent. Consultez régulièrement notre fil de discussion pour vous tenir au courant des dernières méthodes.
6/ Parlez-vous avec respect. Et surtout, pas de menaces. Silk Road a pour vocation de transformer un marché clandestin et violent en une banale relation commerciale. Il est interdit de se menacer, sous quelque forme que ce soit.
7/ Il est interdit de se laisser à soi-même de faux avis pour faire monter sa popularité. Rappelez-vous que votre Administrateur voit tout. Si nous sommes témoins de ce type de comportement, votre compte sera immédiatement suspendu.
8/ Décrivez vos produits fidèlement, en les rangeant dans la catégorie qui leur correspond. Si vous avez un produit à vendre qui ne correspond à aucune catégorie, c'est que cette catégorie n'est pas autorisée. Si vous souhaitez proposer une évolution des catégories, nous serons ravis d'examiner votre demande. Écrivez-nous en précisant « nouvelle catégorie » en objet.
9/ Si vous enfreignez la moindre de ces règles, votre compte sera suspendu. Pas la peine de venir pleurer.
10/ N'oubliez jamais que vous n'êtes pas là uniquement pour faire du cash. Vous êtes un révolutionnaire. Vous apportez à des gens opprimés une liberté, celle d'utiliser

les drogues dont ils ont envie, sans que l'État ait son mot à dire. Soyez fiers de ce que vous faites.

*

— Dix règles, c'est bien, dit Ross, pressé de conclure, inquiet que Robert ne revienne sur sa concession.

Ces règles, qui devaient faire l'objet d'un simple fil de discussion sur les forums, furent changées en un véritable contrat à accepter, lors de la création d'un compte sur Silk Road. Cette espèce de « contrat social », qui devenait indissociable de la création du compte, était encore une idée de Ross.

La première fois qu'il put mettre à exécution la menace contenue dans ces règles, cela lui procura une intense satisfaction.

Un certain Doctor FeelGood avait joué au petit malin, ainsi qu'il était fréquent sur le site. Il avait créé une page produit avec un prix à zéro, invitant les acheteurs à le payer directement sur son compte en banque, espérant ainsi contourner la commission que prélevait le site.

Quand Ross eut suspendu son compte et confisqué son dépôt, Doctor FeelGood lui envoya un message. Il rejetait la faute sur le site qui était lent, truffé de bugs, et ne lui permettait pas de faire du business efficacement.

« Cher Doctor FeelGood, lui avait répondu Ross. Les règles d'utilisation sont claires. Tu les as acceptées. Il y est écrit que tu n'as pas le droit d'engager de discussion, encore moins de transaction, en dehors du site. Il est précisé que cela peut entraîner la suspension de ton compte. Tu as enfreint la règle. J'ai suspendu ton compte. Il est vain d'accuser le site.

Ton statut de vendeur sur Silk Road est un privilège, astreint au fait que tu respectes les règles. Tu les as enfreintes, ton privilège est révoqué. Je ne te dois rien. Comme je suis d'excellente humeur, je vais t'offrir une seconde chance. Si tu me réponds poliment que tu as compris et que tu acceptes, je te rends ton compte utilisateur. Si je reçois de toi une réponse ne serait-ce que légèrement discourtoise, je supprime ton compte définitivement. »

Très satisfait de sa réponse, Ross la conserva dans un coin, afin de pouvoir réagir aux situations similaires par un simple copié-collé.

*

Par-delà les règles et les disputes, il y eut, enfin, la tribune de Robert. Tout en haut du forum apparurent fièrement les « Quelques mots de l'Administrateur du site ». Dans ce lien innocent se cachait le cœur de la philosophie de Robert. Ross, naturellement, lui avait laissé carte blanche. La tribune se présentait ainsi :

Cher utilisateur de Silk Road,
Cher acheteur, vendeur, ou simple curieux,
Cher compagnon et ami,
Je te propose une distinction.
La liras-tu ? Ma promesse est que, une fois que tu l'auras lue, ta vie en sera changée pour toujours.
La voici. Il n'y a que deux méthodes pour acquérir des biens :
1/ La production et l'échange volontaire.

2/ L'expropriation violente de la richesse produite par autrui.

Commences-tu à comprendre ?

Voici son corollaire. Il n'existe que deux classes d'individus :

1/ Ceux qui paient les impôts.

2/ Ceux qui vivent de l'impôt.

Certes, en théorie, l'impôt est payé volontairement. Le gouvernement est comme une compagnie d'assurances à laquelle chacun adhère volontairement, par accord avec tous les autres. Le contrat d'assurance consiste à payer pour obtenir une protection, protection contre l'agression extérieure, protection contre le chômage, protection contre la maladie. Comme n'importe quelle compagnie d'assurances. Seulement, cette théorie est entièrement différente de la réalité. Le fait est que le gouvernement nous dit, comme un bandit de grand chemin, « La bourse ou la vie ». Il ne nous montre pas la pointe d'un couteau, peut-être. Mais nous recevons un courrier qui nous ordonne de payer une somme d'argent. C'est ça, l'impôt. Et je te le demande, ami, qu'arrivera-t-il si tu refuses de payer cette somme ? Le gouvernement te la prendra de force, il te confisquera tes biens et il ne s'arrêtera pas là, il complétera son expropriation en t'arrachant à ta famille et en te jetant en prison. As-tu, dans cette histoire, le moindre mot à dire ? *Que nenni.* Ta « liberté » est toute théorique. Ton « consentement » l'est aussi. Amuse-toi à lui dire : « Attends ! Je ne consens pas. Je reprends ma liberté », et tu verras ce que vaut cette liberté. La vérité est que tu es soumis à la tyrannie de l'État, comme tu le serais à celle de n'importe quelle bande de voleurs et d'assassins.

Il faut que tu comprennes que l'État te possède comme on possède une chose.
Tout individu vivant en société obtient ses revenus par des méthodes volontaires. Il vend des biens et des services aux membres de sa communauté. Il n'y a que les agents de l'État qui obtiennent les leurs par la contrainte, en brandissant les pires menaces. On appelle « impôt » cette violence. L'impôt est un vol, purement et simplement. La différence est que ce vol est commis à une échelle colossale, à laquelle les bandits ordinaires n'osent pas prétendre.
Rien n'est plus fascinant que d'observer la soumission avec laquelle les gens ordinaires renoncent à leur liberté en faveur de l'État. Mais il est vrai que nous dépendons tellement de lui ! Ses tentacules s'étendent si loin ! Qui donc oserait le défier ?
C'est pourquoi je te demande de garder toujours à l'esprit cette distinction. Elle est, de toutes les choses que tu peux avoir dans le crâne, celle qui est la plus utile.
Il n'y a que deux méthodes pour acquérir des biens :
1/ La production et l'échange volontaire.
2/ L'expropriation violente de la richesse produite par autrui.
Je compare l'État à une bande de voleurs et d'assassins, à des bandits de grand chemin. Mais c'est bien pire que ça ! Car le bandit qui te prend ta bourse à la pointe de son couteau ne prétend pas, je pense, qu'il le fait pour ton bien. Il n'enveloppe pas son acte d'un discours de légitimité.
L'État, lui, s'autorise toutes les hypocrisies. Tandis qu'un vol commis par une personne ordinaire est mauvais et répréhensible, la même action commise par l'État est

sanctifiée. Elle devient « nécessaire » et « juste ». L'impôt représente la « Justice », le « Bien ». C'est une supercherie. C'est aussi une insulte à ton intelligence.
Dans l'Antiquité, le roi était assimilé à Dieu. À notre époque, on dit que l'État représente l'intérêt général. Le but est toujours le même : convaincre une population abrutie de malheur que l'État ne représente pas le vol sur une échelle gigantesque, mais quelque chose de respectable, nécessaire et juste.
Aussi suis-je là pour te le répéter : de la nécessité de la société à la nécessité de l'État, la conséquence n'est pas bonne. Tout ce que l'État possède, il l'a volé. Et quoi qu'il dise, il te ment.
Car laisse-moi, cher ami, questionner un instant ta santé mentale. Est-ce que ça ne te semble pas absurde de supposer que celui qui te prend ton argent sans ton consentement va l'utiliser pour ton bien ? Si tu souhaites une protection, si tu souhaites souscrire une assurance, tu es à même, je crois, de conclure tes propres arrangements à cet effet. À aucun gouvernement on ne peut accorder sa confiance un seul instant. À aucun gouvernement on ne peut attribuer des objectifs honnêtes.
Ce modeste site, Silk Road, est là pour t'aider à t'affranchir de la tutelle de l'État. Arrête-toi donc un instant, fais étape, pose ton fardeau et réfléchis. C'est une réflexion utile que je te propose ici.
Je suis venu t'annoncer la mort de l'État.
Car si nous étions tous persuadés que l'État est illégitime, qu'il n'est ni plus ni moins qu'une bande de voleurs et d'assassins, qui commet le vol à une échelle gigantesque, alors il s'effondrerait de lui-même.

Ce petit chef-d'œuvre – autant que Ross pouvait en juger, par rapport à tout ce qu'il avait déjà entendu, ayant écouté Robert pendant des heures – généra une avalanche de commentaires sur les forums. Robert ne se priva pas de répondre, et même d'en rajouter une couche. Le fondateur du site, sous le pseudonyme mystérieux de « Admin », commençait à faire l'objet d'un véritable culte. Les mots de remerciements et d'amour saturaient la messagerie de contact. Ross n'avait jamais rien connu de tel. Et comme Robert et lui partageaient, sur le site, la même identité, comme Silk Road était leur création commune, il ne pouvait s'empêcher de se sentir l'objet de ce culte. « Non, vraiment, se disait-il en repensant à la promesse faite à Julia, le moment est mal choisi pour mettre tout ceci à la poubelle. »

*

Ce fut la notoriété de cette tribune qui amena Chen à consulter le site.

Chen passait ses journées à fureter sur le web, *clear* autant que *dark*. C'était son métier. Il était rédacteur de nuit pour un blog assez populaire appelé « Gawker ». Son travail consistait à ramener au grand jour les choses les plus inattendues, bizarres ou choquantes qu'il pouvait trouver sur la toile.

Il s'était illustré en révélant dans un article l'identité de Michael Brutsch, aussi connu sous le nom de « plus grand troll du web ». « L'homme derrière le troll », annonçait le titre.

Un troll est quelqu'un qui aime poster anonymement des messages offensants, qu'il n'oserait pas poster sous son vrai nom. Entre autres trolleries – car l'homme était d'une nature hautement productive, un peu l'équivalent de Victor Hugo mais pour les saloperies en ligne –, Brutsch s'était rendu célèbre pour un forum qu'il animait et dont le principe était de poster des photos indécentes de jeunes femmes prises à leur insu – essentiellement des photos de leurs rondeurs, de très près, capturées dans la rue, dans les files d'attente ou les cafés. Brutsch avait créé et « modérait » ce forum, au sens où il supprimait toute photo qui ne lui paraissait pas à la hauteur des standards qu'il avait fixés.

Avant de révéler son identité, Chen avait courtoisement contacté Brutsch. « J'ai découvert votre identité », l'avait-il abordé par l'intermédiaire d'une petite fenêtre de Chat qui s'était ouverte dans le navigateur de Brutsch. Celui-ci l'avait immédiatement supplié de ne pas la révéler. « J'ai une femme malade et fragile, ça la tuerait », avait plaidé ce troll, ce qui s'était révélé par la suite un pur mensonge (Brutsch avait bien une femme, mais celle-ci n'avait rien de fragile, elle était plutôt du genre à lui passer un savon). Cette supplique avait ébranlé Chen. Il lui avait demandé s'il regrettait les choses qu'il avait postées, lui offrant ainsi une porte de sortie. « Pas le moins du monde », avait répliqué le troll.

Le lendemain, Chen publiait son article.

Le surlendemain, la banque du Texas qui employait Brutsch, découvrant le scandale et ne voulant pas être associée à un nom aussi sale, l'avait licencié.

« L'anonymat sur Internet n'a pas pour finalité de couvrir les gens qui postent des cochonneries, concluait Chen dans son article, avec beaucoup de maturité. Si des gens se cachent derrière des pseudonymes pour publier des photos dégradantes de femmes sans leur consentement, ils n'ont aucun droit à invoquer le respect de leur anonymat. »

Chen, donc, entendit parler de Silk Road après la tribune de Robert.

Il commença à fureter. Il connaissait déjà Tor, d'où il tirait la moitié de ses articles. Il découvrit rapidement la place de marché, puis les forums, dont le texte si puissant, si engagé de Robert. « Ces types sont des malades, pensa-t-il. Le FBI va leur tomber dessus et les mettre derrière les barreaux en un rien de temps. C'est juste qu'il ne s'en est pas encore avisé. »

« C'est dingue que ce site existe, on nage en pleine science-fiction, songeait-il, en explorant les drogues, page après page. Une aubaine pour moi. Je vais être le premier à en parler. Ce qu'il me faudrait, c'est un utilisateur qui accepte de me raconter son expérience, anonymement bien sûr. »

Et Chen commença à laisser des messages sur les forums : « Bonjour ! Je suis un journaliste de Gawker. Je suis tombé sur ce site. J'aimerais écrire un article. Je cherche quelqu'un qui accepterait de me raconter son expérience. Tout resterait anonyme, c'est juste pour me donner un peu de matière. »

Grande fut sa surprise lorsqu'il reçut cette réponse : « Bonjour, Chen. Ici, l'Administrateur du site. Merci de ton intérêt. Plutôt que d'interviewer un utilisateur, que dirais-tu d'interviewer le créateur de Silk Road en personne ? Il faudrait que ça se fasse par le Chat, qui est anonyme. Mais je suppose que tu es déjà familier de Tor. »

Ross, qui passait beaucoup de temps sur les forums, avait vu les messages de Chen. Il en avait parlé à Robert.

— Il faut le faire nous-mêmes, avait dit celui-ci.

— Pourquoi ? C'est beaucoup trop dangereux.

— Pas plus dangereux que tout ce qu'on fait depuis le début. Il faut qu'on fasse gaffe à ce qu'on lui raconte, c'est tout.

— Pourquoi prendre ce risque ?

— Je vois au moins deux raisons, avait répondu Robert. La première, c'est de se faire un peu de pub. Si l'Administrateur se fait interviewer en personne, ça aura plus de résonance. Ça ramènera plus d'utilisateurs.

— Mouais, dit Ross, qui anticipait déjà le problème d'un afflux de curieux.

— La deuxième, c'est que si ce n'est pas nous qui répondons, le journaliste risque de passer à côté du site. Je veux dire, oui, la drogue, il la verra. Il parlera à une espèce de camé qui lui racontera ce qu'il achète, avec quoi il se défonce, et l'effet que ça lui procure. Mais la vraie valeur du site, sa signification et sa portée, il risque de passer à côté. Il n'y a qu'avec nous qu'il comprendra.

Ross s'était laissé convaincre. Il se sentait poussé par le succès du site, des forums, par tous les messages d'amour et d'enthousiasme qu'ils recevaient. C'était vrai que c'était fou. On ne pouvait pas faire confiance à un journaliste pour le raconter.

— Donc on fera l'interview sur le Chat, disait Ross. Qui de nous deux répond ?

— On le fait ensemble, dit Robert. C'est ça qui est beau. Il ne saura jamais qu'il aura eu affaire à deux personnes. On s'exprime en tant qu'Admin, mais on discute les réponses entre nous, au fil de l'interview.

— Ça me plaît, dit Ross.

Robert avait le sens du spectacle. Il fixa le jour de l'interview au quatre juillet, jour de la fête nationale de l'indépendance des États-Unis. Le quatre juillet est, traditionnellement, un jour non travaillé. Mais pour cette occasion, Chen s'assit sur son jour de congé.

— On va se le faire, le petit Chen, dit un Robert sûr de lui, tandis que les deux amis se connectaient au Chat.

Il était encore tôt le matin, conformément au souhait de Robert, qui voulait donner une image aussi professionnelle que possible. Ils étaient assis côte à côte face à l'ordinateur de Ross, le mieux équipé de la maison. Celui-ci avait prévu, comme à son habitude, une grande brique de jus d'orange. Le Chat était parfois lent, selon le trafic qu'il y avait sur Tor. L'interview risquait de prendre un peu de temps.

« Joyeux quatre juillet, Chen », commença Robert d'un ton sentencieux.

« Joyeux quatre juillet, répliqua Chen. Merci de m'accorder cette interview. Si vous le voulez bien, j'aimerais couvrir des sujets aussi variés que l'histoire du site, son *business model*, vos motivations personnelles. Si ça vous convient bien sûr. »

— Droit au but, dit Robert. Ça me plaît. Mais s'il croit qu'il va nous faire tout déballer, il se plante.

« Avec plaisir », répondit-il sur le Chat.

« C'est ma première interview avec un baron de la drogue digital, écrivit Chen. Excusez-moi si je suis un peu nerveux. Ou si je pose des questions maladroites. »

« Nous ne sommes pas un baron de la drogue, corrigea immédiatement Robert. Nous sommes une place de marché. »

« Bien compris, écrivit Chen. En ce cas, ma première question serait : comment avez-vous eu l'idée de Silk Road ? Pas d'un point de vue philosophique (on trouve déjà beaucoup de choses sur le forum) mais d'un point de vue pratique ? »

— Il a lu le forum, c'est bien, commenta à haute voix Robert avant de taper :

« Silk Road est la rencontre de deux briques technologiques, Tor et Bitcoin. Ces briques existaient avant nous. Nous n'avons fait que les mettre ensemble. Pour être précis, nous avons découvert Tor avant Bitcoin. Dans sa version initiale, Silk Road fonctionnait sur Tor sans Bitcoin. Acheteurs et vendeurs devaient se rencontrer physiquement pour finaliser la transaction. Aujourd'hui, grâce à Bitcoin, tout se fait en ligne. Nous n'avons inventé aucune technologie. Mais l'idée de mettre ces technologies ensemble, et de les utiliser de cette manière, vient de nous. »

« Et vous êtes confiant, demanda Chen, dans le fait que ces technologies vous protègent ? Que ces briques technologiques, comme vous le dites, peuvent tenir en échec le FBI et la NSA ? »

Cette fois, Ross se saisit du clavier :

« Il y a une troisième technologie, que je n'ai pas encore mentionnée. Il s'agit de la cryptographie asymétrique. Vous êtes familier du concept ? »

« Oui », dit Chen.

« Tor seul n'est pas suffisant pour assurer l'anonymat en ligne, poursuivit Ross. C'est de loin la meilleure solution qui existe, mais elle exige d'être utilisée correctement. Nous la couplons avec une utilisation extensive de la cryptographie asymétrique. Celle-ci repose sur des algorithmes très puissants, ceux qui génèrent les clefs. Si le gouvernement craquait ces algorithmes, alors il pourrait sans doute faire tomber le site. Mais j'en doute. Je pense dans tous les cas qu'il en est très loin. »

« Vous avez une formation d'ingénieur ? » demanda Chen avec candeur.

— Le petit malin, commenta Robert. Il nous prend pour des cons ou quoi ? Donne-moi ce clavier.

« N'importe quel indice, même minuscule, concernant qui je suis, aide les agences que tu viens de mentionner à me retrouver. Il n'est pas question que je réponde à ce genre de questions. »

Puis s'adoucissant :

« Mets-toi à ma place. Je risque ma vie pour Silk Road. Le but de cette interview est de te faire comprendre le site. Pas de te révéler les détails de ma vie privée. »

« Puis-je au moins, insista Chen, vous demander si vous êtes un homme ou une femme ? Un article où je dois écrire “il ou elle” à chaque ligne risque de fatiguer le lecteur. »

— Il est lourd, commenta Robert.

« La très grande majorité des gens sur le *dark web* sont des hommes. Tu peux donc supposer que j'en suis un. Tu as mon autorisation pour dire “il”. »

« Compris, écrivit Chen à nouveau. Éloignons-nous des sujets personnels. Pensez-vous que les technologies comme Tor et Bitcoin peuvent transformer la société ? »

« Elles la transforment déjà, répondit Robert immédiatement. Silk Road est, dans son fondement, un moyen d'échapper au gouvernement. C'est la raison d'être du site. Grâce à Tor et à la cryptographie, les gens ordinaires pouvaient déjà lui soustraire leurs communications. Grâce à Bitcoin, ils peuvent lui soustraire leur argent. Et nous élargissons sans cesse ce périmètre. C'est notre travail. Avec Silk Road aujourd'hui, nous avons soustrait au gouvernement le marché de la drogue. Nous avons redonné aux gens la liberté de choisir ce qu'ils mettent dans leur corps. Cette bataille, nous l'avons déjà gagnée, affirma Robert avec une audace qui fit tiquer Ross. Qui sait quelle sera la prochaine ? Nous voulons éveiller les consciences, amener les gens à se saisir de leur liberté. »

« Combien de gens travaillent sur Silk Road ? » embraya un Chen visiblement peu intéressé par les envolées philosophiques de Robert.

Ross récupéra le clavier.

« Pas de commentaire sur ce point », écrivit-il simplement.

« En ce cas, comment définiriez-vous votre rôle ? Quelle est votre fonction ? Vous êtes le propriétaire du site, c'est bien ça ? »

« Disons que je contrôle les actifs de Silk Road, répondit Ross sans détour. Moi, et moi seul, possède les clefs qui correspondent aux URLs de la place de marché ainsi que des forums. Moi, et moi seul, possède la clef qui permet d'accéder au porte-monnaie qui contient tous les dépôts du site. Personne ne peut s'en emparer. Et quand vous lisez un message posté par le compte Admin, vous pouvez être sûr qu'il est de moi. »

« Les dépôts ? interrogea Chen. Permettez-moi de demander : de quoi s'agit-il ? »

— Il n'a pas si bien fait son enquête, finalement, observa Ross. S'il n'est même pas allé jusque-là...

« Les transactions sur Silk Road ne sont pas directes, expliqua-t-il. Le paiement de l'acheteur est conservé sur un compte de dépôt jusqu'à ce que la transaction soit finalisée. C'est comme sur Airbnb. Et nous exigeons du vendeur, aussi, un dépôt de sécurité. De manière qu'il ne soit pas tenté d'escroquer ses clients. »

« Je vois, écrivit Chen. Merci de la précision. Et les profits ? Comment sont partagés les profits ? »

— Tu vois, remarqua Robert, il n'y a que ces sujets qui l'intéressent. Ce n'est qu'un sale petit journaliste. Heureusement que c'est nous qui faisons cette interview. Et encore, je ne suis pas sûr que ce sera correctement retranscrit.

Ce fut Ross qui répondit, afin de prévenir la mauvaise humeur de Robert.

« Au sujet des profits, je peux t'expliquer ceci : nous prenons une commission de 10 %. Ce n'est pas un secret, c'est expliqué clairement sur le site. C'est le vendeur qui paie cette commission, exactement comme dans le cas d'un paiement par carte bancaire. Et ces profits, pour le moment, sont conservés précieusement pour les futurs projets de Silk Road. En ce qui me concerne, si c'est ça que tu veux savoir, je mène une vie assez frugale », ajouta Ross avec humour, afin de détendre l'atmosphère.

« Frugale… comment ? » réagit Chen aussitôt.

— Il est franchement lourd, dit Robert.

« Pas de commentaire, répondit Ross. Mais je peux te répondre au sujet de mon rôle, comme tu me l'as demandé. C'est une bonne question. Je me définirais comme un centre de confiance. Demande-toi : qu'est-ce qui fait que le site fonctionne ? Je ne parle pas d'un point de vue technique. Mais qu'est-ce qui fait que les gens y déposent leur argent, et que lorsqu'ils ont commandé, ils s'attendent à être livrés ? La réponse est : la confiance. C'est parce qu'ils ont confiance dans le site. Ça veut donc dire qu'ils ont confiance en moi, puisque je le fais fonctionner et que je garde les dépôts en sécurité. Les acheteurs me font confiance, les vendeurs me font confiance, et par extension, ils se font confiance entre eux. »

— Super réponse, répondit Robert, impressionné.

— Merci, répliqua Ross modestement.

« Quel est votre projet pour Silk Road ? Vous voyez-vous vous en occuper toute votre vie ? Est-ce un job à temps plein ? » demanda Chen.

« C'est beaucoup de travail, c'est certain, répondit Ross, prenant soin de ne rien dévoiler qui permettrait de cerner ses habitudes. Au sujet de l'avenir du site, je n'exclus pas de le revendre. Mais il me faudra, je crois, une proposition à sept chiffres. »

Le montant évoqué était assez prétentieux. Mais le journaliste ne sembla pas y prêter attention.

« Permettez-moi maintenant de relayer une question qui a beaucoup agité la communauté, enchaîna Chen. Que s'est-il passé au moment du passage à Bitcoin ? Pourquoi le site a-t-il fermé ? Avez-vous été hackés ? Avez-vous perdu des bitcoins ? »

Ross soupira profondément. Il espérait que cet épisode soit derrière lui.

« En intégrant Bitcoin, nous avions fait une erreur dans le code. Si bien qu'au moment de la bascule le programme ne fonctionnait pas correctement. Nous nous en sommes aperçus tout de suite. C'est la raison pour laquelle nous avons fermé le site. Nous avons réécrit le code, et tout fonctionne correctement. Nous n'avons pas eu de pertes de bitcoins », mentit-il enfin, sans savoir si ce mensonge serait gobé par la communauté.

« OK, dit Chen. Une dernière question. Vous proposez des drogues hautement addictives comme l'héroïne ou la métamphétamine. Est-ce que ça ne vous pose pas un problème moral ? Vous sentez-vous responsable des effets néfastes que vous pouvez avoir sur la société ? »

— Il m'énerve, dit Robert.

— Laisse-moi répondre, suggéra Ross, qui se servit un verre de jus d'orange pour ne pas réagir à chaud et se laisser le temps de réfléchir.

« Au contraire. Je suis fier de ce que je fais. À mon avis, il n'existe pas un seul produit sur Terre, une seule substance qui, prise en quantité excessive, ne soit pas nocive. Vous pouvez vous faire beaucoup de mal en mangeant trop. Vous pouvez, en vérité, vous faire beaucoup de mal en buvant de l'eau : regardez les hydropiques. La nature de la substance n'est pas la question. La question, c'est l'usage que vous en faites. Et cet usage, bien sûr, doit être responsable, nous ne disons pas le contraire. C'est d'ailleurs la raison pour laquelle nous avons une section de forums dédiée à ces aspects de santé, poursuivit-il non sans frémir à l'idée de ce fil de discussion qu'il ne visitait jamais. Mon souhait n'est pas que des gens consomment des substances d'une manière qui leur nuise. Mon souhait est de donner aux gens le pouvoir de décider pour eux-mêmes ce qui leur est nuisible ou non. C'est à chacun de décider ce qu'il met dans son corps, ce n'est pas au gouvernement de le faire à notre place. »

« Merci, répliqua Chen à un Ross plutôt satisfait de sa réponse, même s'il savait qu'elle laissait de la place aux objections. C'est bon pour moi. J'ai ce qu'il me faut. »

« Est-ce qu'on peut relire ton article avant qu'il ne soit publié ? » écrivit Robert en s'emparant du clavier.

« Je regrette mais ce ne sera pas possible, répondit le journaliste. Sans vouloir vous offenser, ça n'est pas comme si vous pouviez vous exprimer officiellement. Je vous rappelle que vous êtes dans l'illégalité. »

— C'est une petite merde, grinça Robert entre ses dents.

Chen était peut-être une petite merde, mais une petite merde qui faisait son travail diligemment. L'article parut sur Gawker dans la nuit même. Et par rapport à leur échange, il restait tout à fait fidèle. Robert rayonnait de voir ses propos s'y afficher. Gawker était sur le *clear web*, public et accessible à tous. Cela allait donner à ses idées un rayonnement nouveau.

Il voyait juste. Le résultat alla au-delà de ses espérances. Il faut dire qu'à part le petit site WordPress qu'il avait créé l'article de Gawker était la première passerelle entre Silk Road et le web normal.

Le trafic du site se mit à enfler de manière dramatique. Des quelques milliers de comptes qui s'étaient créés, Silk Road passa à des dizaines de milliers. Le changement d'échelle était considérable. Ce nouveau trafic était composé en partie, il est vrai, de simples curieux, venus faire du lèche-vitrine et admirer les produits illégaux si outrageusement présentés. Mais les revenus aussi augmentaient. Au rythme où ils allaient, Ross et Robert seraient millionnaires avant la fin de l'année.

Ça restait un scénario optimiste, parti de la prémisse que rien ne viendrait mettre un frein à cette croissance effrénée. Or, des dangers nouveaux, non moins que redoutables, firent leur apparition. Pour l'informaticien en herbe qu'était Ross, c'était l'heure de vérité.

*

La nouvelle notoriété du site attira en effet un nouveau type de visiteurs, dont Ross n'était pas familier : les hackers. Les hackers n'avaient rien à voir avec l'abruti moyen qui faisait son shopping sur le site, dans l'espoir d'exploser rapidement les quelques neurones qui lui restaient. Les hackers étaient intelligents, sophistiqués. Et surtout, ils étaient intéressés. Ils ne venaient pas pour acheter ou vendre. Ils venaient parce qu'il était clair, maintenant, qu'un gros volume de bitcoins transitait par le site. Et ils comptaient bien mettre la main dessus.

Ross faisait face désormais, sur une base quotidienne, à toute une variété d'attaques, plus ou moins pénibles à traiter.

Il y avait les attaques par injection SQL. On se souvient que la navigation sur un site web est en réalité une interaction entre un visiteur et un serveur. Chaque action du visiteur est une requête envoyée à une base de données, qui lui répond : « Emmène-moi sur la page d'accueil », « Ouvre cette fenêtre », « Ajoute ce produit à mon panier ». Le code écrit par Ross étant rudimentaire, il était possible pour un hacker de se glisser au milieu de ces échanges, entre le visiteur et le serveur, afin de les perturber.

Ces attaques prenaient la forme, par exemple, d'images « d'achat rapide » qui apparaissaient sur le site. Un visiteur voulait consulter la page d'un produit. Il cliquait sur le lien qui devait l'y conduire. Mais le serveur, au lieu de lui renvoyer la page comme il devait, la lui servait enrichie d'une image qui occupait une partie de l'écran. Cette image n'avait pas été créée par le vendeur. Elle avait été ajoutée – injectée – par le hacker. Elle ressemblait à une image normale du site. Elle disait : « Vente éclair ! Profitez de 50 % de réduction en payant ici. » En la suivant, on atterrissait dans le porte-monnaie du hacker. Selon la qualité de la réalisation de l'image, sa capacité à inspirer confiance, beaucoup d'acheteurs pouvaient tomber dans le panneau. Ils ne récupéraient, évidemment, ni la drogue ni les bitcoins qui avaient été payés.

Une autre attaque – qui ne nécessitait en rien d'être un surdoué de l'informatique – était le *phishing* sur le *clear web.* Car Silk Road possédait à présent tout un tas de mentions sur le web normal, en raison de sa notoriété croissante. N'importe qui pouvait créer une page réunissant des informations sur Silk Road et la présenter comme une page officielle. Le hacker y indiquait une fausse adresse pour le site. Cette fausse adresse conduisait les visiteurs égarés sur un faux site, dont l'accueil ressemblait en tout point à celui de Silk Road, mais qui n'avait pour vocation que de leur voler leurs bitcoins.

Il y avait enfin, sur les forums, du bon vieux spam. Des centaines de messages, tous identiques, se mettaient à remplir les fils de discussion, dans le but simple et avoué de les polluer. Ils rendaient toute discussion impossible.

Ross était obligé de traiter manuellement ces attaques – quand il arrivait à les traiter tout court. S'il ne trouvait pas de parade, il ne pouvait rien faire d'autre qu'alerter la communauté, la sensibiliser au danger ; ce qui restait, évidemment, d'une efficacité limitée.

Après avoir rendu sa vie misérable, les hackers le contactaient. Ils lui demandaient une rançon, souvent de l'ordre de quelques milliers de dollars, en échange d'une promesse de retirer leur attaque. Le cœur serré, humilié d'être vaincu, Ross payait. Il avait, de toute urgence, besoin de conseils sérieux en matière de sécurité.

Il se mit à poster sur les forums des demandes d'aide à la communauté. Après tout, elle était concernée autant que lui. Il fut surpris de se heurter à beaucoup d'indifférence et de cupidité. « Combien tu offres ? » lui demandait-on pour l'aider. À contrecœur, Ross se mit à allouer des budgets à cette aide extérieure, qui n'était pas de première qualité.

Mais le malheureux n'avait pas encore été confronté à son plus grand défi, celui que par-dessus tout il redoutait. Car il voyait bien que le serveur partagé, qu'il avait choisi pour lancer le site, n'allait pas tenir le coup. Plus la base de données se remplissait, plus la navigation ralentissait. L'issue était inévitable, il le savait. Silk Road finirait par planter.

Il fallait migrer vers un serveur dédié. Ross n'avait jamais utilisé de serveur dédié. Déjà à la peine quand il s'agissait du *front*, la partie visible du site, Ross ne connaissait à peu près rien de ce qui touchait à l'infrastructure.

Il commença à se renseigner. Parallèlement à son travail d'administration, à la résolution des disputes, à sa lutte contre les hackers infatigables, voilà qu'il lui fallait, en plus, apprendre à configurer un serveur LAMP. Ceci l'entraîna loin, bien loin de sa zone de confort. Ces deux mois furent les plus durs qu'il ait jamais connus. Il cessa de s'alimenter normalement, abusant du jus d'orange jusqu'à se brûler l'estomac, puis se rabattant sur du multifruits, réputé plus doux. Il perdait la notion du temps, à tel point que plus d'un jour se leva sans qu'il ait songé à gagner son lit. Il en vint à utiliser un réveil, non pour se réveiller, mais pour se souvenir d'aller dormir. Dans la salle de bains, il évitait le miroir, tant il avait peur de sa propre tête. Mais le miroir le dévisageait. Alors il levait les yeux et découvrait, glacé, l'horreur de sa physionomie.

Mais au terme de deux mois à ce régime, il en vit le bout. Et la détresse, petit à petit, se changea en un sentiment de puissance.

Le week-end où il fit la migration fut le plus stressant de toute son existence.

Quand ce fut fait, que cela fonctionna, et qu'il put enfin, dans la solitude de son salon, s'autoriser à pleurer, il pensa à mettre un message sur les forums : « C'est bon, les gars. Je ne dis pas que ça va marcher comme sur des roulettes, et que ces histoires de serveur sont derrière nous, mais au moins, ça devrait le faire pour quelque temps. » Il fut accueilli par une vague de messages, certains le remerciant et le félicitant, d'autres raillant son médiocre talent d'informaticien. « Je sais, répondit-il, exsangue, à l'un de ces messages qui l'insultaient. On ne pourrait pas être plus d'accord que je ne le suis. »

*

Robert rentrait du Mexique. Il posa à terre son sac de sport et prit Ross par les épaules pour mieux le contempler, tout sourire, comme une mère qui retrouve son enfant chéri. Robert avait voyagé, ils ne s'étaient pas vus depuis longtemps.

— Quelle sale gueule tu as ! dit-il.

— Je te remercie, répondit Ross sincèrement, heureux que quelqu'un soit le témoin de son travail acharné.

— Je suppose que c'est le site, dit Robert. Ne me dis rien. Je suis extrêmement fier de toi. J'ai vu la mise à jour. Tout le bordel que tu as dû gérer. T'es un champion. On va boire une bière pour fêter ça.

Robert ôta sa veste de voyage, et Ross remarqua immédiatement, sous le marcel blanc, les nouveaux tatouages, ainsi que les muscles qui avaient encore épaissi. Le torse de Robert était à présent presque recouvert de tatouages, de la ceinture à la clavicule.

Non sans une certaine fascination, Ross détailla ces formes étranges dont il ignorait la signification : des acronymes en lettres gothiques, des chiffres, une tête de mort décorée, comme celles que l'on voit pour les fêtes mexicaines ; un squelette paré comme une femme ; un pistolet, un cactus fleuri, un aigle en train de dévorer un serpent, un lion portant une couronne ; une espèce de bouclier en flammes ; des os, une trace de main, encore des os, des constellations, et d'autres symboles bizarres. On se serait cru dans un documentaire sur les cartels mexicains.

— Qu'est-ce que c'est que ça ? demanda Ross, ne pouvant s'empêcher de questionner son ami.

— Ne m'en parle pas ! répliqua Robert, hilare. Ils voulaient me tatouer la gueule. J'ai dit non !

— Qui ça, « ils » ?

— Tu préfères pas le savoir.

L'espace d'une seconde, le visage de Robert devint fermé et dur. Puis son beau, son large sourire l'illumina de nouveau. Les yeux azur riaient également.

— Allez ! J'ai dit que je t'emmenais boire une bière.

Ross était content d'avoir retrouvé son ami. Il marchait à côté de lui, fatigué mais serein, comme un convalescent. Ils se rendirent à pied dans leur bar préféré de Gowanus. Brooklyn commençait à se gentrifier doucement. Autour de ce bar jadis isolé, d'autres avaient éclos. La population n'était plus tout à fait la même. Il y avait des gens plus jeunes, des étudiants ; et en particulier, des filles.

Robert lui parla du Mexique, des villes, des routes et des déserts ; de la culture mexicaine, des mots à connaître, de la nourriture et des alcools ; des Mexicaines qui, selon lui, appréciaient d'être traitées comme un sexe faible. Il s'attarda longuement aussi sur leurs particularités physiques. Mais dans ce récit pittoresque du pays, il n'y avait pas un mot sur ce qu'il était allé y faire. « Y trafiquer, pensa Ross, par-devers lui. Peut-être ont-ils découvert que le service postal est le moyen le plus efficace de faire passer la drogue par-dessus la frontière. »

— Et toi alors, comment ça va ?

— On a nos propres serveurs, expliqua Ross modestement.

— Mais c'est canon, ça ! Ça veut dire qu'il n'y a plus de limite au trafic sur le site ?

— Il y a toujours une limite, Robert. Mais ça veut dire que c'est extensible. La prochaine fois que j'aurai besoin d'augmenter les capacités, je ne devrai pas tout changer. Et puis, je peux y installer les applications que je veux. Ça me facilite grandement le travail.

— C'est incroyable ce que le site est devenu, dit Robert. Ce petit con de Chen a fait du bon boulot.

— C'est sûr, dit Ross.

— Mais le plus incroyable est encore devant nous, je peux te l'assurer. J'ai de grands projets pour Silk Road.

— Justement, dit Ross, qui ne voulait pas laisser passer l'occasion.

Il avait mûrement réfléchi à ce qu'il allait dire, pesant les mots. Il parla donc sans appréhension. Après tout, Robert était son ami. Il ne doutait pas de sa compassion.

— Je voudrais me retirer, dit Ross simplement.

Il laissa planer un silence, pour donner du poids à ce qu'il venait d'annoncer.

Robert lui jeta un regard mauvais. Le même regard dur, fermé, qu'il avait eu dans le salon.

— Te retirer, te retirer… Ça veut dire quoi, te retirer ?

— Me retirer pour de bon, précisa Ross.

— Comment ça, pour de bon ?

— Arrêter, poursuivit Ross. Passer la main et faire autre chose.

— Mais ce serait une trahison ! réagit Robert un peu vivement.

Ross eut un mouvement de recul.

Il était blanc comme un linge, maigre comme un coucou. Robert, lui, était bronzé et tout en muscles. Surtout, il semblait avoir gagné lors de son dernier voyage une sorte de vivacité, d'imprévisibilité, que Ross découvrait. Ross se sentit tout à coup comme la souris entre les pattes du lion.

Robert remarqua sa réaction.

— Tu as besoin de te reposer, dit-il d'un ton amical. C'est normal. Tout le monde a besoin de se reposer.

— Ce n'est pas ça, Robert.

— Tu as raison, ce n'est pas ça. Excuse-moi, s'excusa Robert sans raison. Ce que tu as accompli est surhumain. Ça n'est certainement pas moi qui en serais capable. Tu gères tout seul un site qui fait des centaines de milliers de dollars de revenus. Si on était une boîte normale, tu aurais maintenant une équipe à ta disposition. Et moi, je ne t'aide jamais. C'est vrai ! Il faut le reconnaître. Et comment le pourrais-je ? Car moi aussi je me démène. Pour amener les meilleurs vendeurs sur le site. Pourquoi crois-tu qu'il y a une telle offre aujourd'hui ? Les drogues non coupées, tu crois qu'elles viennent du dealer du coin de la rue ? Mais pour ta sécurité, c'est mieux que je ne t'en parle pas. Chacun sa partie. Toi, c'est le site. Et tu as besoin de te reposer. De prendre du recul. C'est normal. Avec tout le blé qu'on se fait, on peut, je pense, t'offrir des petites vacances sympas.

— Ce n'est pas de ça que je parle.

Robert le dévisagea de ses yeux de glace. Comme sous l'effet de la tension générée par la discussion, ses pupilles s'étaient rétractées. Elles étaient à présent aussi minces que des têtes d'épingle. « Des yeux de serpent », pensa Ross malgré lui.

— OK, dit Robert avec un calme étudié, qui ne présageait rien de bon. Alors, qu'est-ce que tu veux me dire ? C'est quoi ces histoires ? Parle-moi.

Ross prit une profonde inspiration.

— Je n'ai pas la carrure. Je ne joue plus dans ma catégorie. Ce site, il me dépasse. J'en ai marre. Et je ne peux plus faire à moi tout seul le travail de trente personnes.

— Il faut que tu fasses des pauses, répéta Robert. Que tu te ressources. Tu veux toujours que tout soit parfait. Mais moi, tu sais, ça ne me dérange pas qu'il y ait des bugs. Est-ce que je t'ai jamais fait le moindre reproche ?

— Je ne sais pas si le site va tenir le coup, dit Ross. J'ai fait de mon mieux, tu peux me croire. Mais c'est du bricolage. Pour être honnête, je ne sais pas ce que je fais. Je pense qu'on devrait arrêter pendant qu'il en est encore temps, avant que je commette une erreur majeure, une erreur qui nous enverra en prison. Je suis désolé mais je ne vais pas pouvoir tenir plus longtemps. On est devenus riches, c'est l'essentiel ! Non ?

— Là, tu me déçois, Ross. Tu me déçois, répéta Robert, hochant négativement la tête. Je te croyais plus intelligent que ça. On s'en fout, du fric. Moi, je m'en fous, en tout cas. Ce n'est pas pour le fric que je fais ça. C'est bien plus grand. C'est bien plus important. Les trucs que j'écris sur les forums, je les *pense.* Tu ne comprends pas ?

— Puisque tu parles de philosophie, il y a d'autres choses qui me dérangent, réagit Ross, gêné.

— Comme quoi.

— Comme ce type qui est mort d'overdose, après avoir acheté sur notre site. Tu ne l'as pas vu sur les forums ? La communauté était vachement émue.

— Tu passes trop de temps sur ces forums, dit Robert. Il faut que tu ailles prendre l'air.

— Des mecs, manifestement des gamins, se sont procuré du LSD, poursuivit Ross sans tenir compte de la remarque. Sur *notre* site. Ils l'ont partagé à une soirée. Le lendemain matin, il y en avait un qui était mort.

— Est-ce qu'on est sûrs que c'est à cause de ce qu'ils ont acheté sur Silk Road ?

— C'est ce qu'ils ont dit. Apparemment, ce sont eux qui ont apporté la drogue à la soirée. Tu devrais aller voir les messages, Robert, c'est... C'est poignant.

— On a un système d'avis, trancha Robert froidement. Ils n'ont qu'à lire les avis. S'ils achètent de la merde à un mauvais vendeur parce qu'ils sont pressés, ce n'est pas mon problème. Chacun prend son risque. C'est la responsabilité de chacun.

— Mais si un mec meurt, Robert, comment peut-il laisser un avis ?

Le regard de Robert s'assombrit jusqu'à devenir menaçant.

— Il y avait aussi ce type, continua Ross qui avait besoin de vider son sac, qui s'est pointé sur les forums. Pas d'historique, pas d'achats sur le site, rien. Il a posté des messages disant qu'il cherchait du poison et des instructions pour le suicide.

Le silence qui s'ensuivit était lugubre.

Ce fut Robert qui le brisa. Ils étaient assis côte à côte sur le rebord du trottoir, comme du temps de leur travail à Good Wagon Books. Mais cette époque semblait lointaine à Ross.

— Si tu veux faire une omelette, il faut être prêt à casser des œufs, lâcha Robert avec une telle lenteur que Ross en eut froid dans le dos.

La physionomie de l'athlète était à présent complètement fermée. Il était impossible de dire ce qu'il pensait. Ross ne put s'empêcher, à la dérobée, d'admirer le visage léonin, la chevelure rousse, le regard lointain.

— Pourquoi crois-tu que je t'ai abordé à la Product Conf ? demanda Robert.

— Je te demande pardon ?

— Pourquoi crois-tu que je t'ai abordé à la Product Conf ?

— … Parce qu'on était à côté ?

— Pourquoi crois-tu que je me tape Julia ?

— *Quoi ?*

— Écoute, espèce de lopette, l'insulta Robert, pour la première fois depuis qu'ils se connaissaient et sans aucune nuance de second degré. Tu veux reprendre ta vie de merde ? Tu veux redevenir le *loser* que tu étais ? C'est *moi* qui ai fait de nous ce que nous sommes. C'est *moi* qui nous ai donné une volonté, une ligne droite, un but. Je ne peux pas te laisser détruire notre destin.

Ross était stupéfait de ces questions et de ces affirmations. Elles l'intriguaient et le perturbaient au plus haut degré. Il avait le sentiment de les comprendre, et en même temps de ne pas les comprendre. Il ouvrit la bouche pour parler mais il ne put en sortir un son. Comme si sa voix mourait dans sa poitrine.

Dans un geste affectueux, Robert l'enveloppa de son bras puissant.

— Tu es fatigué, dit-il à nouveau. Tu ne sais plus où tu en es. Voici ce que je te propose. Demain, je t'emmène faire de l'escalade aux Palisades. Tu connais ? C'est une falaise fantastique. Avec des voies pour tous les niveaux. Tu vas adorer, tu verras. Et puis ça va t'aérer, ça te fera du bien. Tu auras l'esprit plus clair pour réfléchir. Ça te convient ?

— Je n'ai jamais fait d'escalade, dit Ross.

— Je sais, dit Robert.

*

Ils partirent de bonne heure le lendemain. Pourtant, ce n'était pas dans les habitudes de Robert de se lever tôt. « C'est pour avoir les meilleures voies, expliqua-t-il à Ross. Si on arrive trop tard, les bonnes sont prises, et c'est dommage. Il faut être les premiers sur place. »

Les Palisades se trouvent dans le New Jersey, à trois quarts d'heure en voiture depuis New York, soit plus d'une heure depuis Red Hook. Longues d'une trentaine de kilomètres, hautes d'une bonne centaine de mètres, ces falaises s'étendent le long des rives de l'Hudson. Elles dessinent une sorte de frontière naturelle entre l'État du New Jersey et celui de New York.

Elles sont très abruptes et de couleur noire, comme une roche volcanique. Pour comprendre cette formation atypique, qui émerge de la rivière de manière spectaculaire, il faut retourner à l'époque de la Pangée.

À cette période, l'Amérique était encore collée à l'Afrique, et la région de New York à celle du Sahara. Il y eut un déchirement de la croûte terrestre et les deux continents se séparèrent, l'Atlantique venant remplir le gouffre entre eux. Il y eut aussi, le long de cette déchirure, des écoulements de magma. Les Palisades sont l'un de ces écoulements.

On trouve des empreintes de dinosaures dans la roche. En 1910, une bande d'étudiants en géologie de l'université de Columbia y découvrit le squelette remarquablement préservé d'un monstre préhistorique. Il mesurait six mètres de haut pour douze de long. Il fut décrit à l'époque comme « le croisement d'une autruche et d'un crocodile, à une échelle gigantesque ».

Outre leur intérêt paléontologique, les Palisades offrent de bonnes voies d'escalade, dont les ascensions sont longues, vertigineuses.

Pour y accéder, on emprunte le George Washington Bridge. Sa ligne majestueuse vous enlève à Manhattan et vous fait pénétrer l'épaisse forêt des rives de l'Hudson, de l'autre côté de l'eau.

Comme il était tôt, et qu'il avait encore travaillé toute la nuit, Ross dormait dans la voiture. Il ne vit pas la masse noire des Palisades se rapprocher.

Robert roula jusqu'à une zone peu fréquentée. Il avait mentionné sa crainte qu'il y ait trop de monde. En vérité, ils se trouvèrent absolument seuls au pied de la falaise.

Ross était impressionné. La fraîcheur de la forêt les enveloppait. La falaise leur faisait de l'ombre, dont Robert disait qu'elle était appréciable, le soleil représentant une gêne pour l'ascension.

La paroi était écrasante, en surplomb. Sa couleur noire, également, avait son effet psychologique. De timides fissures la parcouraient, dont Ross devinait qu'elles étaient censées l'aider à grimper. Il ne voyait pas comment. Devant eux, ce mur infranchissable ; autour d'eux, des éboulis et une végétation épaisse ; quelque part dans leur dos, les eaux mugissantes de l'Hudson.

Comme il l'avait dit à Robert, il n'avait jamais fait d'escalade. Il découvrit que la paroi était parcourue de petits anneaux qui servaient de support pour attacher les mousquetons et faire passer la corde. Robert, impatient, partit en tête, après avoir expliqué en trois mots à un Ross dubitatif comment l'assurer. Il « ouvrait la voie », selon ses propres termes. Grimpant de quelques mètres, il se saisissait d'un mousqueton, l'attachait à un anneau, prenait la corde et la faisait passer dans le mousqueton ; le tout en se tenant à une main seulement, sur des prises qui paraissaient à Ross ridiculement petites.

Robert grimpa de trente bons mètres. La corde était longue.

Ross le descendit alors en rappel, s'appuyant du pied sur la paroi, pour supporter le poids de l'athlète. La descente comme la montée se déroulèrent sans incident.

— À ton tour, dit Robert sitôt revenu à terre. Laisse-moi m'assurer que tu es bien attaché, et c'est parti.

Il vérifia l'équipement.

— Les chaussons me font mal, dit Ross.

— C'est normal, dit Robert.

Ross n'était pas franchement convaincu de ce qu'il s'apprêtait à faire. Mais il ne voulait pas passer pour une poule mouillée dans ce lieu où, autrefois, un crocodile et une autruche géants s'étaient accouplés. Il prit une profonde inspiration, se dit qu'il ne s'agissait au fond que d'un *team building*, comme c'est fréquent dans les startups.

Robert lui indiquait les prises faciles. En commençant à grimper, Ross se rendit compte que l'ascension était à sa portée. Bientôt, il fut grisé par les sensations irrésistibles de ce sport. Le contact de la paroi avait quelque chose de sensuel. Il la palpait, de chaque parcelle de ses bras et de son abdomen. Il s'élevait lentement mais sûrement, cherchant ses prises, se laissant guider par la voix autoritaire de Robert. Il se trouvait maintenant à plusieurs mètres au-dessus du sol.

En se retournant pour contempler le vide, il sentit dans tout son corps une délicieuse décharge d'adrénaline.

— Je descends ? demanda-t-il à Robert.

— Non, tu montes encore.

L'exhortation de son ami lui paraissait ambitieuse, mais après tout, c'était pour ça qu'ils étaient venus. Il continua de grimper.

Il progressa encore de quelques mètres, s'arrêta, hésita, s'arrêta encore, regarda en bas. Robert lui paraissait petit. Il avait la tête levée et suivait les progrès de son ami.

— Je redescends ? cria Ross.

— Non, tu montes encore, dit Robert de sa voix ferme.

— Je préfère redescendre.

— Si tu veux redescendre, tu as besoin que je te descende. Et moi, je te dis que tu n'y es pas encore. Encore un petit effort, mon vieux.

— Il est chiant, grommela Ross entre ses dents.

Le jeune homme commençait à perdre ses moyens. Grimper ne l'amusait plus. La décharge d'adrénaline avait fait place à de la fatigue et à de la peur. Ses gestes étaient maladroits. Une première fois, il glissa et s'écorcha les coudes.

— Aïe, cria-t-il.

— Ça arrive, répliqua Robert, depuis tout en bas. C'est pas grave. Continue.

Avec de l'énervement et l'envie d'en finir, Ross grimpa encore de quelques mètres. Il voyait le bout de la corde maintenant, passé dans le dernier mousqueton. Il avait grimpé les trente mètres.

— C'est bon maintenant ? hurla-t-il. Je veux descendre !

Et, comme Robert ne réagissait pas, il perdit son sang-froid :

— Re-des-cendre !

Une tension brusque dans la corde le plaqua contre la paroi, le blessant au front.

Il saignait légèrement.

Il tenta de se dégager et de reprendre ses appuis, mais une nouvelle tension le ramena contre la paroi. En fait, chaque fois que Robert tirait la corde, Ross se retrouvait plaqué, perdant ses appuis, se meurtrissant. Il saignait maintenant des genoux et des avant-bras et il commençait à paniquer.

— Arrête de tirer ! Tu me fais mal ! hurla-t-il.

En réponse, la corde se fit toute molle.

Robert donnait beaucoup plus de mou qu'il n'était nécessaire.

Ross n'était plus retenu par la corde. Cette fois, il se cramponna à la paroi, de toutes ses forces.

— Tire, mais tire !

Soit Robert ne l'entendait pas, soit il faisait exprès de ne pas l'entendre. Ross ne tenait plus à la falaise que par la seule force de ses bras et de ses jambes. Ses muscles commençaient à le faire souffrir.

Il n'osait plus hurler. Il avait peur que son hurlement lui fasse lâcher prise. Il n'avait aucune idée de l'amplitude du mou qu'il y avait dans la corde, et il préférait ne pas regarder. Il était tétanisé. Ses doigts, ses mains, ses bras, tous ses membres tremblaient. Quelque chose dans sa colonne vertébrale se coinçait. Sa respiration se faisait erratique.

— Robert, je t'en supplie, arrête, murmura-t-il entre ses dents serrées.

Avec la distance qui les séparait, Robert ne pouvait pas l'entendre.

Ross se mit à pleurer.

Il pleurait de désarroi, de peur, de ce face-à-face inattendu avec la mort.

Il essaya de bouger mais il ne le pouvait plus. S'il bougeait, il tomberait.

Cette maudite corde ne se tendait toujours pas.

Seul sur la falaise, quelque part sur les rives l'Hudson, Ross pleura longtemps.

Finalement, la corde se tendit à nouveau. Robert le descendit doucement.

— Enroule ta cheville autour de la corde, dit la voix qui était revenue. N'aie pas peur. Je vais te descendre comme un sac à patates.

Ross s'exécuta. Toujours pleurant, il se lâcha dans le vide. Il se laissa descendre comme un petit enfant.

— Pourquoi, demanda-t-il, vaincu et suppliant, lorsque enfin ses pieds touchèrent le sol. Pourquoi as-tu fait ça ?

— Je voulais que tu comprennes ce que ça fait de dépendre de quelqu'un, lâcha Robert, froidement, récupérant la corde et l'enroulant autour de ses épaules. Toi et moi, on est dans le même bateau. Que ça te plaise ou non.

Aucun des deux ne prononça une parole de tout le trajet du retour.

7
L'ENNEMI

Ce sont encore les heures froides de la nuit.

Il est quatre heures en cette nuit d'été, et les premières lueurs de l'aube ne feront pas leur apparition avant longtemps. Nous sommes dans le Maine, « l'État du homard », ainsi que l'ont surnommé ses habitants.

Plus précisément, dans une partie résidentielle du Maine. Les grandes demeures ont quelque chose de colonial, et ne sont pas sans rappeler les anciennes plantations du Sud. Elles sont blanches, la façade est gardée par de puissants piliers. Le rez-de-chaussée est haut sous plafond. Les chambres sont à l'étage, chacune avec un balcon. Un élégant sentier permet aux voitures de se faufiler. Le gazon est tondu avec un soin particulier.

L'air est délicieusement frais et humide. On entend la rumeur de la mer. À l'arrière des propriétés se trouvent les plages privées. Dans le Maine, si vous voulez voir l'océan, il vous faut votre propre accès. La côte est entièrement privée.

En cette heure nocturne, plutôt que matinale, toutes les maisons dorment. La petite route d'asphalte qui les relie est déserte. Rien ne bouge, hormis le vent dans les frondaisons.

Toutes les maisons dorment ? Non. Car aux fenêtres de celle de la sénatrice Charlene Schumer, des lumières brillent déjà. La première pièce à s'éclairer fut la chambre de la sénatrice elle-même. Puis celle de son mari. Puis celles de l'aile où se trouvent les domestiques. Ensuite, la cuisine et les salles de bains. Enfin, la chambre des enfants.

L'énorme voiture à quatre roues motrices de la famille Schumer est garée devant la maison. Le moteur est allumé. Il ronronne. Les phares rouges, dans la carrosserie noire, dans la nuit noire, ont quelque chose de menaçant. Les domestiques se pressent pour y porter les bagages. Ce sont des femmes jeunes, d'origine latino-américaine. Elles sont jolies, coiffées, strictement habillées.

Puis Charlene les appelle. Il faut réveiller les enfants. « Déjà ? » s'assurent les domestiques. La sénatrice confirme d'un hochement de tête. Son mari, Mark, est encore en train de petit-déjeuner. « À son rythme », fait remarquer la sénatrice avec une pointe d'ironie.

Elle, est prête depuis longtemps. Son brushing est, comme à son habitude, impeccable. La sénatrice est maquillée, à grand renfort de fond de teint pour masquer la couleur cadavérique de ses joues. Elle porte des boucles d'oreilles de grand prix, un collier, des bracelets. Mais ce qui brille le plus, c'est son regard : un regard avide comme celui-là, il est difficile de ne pas le remarquer.

Les enfants sont impitoyablement réveillés. Ils se laissent manipuler par les domestiques qui, avec d'infinies précautions, les tirent du lit, les prennent dans leurs bras, encore en pyjama, les enveloppent de leurs manteaux à elles pour les porter jusqu'au siège arrière de la voiture sans qu'ils attrapent froid. Ils ne se plaignent pas. La cadette se rendort immédiatement, son doudou contre la joue. L'aîné se laisse aller à une semi-rêverie, scrutant l'obscurité.

« On est obligés de partir aussi tôt ? » se plaint M. Schumer, Mark pour les intimes, sur le seuil de la maison gigantesque. Il a un café à la main. Les domestiques, qui savent que la sénatrice n'aime pas prendre du retard, sont obligées de le bousculer courtoisement pour passer.

Charlene est dans de bonnes dispositions ce matin. Elle décide de consacrer cinq secondes à cette discussion avec son mari.

— Tu sais que j'ai horreur des embouteillages. Ça me fait perdre un temps précieux. À cette heure-ci, il n'y a personne sur la route.

— À six heures non plus, il n'y a personne sur la route, fait remarquer son mari.

Mais la sénatrice ne se donne pas la peine de répondre. Elle est déjà passée à autre chose.

— J'ai besoin que tu conduises, dit-elle, tout en vérifiant que se trouvent bien à l'avant du véhicule, côté passager, son ordinateur portable, son téléphone, ses chargeurs et ses dossiers.

Elle jette un rapide coup d'œil à la banquette arrière. Les enfants sont là, dans l'état où elle les apprécie le plus : silencieux. À leurs côtés, silencieuse également, la nounou.

Avant que la voiture démarre, sous la conduite de Mark qui, selon Charlene, est trop molle, la sénatrice prend la peine d'abaisser la vitre pour adresser un signe de la main aux domestiques. Celles-ci, bien alignées sous les colonnes, lui renvoient poliment son salut. Elles vont pouvoir ranger et fermer la maison.

Dans la voiture, dont les phares fendent la pénombre, Charlene a tout de suite allumé son ordinateur. Mais avant de se mettre à son travail, elle s'est promis de consacrer du temps à leurs différents chantiers. Les Schumer ont en effet lancé trois chantiers. Il y a d'abord l'immense chalet de montagne qu'ils se font construire à Aspen, dans le Colorado. Ils ont opté pour la méthode de construction traditionnelle de la région. C'était la plus belle, mais aussi la plus coûteuse. Il y a ensuite l'appartement qu'ils viennent d'acheter à Manhattan et qu'ils rénovent entièrement. Celui-ci doit leur servir de pied-à-terre lorsque le travail les appelle dans la Grande Pomme. Et enfin, leur modeste maison de campagne dans le Vermont (« modeste » est à entendre dans un sens sénatorial). Cette maison-ci avait surtout pour but de faire plaisir à Mark. Il s'est toujours rêvé en bâtisseur. Ils ont donc acheté un terrain vierge – un terrain sauvage, en pleine forêt, traversé d'une rivière – pour y faire ériger une villa en partant de rien. Il faut amener l'eau courante, l'électricité ; il y a tout à faire. Ce grand bâtisseur de Mark s'est fait proposer des plans par un architecte. Il le laisse à présent gérer les ouvriers.

Charlene regarde les schémas, les photos, les e-mails. Elle traite toujours ces chantiers ensemble, pour plus d'efficacité.

Ce matin, quelque chose lui déplaît. L'appartement de New York semble prendre du retard. C'est même pis : l'architecte annonce qu'il ne pourra pas respecter la date prévue, sans pour autant en proposer de nouvelle. S'il y a bien une chose que la sénatrice déteste, ce sont les gens qui la laissent sans information. « Dans les ténèbres », c'est l'expression qu'elle emploie, quand elle veut expliquer à ses équipes quelles sont ses attentes et comment il faut qu'elles les remplissent.

Charlene a une sorte de pressentiment ; disons, une intuition. Car elle n'a pas seulement l'esprit affûté ; elle a du flair.

Elle se rend sur le compte Instagram de l'architecte. Et là, elle découvre le pot aux roses. Cet impertinent s'est permis de poster des photos de certains détails de l'appartement, qu'il avait achevés et dont il était fier, afin de se faire un coup de pub. Ainsi, il prenait du retard, mais il trouvait le temps de faire le malin sur les réseaux sociaux, fulminait la sénatrice. Il n'allait pas l'emporter au paradis.

Elle se fend immédiatement d'un e-mail où elle lui dit, en substance : « Je constate que vous avez posté des photos de notre appartement sans notre autorisation. Je vous demande de les retirer immédiatement. Et de me communiquer une nouvelle date pour le chantier. Cordialement. » Sa plume est sûre. La sénatrice n'a pas besoin de réfléchir à ce qu'elle écrit.

— C'est un con, ce George, dit-elle à son mari.

— C'est un bon ami de Cecil, confesse Mark. J'ai voulu lui faire une faveur.

— Eh bien, tu n'aurais pas dû.

*

Ils roulaient maintenant en silence, tandis que Charlene traitait ses e-mails. Le soleil se levait sur la route 295 qui menait, longeant la côte, jusqu'à Boston. Ils passèrent devant une affiche gigantesque, sur laquelle était écrit en gros caractères : « Réélisez la sénatrice Charlene Schumer. » Au fond de l'image, tout simplement, un drapeau américain. Au centre, une photo de Charlene. Elle n'y avait pas seulement l'air plus jeune ; elle y avait aussi l'air plus gentille.

Peu après six heures, elle reçut un appel de Beau, sénateur du parti rival. Charlene était démocrate, Beau était républicain. Elle fit signe à ses enfants, sur la banquette arrière, de se taire. Ceux-ci ne faisaient pourtant aucun bruit.

— Beau, comment vas-tu ? rayonna-t-elle.

— Je ne te dérange pas ? demanda la voix virile du sénateur.

— Pas le moins du monde.

— Il est un peu tôt… Mais ensuite, j'enchaîne. Tu sais ce que c'est.

— Ne t'en fais pas, dit Charlene. J'attendais ton appel.

— Concernant notre petit arrangement… J'ai réfléchi. Je suis d'accord. Je te donne notre base de contacts, et toi, la vôtre. Comme ça, vous récupérez les électeurs qu'on n'arrive pas à convertir, et nous, on fait de même avec les vôtres. Gagnant-gagnant.

— C'est génial, réagit Charlene, enthousiaste. Tu es si rapide, si efficace. C'est dommage qu'un tel talent soit gâché au service des républicains, plaisanta-t-elle.

— J'aime mon parti, dit Beau.

— N'essaie pas sur moi tes trucs de charmeur, répliqua-t-elle, coquette. Les démocrates, au moins, ils gagnent les élections. Il faut miser sur la bonne écurie. J'espère réussir à te convaincre pour ça aussi. En attendant, je suis ravie de notre arrangement.

— Toujours un plaisir de faire des affaires, Charlene.

— Il faut que je m'arrête faire pipi, dit Mark, une fois qu'elle eut raccroché.

De chaleureuse, la voix de Charlene devint tout à coup glaciale.

— Toi et tes pauses. Pas foutu de faire le trajet d'une traite.

L'énorme quatre roues motrices, dont la carrosserie se parait des pâles reflets de la lumière du matin, décrivit un bel arc de cercle pour se ranger devant la station-service. La cadette s'étira en s'éveillant, son doudou à la main. L'aîné trépignait d'impatience. Charlene se tourna vers la nounou et dit :

— Vous accompagnez Tracey aux toilettes. Toi, Mark, tu vas avec Sean. Moi, j'achète des gâteaux pour le petit déjeuner. On se retrouve dans la voiture dans cinq minutes. Dans cinq minutes, *dans* la voiture. C'est clair ?

En guise de réponse, Mark se contenta de sortir. La remarque de Charlene l'avait vexé. Il n'aimait pas qu'elle lui parle de cette façon devant la nounou.

Quatre minutes cinquante-neuf secondes plus tard, tout le monde était de retour dans la voiture. En repartant, ils passèrent devant un nouveau panneau de la campagne électorale. « Maman ! » s'écria Tracey en l'apercevant.

Il était maintenant sept heures du matin. Enfin, pas tout à fait, mais presque. Disons qu'il était suffisamment proche de sept heures pour que Charlene puisse se permettre d'appeler sa cheffe de cabinet. Un jour, celle-ci lui avait fait promettre de ne plus l'appeler avant sept heures.

— Mais j'ai besoin que vous travailliez, moi, avait objecté Charlene.

— J'ai aussi besoin de dormir, de manger et de décompresser, lui avait répliqué Sabrina.

Quand celle-ci décrocha, comme la règle n'était pas tout à fait respectée, la voix de Charlene se fit mielleuse.

— Sabrina ! Comment allez-vous aujourd'hui ?

— Je vais bien, je vous remercie, répondit poliment Sabrina, d'un ton qui indiquait qu'elle était prête à travailler.

— À la bonne heure, dit Charlene, dont la voix se fit plus efficace. Commençons par le plus important. Sabrina, ma petite Sabrina, dites-moi, quelle est ma cote de popularité aujourd'hui ?

Il y eut un léger silence au bout du fil.

— Vous êtes toujours la plus populaire parmi les jeunes, annonça la cheffe de cabinet d'une voix neutre. Mais si l'on prend l'ensemble des électeurs du Maine, alors votre rivale Rachel est plus populaire que vous.

Une humeur violente se peignit sur la physionomie de Charlene.

— C'est parce que vous êtes *mauvais*, lança-t-elle d'une voix rauque. Je travaille avec une bande de quiches et le résultat, c'est que je n'arrive pas à gagner cette élection.

Il y eut un nouveau silence.

— Passons à la revue de presse, conclut Charlene sèchement.

Quand elle reprit la parole, la voix de Sabrina était inaltérée, comme si les reproches de la sénatrice n'avaient eu aucun effet sur elle.

— Il y a pas mal de choses intéressantes à prendre en compte ce matin, dit-elle. Tout d'abord, Mitt a officiellement annoncé sa candidature à la présidence des États-Unis.

— Enfin ! réagit Charlene, qui avait retrouvé sa bonne humeur. On se demandait s'il allait le faire un jour. Quelle couille molle, celui-là. Envoyez-lui un mot tout de suite.

— Je lui dis quoi ?

— Dites-lui… déjà, envoyez une lettre, pas un e-mail. Utilisez le papier à en-tête de Harvard. C'est très important. Le papier de Harvard, c'est compris ?

— Oui, madame Schumer.

— Rappelez-lui nos années d'études. Parlez-lui de tout le chemin accompli. Dites-lui que je suis fière de lui… Oui, « fière », c'est bien, il faut que je garde un ascendant sur lui.

Proposez-lui… Proposez-lui qu'on se croise à Detroit, quand il le souhaite.

— C'est noté. Je vous fais relire avant envoi ?

— Pas la peine, je vous fais confiance, annonça Charlene d'un ton royal.

— Ensuite, il y a le Printemps arabe, poursuivit Sabrina de sa voix monocorde, pas plus sensible aux invectives qu'aux compliments. On a retrouvé le corps d'un petit garçon de treize ans, torturé par les services de police de Bachar al-Assad. Le corps était affreusement mutilé. Ça a provoqué des manifestations à Daraa et ça a fait la une de tous les pays arabes.

— Si un journaliste appelle, dites que je suis dévastée, répliqua la sénatrice, qui en avait profité pour rédiger un e-mail. La suite ?

— Le sommet « C40 » pour le Climat vient de se terminer.

— On s'en fout.

— Julian Assange a reçu le prix Martha Gellhorn. Pour WikiLeaks.

— C'est un traître, lâcha sobrement la sénatrice. Mais n'en dites rien, bien sûr. Demandez plutôt à Frank de me pondre une note sur ce sujet. Des fois que je sois obligée de m'exprimer. Ensuite ?

— Un type en Arizona a descendu sa femme. Ils étaient en procédure de divorce. Il a descendu aussi son avocat. En pleine rue. Puis il a ouvert le feu sur les passants.

— On s'en fout, coupa la sénatrice.

— Les Celtics de Boston ont battu les Dallas Mavericks lors d'une rencontre amicale.

— C'est super, ça ! lança une Charlene enthousiaste, qui s'était subitement arrêtée de rédiger ses e-mails. Dites tout de suite que j'ai regardé le match et que c'était exceptionnel. Il était comment, le match ? s'arrêta-t-elle, hésitante.

— Je n'en sais rien, dit Sabrina.

— Je me demande parfois pourquoi je vous paie. Ça ne fait rien. Dites que c'était exceptionnel, qu'on a hâte de voir le championnat et, surtout, citez les joueurs et l'entraîneur de l'équipe. Ensuite.

— Il y a cet article d'un média qui s'appelle Gawker. C'est déjà vieux mais je viens de tomber dessus. Ce genre de sujet n'est pas trop votre tasse de thé. Mais j'ai pensé que ça pourrait peut-être vous intéresser.

— Je vous écoute, répliqua Charlene, déjà sur le point de perdre patience.

La sénatrice prêta néanmoins une oreille attentive. Sabrina était professionnelle, elle ne lui prenait pas son temps pour rien, et elle avait même parfois de bonnes idées.

La cheffe de cabinet lui raconta l'article sur Silk Road, rédigé par Chen pour Gawker. Elle essaya de ne pas se perdre dans les détails et, en même temps, d'être suffisamment précise pour que Charlene puisse se faire une opinion.

— C'est intéressant, commenta Charlene quand elle eut fini. Ça a fait beaucoup de bruit ?

— L'article a été lu près de deux millions de fois, selon Gawker. C'est pour ça que je me permets de vous en parler.

— Et aucun politique ne s'en est emparé ?

— Pas pour le moment.

— Vous êtes sûre ?

Il y eut un petit moment de silence. Sabrina procédait à une dernière vérification de son côté.

— Tout à fait sûre.

— C'est très intéressant, Sabrina, l'encouragea la sénatrice. C'est lié à Internet, donc c'est un sujet moderne, sur lequel il est bon de se positionner. Personne ne s'en est emparé, comme vous venez de me le confirmer. Et enfin, il s'agit de drogues. Les États-Unis ont un problème avec la drogue. Nous sommes de très loin le premier consommateur mondial. Ça touche tout le monde. Les parents ont peur pour leurs enfants, les vieux ont peur de l'insécurité que ça génère. C'est consensuel. Un projet comme ce site… Comment vous l'appelez déjà ?

— Silk Road.

— Tout le monde s'accordera à dire que c'est une horreur. Et moi, ça me donne l'occasion d'intervenir de manière providentielle. C'est très bon, Sabrina, la félicita la sénatrice.

La cheffe de cabinet ne la remercia pas pour le compliment. Elle attendait les instructions.

— Convoquez la presse pour une conférence, s'il vous plaît. Dimanche, pour faire dramatique. Et puis il faut se saisir du sujet avant que quelqu'un d'autre ne le fasse. Dites à Frank de me pondre une note. Précisez-lui que c'est plus important que WikiLeaks. Vous avez tout ?

— Oui, madame Schumer.

— Merci, conclut Charlene qui raccrocha sans laisser sa collaboratrice la saluer.

La sénatrice s'accorda quelques instants de réflexion en regardant par la fenêtre. Elle préparait déjà, mentalement, son discours. On pouvait dire que Silk Road était une aubaine ; une victoire facile, qui lui permettrait de remonter dans les sondages. « Avec les moyens qu'on a, ça ne devrait pas être long de fermer un site », pensa-t-elle. La voiture passa de nouveau devant un panneau annonçant sa candidature et, juste après, un autre annonçant celle de sa rivale, la fougueuse Rachel. Le poil de Charlene se hérissa.

*

Le dimanche, Charlene tint une conférence de presse à Luke's Lobster, le luxueux restaurant de homard du port de Boston. La sénatrice était un soutien indéfectible du lobby du homard.

Pour dramatiser la conférence, la sénatrice avait fait installer deux écrans, qui afficheraient la même image : la page d'accueil de Silk Road, avec ses photos de drogues, sa collection des « meilleures ventes », ses catégories dans la colonne de gauche, ses guides pratiques dans la colonne de droite, ainsi que le petit chameau verdâtre, ignoble, qui lui servait de logo. Cette image ferait le tour du pays.

Brushing impeccable et tailleur strict, elle attendit que tout le monde prenne place. Son sourire était carnassier. Elle était venue annoncer l'ouverture d'une chasse à l'homme. Quand tout le monde fut installé, et que la régie lui fit signe qu'elle pouvait commencer, elle déclara :

— Mes chers compatriotes, nous faisons face à une évolution majeure du trafic de drogues, de la manière dont les substances illégales sont vendues et distribuées dans notre pays.

La drogue est un immense problème aux États-Unis. Je ne vous apprends rien. Il est peut-être loin d'être résolu, mais il est contenu grâce au formidable travail fourni par nos agences, la DEA, le FBI, la CIA. La consommation de

drogues a fortement diminué ces dernières années. C'est un marché en contraction avec, dit-on, des cartels qui sont en difficulté, des contrôles aux frontières qui se renforcent d'année en année.
Ça, c'était jusqu'à aujourd'hui.
Car le trafic de stupéfiants a un nouveau champion. Ce champion, c'est Silk Road.

Elle se tourna alors dramatiquement vers les écrans, laissant au public le temps de les observer et poursuivit :

— Qu'est-ce que Silk Road ? Je vous avoue que je me suis sentie tellement stupéfaite, et désarmée, face à cette découverte, que je me suis longuement demandé en quels termes vous le présenter. Pour la faire courte, on peut dire que c'est un site web. Un site pour acheter et vendre de la drogue en ligne. Héroïne, cocaïne, métamphétamine, LSD, MDMA, champignons hallucinogènes, crack, speed, opium, cannabis… Si ça existe et que c'est illégal, vous le trouverez sur Silk Road.
Silk Road est surtout une place de marché. Ce point est important. Il facilite les relations entre acheteurs et vendeurs de drogues. Les acheteurs et les vendeurs restent anonymes grâce à un programme informatique, qui empêche de remonter jusqu'à leur adresse IP. Je vais essayer de rester simple. Il s'agit du projet Tor, qui a été développé par la Marine américaine. Tor masque les adresses IP. Celles des personnes qui visitent ce site, mais aussi celles des serveurs qui le font tourner. Les utilisateurs de Silk Road sont complètement anonymes, même pour nous, le gouvernement des États-Unis d'Amérique.

Pour les paiements, Silk Road a recours à une monnaie digitale qui s'appelle « bitcoin ». Là aussi, j'essaie de rester simple. Il faut comprendre que c'est une monnaie virtuelle, qui peut s'échanger en ligne contre de vrais dollars. Simplement, une fois que vous avez échangé vos dollars contre des bitcoins, vous êtes intraçable. Le réseau Bitcoin masque l'identité de ses utilisateurs, comme Tor. Tout ce que nous pouvons savoir, c'est que des dollars ont été échangés contre des bitcoins, puis des bitcoins contre des dollars, sans savoir comment les bitcoins ont été employés entre les deux. Bitcoin est un dangereux système de blanchiment d'argent, sur lequel j'ai déjà essayé d'attirer l'attention du public par le passé.
Sur Silk Road, vous pouvez acheter de la drogue d'un simple clic. Elle vous est livrée par la Poste. Et vous pouvez en vendre tout aussi facilement. Vous ouvrez votre boutique en ligne, vous présentez vos produits, les acheteurs se promènent, ils choisissent, il ne vous reste plus qu'à les faire livrer. C'est pourquoi Silk Road a reçu le surnom d'« Amazon de la drogue ».
Mais vous n'êtes pas au bout de vos surprises. Comme Amazon, le site se fonde sur un système d'avis, qui permet de bâtir une popularité. Les utilisateurs laissent des avis sur la qualité des produits achetés, sur le service client ou encore sur la rapidité de livraison.

Un petit rire parcourut l'assistance, qui avait du mal à en croire ses oreilles. Attentive à son audience, s'adaptant immédiatement, la sénatrice laissa cette bonne humeur s'épanouir et se répandre :

— Puisque ça a l'air de vous intéresser, je vais vous donner un exemple. J'en ai justement un sous les yeux. Le vendeur dont il s'agit s'appelle Pot Doctor et il se présente ainsi : « Bienvenue et merci d'avoir choisi Pot Doctor, la meilleure beuh en direct de la capitale de la beuh, Washington DC. J'étais parti en vacances deux semaines mais me voici de retour. Merci de votre patience. »

Un nouveau rire parcourut l'assistance. La sénatrice poursuivit, imperturbable :

— Et voici maintenant un avis laissé par son client. Je vous le lis : « Tout chez Pot Doctor mérite cinq sur cinq. La beuh sent bon et elle colle bien aux doigts. Elle m'a vraiment niqué la tête. Je me souviens d'avoir roulé mon pétard à quinze heures, et à vingt heures, j'étais toujours défoncé. Merci, Pot Doctor. Je reviendrai dès que j'aurai trouvé de l'argent. »

Le parterre de journalistes était hilare. La sénatrice prit un air bienveillant :

— J'aimerais rire avec vous, si l'heure n'était pas aussi grave. Je vous l'ai dit, héroïne, crack, opium, on peut tout acheter sur Silk Road. Imaginez les conséquences pour notre jeunesse, pour nos enfants, si, pour s'en procurer, il suffit d'une connexion à Internet.
Silk Road représente la tentative la plus obscène de développer un trafic de drogues dans notre pays. Les mots me manquent pour qualifier cette entreprise. Ses fondateurs, quels qu'ils soient, se moquent de nous. Ils piétinent nos

valeurs, nos lois, notre gouvernement, tout ce que nous avons de plus sacré. Ils se croient intouchables parce qu'ils sont cachés derrière un écran. C'est méprisable.
Alors s'ils m'écoutent, je veux leur faire passer un message. Vous voulez la guerre avec les États-Unis d'Amérique ? Vous l'avez. Moi, sénatrice Charlene Schumer, je n'aurai de répit que lorsque ce site aura été définitivement fermé, l'argent saisi, et les fondateurs envoyés derrière les barreaux pour le restant de leurs jours. La puissance de notre administration, vous allez la sentir, je le jure. En ligne ou hors ligne, on ne plaisante pas avec les lois de notre pays.

L'assemblée ne riait plus. En disant ces derniers mots, Charlene avait retrouvé un air sinistre. Elle annonça, pour conclure :

— J'ai déjà pris contact avec le FBI. Ils se sont immédiatement saisis de l'enquête. Nous n'avons aucun doute que Silk Road sera fermé en moins de deux mois. Je veillerai personnellement à ce que ce soit le cas. Merci à tous d'être venus aujourd'hui.

La sénatrice n'avait en aucune manière « déjà pris contact avec le FBI », ainsi qu'elle le prétendit lors de cette conférence de presse. Mais elle le fit dès le lundi matin, après avoir demandé à ses équipes d'identifier qui pourrait être la meilleure personne pour s'occuper de l'enquête.

Chris Tarbell sortait de la salle de sport située à l'angle de Church Street et de Murray Street, dans le Financial

District de Manhattan. La salle était logée dans un sous-sol. Il fallait descendre un raide escalier de pierre, au niveau de la rue, pour y accéder. La densité urbaine à Manhattan étant très forte, cela n'avait rien d'inhabituel, même pour un club haut de gamme comme l'était la Church Street Gym. Les commerces s'installaient où ils pouvaient. Chris payait la coquette somme de trois cent quatre-vingt-dix-neuf dollars mensuels pour son adhésion.

La routine matinale de Chris était toujours la même. D'abord, le tapis de course, pour entraîner le cœur. Chris travaillait beaucoup et il n'avait pas l'intention de mourir d'une crise cardiaque à quarante ans. Ensuite, direction le banc de musculation. Il pouvait soulever jusqu'à soixante kilos en soufflant comme un bœuf. Ça, c'était bon pour les pectoraux. Chris attachait à ses muscles pectoraux une importance particulière. Il complétait le travail du banc de musculation par une série de tractions à la barre fixe qui, elles, développaient plus spécifiquement les épaules et les biceps. Ce n'était pas rien, de voir les cent kilos de Chris Tarbell se soulever de terre. Le spectacle était à mi-chemin entre le jurassique et la prestidigitation. Pour conclure, s'il se sentait assez d'énergie, Chris pouvait faire un petit passage à la presse à cuisses. Même si elles étaient moins visibles que le reste, Chris aimait avoir des cuisses musclées.

Il avait choisi la Church Street Gym parce qu'elle se trouvait à quelques blocs seulement des bureaux du FBI, à Federal Plaza. Le trajet lui laissait juste le temps d'avaler un smoothie survitaminé. À ce moment-là de la journée, il avait troqué son vêtement de sport pour un costume sombre et surdimensionné, comme en portaient tous les types du FBI. Il aimait franchir les portes du gigantesque building, sombre lui aussi, dont les arêtes affûtées entraînaient le regard vers le ciel.

Chris passait avec plaisir les multiples étapes de sécurité, qui lui rappelaient combien son travail était confidentiel et important, avant de s'envoler vers le trente-troisième étage. Il aimait ce silence, ce brusque pic de stress qui accompagnait son arrivée. Il dirigeait une équipe d'une cinquantaine de personnes, toutes expertes en cybersécurité. Son ascension avait été aussi fulgurante que récente.

Il avait en effet été crédité du démantèlement du collectif de hackers LolSec : « Lol » pour *laughing out loud*, « mort de rire » en français, et « Sec » pour *security*, « sécurité ». « On ridiculise votre cybersécurité depuis 2011 » était le slogan de ce collectif, spécialisé dans le craquage des systèmes informatiques des grosses entreprises américaines.

Chris avait arrêté le leader des LolSec à Chicago, grâce à une dénonciation anonyme qui lui était parvenue par téléphone. Il était, tout simplement, le petit chanceux qui avait décroché le téléphone à ce moment-là. Mais ça, il se gardait bien de le dire. Les ressorts de l'arrestation étaient « classés », comme tout ce que faisait le FBI. De toute manière, les experts en cybersécurité du FBI auraient été les premiers à vous expliquer que, face aux hackers, ils étaient complètement dépassés. Quand ils parvenaient à boucler une enquête, c'était en général grâce à une information de ce genre. Le pirate tant recherché l'ouvrait trop, il se vantait ouvertement à qui il n'aurait pas dû, il racontait ses exploits, ou bien il faisait confiance à quelqu'un qui finissait par le trahir, et là, son identité leur remontait. On retrouvait le hacker parce qu'il se faisait dénoncer, pas parce qu'une équipe du FBI avait résolu un problème complexe. « Les petits malins font toujours des erreurs », était la phrase préférée de Chris Tarbell.

Ce matin-là, comme à son habitude, il avança son imposante carcasse dans « la fosse », comme il l'appelait, l'open space du département de Cybersécurité. Le silence se fit. Chris promena sur ses équipes un regard porcin, enfoncé dans un visage poupin, rasé haut sur les tempes. Chacun fit mine d'être concentré sur son travail. Son fidèle adjoint vint le trouver immédiatement. « Une sénatrice veut vous parler, chef », lui dit-il. Chris ne se fit pas préciser de quelle sénatrice il s'agissait. Il n'en avait aucune idée, mais il voulait se donner l'air de celui qui sait, qui a des relations et un coup d'avance sur tout le monde. Il suivit son adjoint dans la salle de conférences.

— Chris Tarbell, FBI, annonça-t-il de sa voix la plus grave dans le haut-parleur, s'asseyant lourdement dans l'un des sièges ergonomiques.

La précision était inutile. La personne qui l'appelait ne pouvait manquer de savoir qui il était.

— Bonjour, monsieur Tarbell, fit une voix de femme un peu inquiète, manifestement impressionnée par cette entrée. Je suis Charlene Schumer, sénatrice du Massachusetts.

— Je sais qui vous êtes, sénatrice Schumer, répondit Chris, qui n'en savait rien.

— Charlene, je vous en prie, dit la voix.

— Chris.

— Chris, reprit la voix de la sénatrice, plus détendue. Je suis très heureuse de vous parler. Très honorée, aussi. Je n'entends que des éloges sur votre travail. Vous êtes une légende. On m'a dit que c'est vous qui aviez attrapé ce hacker redoutable... ce Lol... Lol-quelque chose...

— LolSec.

— Ça devait être incroyablement difficile, j'en suis sûre.

— Les petits malins font toujours des erreurs, répliqua Chris Tarbell.

— Écoutez, je ne vais pas gâcher votre temps précieux. J'aimerais qu'une enquête soit ouverte. Et j'aimerais qu'elle le soit par vous, comme vous avez si bonne réputation. Au moins, je serais assurée qu'elle sera bien faite.

— De quoi s'agit-il ?

— Vous connaissez Silk Road ?

— Non.

— C'est une place de marché sur le *dark web.* Une place de marché très spéciale, puisqu'elle propose de la drogue. Toutes les sortes de drogues imaginables. Vous vous rendez sur ce site – je ne sais pas comment, parce que je n'y connais rien –, mais enfin, vous vous rendez sur ce site et, d'un simple clic, vous pouvez acheter n'importe quelle drogue. Je vais vous partager l'article d'un média qui s'appelle Gawker.

— Je connais Gawker, dit Chris, qui aimait poser des jalons dans la discussion.

— La jeunesse américaine, vous imaginez ? La jeunesse américaine achète de la drogue en un clic. C'est complètement dément. Les électeurs du Massachusetts se sentent très, très concernés par la situation.

— Nous allons fermer ce site, sénatrice, trancha Chris de sa belle voix grave. Ce n'est pas un problème.

— Je suis heureuse de vous l'entendre dire. Contente aussi que nous partagions la même vision… Qui est aussi celle des électeurs du Massachusetts…

— Il y a un frein, dit Chris.

— Ah, fit Charlene, contrariée.

— La drogue, c'est la juridiction de la DEA. Mais ce sont des truffes, si vous me passez l'expression, sénatrice. En tout cas, en ce qui concerne la cybersécurité. Si vous faites appel à eux, vous n'y arriverez jamais. En revanche, je vais avoir besoin de leur autorisation pour avancer. L'enquête que vous me soumettez est atypique, étant donné qu'elle mêle stupéfiants et cybersécurité. Ce sera, je pense, la première enquête de ce genre. Il me faut absolument l'aval de la DEA.

— Je me charge de vous l'obtenir, dit Charlene. Chris, il y a encore une chose que je dois vous préciser.

— Je vous écoute.

— Je me suis engagée auprès de mes électeurs à fermer Silk Road en moins de deux mois. Vous savez ce que c'est… La population veut du concret, des résultats… Je suis obligée de faire ce type de déclarations.

— Je comprends, dit Chris.

— Est-ce que vous pensez que c'est raisonnable ? Je veux dire, deux mois, vous pensez que vous allez y arriver ?

— Ce site illégal sera fermé en moins de deux semaines, asséna Chris, avançant déjà son énorme paluche afin de raccrocher.

— Je vous remercie, dit la voix, soulagée. C'est agréable de savoir qu'on peut compter sur…

Mais Chris avait raccroché.

— Réunion d'équipe. *Maintenant*, dit-il à son adjoint.

*

Au début de son enquête, Jared avait déchanté. Il s'était imaginé devenir rapidement agent secret. Au lieu de cela, il avait engagé un corps à corps avec l'administration américaine.

L'officier des douanes postales s'était vu attribuer, en plus d'un mois pour se consacrer à son enquête, le budget royal de mille dollars. Il n'avait qu'une hâte : les dépenser sur le site, afin d'en tester le fonctionnement et de dresser des statistiques. Mais pour dépenser ses dollars sur le site, Jared devait d'abord les convertir en bitcoins. Or, Bitcoin n'était nulle part sur les radars de l'administration américaine. Jared était censé documenter tout ce qu'il faisait, mais pour Bitcoin, les moyens de le documenter n'existaient pas. Il dut les inventer, les faire avaliser par plusieurs antennes de la justice américaine, avant d'avoir le droit de se lancer.

Quand ce premier combat fut gagné, Jared put enfin dépenser son budget sur le site. Et il avait un plan. Un plan en deux parties.

La première était de continuer à saisir toutes les drogues qu'il pourrait, avec l'aide de ses équipes ; puis de faire correspondre les saisies à des pages du site, comme il avait commencé à le faire, quand il avait voulu convaincre son patron. Ce travail était essentiel car, raisonnait Jared, si le site lui-même venait à être saisi et ses administrateurs, arrêtés, ce travail de fourmi serait le seul à même de fournir des preuves, c'est-à-dire relier l'activité du site à un trafic de drogues dans le monde réel. Si ce travail n'était pas fait, il suffirait à la défense de déclarer que Silk Road était un jeu virtuel. Au bout d'un mois, sous la pression de Jared, Mike et ses collègues avaient saisi plus d'un millier d'enveloppes. Il incombait ensuite à Jared, muni de sa patience infinie, et de son instinct de fouine, de fourrager sur le site à la recherche de la page produit correspondante. Il y passait ses soirées. Cela remplaçait le visionnage de son film d'horreur quotidien.

La seconde partie du plan était la plus excitante. Elle consistait à tester les performances des douanes postales. Jared dépensa ses mille dollars sur le site, achetant toutes sortes de drogues, de l'herbe ordinaire comme les drogues de synthèse les plus dangereuses qu'il pût trouver. Il prit soin de les faire venir de sources différentes, de pays différents. Il n'en communiqua pas les informations à ses équipes. Au contraire, il loua une boîte postale locale comme un particulier, la communiqua aux vendeurs de Silk Road, et attendit de voir ce que ses équipes seraient capables d'intercepter.

Avec ses mille dollars, Jared conclut dix-huit transactions. Il n'eut pas à attendre longtemps. Le service client sur Silk Road était, sans jeu de mots, assez stupéfiant. Sur ses dix-huit commandes, une fut interceptée par le gros Mike. Une se perdit en route, sans que personne, vendeur compris, ne sache ce qui avait pu lui arriver. Les seize autres arrivèrent sans encombre dans la boîte aux lettres de Jared.

Cette statistique était une très, très mauvaise nouvelle pour les douanes du service postal des États-Unis d'Amérique ; ainsi que pour toutes les agences dont la mission était de lutter contre le trafic de drogues. Le subtil Jared recoupa cette statistique avec celle des saisies récentes des douanes, à l'échelle du pays entier. Silk Road réalisait-il un chiffre d'affaires de quelques milliers de dollars, ou de quelques millions ? Telle était la question à laquelle il tâchait de répondre. Le recoupement de ces statistiques, bien que présentant un fort degré d'incertitude, faisait pencher la balance plutôt vers le second cas de figure.

Jared consignait le fruit de ses recherches dans des rapports dont la minutie avait fait sa réputation au sein de l'administration américaine. Ils étaient consultables en ligne, par n'importe quel membre de l'administration. Lorsque l'un de vos confrères consultait votre rapport, vous en étiez notifié par e-mail.

Un beau jour qu'il était à son bureau, Jared reçut l'une de ces notifications. « Un agent du bureau du FBI de New York a consulté votre rapport », annonçait l'e-mail. L'officier des douanes postales fronça les sourcils. C'était la première fois qu'il avait affaire au très redouté Federal Bureau of Investigation, même si l'on pouvait dire, pour le moment, que la relation était plutôt à sens unique.

Cette notification fut rapidement suivie d'une autre, puis d'une autre, puis encore d'une autre. La messagerie de Jared était en train de se remplir de notifications, apportant toutes la même information énigmatique : « Un agent du bureau du FBI de New York a consulté votre rapport. » Que se passait-il, nom de Zeus ? s'interrogeait Jared. Est-ce que tout ce que le bureau du FBI, à New York, comptait d'agents était en train de consulter frénétiquement son rapport ? De manière tout aussi inattendue, ce fut son chef Gary, légèrement pâle, qui vint lui apporter la réponse.

— Le bureau du FBI de New York veut te parler par visioconférence.

— Eh bien, avec plaisir, rétorqua Jared, essayant de se donner une contenance. Quand ?

Gary passa une main sur son visage stressé.

— C'est le FBI, Jared. Ça se passe maintenant.

Jared emboîta le pas à son chef. Son intuition ainsi que son labeur acharné étaient sur le point d'être récompensés. Ça y était, c'était le grand jour : il allait enfin devenir agent secret.

Gary et Jared n'étaient que deux dans le petit bureau mal rangé de Gary. Face à eux, sur l'écran, il semblait y avoir une cinquantaine de types, en cercle autour d'une table immaculée. Tous portaient des costumes sombres et surdimensionnés. En toile de fond, on reconnaissait les sommets des plus hauts gratte-ciel de New York.

Comme ils étaient nombreux, ils se tenaient loin de la caméra, si bien que Gary et Jared ne les distinguaient pas vraiment. Ils formaient une sorte d'assemblée compacte et menaçante.

Une forme au centre, cependant, se distinguait. Colossale, elle occupait la place de deux personnes. À contre-jour, il était possible de comprendre que la face était épaisse, les tempes, rasées, et les oreilles, décollées.

— Chris Tarbell, FBI, dit la forme d'une voix si grave qu'on aurait dit un infrason. À qui ai-je l'honneur ?

Jared et son chef durent se présenter.

— Jared, c'est vous qui êtes en charge de l'enquête sur Silk Road ? demanda Tarbell. C'est vous qui avez rédigé le rapport ?

— Oui.

— Bien. Je vais vous expliquer qui je suis. Je suppose que vous avez entendu parler de LolSec ?

— Non.

La forme se tourna vers son voisin de gauche.

— Il n'a pas entendu parler de LolSec, ricana-t-elle.

Le voisin de gauche demeura impassible. La forme se tourna vers son voisin de droite.

— Il n'a pas entendu parler de LolSec, répéta-t-elle, toujours ricanante.

Le voisin de droite demeura aussi impassible que le voisin de gauche.

— LolSec était un groupe de hackers extrêmement sophistiqués et dangereux, expliqua Tarbell avec une sorte de patience. Ils ont été reconnus responsables du hack de Sony Pictures. Vous en avez entendu parler ?

— Non, confessa Jared.

— Vous savez ce qu'est Sony Pictures ? demanda Tarbell, une pointe d'ironie dans la voix.

— Oui, répliqua Jared, vexé.

— Bien. Ça va nous faire gagner du temps. Au début de cette année, Sony Pictures s'est fait hacker. Les informations personnelles de plus d'un million de leurs utilisateurs ont fuité. La situation était extrêmement grave. Vous comprenez ?

— Je comprends, dit Jared, qui ne comprenait pas ce que la fuite de données d'utilisateurs consommant des séries télévisées comme des veaux pouvait avoir d'*extrêmement grave.*

Mis à part, songea-t-il par-devers lui, que Sony Pictures devait être riche et avoir beaucoup d'amis au gouvernement.

— J'ai personnellement conduit cette enquête, déclara Tarbell, construisant chaque fois un peu plus sa propre légende.

Personne autour de lui n'avait l'air de la lui disputer.

— Et j'ai personnellement arrêté son leader à Chicago. Je vous raconterais bien les détails, ajouta le directeur de la cybersécurité du FBI, mais ce sont des informations classées. Ce que je peux vous dire, Jared, c'est que j'y ai appris une leçon. Une leçon que je regrette énormément. Savez-vous à quoi il faut toujours veiller lorsque vous capturez un hacker ?

— Non, confessa l'officier des douanes.

— Il faut toujours, toujours, commença l'agent fédéral, dressant un index boudiné, s'emparer de son ordinateur ouvert et allumé, *avant* qu'il ait eu le temps de le chiffrer. Et savez-vous pourquoi, Jared ?

— Non, répéta celui-ci, qui commençait à en avoir assez d'être désigné par son prénom.

— Parce que sinon vous ne pourrez jamais le relier à ses crimes en ligne. Vous aurez le hacker, vous aurez la liste de ses activités criminelles, mais vous n'aurez aucun moyen d'établir un lien entre les deux. Du moins aux yeux d'un juge.

Jared pensa que son travail sur Silk Road n'était pas inutile.

— Bien sûr, aucun hacker de LolSec ne s'est plus jamais amusé à hacker. Je leur ai fichu une frousse bleue. Et des millions d'Américains peuvent maintenant utiliser le site de Sony Pictures en toute tranquillité, se félicita Tarbell de manière éhontée. Mais je n'ai pas pu mettre ces hackers derrière les barreaux, compléta-t-il. C'est ça, la leçon que j'ai apprise.

Et il laissa passer quelques secondes, afin que tout le monde puisse la méditer avec lui.

— J'ai pris connaissance de votre rapport, Jared, reprit-il. C'est du très bon boulot. Au nom des États-Unis d'Amérique, je tiens à vous féliciter pour votre bon travail.

— Merci, dit Jared, qui avait hâte qu'on entre dans le vif du sujet.

— Du très, très bon boulot, répéta Tarbell. Qui nous a fait gagner un temps précieux. Car notre temps *est* précieux. Pour vous, ça s'arrête là, conclut-il.

— Je vous demande pardon ?

— Le FBI reprend l'enquête. À partir de maintenant, c'est du sérieux. Silk Road ne tiendra pas plus de deux semaines. Nous n'avons plus besoin de vous.

— Mais vous ne pouvez pas me retirer mon enquête ! bondit Jared. Vous ne pouvez pas m'en déposséder de cette manière !

Gary lui posa une main sur la poitrine, comme pour protéger physiquement Chris Tarbell et ses équipes.

— Ce que veut dire mon subordonné, dit-il d'une voix déférente, c'est qu'il est ravi d'avoir pu vous être utile, qu'il est votre obligé, et qu'il n'est rien qu'il ne fît pour vous être agréable.

— Nous comprenons votre frustration, Jared, acquiesça Tarbell. Mais il faut savoir se plier aux intérêts supérieurs du pays. Encore une fois, la nation vous est reconnaissante.

Et sur cette phrase sentencieuse, il disparut de l'écran.

— Mais enfin, ce n'est pas possible ! Ils n'ont pas le droit ! poursuivit Jared qui était loin de s'être calmé.

— À moins que tu veuilles finir ta carrière dans une bassine bleue, si, ils ont le droit, expliqua son chef avec lassitude. Ils t'ont appelé pour te féliciter. Franchement, tu devrais t'estimer content.

*

Comme toute l'Amérique, Julia avait entendu la déclaration de la sénatrice à la télévision. Elle en avait déduit que Ross n'avait pas tenu sa promesse. Elle aurait pu se sentir trahie et en colère. Mais elle en avait surtout conçu une grande inquiétude.

Elle appela son ami.

— Salut, dit-il en décrochant.

— Tu as entendu la déclaration de cette Charlene Schumer ?

— Bien sûr. Mais je préfère ne pas en parler au téléphone. Voyons-nous au café, si tu veux bien.

Ils se retrouvèrent dans leur café préféré, rue Lafayette.

Ross commanda un grand cappuccino, qu'il arrosa d'une abondance de sucre. Il ne pensa pas à demander à Julia pourquoi elle l'avait appelé. Muet, il touilla. Il avait l'air vieilli et absent.

— Ça va ? lui demanda-t-elle, son inquiétude pour sa santé passant tout à coup avant son inquiétude pour sa sécurité.

— Ça va, répliqua Ross, qui manifestement n'allait pas bien du tout.

Ses yeux étaient cernés, son teint cadavérique, ses joues creusées. Une barbe naissante lui donnait un air négligé. Julia remarqua qu'il avait le menton qui tremblait.

— Comment ça se passe chez HomeDepot ? demanda-t-il machinalement.

— Ross, tu as entendu la déclaration de la sénatrice ? C'est du sérieux. Ils vont te traquer.

— Je sais.

— Elle a mentionné le FBI.

— Je sais.

— Le gouvernement américain veut ta peau. Tu as eu ce que tu cherchais.

— Je sais, répéta le jeune informaticien d'une voix blanche.

Il avait à présent, de honte ou de fatigue, le nez plongé dans son cappuccino.

Il n'était pas nécessaire d'avoir une grande empathie pour comprendre que Ross avait besoin d'aide. Sa détresse faisait peine à voir. Julia abandonna donc tout reproche. Seule restait l'immense affection qu'elle éprouvait pour lui. Avec une douceur infinie, elle posa une main sur son poignet.

— Il faut absolument que tu arrêtes, dit-elle avec le plus de persuasion possible. Je ne dis pas cela pour te contraindre. Je le dis pour *toi*, Ross. Parce que je tiens à toi.

Dans l'état d'instabilité émotionnelle où il se trouvait, c'était plus qu'il n'en pouvait supporter. Il leva de son cappuccino des yeux rougis de larmes.

— Pourquoi, Julia ? demanda-t-il d'une voix étranglée. Pourquoi tu tiens à moi ?

— Je ne veux pas qu'il t'arrive de mal ! s'exclama-t-elle.

— Qu'est-ce que ça peut te faire, ce que je deviens ? Ce que peut bien devenir un raté dans mon genre ? Qu'est-ce que ça peut te faire ?

Il avait détourné le regard. Son sentiment d'échec le minait. Il n'osait plus regarder Julia dans les yeux.

— Je t'interdis de dire ça ! fit-elle vivement, au point que les autres tables se retournèrent. Ross, je... Je tiens à toi, c'est clair ? Je...

« Tu m'aimes, pensa Ross. Dis-le que tu m'aimes. Même si c'est à Robert que tu te donnes. »

Il fut sur le point de l'embrasser, mais il n'en fit rien.

Et la phrase de Julia demeura en suspens.

— J'aimerais arrêter, confessa-t-il finalement. J'ai même demandé à arrêter. Mais on ne veut pas me laisser partir.

— Mais qui est « on » ? Et pourquoi tu dois demander l'autorisation pour ça ?

— Ça n'est pas aussi simple que ce que tu crois, Julia. Comme tu l'as dit, le FBI est à mes trousses. Ça veut dire qu'il suffit que quelqu'un me dénonce pour que je passe le restant de mes jours au fond d'un trou. J'ai quelque chose à craindre d'Erica ? demanda-t-il, subitement anxieux.

— Je ne crois pas, non, réagit confusément Julia, prenant conscience du péril qu'elle avait fait planer sur Ross. Elle a voulu te faire peur parce qu'elle était choquée de la manière dont tu me traitais, expliqua-t-elle.

La désinvolture avec laquelle tu faisais passer tes activités illégales avant *nous*.

À cette mention, Ross se troubla de nouveau.

En même temps, le mot « illégales » réveilla sa méfiance. Il jeta un regard anxieux sur les clients alentour. Il n'y avait que des jeunes, personne qui ressemble à un agent du FBI.

— Ce que j'essaie de te faire comprendre, dit-il à voix basse, c'est que j'ai des engagements à respecter. Je ne peux pas me retirer aussi facilement.

— Mais alors, s'exclama Julia, qu'est-ce que tu vas faire ? Tu ne vas pas mener une vie de renégat !

— Je finirai par m'en sortir, dit-il. Mais d'abord, il faut que j'honore mes engagements. J'espère atteindre un point où le site tournera tout seul. Mais c'est vrai que si je me retirais aujourd'hui, ça poserait un problème. Il faut donc que je fasse ma part. En attendant, tu as raison. C'est à peu près une vie de renégat qu'il va falloir que je mène. Et pour commencer, il va falloir que je quitte les États-Unis. Je ne suis plus en sécurité ici.

— Où vas-tu aller ?

— Je ne peux pas te le dire.

— Pourquoi ? demanda-t-elle, blessée.

— Parce que ce serait dangereux pour *toi*, expliqua-t-il d'une voix douce. S'ils te coincent, moins tu en sais, mieux c'est. Déjà, tu ne peux pas imaginer à quel point je regrette de t'avoir embarquée dans cette histoire.

— J'ai peut-être eu tort de te forcer à parler, dit-elle en le regrettant aussitôt. D'un autre côté, tu as besoin d'aide, Ross. Vraiment besoin d'aide.

— Je sais m'occuper de moi-même, répliqua-t-il sans trop y croire.

— Combien de temps vas-tu partir ?

— Je ne sais pas.

— Alors, promets-moi que tu reviendras.

Elle lui pressa le poignet. Sa main était chaude et douce. Ses grands yeux noirs brûlaient d'une flamme inextinguible. Encore une fois, Ross crut qu'il allait l'embrasser.

— C'est promis, se contenta-t-il de répondre.

Cette fois, ce furent ses yeux à elle qui s'emplirent de larmes.

*

De retour à Red Hook, Ross commença à préparer sa valise. Robert faisait de même. Sensibles aux menaces de la sénatrice, les deux compères avaient décidé de mettre les voiles au plus vite.

Ross pensait à Julia, à ses parents. Il avait le cœur gros.

Comme à son habitude, Robert était en grande forme. Ce n'était pas son style de prendre les choses de manière tragique.

— Où vas-tu aller ? demanda-t-il à son acolyte.

— Moins on en sait l'un sur l'autre, mieux c'est, répliqua Ross d'un ton monocorde.

— N'oublie pas que je compte sur toi, déclara Robert de manière aussi factuelle que s'il donnait les horaires de trains.

— On se parle par le Chat, dit Ross. C'est parfaitement sécurisé. Il ne faut pas qu'on perde confiance dans nos outils. Il n'y a aucune raison. Le FBI est incapable de craquer notre système. Ce qu'il faut, c'est continuer à être prudents, comme nous l'avons toujours été. On ne laisse traîner aucune information personnelle sur Silk Road. Attention aux réseaux sociaux. Pas de sessions connectées au même moment, Facebook d'un côté, Silk Road de l'autre. Des ordinateurs chiffrés et sécurisés. D'ailleurs, file-moi le tien, je vais t'installer un truc puissant. Tu presses une touche, et ton ordinateur est chiffré. Même si le FBI s'en empare, jamais ils ne pourront pénétrer à l'intérieur. Tu connais toutes les précautions, toutes les procédures, résuma-t-il. Je vais te rédiger une check-list sur une feuille de papier.

— Tu continues à faire du super boulot, comme d'habitude, remarqua Robert. Je suis fier de toi. Mais ne te relâche pas. « Avec de grands pouvoirs viennent de grandes responsabilités », ajouta-t-il pour plaisanter, citant un film qui venait de sortir au cinéma.

— Je m'en serais bien passé, commenta Ross.

La poignée de main fut cordiale. Mais Ross était plein de ressentiment.

Ils venaient de recevoir les faux papiers d'identité qu'ils avaient commandés sur la plateforme, avec la même facilité que s'ils avaient demandé des hamburgers dans un fast-food. Ils avaient plus d'argent qu'ils ne pourraient jamais en dépenser. Ils étaient équipés, préparés, soutenus par un site puissant et sa communauté. Une nouvelle étape de leur aventure était en train de commencer.

8
ENCORE UN CHANGEMENT D'ÉCHELLE

Ross était arrivé au Nicaragua.

Le millionnaire de vingt-six ans voyageait low-cost de manière à ne pas attirer l'attention. Il avait pris un bus Greyhound jusqu'à l'aéroport, puis était monté dans l'avion d'une compagnie dont les prix défiaient toute concurrence, en classe économique. Il se contentait d'une nourriture grasse et pas chère et il traînait toujours le même vieux jean usé jusqu'à la corde, le même tee-shirt déformé à force de dormir dedans, une tignasse dont la dernière coupe remontait à plusieurs mois déjà. Il était question de discrétion évidemment mais, au fond, Ross se plaisait à conserver le mode de vie qui avait toujours été le sien, modeste et frugal. Il n'aimait pas l'ostentation. Maintenant qu'il pouvait se payer ce qu'il voulait, ce mode de vie était devenu un motif de fierté, le classant parmi les héros ou les saints.

Il faut dire aussi que Ross possédait des millions *en bitcoins*, c'est-à-dire que ces millions restaient, dans une certaine mesure, virtuels. Aux États-Unis, il était impossible de retirer une telle somme en liquide, ou même simplement de la convertir en dollars sur un compte en banque. La banque vous demandait systématiquement la provenance de vos fonds. Ross disposait donc de menue monnaie autant qu'il en voulait, mais il ne pouvait pas encaisser sa fortune. Il espérait trouver au Nicaragua des banques plus complaisantes.

Le faux passeport était passé avec une déconcertante facilité.

Mais Ross n'avait déjà plus aucun doute sur la qualité des produits de contrebande qui pouvaient s'échanger sur son site, pourvu qu'on soit prêt à y mettre le prix. Le vendeur à qui il avait passé la commande possédait sur son profil des avis dithyrambiques. Avec de telles recommandations, il était impossible de se tromper. Ross ne s'était même pas senti particulièrement stressé ; il avait tendu le petit livret de couleur bleue à l'officier des douanes, il avait retiré ses lunettes, il avait souri. On lui avait demandé les raisons de sa visite au Nicaragua. « Vacances », avait-il répondu. C'était un mensonge. En plus de se faire oublier et de toucher son argent, Ross comptait aussi acheter la citoyenneté nicaraguayenne, pour laquelle il suffisait de payer, ainsi que cela était clairement affiché sur le site du gouvernement de ce pays.

Il avait réservé une chambre dans une auberge de jeunesse à San Juan del Sur, paradis du surf. Depuis que Robert l'avait initié, Ross était mordu. Il aimait la concentration et l'énorme quantité d'énergie que ce sport demandait. Quand il était sur l'eau, c'était le seul moment où il parvenait à oublier Silk Road, à ne plus penser à rien. Il avait l'impression de se réapproprier son corps, de se reconnecter à lui-même.

Son ridicule sac de voyage et lui-même prirent place dans la voiture envoyée par l'auberge pour les récupérer. Il repéra immédiatement la petite blonde qui s'installa à l'arrière du véhicule et s'endormit. Son air enfantin et sage contrastait étrangement avec son style vestimentaire négligé, à la limite de la décence. « Ce doit être une altermondialiste ou quelque chose de ce genre », songea Ross, qui en avait rencontré à l'université. Il se souvenait des débats politiques entre cette faction et son club libertarien, qui avaient souvent dégénéré en pugilat.

La Jeep les conduisit à travers la jungle sur un petit chemin à peine praticable, jusqu'à une plage très éloignée de toute civilisation. Il y avait là un groupement d'auberges, hôtels et restaurants. Un espace avait été défriché le long de la plage. On était entre soi, il n'y avait personne hormis les surfeurs et une population locale s'appliquant à les contenter et à les servir.

La plage était magnifique, en forme de croissant, abritée par la jungle. À la frontière entre le lagon et l'océan se formaient des vagues parfaites, hautes, lentes, délicieusement rondes et creuses. Pour un surfeur, elles étaient aussi faciles à attraper qu'un bus à un arrêt.

L'eau était fraîche et c'était trompeur, car le soleil cognait. Comme d'autres surfeurs venus des États-Unis, Ross n'était pas bâti pour ce climat. Il profitait des vagues et au bout d'une heure ou deux, il sentait brusquement la tête qui lui tournait. Il fallait qu'il gagne l'ombre pour éviter une insolation. Pour se protéger des rayons meurtriers, il s'enduisait de crème consciencieusement et régulièrement.

Il y avait, au nord de la plage, une zone dangereuse avec quelques récifs qui affleuraient, noirs et déchiquetés. Dans l'eau claire, il était impossible de ne pas les remarquer. Mais il arrivait qu'un surfeur imprudent, présumant de son adresse, aille s'y risquer, pour s'éloigner de la foule et trouver des vagues qui ne soient qu'à lui. Il revenait vite au rivage, avec une plaie à la jambe ou à la tête.

Ross appréciait l'auberge. Il n'y avait que des jeunes, tous de son âge ou presque, terminant leurs études ou démarrant leur vie active. L'ambiance était conviviale mais chacun avait le droit à son intimité et ne se mélangeait aux autres que si cela lui plaisait. Ross était plutôt solitaire. Il passait son temps sur l'eau, prenant part aux repas mais pas au reste des activités.

Il se rapprocha de cette poupée blonde qui se donnait des airs d'aventurière. Il s'agissait probablement d'une fille de bonne famille, mais Ross s'intéressait peu à ses origines sociales. Il était surtout attiré par le regard provocant et les joues fraîches.

Sa perception de lui-même avait changé à présent. Il était riche à millions. Il avait aussi ce sentiment agréable de s'être fait lui-même et de ne rien devoir à personne.

La blonde, quant à elle, semblait ouverte à n'importe quelle rencontre. Tandis que Ross était là pour une durée indéterminée, elle n'était là que pour les vacances, et comptait tirer le meilleur parti de ce temps très court. C'était au premier qui oserait. Ross n'eut d'ailleurs pas beaucoup à oser, puisqu'un soir où il fumait son traditionnel pétard, épuisé par l'effort, vautré dans une chaise longue devant la mer, elle vint s'allonger à côté de lui, sans rien dire. Ross ne se pressa pas. Il consomma l'intégralité de son joint avec tranquillité, puis se jeta sur elle sans plus de cérémonie.

Elle n'avait pas l'intelligence la plus affûtée.

— Je travaille pour le World Food Program, expliqua-t-elle le lendemain. On est là pour sauver le monde. On fait ce qu'on peut, mais la réalité est déprimante. C'est la faute de ces multinationales. Tant qu'on les laisse faire, on ne peut pas changer grand-chose.

— Vos initiatives sont déjà remarquables, répliqua Ross qui se voulait encourageant.

— Oui, rebondit-elle, mais ça ne va pas résoudre tous les problèmes du monde. Quand tu penses à l'injustice, aux inégalités, aux difficultés d'accès à l'éducation, à l'écart entre les pays riches et les pays pauvres, à la violence, physique ou verbale, mais aussi au sexisme, assumé ou structurel, tu te dis que ce qu'on fait, ça ne sert pas à grand-chose.

— On ne va peut-être pas tout résoudre à la fois, hasarda Ross.

— Il faudrait, justement. Ta réaction est celle de la passivité et de l'inaction. Elle me dégoûte. Quitte à refaire, il faudrait tout refaire en même temps. Ce serait enfin l'occasion de créer un monde *juste*. Sinon tu résous un problème à un endroit, mais un autre apparaît à un autre endroit. On n'avance pas. C'est à cause de types comme toi, au fond, que les choses n'avancent pas, résuma-t-elle de manière agressive. Les types qui ne veulent pas changer le monde. Les types satisfaits.

— Ce que j'ai, je l'ai acquis moi-même, répliqua Ross tranquillement.

— Tu es vraiment un gamin, le provoqua-t-elle.

Si Ross n'appréciait pas cette conversation, il aimait encore moins qu'elle se transforme en une leçon de morale.

— La liberté est plus importante que les conditions matérielles, lui expliqua-t-il une bonne fois. Avoir accès à un toit, des vêtements, de la nourriture, OK, c'est important. Mais si tu as accès à ces choses-là à un prix dont tu estimes qu'il ne les vaut pas, comme la soumission à une autorité humiliante, quel est l'intérêt ? Les animaux sauvages, si tu les mets en cage, se laissent mourir de faim. Pour eux, la liberté est plus importante que boire et manger.

Ils n'étaient pas faits pour s'entendre. La dissonance atteignit un point de non-retour lorsqu'elle lui demanda ce qu'il faisait dans la vie. Il dut expliquer qu'il travaillait dans le bitcoin. Elle fit la grimace. Ce fut la dernière fois qu'ils se parlèrent. Le jour d'après, Ross crut l'apercevoir en compagnie un peu trop familière d'un autre jeune homme. Il ne prit pas la peine d'aller vérifier. Encore quelques jours, puis elle partit, sans même lui avoir dit au revoir.

Ce n'était peut-être pas plus mal. Ross était loin d'être en vacances. En fait, le séjour paradisiaque était sur le point de se transformer en un véritable enfer.

Le discours de la sénatrice avait eu son effet. Non pas l'effet escompté, puisque Ross ne voyait aucune trace du FBI, autant qu'il pouvait en juger. Il était harcelé par un flot de hackers mais rien n'indiquait que se trouvaient parmi eux des représentants de la célèbre agence d'investigation. Le discours de la sénatrice avait plutôt eu pour effet d'amplifier la notoriété du site.

Silk Road était apparu sur les principales chaînes de télévision des États-Unis. Le sujet était si nouveau et si curieux que les médias s'en étaient immédiatement emparés. On s'était avisés aussi de la dimension internationale du site. En vérité, le réseau Tor le rendait accessible même dans les pays où la censure sévissait, où médias et réseaux sociaux restaient bloqués. Il n'y eut bientôt plus un endroit du monde où l'on n'avait pas entendu parler de Silk Road.

Mais cette notoriété inattendue amena surtout une population d'utilisateurs entièrement nouvelle, qui donna du fil à retordre à notre jeune clandestin. Depuis son commencement, le site n'avait jamais attiré que deux sortes de gens, le geek et le drogué. Seuls le véritable drogué, toujours à l'affût d'une bonne affaire, et le véritable geek, traînant sur les forums de Tor et de Bitcoin, avaient pu découvrir Silk Road. Ross était familier de l'un et de l'autre.

Mais maintenant qu'on en parlait à la télévision, et même au journal de vingt heures, une nouvelle population était apparue. Ni geeks ni drogués, Ross ne savait les qualifier autrement que sous le nom de « touristes ». Poussés par la curiosité, ils rôdaient. Ils achetaient un peu, pour rigoler, histoire de faire cette expérience dont tout le monde parlait. Mais ils faisaient descendre le panier moyen, c'est-à-dire la dépense moyenne lors d'un achat sur le site, à des niveaux ridiculement bas.

Surtout, ces individus ne comprenaient rien à l'informatique. Par écran interposé, Ross avait l'impression d'avoir affaire à des demeurés. Là où les geeks étaient disciplinés, car passionnés par ces nouveaux outils du *dark web*, et là où les drogués étaient disciplinés également, puisqu'ils n'avaient pas le choix s'ils tenaient à s'approvisionner de leur drogue favorite, les touristes faisaient n'importe quoi. Ross ne parvenait pas à leur inculquer les notions de sécurité les plus élémentaires. De toute évidence, ils s'en souciaient comme d'une prune.

Ross s'était transformé en l'espèce qu'il méprisait le plus au monde, le gendarme. Il reprenait les utilisateurs distraits qui laissaient leur adresse e-mail là où tout le monde pouvait la voir, ou pire, qui renvoyaient vers leurs profils sur les réseaux sociaux :

« Salut, Dan, 28 ans, 18 Ocean Drive, 33139 Miami Beach, téléphone 917-868-5620, numéro de Sécurité sociale 767-90-3177. J'espère que tout va comme tu veux. Juste pour te dire que récolter toutes ces informations m'a pris environ 8 secondes. Imagine combien de temps ça prendra à la police de te retrouver. »

Ç'aurait pu être drôle si ça ne menaçait que l'utilisateur en question. « Après tout, chacun est responsable de sa propre sécurité, songeait Ross, et ce n'est pas ma faute si on ne lit pas les consignes que je me suis donné la peine de rédiger. » Mais malheureusement, ces comportements imprudents menaçaient bien souvent les autres membres de la communauté. Des vendeurs laissaient traîner l'adresse postale de leurs acheteurs, des acheteurs révélaient trop d'informations sur leurs vendeurs, les uns et les autres se mettaient en danger mutuellement.

« Rappelez-vous que je ne suis pas la seule personne à traîner sur Silk Road », répétait Ross d'une voix lasse, pour autant qu'un message sur un forum fût capable d'exprimer de la lassitude. « Silk Road combat les ennemis de la liberté et ils sont nombreux. Si nous voulons préserver notre liberté, à l'abri des lois et des agents de l'État, il faut être vigilants. Soyons vigilants, ensemble. C'est le prix à payer pour la liberté. »

Mais les touristes écumant désormais la plateforme étaient aussi peu réceptifs aux tirades philosophiques sur la liberté qu'ils l'étaient aux consignes de sécurité.

« C'est dingue ce que les gens peuvent être bêtes », commentaient, sans filtre, les piliers de la communauté, ceux qui fréquentaient le site depuis ses débuts.

« C'est hallucinant que les gens se risquent à acheter et à vendre des trucs illégaux sans se poser la moindre question sur rien, comme s'ils étaient complètement abrutis. On tombe sur des comportements tellement stupides qu'on a du mal à croire ce qu'on voit. »

« Admin, demandaient-ils alors à Ross, quand tu vois un de ces débiles mentaux qui récidive, s'il te plaît, supprime son compte de la plateforme. Tu ne peux pas les laisser faire. C'est une menace pour tous. Ce n'est pas acceptable. »

Le malheureux Ross était bien d'accord avec eux, mais il ne savait plus où donner de la tête.

Toutes ces bêtises et ces étourderies culminaient avec certains utilisateurs qui, trop paresseux pour lire les guides patiemment rédigés par Ross, préféraient systématiquement se renseigner auprès de la communauté. Ils espéraient qu'on leur livre les réponses sur un plateau :

« Hé, écrivit l'un, ça baigne ? Quelle est la meilleure manière d'expédier de la cocaïne ? Merci d'avance. »

« Dans le trou de balle de ton chien, cela va sans dire, répondit aussitôt un membre de la communauté. »

« Très drôle, répliqua le demandeur. Sérieusement, on ne peut pas se donner un coup de main sur Silk Road ? C'est quoi cette mentalité ? »

« D'accord, céda son interlocuteur, tu mets la cocaïne sous vide, et ENSUITE, tu la fourres dans le trou de balle de ton chien. »

« Mais pense bien à mettre le chien sous vide aussi, ajouta un autre. »

« Et envoie-nous une photo qu'on voie comment tu fais », continua un troisième.

Les discussions de ce genre allaient bon train. On s'amusait bien sur Silk Road. Ross était obligé de rappeler tout ce petit monde à l'ordre, les uns pour avoir fait preuve de paresse, les autres pour dégrader le professionnalisme de la plateforme.

D'une manière générale, il y avait beaucoup d'escroqueries et de comportements malveillants. Ross essayait de trouver les mots justes pour amener tout le monde à la vigilance. Le mystérieux Admin dont chacun savait qu'il s'agissait du fondateur du site lançait ainsi sur les forums :

> Bonjour à tous ! Tout se passe super bien en ce moment. Il y a de plus en plus de vendeurs et d'acheteurs, de plus en

plus de transactions, et je suis impressionné par la qualité de notre communauté. Votre professionnalisme ne cesse d'augmenter et j'ai bon espoir que nous arrivions un jour à un niveau de service égal, voire supérieur à celui des grandes plateformes du *clear web*. On ne dira plus « l'Amazon de la drogue » mais « le Silk Road des produits légaux » ! En attendant ce jour, ne vous relâchez pas, s'il vous plaît, conservez une attitude prudente, je n'ose pas dire « paranoïaque ». Vous n'êtes *pas* sur Amazon. Vous n'êtes pas au supermarché. Vous n'êtes pas en train de pousser un chariot entre des allées chargées de produits inoffensifs, dans un environnement où tout est normal et où tout va bien. C'est le *dark web*, ici. Je vous rappelle qu'il y a parmi vous autant d'escrocs que de gens honnêtes. Soyez prudents, soyez vigilants, rappelez-vous qu'il suffit d'une pomme pourrie pour contaminer le panier.

*

Une escroquerie classique, contre laquelle il était très difficile de lutter, était les faux avis. Lorsqu'un vendeur ouvrait sa boutique, il n'avait aucune réputation. Mais il pouvait, en parallèle de son compte de vendeur, ouvrir des comptes acheteurs, acheter ses propres produits et se laisser de faux avis. L'objectif pouvait être d'attirer un seul vrai client, prendre ses bitcoins et disparaître. Du fait de l'anonymat, Ross n'avait aucun moyen de repérer ces comportements, si ce n'était en scrutant les nouveaux vendeurs et en vérifiant si le premier achat ne provenait pas d'un compte ouvert récemment. C'est à cette période qu'il eut l'idée d'étendre le système de réputation aux acheteurs. Ce n'étaient plus seulement aux acheteurs de noter les vendeurs, mais aussi aux vendeurs de noter les acheteurs. Ainsi, les acheteurs sans réputation invitaient à une vigilance accrue.

Une autre escroquerie, encore plus classique peut-être, consistait pour le vendeur à demander que le paiement s'effectue en dehors de Silk Road. La plateforme illégale n'était pas la seule à connaître ce genre de nuisances. C'était, en fait, le lot de toutes les grandes plateformes. « La commission du site est trop élevée, disait le vendeur, je n'ai pas envie de te l'imposer en l'incluant dans le prix. Faisons affaire en dehors, tu auras une réduction de 10 %. » Pour beaucoup d'acheteurs aux abois, désargentés tandis que la drogue dont ils dépendaient coûtait cher, la tentation était forte. Il était ensuite trop tard pour s'en plaindre à l'Administrateur. « Il est interdit de conclure des transactions en dehors du site, répliquait sèchement celui-ci. C'est écrit sur le site. Comment veux-tu que je fasse marcher les choses si tu contournes les règles que j'ai mises en place ? Tu n'as que ce que tu mérites. Je ne vois aucune raison de te rembourser. » Puis il se tournait vers le vendeur : « Je sais ce que tu as fait. Je tenais à t'informer personnellement que j'ai fermé ton compte et saisi les bitcoins qui s'y trouvaient. Je l'ai fait au nom des conditions d'utilisation que tu as acceptées en t'inscrivant, et que tu n'as pas respectées. Maintenant, si je reçois de toi autre chose qu'un message d'excuse, qui exprime une volonté de te conformer, dorénavant, à toutes les règles du site, tu ne récupéreras ni ton compte ni tes bitcoins. J'espère que nous laisserons ces enfantillages derrière nous et que nous repartirons tous du bon pied. »

En ce temps-là émergea aussi le premier concurrent de Silk Road. Il portait le nom envoûtant d'Atlantis. Atlantis était en tout point une réplique de son modèle, mais au design plus soigné. Là où Ross était seul, puisque sans aucune aide de Robert, il avait en face de lui une véritable équipe. Outre le design, Atlantis se distinguait en abaissant considérablement la barrière à l'entrée. C'était même leur positionnement marketing. Silk Road était connu comme un site contraignant, avec beaucoup de règles, géré par un administrateur grincheux. L'équipe d'Atlantis avait compris qu'il y avait là une opportunité. Ils en firent leur promesse principale, en attirant les vendeurs avec un accès facile.

Ils réussirent dans une certaine mesure. Un petit nombre de dealers, lassés des contraintes de Silk Road, furent séduits. Mais Ross ne s'en inquiéta pas. Cela le conforta même dans la manière dont il avait conçu sa plateforme : des barrières hautes tiraient les comportements vers le haut.

Il redoubla sa vigilance et se mit de nouveau à travailler quinze heures par jour. Ni la plage, ni les vagues, ni les superbes couchers de soleil, ni même les jeunes filles de l'auberge ne parvenaient à l'en détourner. Quand il ne supportait plus d'être enfermé dans sa chambre, il s'installait sur la terrasse surplombant la mer, aussi près du wifi que possible, puisque dans ce bout du monde il était dépendant d'un misérable wifi.

Il devint paranoïaque à l'idée que quelqu'un aperçoive son écran. L'atypique jeune homme dépensait l'entièreté de son temps sur des pages qui affichaient, de la manière la plus crue, des images de drogues. On reconnaissait au premier coup d'œil la marijuana verte et grasse, les petits champignons rabougris, les cristaux de métamphétamine, les tas de pilules ou de poudre blanche. Ross était légitimement anxieux qu'on le remarque. Il se tenait donc autant que possible à l'écart, voûté sur son écran, nerveux dès qu'on faisait mine de s'intéresser à lui.

Les autres voyageurs le prenaient pour un dément. Ils se méfiaient de cet individu pâle et cerné qui préférait passer ses journées en ligne plutôt qu'à faire du surf ou du yoga, martyrisant son clavier, s'alimentant irrégulièrement et rongeant ses ongles jusqu'au sang.

*

En cette période périlleuse, Bitcoin porta un coup sévère au site.

Il faut dire que Bitcoin et Silk Road étaient devenus étroitement dépendants. La place de marché se reposait entièrement sur cette monnaie virtuelle pour les paiements. Et celle-ci, hormis comme objet de spéculation, ne connaissait de cas d'usage que Silk Road.

La principale plateforme d'échange de bitcoins en ce temps-là s'appelait Mt. Gox. Mt. Gox avait démarré comme plateforme d'échange pour un jeu de cartes à collectionner, *Magic: The Gathering*. Elle avait été créée par un fan du jeu, un certain Caleb, jeune homme timide à l'air doux. Elle n'avait pas marché comme il l'espérait. Caleb avait alors été approché par un certain Karpelès, qui voulait reprendre la technologie et la transformer. Karpelès n'était pas timide et n'avait pas l'air doux. Il conserva le nom de Mt. Gox (pour *Magic: The Gathering Exchange*) et en fit la plateforme numéro un de l'échange de bitcoins.

Grâce, entre autres, à l'usage offert par Silk Road, Mt. Gox décolla. L'équivalent de millions de dollars s'y échangeaient quotidiennement.

Et puis un jour, une partie de ces millions se volatilisa.

Où étaient-ils passés ? Un premier communiqué de Mt. Gox annonça que la direction avait ouvert une enquête. Un second, que M. Karpelès s'exprimerait publiquement à ce sujet.

Il apparut ce jour-là en vidéo, curieusement installé sur une énorme balle bleue et molle, comme celles qu'on trouve dans les cabinets de kinésithérapie. Le visage était blême, ni souriant ni mécontent. Les yeux étaient brillants de cynisme. Karpelès expliqua qu'un de ses employés, en charge du développement technique, avait piqué dans la caisse. L'employé avait disparu. Il affirma que tous les moyens étaient mis en œuvre pour le retrouver – sans donner aucune précision sur ces moyens. Les dépôts n'étant pas garantis (Mt. Gox n'avait rien d'une banque, elle était juste un lieu d'échange), il ne devait, expliqua-t-il, rien à personne. Il assura son audience qu'il était désolé. La réaction initiale de celle-ci fut de remarquer qu'il n'avait pas l'air si désolé. La suivante fut de se demander si l'employé en question avait la moindre réalité.

La plateforme fut fermée et le cours du bitcoin s'effondra.

Il existait d'autres plateformes, qui prirent rapidement de l'importance. Le fonctionnement de Silk Road n'était pas remis en cause dans son fondement. Mais cette chute brutale lui causa de graves difficultés.

Les transactions sur Silk Road se déroulaient en bitcoins, mais les utilisateurs raisonnaient en dollars. Avec Silk Road, on était dans l'économie réelle. Des camés attendaient leur drogue, des dealers écoulaient leur stock. Rien n'était plus concret que cette économie-là.

Or, il y avait un décalage temporel dans les transactions. Si par exemple Michael – que nous rencontrerons bientôt – achetait son héroïne le lundi, il effectuait son paiement en bitcoins le même jour. Mais ce paiement était conservé par la plateforme jusqu'au jeudi, jour où le bon Michael recevait enfin son héroïne, et son honnête dealer, ses bitcoins. Or, si le cours du bitcoin s'était effondré entre-temps, on peut imaginer la réaction du dealer.

Ross était familier de ce problème. Bitcoin était instable, et il n'était pas rare que son cours fluctue assez méchamment. Les plaintes étaient fréquentes. Les utilisateurs de Silk Road demandaient régulièrement à l'Administrateur de créer un système qui gèlerait le cours du bitcoin, entre le moment où l'acheteur payait et celui où le vendeur touchait le paiement. L'idée était intéressante. Ross y avait réfléchi plusieurs fois. Il avait creusé le sujet, effectué des recherches, commencé à imaginer des solutions. Mais le temps lui manquait. Il n'était donc jamais allé au-delà de quelques brouillons.

Cette fois, l'affaire était sérieuse. Ross, derrière son pseudonyme, recevait des menaces de mort ; menaces émanant de gens pour qui donner la mort était un métier. Il n'était pas rassuré.

Il fut bien content d'être contacté par Robert. « Salut, associé, disait le message chiffré. Tu as vu le bordel ? Ça mérite qu'on se parle au téléphone. »

Le rendez-vous fut fixé. Ross eut toutes les peines du monde à se procurer un téléphone dans la jungle.

— Comment ça va ? demanda tout de suite Robert, comme s'ils s'étaient quittés la veille.

— Et toi ? rebondit Ross. Tu ne donnes pas beaucoup de nouvelles. Où es-tu ?

— En Russie.

— En Russie ?

— Ouais.

— Ça m'étonne de toi. Ce n'est pas vraiment le pays de la liberté.

— Justement, répliqua Robert. Il faut aller là où on peut avoir un impact.

— Et qu'est-ce que tu y fais exactement, puis-je demander ? hasarda Ross, dont la voix manquait d'assurance et tremblait légèrement.

— Tu as vu le bordel ? répéta Robert, ignorant la question.

Il était en train de manger des chips dans le combiné, faisant un bruit que Ross trouvait très désagréable.

— On reçoit des menaces de mort, fit remarquer celui-ci.

— Ne t'inquiète pas, répliqua Robert d'une voix virile. L'essentiel de la communauté nous soutient. Je me trouve d'ailleurs avec des membres éminents de la communauté en ce moment. Je peux t'assurer qu'il n'y a aucun problème. Mais c'est vrai qu'il faut qu'on arrange le bazar.

Ross préféra ne pas creuser de quels « membres éminents » il s'agissait.

— Qu'est-ce que tu proposes ?

— Pour moi, c'est évident, dit Robert. On éponge les pertes. Tu as vu le pognon qu'on a ? On va pas se plaindre. De toute façon, l'argent, on s'en fout. Ce qui compte, c'est notre mission. Ces imbéciles d'Atlantis n'ont rien compris.

— Tu as vu leurs campagnes pour recruter nos vendeurs ? releva Ross. Ils postent même sur nos forums. Ils offrent des primes à ceux qui les rejoignent.

— On s'en fout, coupa Robert. Ils vont récolter quoi, 1 % ou 2 % de nos vendeurs les plus minables. Ils n'ont rien compris. Tu ne peux pas bâtir une communauté en te fondant uniquement sur du transactionnel. Il faut une mission. Notre mission, c'est la liberté. Eux, ils n'ont pas de mission. Sans mission, pas de communauté. Tu achètes tes utilisateurs à coups de primes, et quand tu arrêtes les primes, tu perds tes utilisateurs. C'est aussi bête que ça.

Le cœur de Ross se réchauffait au son de ces paroles. Voilà longtemps qu'il n'avait pas échangé avec Robert et ça lui faisait du bien, pas tant pour le fond qu'il connaissait déjà que pour le ton avec lequel c'était dit. La force de conviction de Robert n'avait pas d'équivalent.

— J'y vois une opportunité, ajouta Robert. On ne doit rien à personne. Les dépôts ne sont pas garantis, c'est clair. On est comme Mt. Gox. On pourrait s'en laver les mains. Mais on va faire exactement l'inverse. On va prendre sur nous d'éponger les pertes, et on va expliquer pourquoi on le fait.

Ross se gardait de réagir. Il écoutait.

— On va l'expliquer sur les forums. Les messages seront les suivants. Un, on remet le contexte, le crash de Mt. Gox et tout ça, au cas où les gens n'auraient pas bien suivi. Deux, on explique qu'on pourrait ne rien faire, que ce n'est pas notre responsabilité, puisque les dépôts sur la plateforme ne sont pas garantis. Sur Silk Road, les gens prennent un risque et ils le savent. Nous ne sommes pas là pour éliminer le risque. Nous sommes là pour leur apprendre à gérer le risque, comme des adultes libres et consentants.

Robert remit une chips dans sa bouche.

— Trois, on dit qu'on va les rembourser quand même. Pourquoi ? Parce que le pognon, on s'en fout. Nous, on est là pour la liberté. Et si ça veut dire perdre de l'argent, eh bien, ce sacrifice, on est prêts à le faire. Ce n'est même pas un sujet.

Ici, le charismatique leader laissa planer un silence, comme s'il méditait ses propres paroles.

— Je vais rédiger ça cet après-midi, conclut-il.

— C'est super, réagit Ross, ému. Tu sais, je… Tu m'as manqué. C'est dur d'être seul. Je bosse comme un malade et… Tu n'es jamais là et… Je suis seul, voilà tout.

— Ne le sommes-nous pas tous ? répliqua Robert d'un ton sarcastique.

— Tu pourrais au moins manifester un peu de compassion. Tu sais, une plateforme, ce n'est pas seulement une vision. Derrière, il y a des bugs tout le temps, des conflits, des trucs à gérer… Tu n'as pas idée de ce que je bosse.

— Amen, lâcha Robert avant de se radoucir. Écoute, mon pote, je sais le travail que tu fais. C'est formidable. Et c'est évident que je ne pourrais pas y arriver sans toi. Donc je te remercie du fond du cœur, OK ? Même si je ne prends pas toujours le temps de le faire. Mais moi aussi, de mon côté, je suis actif. Il ne faut pas que tu croies que je me tourne les pouces. Je vais à la rencontre de la communauté. Je suis en train de monter un truc très, très sérieux. Je ne peux pas t'en parler au téléphone. Mais quand tu comprendras ce qu'on est en train de faire, ce que tout ça est en train de devenir, tu seras bluffé. En attendant, il faut que tu aies confiance en moi. Et moi, j'ai besoin de toi, car la plateforme, elle ne peut pas tourner sans toi. Alors courage, OK ? D'ailleurs, ajouta-t-il, remettant une chips dans sa bouche, cette idée de garantir le cours du bitcoin pendant une transaction, il faut que tu la mettes en place. On ne peut plus rester dépendants de ces plateformes à la noix.

— Mais enfin, répliqua Ross exaspéré, c'est considérable ce que tu me demandes là ! Tu ne te rends pas compte ! Tu exiges des trucs et tu n'as aucune idée de rien.

— À plus, répliqua Robert.

Et il raccrocha.

Un post sur les forums suivit quelques heures plus tard. Robert y détaillait longuement, comme il l'avait promis, sa vision :

Silk Road est une entreprise mondiale dont le but est de permettre à chacun de vivre librement.

Nous fournissons une plateforme qui permet à nos utilisateurs de défendre leurs droits fondamentaux et de récupérer un peu de cette dignité qui leur a été, malheureusement, enlevée.

Tout individu vivant en société tire sa subsistance de l'échange volontaire. Il vend ou achète les choses dont il a besoin.

Il n'y a que l'État qui tire sa subsistance de la contrainte et de moyens violents. Il appelle « impôt » cette violence. Elle s'est aussi appelée « taille » ou « tribut ». Le nom importe peu. L'impôt est un vol, purement et simplement. Pour le comprendre, il suffit de refuser de le payer, d'essayer de reprendre sa liberté, de dire « non » au pacte social voulu par l'État. Celui qui tente de se soustraire se rend compte rapidement que sa « liberté », son « consentement » ne signifient rien.

Si l'impôt est impossible à distinguer du vol, il s'ensuit que l'État, qui vit de l'impôt, est une vaste organisation criminelle.

La mission de Silk Road est de faire de l'échange volontaire la base de la civilisation humaine.

Nous nous sommes appuyés sur une monnaie virtuelle, bitcoin, dont la chute a été retentissante. Nous pensons que cela est dû, pour l'essentiel, à la malhonnêteté d'un

seul homme, mais notre propos ici n'est pas de commenter cet événement.
Notre propos est de vous annoncer que nous allons prendre à notre charge la baisse de la valeur du bitcoin qui a eu lieu depuis la déclaration de Karpelès.
Que ce soit clair : rien ne nous oblige à le faire. Silk Road ne garantit pas les cours, la responsabilité de la plateforme n'est nullement engagée.
Nous le faisons, car nous ne voulons pas laisser une circonstance passagère affaiblir le combat éternel pour la liberté.
Nous sommes déterminés.
Il est impossible de nous arrêter.

Les réactions, comme à chaque fois que Robert prenait la parole, ne se firent pas attendre. Les messages ne parlaient que de « liberté », « anarchie » et « révolution ». Certains étaient des messages fanatiques, témoignant de l'aura que Robert s'était acquise. L'un d'eux, qui s'étendit longuement, releva même le rôle quasi mystique de l'Administrateur dans tout ce dispositif :

Cela fait plus d'un an que le site tourne. À cause des hackers, sans doute aussi des problèmes techniques que tu rencontres, il a fermé plus d'une fois. Chaque fois, c'était un sujet d'inquiétude : on a pensé que tu avais disparu, que tu étais parti avec l'argent, que tu nous avais dépouillés. Mais chaque fois, tu revenais. Et chaque fois, nous retrouvions intacts nos portefeuilles et nos bitcoins. Cette honnêteté, elle est incroyable. Elle me bouleverse. Elle me fait parfois me demander si tu es humain.

Les autres sites finissent toujours par nous voler. Ils ferment. Le fondateur se barre avec l'argent. Il ment. Il ne pense qu'à son intérêt personnel. Mais pas toi. Tu es unique. Ton honnêteté, ton intégrité sont uniques. Ton sens moral est le plus élevé que j'aie jamais vu.
Alors je voulais juste te dire que je crois en toi. Je crois en ce site. Je ne peux pas te dire à quel point je suis heureux de faire partie de la communauté.
Tu as montré une fois de plus combien nous sommes chanceux de t'avoir comme leader.

*

Inspiré par ce message et d'autres du même acabit, Ross s'attela à la tâche difficile de créer la fonctionnalité qui gèlerait le cours du bitcoin pour la durée des transactions.

Il y passa un certain temps. Quand elle fut prête, il l'annonça fièrement sur les forums, espérant, à son tour, provoquer une pluie de louanges :

Salut à tous ! Je n'ai pas fait d'annonce officielle depuis quelque temps. Je suis ravi d'en faire une aujourd'hui.
L'expérience de votre plateforme préférée vient de se transformer ! Vous avez été nombreux à me demander ce que je pouvais faire contre la volatilité du bitcoin. J'ai donc créé une fonctionnalité. À partir de maintenant, lorsqu'un acheteur passe une commande, le taux de change entre le dollar et le bitcoin est gelé pour cette commande jusqu'à ce que la transaction soit finalisée. Ainsi, le vendeur est assuré de toucher exactement ce qu'il était censé toucher

au moment où la commande a été passée. Vos transactions ne seront plus pénalisées par le cours du bitcoin. Vous pouvez faire des affaires en toute sérénité. Silk Road assumera le risque de la fluctuation du taux de change. J'ai travaillé sans relâche pour que ce soit possible. C'est un travail dont vous vous apercevez rarement. Mais c'est grâce à lui que le site fonctionne. J'espère que vous serez contents.
Oh, et j'en ai profité pour refaire la page d'accueil. Plus sexy. J'espère qu'elle vous plaira également. Cela signifie donc un changement de l'adresse *.onion*. Il faut se rendre à la nouvelle adresse que j'indique ci-dessous.
À votre service, comme toujours,
ADMIN.

L'intention était bonne. Malheureusement, Ross fut maladroit. Il se trompa bêtement dans le changement d'adresse.

Silk Road était un site hautement illégal. Ses utilisateurs n'avaient peur que d'une chose, que le FBI mette la main sur le serveur, récupérant ainsi les données personnelles de chacun. C'est pourquoi les faux pas de l'Administrateur pouvaient générer de véritables paniques.

Ce fut le cas, et même au-delà de tout ce que Ross avait jamais vu.

La panique se répandit comme une traînée de poudre :

« Que se passe-t-il ? » demandèrent des utilisateurs anxieux.

« Est-ce que le site a été saisi ? »

« Est-ce que le FBI est là-dessous ? »

« Se tromper d'adresse : il est impossible que l'Administrateur soit aussi con. Est-ce que ça veut dire que le site est compromis ? »

« Ne vous connectez plus, conseillèrent certains. Effacez tout ce que vous avez dans votre ordinateur, et allez le jeter dans la plus grande décharge que vous pourrez trouver. »

Ross tenta de corriger l'erreur rapidement. Mais la panique est contagieuse. Il se planta de nouveau. Il était maintenant perdu dans un jeu de piste compliqué.

« C'est bon, crut voir un utilisateur, j'ai réussi à me connecter. Je vous rassure, j'ai récupéré mon compte et tous mes bitcoins étaient là. »

Avant de commenter sous son propre post :

« Je n'y arrive plus ! Ne tenez pas compte de ce que j'ai dit. Rien ne marche. »

« Je suis désolé, écrivit Ross, confus, ça vient d'être corrigé. »

Mais ça ne fonctionnait toujours pas.

Dans le flot de messages paniqués, l'un d'eux sauva Silk Road. Ross eut la chance de l'apercevoir, malgré les centaines de messages qui s'empilaient à la minute. Un utilisateur eut la tête suffisamment froide pour comprendre ce que Ross avait fait, et lui indiquer comment s'en sortir. Il ne s'agissait, au final, que de deux lignes de code. En corrigeant son erreur, Ross éprouva un violent sentiment de honte.

La communauté n'avait pas apprécié l'épisode. Les insultes ne tarissaient pas.

« Tu nous as fait flipper pour rien, écrivit-on à Ross. Tu es vraiment un amateur. Ça nous apprendra à te faire confiance, à toi et à ton site de merde. »

« Je suis vraiment désolé », répliqua Ross, sincère.

« Amateur », « Connard » furent les conclusions, sans appel.

Ross était habitué à la versatilité de la communauté. Il savait qu'elle se composait de dealers et de drogués. Quand on criait au FBI, les belles intentions ne tenaient plus. C'était chacun pour soi et sauve qui peut.

Mais il était, tout de même, terriblement vexé. Il fallait se mettre à sa place. Il se tapait tout le boulot ingrat, passant ses nuits dans le code, accomplissant des choses qui, la veille, lui paraissaient impossibles, tout ça pour finir par se faire insulter. Quand Robert prenait la parole, il ne récoltait que de l'adoration. C'était vraiment trop injuste. Ross alla fumer trois ou quatre joints sur la plage, histoire de se calmer.

Quand il revint, il eut l'idée d'enquêter sur celui qui l'avait sauvé. Il n'y avait pas à dire, le type avait du sang-froid. Autant que Ross pouvait en juger, dans la panique généralisée, il était le seul à avoir eu une réaction intelligente. Il avait su, en quelques lignes, lui indiquer précisément quoi faire. Sans se trouver dans les coulisses comme l'était Ross, il avait deviné ce qu'il s'y passait. C'était remarquable de perspicacité.

L'Administrateur pénitent découvrit un profil qui porta à son comble son sentiment de gratitude.

Il avait là, sous les yeux, le vendeur parfait. *L'idée* du vendeur, aurait-il pu dire, reprenant la manière de s'exprimer de Platon. Tous ses efforts pour professionnaliser les comportements sur le site, toutes ses règles, tous ses conseils, tous ses guides de bonnes pratiques, tout était là, synthétisé en un unique profil. Le vendeur dont il avait toujours rêvé existait. Il en avait la larme à l'œil.

Le bonhomme s'appelait Variety Jones. Il était actif depuis cinq mois. Il fréquentait Silk Road tous les jours. Il se classait quatre-vingt-dixième sur plus de cent mille vendeurs. Il avait 100 % d'avis positifs pour soixante-neuf transactions. Quand Ross examina ce profil, il comprit que son algorithme de notation des vendeurs méritait d'être revu. Il ne rendait pas justice à Variety Jones.

Le texte de présentation de Variety Jones commençait par un sommaire. Cela indiquait une personnalité méthodique et réfléchie, qui se mettait à la place de ses clients. La présentation était incomparablement plus claire que ces pavés de texte infâmes, truffés de messages racoleurs, qu'on trouvait trop souvent sur la plateforme.

Le premier chapitre de ce texte présentait une offre très intéressante. Si intéressante en vérité, si convaincante et si bonne pour le business que Ross s'étonna de ne jamais y avoir pensé tout seul. Son intitulé était « Garantie sur les commandes interceptées ». Elle était rédigée comme ceci :

> Toute commande interceptée par les douanes sera remplacée et réexpédiée absolument gratuitement pour vous. Ce n'est pas votre faute si ces gros bâtards du gouvernement interceptent votre commande. J'estime que c'est ma responsabilité de maquiller suffisamment mon produit pour qu'il arrive jusqu'à votre porte. S'ils le volent, je le remplacerai. Et s'ils le volent à nouveau, je le remplacerai à nouveau, totalement gratuitement pour vous. Je ne m'arrêterai jamais, jusqu'à ce que vous ayez reçu votre commande. Je vous demanderai peut-être de me communiquer une nouvelle adresse postale, pour mettre toutes les chances de notre côté, c'est tout. Nom de Dieu, je hais ces salopards du gouvernement. Je veux que vous soyez confiants dans le fait que vous obtiendrez ce pour quoi vous avez payé.

Le deuxième chapitre précisait que Variety Jones n'acceptait jamais de paiement en dehors de Silk Road. Il priait la clientèle de ne pas l'irriter en lui en faisant la proposition. S'il avait voulu fayoter auprès de Ross, il ne s'y serait pas pris autrement.

Le troisième chapitre indiquait – ô joie, félicité – des « heures de bureau ». L'une des principales sources de disputes entre acheteurs et vendeurs était en effet le caractère sporadique des échanges et du service client. Il n'était pas rare qu'un colis se fasse intercepter, ou soit ralenti en chemin, ou même pour un acheteur de tomber sur un vendeur négligent qui ne se pressait pas pour expédier la commande. Or les drogués étaient une clientèle impatiente. Dès que la réalité s'écartait un tant soit peu de ce qui leur avait été annoncé, ils paniquaient, envoyaient au vendeur des messages furieux, appelaient à l'aide sur les forums, écrivaient à l'Administrateur, et ainsi de suite. Et il arrivait que les vendeurs, de leur côté, mettent plusieurs jours à répondre, laissant planer, entre eux et l'acheteur, un silence plein de doutes. Ross était ainsi assailli de fausses réclamations. Il suffisait d'attendre quarante-huit heures pour qu'elles se règlent d'elles-mêmes.

L'idée de donner des heures de bureau était donc lumineuse. Variety Jones indiquait qu'il était connecté à Silk Road tous les jours entre quatorze heures et seize heures. Il assurait que cette plage horaire lui suffisait à traiter tous les messages. Il poussait même le sens du service jusqu'à noter les statistiques suivantes : les envois à l'intérieur des États-Unis arrivaient en trois jours ouvrés, les envois en Europe en huit jours ouvrés, les envois au Japon et en Australie en huit jours ouvrés également.

Variety Jones vendait exclusivement des graines de cannabis. Pas de cannabis consommable, donc, ni d'autres drogues. Variety Jones était un vendeur très spécialisé. Cela expliquait aussi son surnom, « Variety », qui faisait référence à la variété des graines. VJ, pour les intimes, était manifestement un expert, ses nombreuses variétés étant décrites avec une rigueur toute scientifique. Il donnait aussi des instructions sur la manière d'ouvrir les paquets.

> Ouvrez-les par le côté, pas par le milieu, écrivait-il. Sinon vous abîmez les graines. Sachez qu'il y a deux enveloppes l'une dans l'autre, donc ne vous acharnez pas sur la première, sinon vous abîmez les graines. À l'intérieur de la seconde enveloppe se trouve une carte, avec un mot de bienvenue. Les graines sont collées dessus. Tirez la carte de l'enveloppe DÉLICATEMENT, sinon vous abîmez les graines. D'une manière générale, si vous n'êtes pas délicat, vous abîmez les graines. Et Dieu n'aime pas ça. Pour vous punir, chaque fois que vous abîmez une graine, il crée un nouveau bâtard au service des douanes postales. Ça vous apprendra.

Les avis laissés par les clients étaient, comme il fallait s'y attendre, dithyrambiques. Ils semblaient même mieux rédigés que les avis qu'on rencontrait d'habitude sur le site. Comme si le professionnalisme de VJ inspirait un respect particulier.

Ross décida de contacter cet excellent homme. Il lui écrivit un message pour le féliciter de son profil, et le remercier de son aide précieuse lors du malheureux épisode du changement d'adresse.

La réponse fut rapide, mais plus directe que ce qu'il attendait.

« Je peux t'aider bien davantage », fut la première chose que Variety Jones lui écrivit.

Ross ne s'attendait pas à cette proposition. Il s'était mis depuis longtemps dans une certaine disposition d'esprit, consistant à accepter qu'il fût seul dans cette galère, qu'il ne pût espérer l'aide de personne – surtout pas de Robert – et que les choses eussent vocation à rester ainsi, comme un chemin de croix personnel. Il craignait tellement pour son anonymat et sa sécurité que jamais, au grand jamais, il n'avait envisagé d'être aidé.

Il fit donc à la proposition de Variety Jones un accueil prudent. Il était surtout curieux de cet utilisateur modèle.

« En quoi peux-tu m'aider ? » lui demanda-t-il dans le Chat.

« Pour plein de trucs. Des trucs de sécurité. »

« Quels trucs de sécurité ? »

« Sans vouloir t'offenser, mon ami, niveau code, tu es vraiment un amateur. »

« Et qu'est-ce qui te fait penser ça ? » demanda un Ross piqué qui, s'il savait bien que son interlocuteur avait raison, espérait au moins pouvoir donner le change.

« Je suis entré dans tes serveurs avec une facilité déconcertante, lâcha Variety Jones. Et sache que je continue à m'y balader régulièrement. »

Le sang du mélancolique jeune homme ne fit qu'un tour. Il croyait ses serveurs inviolables. Surtout, ceux-ci étaient la seule preuve matérielle permettant de relier Ross Ulbricht à Silk Road. Si Variety Jones « s'y baladait », comme il le prétendait, qui d'autre pouvait fouiner là-dedans ?

« Je peux vraiment t'aider, relança VJ qui devinait, au silence du Chat, que son interlocuteur était choqué. C'est vrai que tu es un amateur mais à part ça, c'est incroyable tout ce que tu fais. Ou ce que *vous* faites, peut-être ? Vous êtes combien chez Silk Road ? »

Ross eut une pensée fugitive pour Robert.

« Je suis tout seul », préféra-t-il répondre prudemment.

« Et à qui ai-je l'honneur ? rebondit le vendeur. Homme ou femme ? Excuse-moi d'être indiscret, mais c'est perturbant de ne pas le savoir. »

« Homme », répondit Ross, après avoir hésité.

C'était la première fois qu'il se dévoilait autant sur la plateforme.

« Alors tu es tout seul aux commandes. Je m'en doutais. Et en même temps, je n'arrive pas à le croire. Ta capacité de travail est incroyable. Surhumaine. Tu dors parfois ? »

« Un peu », répliqua Ross en souriant, satisfait que quelqu'un reconnaisse enfin la peine qu'il se donnait.

« Tu ne peux pas continuer comme ça, dit Jones. Tu vas te cramer. Et nous, on a besoin de toi. On a besoin de notre Administrateur sur le long terme. »

« Ne t'en fais pas, répondit Ross, flatté. De toute façon, je n'ai pas le choix. »

« Bien sûr que si, répliqua Jones. Il faut que tu embauches. »

« Tu es fou ? réagit vivement Ross. Et tu me parlais de sécurité ? »

« Embaucher ne veut pas dire compromettre ta sécurité. Il faut que tu réfléchisses. Si toutes tes relations restent en ligne, il y a moyen de faire ça bien. Et de t'assurer de la loyauté de tes recrues. »

« Comment ? » demanda Ross, intrigué.

« Par exemple, en leur demandant de t'envoyer une pièce d'identité. »

« Sur Silk Road, nous sommes tous anonymes. Dévoiler son identité, c'est compromettre sa sécurité. Pourquoi feraient-ils une chose pareille ? »

« Comme tu l'as si bien expliqué dans un post récent, commenta Jones, toute la plateforme repose sur la confiance qu'on te fait. Si les gens ne te faisaient pas confiance, il n'y aurait aucune transaction sur le site. Tout l'édifice tient parce qu'il y a un mec digne de confiance. Et ce mec, c'est toi. C'est pour ça qu'ils seront prêts à t'envoyer leur pièce d'identité. »

Ross eut un sifflement d'admiration.

« Ce n'est pas idiot », convint-il.

« Et puis, poursuivit le vendeur de graines, il y a plus d'un utilisateur qui aimerait bosser pour toi. Je t'assure, ils seraient vachement flattés. Sans compter l'argent que tu peux leur donner. »

« OK, écrivit Ross, je vais y réfléchir. »

« Je peux t'aider à rédiger les annonces », poussa l'autre.

« Je vais y réfléchir », répéta Ross, qui voulait surtout se donner du temps.

Ces perspectives nouvelles lui donnaient le tournis.

« Et toi, qui es-tu ? Tu as l'air de bien t'y connaître en cannabis. »

« Ah, le cannabis, écrivit VJ. C'est à peu près ma seule source de joie sur cette Terre. Que puis-je te dire ? J'habite dans le Vermont. J'ai quarante-cinq ans. Moi aussi, je suis un homme. J'ai été marié, mais ma femme m'a quitté. Mon fils aussi m'a quitté. Il faut que tu saches que j'ai une maladie dégénérative. Un truc neuromusculaire. En gros, les signaux moteurs qu'envoie mon cerveau ne circulent pas correctement jusqu'à mes muscles. Le résultat est une très grande faiblesse musculaire, couplée avec une absence de contrôle, qui peut induire des spasmes, des contractions, des crampes. »

Involontairement, Ross fit la grimace.

« Je suis très faible, continua Jones. Vraiment très faible. Un gamin de cinq ans pourrait me mettre au tapis. En plus de cela, il m'arrive d'avoir des douleurs terribles. La seule chose qui me calme vraiment, c'est le cannabis. Je suis devenu un expert en variétés parce que quand tu en consommes extrêmement souvent comme je le fais, tu finis par développer une tolérance. Je suis sûr que tu sais de quoi je parle. Tu fumes de plus en plus, ça te fait de moins en moins d'effet. Alors, pour éviter ça, une seule méthode : varier. Il faut changer de variété autant que possible. »

Ross ne savait que répondre à cette détresse qui lui paraissait très grande.

« Pour moi, le cannabis, c'est comme le vin pour les connaisseurs, conclut Jones. Je pourrais t'en parler pendant des heures. »

« Intéressant, dit Ross, troublé. Écoute, il faut que j'y aille. J'ai des urgences. Mais on se reparle bientôt. Je vais réfléchir à ce que tu m'as proposé. »

« Pas de problème, répliqua l'autre. Pas d'urgence de mon côté. On se reparle quand tu veux. »

Pour la première fois depuis longtemps, Ross s'offrit une séance de surf. Les perspectives que lui ouvrait celui qu'il surnommait déjà, en son for intérieur, « le Sommelier » lui donnaient un nouvel espoir. Il y avait là une opportunité de se rendre la vie… vivable.

Le Sommelier lui apporta, en effet, un soutien aussi constant que diversifié. Il l'aida, ainsi qu'il l'avait promis, à recruter. Il conseilla Ross sur l'annonce, le type de profil recherché, le déroulé de l'entretien d'embauche, et les tâches à attribuer, à la fois simples et étroites, de manière à limiter les dégâts si la recrue se révélait fragile. Ce fut Jones qui suggéra les questions à réponses secrètes, à s'échanger au fil des journées de travail, pour s'assurer que tout était normal et que les pseudonymes des uns et des autres n'étaient pas usurpés.

Si Ross demandait à son employé : « Quel temps il fait chez toi ? », celui-ci devait répondre, précisément : « Il pleut, mais tu sais, là où je suis, il pleut toujours un peu. » Aucun ne fit de difficulté pour envoyer à Ross sa pièce d'identité. Comme Jones l'avait prévu, ils appréciaient la rémunération, mais aussi et surtout le privilège de participer à l'administration du site. En tant que Modérateurs, ils avaient le pouvoir, par exemple, de révoquer les droits d'un utilisateur. Ce pouvoir n'était pas pris à la légère.

Ross posséda bientôt une armée complète, qui tournait sans beaucoup d'interventions de sa part, et qui le déchargeait considérablement.

VJ l'aida aussi sur les questions de sécurité, et en particulier sur l'utilisation des serveurs.

« En plus, tout ton profit, expliqua-t-il, se joue au niveau des serveurs. Si tu les configures mal, tu es obligé de racheter de l'espace sans arrêt. C'est un gouffre à fric. Ça te coûte plus cher que ça ne te rapporte. Tu connais l'histoire du magazine *Life* ? »

« Non », avoua Ross.

« C'était un magazine vraiment haut de gamme, raconta Jones, un truc de photographes. Ils imprimaient des photos superbes. Ils avaient des sponsors qui faisaient rentrer de l'argent. Mais en réalité, une impression de cette qualité leur coûtait si cher que plus ils vendaient d'exemplaires, moins ils gagnaient d'argent. À la fin, ils ont été victimes de leur succès. Il y a eu ce numéro qui s'est si bien vendu qu'ils ont mis la clef sous la porte. »

Jones donnait de nombreux conseils, aussi, sur ce qu'il appelait « le passage à l'échelle ». « Il faut avoir l'obsession de l'automatisation, disait-il toujours. Sinon tu vas te retrouver avec un millier de freelances qui feront manuellement des tâches qui pourraient être automatisées. » Il créa pour Ross un magnifique tableau de bord qui permettait de tout piloter. Annuler une transaction, supprimer une page, supprimer une image, obtenir toutes les infos sur un utilisateur ou suspendre son compte, tout était désormais à portée de clic. Le site était toujours de bric et de broc, mais Ross était passé, disons, de l'âge du bronze à l'âge du fer.

Plus qu'un conseiller, Ross avait gagné un ami. Lui qui avait toujours été seul, et se méfiait de Robert, découvrait le plaisir de travailler en équipe. Les échanges avec le Sommelier se firent de plus en plus fréquents. Démarrés sur une base quotidienne, ils eurent bientôt lieu toutes les heures, voire toutes les minutes. Ross et Jones échangeaient sans y penser. On travaillait, mais on partageait aussi des impressions, des plaisanteries. Et Ross avait maintenant quelqu'un pour l'écouter se plaindre :

« J'organise ma vie autour de la possibilité de me trouver devant mon ordinateur en privé, résuma-t-il. Où que je vive, les gens me prennent pour un fou. Je m'énerve tout seul, je dors cinq heures par nuit, et je me ronge les ongles jusqu'au sang. »

« Pour les ongles, je te recommande cette pommade, répliqua Variety Jones. Ça te coupera l'envie de te les ronger. Tu verras, c'est très efficace. Pour le reste, poursuivit-il, maternel, il faut que tu apprennes à lever le pied. Mon premier conseil serait de ne pas travailler jusqu'à ce que tu tombes d'épuisement dans ton lit. Il faut cesser le travail à une heure raisonnable, se divertir, faire autre chose. On dort mieux. Quand on dort mieux, tout va mieux. »

Ils finissaient toujours par se souhaiter mutuellement : « Allez, bonne nuit, fais de beaux rêves. On se retrouve demain matin. »

*

« Variety Jones, qui est ce type ? » demanda brusquement, un jour, Robert dans le Chat.

« Salut, Robert, répliqua Ross. Tout va comme tu veux ? »

Il y avait de l'ironie dans cette question. Ross avait le sentiment que Robert était mal placé pour lui demander des comptes.

« Tu lui as viré soixante mille balles hier, poursuivit Robert sans s'en soucier. Et au moins autant la semaine dernière. Qu'est-ce qu'il se passe ? »

« Je croyais qu'on était tous pour la liberté », railla Ross.

« Non mais sérieusement. Tu as des ennuis ? Quelqu'un te rackette ? »

« Pas du tout, le rassura Ross. C'est quelqu'un qui m'aide. Son aide m'est précieuse. Alors je le rémunère. »

Il y eut sur le Chat un silence de plusieurs minutes.

« Tu ne pouvais pas me demander à moi ? Plutôt que d'aller chercher un type qu'on ne connaît pas ? »

« Je l'ai fait, Robert, répondit Ross de tout son calme. Je t'ai fait part de ma solitude. Tu n'as pas manifesté, dirais-je, une grande écoute. »

« *Touché*, répliqua Robert. Écoute, tu as raison, comme toujours. Il n'y a pas de souci. Juste, fais gaffe à ne pas lui révéler trop de trucs. OK ? Tu ne peux pas te fier à un type dont tu n'as jamais vu le visage. »

Ross imagina le visage de Variety Jones, qu'il savait souffrir de douleurs considérables du fait de sa maladie dégénérative.

« Ne dévoile pas nos secrets, insista Robert. Tu me jures ? Je peux te faire confiance ? »

« Tu peux me faire confiance. »

« Il faudrait qu'on se retrouve sur le sol de notre mère-patrie, plaisanta Robert. Ça fait longtemps qu'on ne s'est pas vus. On rattrapera le temps perdu. »

Ross songea qu'il était las du Nicaragua, et qu'en plus il n'était pas prudent de rester trop longtemps au même endroit. Et puis, il pensa à sa famille. Et à Julia.

« OK », dit-il.

« Je serai à New York le mois prochain. Plein de choses à te raconter. D'ici là, prends soin de toi », conclut Robert, avant de se déconnecter du Chat.

Peu avant de quitter le pays dont il avait fraîchement acquis la nationalité, Ross apprit, comme toute la communauté de Silk Road, la chute d'Atlantis.

Le concurrent avait démarré agressivement, s'autoproclamant « la meilleure place de marché sur le *dark web* ». Il prétendait que les meilleurs vendeurs de Silk Road avaient déjà migré chez lui, tandis que Ross savait très bien que ce n'était pas vrai. À rebours des harangues inspirées de Robert, leur fondateur déclarait laconiquement que son objectif était « d'écraser la compétition ».

Ce fut donc une surprise pour tout le monde lorsque le site annonça, subitement, qu'il fermait pour des raisons de sécurité. Quelles étaient ces raisons de sécurité, les administrateurs ne le précisèrent jamais. Mais sur le *dark web*, la sécurité était, après la drogue, la préoccupation de tous. Il n'était pas besoin d'en dire davantage pour qu'on se mette à imaginer le pire.

L'équipe d'Atlantis laissait à ses utilisateurs une semaine pour finaliser toutes leurs transactions et retirer leurs bitcoins, après quoi, expliquait-elle, le site disparaîtrait. En réalité, le site cessa de fonctionner correctement dès cette annonce. On pouvait toujours y transférer des bitcoins, mais on ne pouvait plus en retirer. C'était louche. Sur les forums, beaucoup disaient que les fondateurs avaient disparu avec l'argent.

La chute du concurrent raffermit encore l'aura de Silk Road, et de son légendaire créateur. Variety Jones relayait à Ross les messages les plus flatteurs. « Pour eux, tu es un Dieu », disait-il. Ross n'était pas insensible à la comparaison.

*

Et puis un jour, le Sommelier lui posa la question.

« Mec, lança-t-il dans le style relâché qu'ils avaient adopté depuis longtemps. Je me demandais un truc. Ce serait possible de voir les chiffres ? »

« Pourquoi ? » demanda Ross, méfiant.

Jones faisait allusion aux chiffres de la croissance de Silk Road ; notamment aux résultats financiers.

« Je ne sais pas, répliqua Jones. J'ai toujours eu envie de savoir. Après tout, on est dans le même bateau, non ? Avec l'aide que je t'apporte, on peut dire que je prends des risques autant que toi. À défaut de me mettre sur un pied d'égalité, en témoignage, disons, de respect, j'aimerais bien que tu me partages ces chiffres. »

Ross hésita. En peu de temps, Jones était devenu, bien qu'il ne l'eût jamais rencontré, son meilleur ami, la seule personne au monde à qui il se confiait.

Il pensa à Robert, et à la trahison que cela représentait.

Mais d'un autre côté, cette trahison n'était pas pour lui déplaire. Robert ne l'aidait pas, le contactant uniquement quand il avait besoin de lui. Il était en train de parcourir la

Terre, et de s'y promener. Sous prétexte de sécurité, il ne prenait même pas la peine de lui raconter ce qu'il faisait.

Ross était las de cette relation à sens unique. Alors il décida que oui, il pouvait bien montrer ces chiffres à son véritable ami.

Il le fit sous la forme d'un partage d'écran.

« Putain de merde, fut la réaction immédiate du Sommelier. Je savais que ce serait dément. Mais là, ça dépasse tout ce que j'imaginais. »

9
LA BALLADE DE MICHAEL DOUCHE

Harlem avait changé.

Les rues étaient toujours les mêmes, bordées de *brownstones*, ces immeubles de pierre brune, de construction hollandaise, aux toits plats et aux façades moulées, qu'on rencontrait à Brooklyn comme à Harlem. Le métro aérien rendait toujours le même bruit, à la fois strident et grave, assourdissant, tandis que les rames traversaient le quartier en ligne droite. Les magasins étaient toujours miteux, les fruits et légumes abîmés, les devantures fatiguées. La vie nocturne était toujours sauvage et dangereuse, des cinémas aux *speakeasies*, des carrefours fréquentés aux rues étroites, sombres et silencieuses.

Il fallait continuer de faire attention, la nuit en particulier, aux abords du parc. Il fallait, par-dessus tout, résister à la tentation de couper par le parc à une heure indue, lorsqu'on était fatigué et pressé de rentrer chez soi. Le parc n'avait ni grilles ni clôtures, et ses allées étaient parfaitement sombres et inquiétantes, et les patrouilles de police, inexistantes. Il circulait, à son sujet, les rumeurs les plus étranges.

Mais Harlem s'était gentrifié. En journée du moins, c'était devenu un quartier sûr, presque respectable. On y croisait des gens avec un emploi. Des enfants. On pouvait même y rencontrer des Blancs, attirés par les loyers bas et la proximité de Manhattan. Les voisins se saluaient. Les concierges souriaient. Le quartier menaçait de devenir à la mode.

Surtout, au grand dam de Michael, les dealers avaient déserté. Il se souvenait de l'époque bénie où il lui suffisait de se rendre au croisement de Lexington et de la 125e Rue, quelques dollars en poche. Ce temps-là était révolu. Désormais, il fallait aller jusque dans le New Jersey. Le nouveau maire de New York, un Italien, avait déclaré la guerre à la drogue. Il appliquait ce qu'il appelait sa « politique de tolérance zéro ».

Michael et Pam, sa jeune épouse, avaient acheté un *brownstone.* Au rez-de-chaussée, Michael y avait installé son agence. Il était graphiste. Il s'était spécialisé dans le packaging, c'est-à-dire la conception d'emballages pour des produits de grande consommation. Sérieux et appliqué, il avait fait prospérer son affaire. Il avait embauché un, puis deux, puis six collaborateurs. Il avait dû aménager son rez-de-chaussée pour les accueillir tous. La surface n'était pas grande mais Michael était bricoleur et, surtout, acharné. À force d'astuce et de travail, il avait conçu des systèmes de rangement qui permettaient à tout le monde de rester là. Il s'était même construit un petit bureau fermé et surélevé, par la fenêtre duquel il pouvait voir ses employés. L'ambiance était conviviale, on prenait du plaisir à être ensemble.

Lorsqu'ils étaient jeunes, c'est-à-dire à une époque pas si lointaine, mais qui le semblait tant aujourd'hui ils travaillaient, Michael et Pam avaient consommé de l'héroïne. En ce temps-là, c'était cool. Mais constatant la force de la substance, Pam avait pris peur et elle avait immédiatement reculé, tandis que Michael, lui, avait persévéré. Il se flattait de ne pas être dépendant. C'était prouvé : tout le monde ne développait pas de dépendance, ou en tout cas de dépendance sévère et dangereuse, à l'héroïne. Ça variait selon les constitutions et les tempéraments. Il fallait croire que Michael était chanceux. Il n'en abusait pas non plus. Sa consommation était vraiment exceptionnelle. D'ailleurs, ça l'ennuyait de devoir se rendre dans le New Jersey pour se procurer une dose. C'était un comportement de drogué.

Mais depuis peu, il n'y avait pas que Harlem qui avait changé. Michael aussi.

Pam était « nez ». Elle testait les nouveaux parfums pour les entreprises de cosmétique. C'était une profession atypique qui payait bien. Il y avait peu de « nez ». Ça requérait des dispositions naturelles.

Le pendant de cette activité était que Pam était obligée de mener une vie très saine, pas de cigarette, pas de poussière, un appartement toujours propre. Elle ménageait son organe. Et ce souci constant de l'hygiène faisait qu'il était extrêmement difficile de lui dissimuler quoi que ce soit. Pam se plaignait parfois de changements d'odeurs qui l'indisposaient, tandis que Michael n'était pas capable de les détecter. « Tu sens ? C'est atroce. » « Je ne vois pas de quoi tu parles », était un échange qu'ils avaient fréquemment.

La vie professionnelle de Michael avait changé. Sa petite agence avait connu une période de croissance, puis la croissance s'était essoufflée. On ne manquait pas de travail, mais on ne progressait plus. Et il y avait maintenant six employés qui dépendaient de lui. Ceux-ci étaient plutôt fiables, et Michael était, dans l'ensemble, satisfait de ses recrues. Mais elles et lui ne partageaient pas le même niveau de responsabilités. S'il ne distribuait pas de bonus, elles le quittaient. Si les perspectives n'étaient pas bonnes, elles le quittaient. Si elles trouvaient mieux ailleurs, elles n'hésitaient pas.

Michael devait se battre pour faire rentrer chaque mois le même volume de commandes. C'était difficile. Il avait démarré avec des petits clients mais, maintenant, ses clients étaient gros et devenaient très exigeants. Il avait fallu adapter le niveau de service en conséquence. Or, ses équipes montraient une certaine inertie. Il arrivait qu'un client estime qu'elles n'allaient pas assez vite, et les abandonne brusquement, parfois sans préciser la raison, mais toujours en laissant un gros trou dans le chiffre d'affaires.

Michael était stressé. Il avait l'impression que chaque fin de mois était compliquée à boucler. En plus, l'un de ses employés s'était mis à bâcler son travail et à faire des histoires. Tout ceci faisait que Michael n'appréciait plus son métier comme avant. Lui qui, quelques mois plus tôt, était si fier d'être le patron vivait désormais cette situation comme une malédiction.

Alors il avait recommencé. La prise restait occasionnelle, mais elle le soulageait vraiment. Trop de stress, trop de pression, trop de contrariété, et hop, une petite dose remettait les choses à l'endroit. Une situation difficile avec un client, avec un employé, et hop également, une petite dose lui permettait de prendre du recul. Le problème qui l'obsédait ne paraissait plus si grave tout à coup. Dans la vie, il faut savoir se donner du plaisir. S'il n'y a plus de plaisir, à quoi bon vivre ?

Il n'avait pas vu venir la dépendance. Elle avait d'abord pris la forme d'une tolérance. Pour obtenir le même effet, il devait consommer des quantités plus importantes. Ça, c'était ennuyeux. Car l'héroïne coûtait cher. À deux ou trois cents dollars la dose, selon le dealer, on pouvait même dire que c'était un produit de luxe. Et maintenant que le coin de Lexington et de la 125e Rue n'était plus achalandé, il fallait encore y ajouter une vingtaine de dollars d'essence.

Heureusement que le bureau de Michael était fermé. Les soirs et les week-ends, étant donné l'acuité de Pam, il ne pouvait pas se permettre d'en consommer. Elle l'aurait immédiatement remarqué et il aurait été incapable de lui tenir tête. Mais dans son bureau, après le déjeuner, ça convenait. Il lui suffisait de baisser le store et de fermer la porte à clef.

Les premiers symptômes de manque l'avaient surpris.

Il n'avait pas fait le lien immédiatement. Il avait eu des vomissements et des diarrhées. De la fièvre. Il suait. Il racontait à Pam qu'il avait attrapé un virus. Un virus, vraiment ? Dorénavant, une nouvelle dose était le seul moyen d'y échapper. S'il n'avait pas sa dose, les symptômes le rattrapaient.

Si ses journées au bureau lui permettaient de s'organiser, il restait ces longues plages horaires durant lesquelles il ne pouvait pas s'adonner à son péché favori, les soirées et, pire que tout, les week-ends. Soit tout le temps qu'il passait avec Pam. Il n'osait rien dire, il avait trop peur de la perdre. Il semblait déjà avoir baissé dans son estime. Elle lui jetait des regards durs, sa physionomie se fermait. Il y avait à l'évidence entre elle et lui des non-dits, un climat qui se détériorait. Michael n'osait pas y faire face. De toute façon, il ne pouvait pas gérer tous ces problèmes en même temps.

Heureusement, malin comme il était, il trouva la solution. Il découvrit que les antidouleurs, qu'on pouvait acheter au supermarché, remédiaient à court terme aux effets du manque.

En plus de son addiction à l'héroïne, Michael développa donc une addiction aux médicaments. Ça commençait à devenir compliqué. Il dépensait à présent six cents dollars par jour. Pendant une période, l'agence avait bien marché, de sorte qu'il possédait un trésor de guerre, un « butin », comme il l'appelait. Il n'hésita pas à le dépenser.

Quand sa trésorerie fut asséchée, il eut vraiment un problème. D'autant que professionnellement, il était de moins en moins performant. Il gérait moins bien les gros clients. Il les trouvait insupportables, épuisants. Il se sentait harcelé. Son estomac se nouait lorsqu'ils l'appelaient. Ils demandaient une implication de tous les instants, et Michael n'en avait plus l'énergie. Il perdit d'abord ses meilleurs clients ; puis ses meilleurs employés. Alors qu'il avait de plus en plus besoin d'argent.

C'est à ce moment-là qu'il entendit parler du site.

Il en découvrit l'existence dans les médias. Il y avait cette femme blonde, cette sénatrice, particulièrement antipathique, qui s'était emportée à la télévision. Puis c'était devenu un sujet récurrent. Ça meublait les bulletins d'information un peu mous. Ça intriguait, ça faisait jaser. Il s'en dégageait un parfum d'aventure.

Par des amis aussi, qui s'y procuraient du haschisch. Ils prétendaient qu'on y trouvait toutes les drogues imaginables.

Alors Michael était allé regarder. Il avait téléchargé Tor. Il l'avait installé sur son ordinateur. Il avait commencé à l'utiliser. Le graphiste ne s'était jamais rendu sur le *dark web*. C'était déconcertant de facilité. D'ailleurs, ce *dark web* n'était même pas tellement caché. Il s'agissait d'une navigation anonymisée, qui permettait de visiter aussi les sites classiques, comme les sites d'e-commerce dont il était coutumier. Ce système les empêchait de collecter vos données. Et il y avait les services cachés. On les appelait les services « oignon », en référence à la manière dont fonctionne Tor. Silk Road était l'un d'eux.

Il s'était inscrit sous le pseudonyme de TranquilleBill. Il avait découvert Bitcoin, lui aussi déconcertant de facilité. Il avait lu attentivement les consignes de sécurité, la Charte, les guides du vendeur et de l'acheteur. À son avis, pour un site clandestin, Silk Road présentait un haut niveau de sophistication.

Michael n'avait pas besoin de Silk Road pour acheter. La première réflexion qu'il s'était faite en parcourant le site était que les produits étaient chers ; en général, bien au-dessus du prix auquel il les trouvait dans le New Jersey.

Mais en y réfléchissant, c'était logique. Le site faisait que vous étiez livré à votre porte. Pour de la drogue, c'était inimaginable. Il n'y avait plus qu'à cliquer. Vous ne preniez aucun risque. Tant qu'on n'avait pas de preuve matérielle que c'était bien vous qui aviez commandé, on ne pouvait pas vous inculper pour quoi que ce soit. Le site supprimait l'ennui de chercher dans la rue, l'incertitude et le danger que cela représentait, mais aussi les doutes sur la qualité. Le graphiste était subjugué par le système des recommandations. C'était là, en toutes lettres, à la vue de tous : « Super produit, super service, livraison ultra-rapide. Je reviendrai. »

S'il n'avait pas besoin du site pour acheter, celui-ci pouvait, en revanche, l'aider à résoudre son problème d'argent. Ça paraissait facile. Il achèterait l'héroïne dans le New Jersey, il la revendrait le double de son prix sur Silk Road.

Avant cette plateforme, Michael n'aurait jamais songé à devenir dealer. Il ne l'aurait même pas imaginé. Cela lui aurait paru insensé. Mais dans ces conditions, c'était différent. S'il suivait scrupuleusement les consignes, il ne pouvait rien lui arriver. Il restait en sûreté derrière son écran. Tous ces vendeurs épanouis en témoignaient. Alors, pourquoi se priver ?

Il ouvrit donc sa boutique en ligne. Il lui fallut lire et signer le « Contrat du vendeur ». L'Administrateur ne plaisantait pas. Tout était précisément, minutieusement expliqué. Mais au fond, cela se ramenait à deux règles.

La première était de faire tous les efforts possibles pour camoufler les envois postaux. La tâche était plus compliquée qu'il n'y paraissait. Les meilleures pratiques évoluaient constamment. Il fallait se tenir à jour, ne pas se reposer sur ses lauriers. Mais il en allait, expliquait le contrat, « de la sécurité de tous ».

La seconde était de ne jamais tenter de contourner le système de paiement du site. Bien entendu, une commission était prélevée. Il y avait donc un intérêt à s'y soustraire. Mais d'un autre côté, en s'affranchissant du site, on en perdait aussi la sécurité. On ne savait pas sur qui on pouvait tomber. On risquait d'être escroqué. On pouvait surtout, de nouveau, être identifié. En bref, hors du site, le commerce de l'héroïne retrouvait ses travers, que Michael ne connaissait que trop.

Il cliqua sur « Je consens ». Ça lui faisait tout drôle, cette solennité pour une activité illégale. Il dut aussi payer la caution, qui lui parut exorbitante. Il s'en acquitta en renâclant.

Mais ses contrariétés ne faisaient que commencer. Il découvrit rapidement que s'il voulait percer sur Silk Road, avec cette concurrence farouche entre vendeurs, il lui faudrait faire des cadeaux à ses clients. Personne ne le connaissait sur la plateforme et il devait obtenir ses premiers avis positifs.

Il n'hésita pas à s'en plaindre sur les forums, estimant que le site décourageait les nouveaux venus. Il lui fut répondu – par un Modérateur, s'il vous plaît – que c'était ainsi que ça fonctionnait ; qu'il fallait mériter sa place ; mais que s'il se pliait aux règles du jeu, alors la récompense serait énorme.

Le Modérateur n'avait pas menti. Après quelques ventes où il fut à la limite de perdre de l'argent, TranquilleBill décolla. Les avis positifs s'alignèrent sur son profil de vendeur. Il se mit à recevoir plus de demandes qu'il ne pouvait en satisfaire.

Ses voyages dans le New Jersey se firent fréquents.

TranquilleBill avait trois offres qui tournaient : une offre pour une dose d'héroïne, une autre pour dix doses, une troisième pour une brique. La brique faisait à peu près cinquante doses. En tant que graphiste, il avait quelques talents en photographie et faisait de jolies photos de ses produits. Mais il apprit aussi que les photos pouvaient être son pire ennemi. Lorsque vous preniez une photo avec un appareil numérique, toutes sortes de métadonnées s'y attachaient, qui pouvaient servir à vous retrouver. Il fallait débarrasser chaque image de ses métadonnées.

Michael commença à rendre visite à son dealer dans le New Jersey deux fois par semaine. Il y dépensait chaque fois six mille dollars, qui lui rapportaient le double. On pouvait croire à une belle opération, mais cela suffisait tout juste à couvrir sa consommation personnelle. S'il ne voulait pas être pris des terribles symptômes du manque, il n'avait que quelques heures de répit entre deux doses. Il ne dormait plus normalement. Les seules occasions où il sortait de chez lui étaient pour se réapprovisionner. Il empruntait en voiture le Holland Tunnel, passant sous l'Hudson. Le tunnel était lugubre. Il était considérablement long, sale, et il puait. En outre, il était constamment embouteillé. À l'intérieur, Michael avait le temps de méditer sur ses péchés. Il repensait à Pam qui l'avait quitté. Il essayait de se remémorer ses traits, ses gestes, sa présence. Il réalisait combien il avait été chanceux. Il repensait aussi à son agence de packaging, qu'il avait fermée depuis longtemps.

TranquilleBill était désormais connecté à Silk Road dix bonnes heures par jour. C'était un travail à temps plein. Il devait même faire attention à se reposer.

D'abord, il se rendit compte qu'il lui fallait une comptabilité. Les flux financiers étaient en eux-mêmes assez simples : il achetait donc deux fois pour six mille dollars de poudre brune, plus les trajets en voiture, plus les colis prépayés de la Poste, avant de revendre les doses. Les plus petites se vendaient le mieux. Elles lui apportaient aussi plus de marges. Mais il fallait les préparer.

Et l'équation était loin d'être simple. Il y avait d'abord les petits cadeaux que Michael faisait régulièrement à ses clients, pratique très courante sur le site. Il fallait récompenser la fidélité. Une dose offerte par-ci, une dose par-là ; au prix du gramme, il y avait intérêt à ne pas perdre le compte. Il y avait aussi les colis qui disparaissaient, saisis par les douanes postales. TranquilleBill y laissait quelques plumes. Il y avait enfin les astuces pour gérer le stock, comme prélever un peu de la précieuse poudre et la remplacer par autre chose. Ce n'était certes pas très *user friendly*. Mais dans une filière en tension comme celle de l'héroïne, il fallait parfois s'y résoudre.

Surtout, il y avait les clients à gérer.

Michael étant lui-même un consommateur avide, il ne les comprenait que trop. Ceux-ci voulaient leur dose rapidement, toujours plus rapidement. Ils étaient anxieux de ne pas la recevoir. Au moindre retard de livraison, ils paniquaient complètement. TranquilleBill recevait des messages faussement enjoués, qui suintaient l'angoisse : « Salut mon pote !

J'espère que tout va bien pour toi ! Juste s'il te plaît, si tu peux me confirmer que mon colis est en route, et que je le recevrai bien demain *matin* comme convenu ? J'ai fait exprès de te passer la commande avant quinze heures hier, comme tu le demandes, afin d'être livré le matin. J'espère que ça va arriver. Sinon, ça veut dire que je vais devoir passer tout le week-end sans ma dose et là, ça ne va pas être cool du tout. Tu es toujours fiable et professionnel, mon pote, alors je compte sur toi ! Envoie-moi juste un petit mot pour me confirmer. Merci beaucoup ! Prends soin de toi ! » « Bonjour ! disait un autre, c'est la première fois que j'achète chez toi. Ravi de faire ta connaissance. Juste pour confirmer, tu fais bien un envoi express ? Et si j'ai commandé le matin, je vais recevoir dès le lendemain ? Je veux juste vérifier parce qu'il faut que tu saches que je peux être TRÈS malade lorsque je suis en manque et si je n'ai pas ma dose à temps, ma vie devient vraiment misérable. Merci pour ta considération ! Réponds-moi vite, s'il te plaît ! »

Michael faisait de son mieux pour répondre aux uns et aux autres. Il tâchait de garder un ton neutre et professionnel. « Nous faisons toujours tout notre possible pour satisfaire au mieux nos clients », écrivait-il, dans un style qui lui rappelait étrangement celui qu'il employait avec ses anciens clients, ceux de sa petite agence. « Soyez assurés que nos méthodes d'emballage et d'envoi sont les plus à jour qu'on puisse trouver sur le site. Nous utilisons même, depuis peu, des sacs antimoisissures. Les forums affirment que c'est ce qu'il y a de mieux. Ensuite, personne n'est à l'abri de la nuisance des douanes ! Écrivez-nous si vous n'avez rien reçu à la date indiquée. Merci de ne pas nous relancer avant, afin de ne pas surcharger le service. » Mais ces pauvres types se moquaient bien de « surcharger le service ». Ils étaient affreusement dépendants de lui. Michael s'en rendait compte en recopiant les adresses sur les colis. Ils vivaient dans des coins paumés, où il devait être impossible de se procurer de l'héroïne.

Notre vendeur encaissait à présent énormément d'argent. Et il en dépensait tout autant. Le rythme de sa consommation devenait intenable. Ses forces, petit à petit, l'abandonnaient. Quand il sortait s'acheter une brique de lait, les passants qui le croisaient changeaient de trottoir.

*

Or il y eut ce concours dit du « 4-20 ». Le 4-20 était une sorte de fête mondiale, une convention sur le calendrier, que célébraient tous les drogués. Un peu comme la journée mondiale de la Femme ou la journée mondiale de la Bicyclette. Le vingtième jour du quatrième mois de l'année, soit le vingt avril, à quatre heures vingt, les drogués du monde entier s'envoyaient une dose de leur substance préférée.

Variety Jones avait le sens du marketing. C'était lui qui avait proposé à Ross d'organiser ce jour-là un petit concours. Le gagnant remportait quatre mille dollars en bons d'achat sur Silk Road.

Michael participa au concours. Et il gagna.

À partir de ce moment-là, ses commandes ne furent plus honorées.

Ses clients se mirent à grogner. Ils se plaignirent aux Modérateurs, qui se plaignirent, à leur tour, à l'Administrateur.

L'Administrateur en personne alla regarder.

« Il a manifestement disparu, confirma celui-ci au Sommelier. Il n'y a plus aucune activité sur son compte. Il a remporté le concours, il a tout dépensé en héroïne, et il ne s'est plus jamais connecté. »

« Oups », répliqua le Sommelier.

« Comment ça, "Oups" ? »

« Euh… il n'y a pas besoin d'être Sherlock Holmes, à mon avis, pour comprendre ce qu'il s'est passé. Nous avons affaire à un gros consommateur d'héroïne. Avec les quatre mille dollars que nous lui avons fait gagner, il a dû se payer suffisamment de doses pour s'envoyer, littéralement, au paradis. »

Le Chat demeura silencieux quelques minutes.

« On réfléchira à deux fois avant de proposer ces jeux-concours », conclut l'Administrateur.

10
L'INFILTRÉ

Justice se sentait frustré du traitement que lui avait infligé le FBI. Cette manière de le déposséder de son travail, ce n'était pas correct. Ce n'était même pas légal. Jared étant du genre têtu, il n'avait pas hésité à aller s'en plaindre à son chef.

— Mais enfin, Gary, comment peux-tu supporter que le FBI s'assoie sur notre visage de cette manière ?

— Sur *ton* visage, Jared, corrigea Gary, fatigué et mal rasé.

Il sembla à Jared que sa bedaine avait encore enflé. Celle-ci se développait, avait remarqué l'officier, non de manière linéaire, mais par paliers.

— Mais enfin, chef, renchérit-il, tâchant de prendre son supérieur par les sentiments, c'était l'occasion de nous venger d'Internet, notre ennemi de toujours ! De prouver que le service postal est bon à quelque chose !

— Tu as entendu le gros type, là, à la conférence. Pas du tout mon genre, soit dit en passant. Mais la nation nous remercie, Jared. Nous avons fait du bon boulot. Nous pouvons être fiers de nous.

— Il existe une procédure pour récupérer l'enquête ! Il faut aller trouver un juge ! répéta l'inarrêtable Jared, qui commençait à tourner en rond.

Le regard de Gary s'assombrit. Il se mit à fixer Jared avec une gravité dont celui-ci ne l'aurait jamais cru capable. Lorsqu'il s'exprima, sa voix était calme et menaçante.

— Mon petit Jared, laisse-moi t'expliquer une bonne chose. Si tu me crées la moindre emmerde avec le FBI, tu es viré. Tu m'entends ? Si tu contactes un juge, si tu harcèles le FBI, si je te surprends même, simplement, à rendre une seule visite à ce site de malheur pendant tes heures de travail, je te vire. Je ne me suis pas fait chier pendant vingt ans aux douanes pour que ma tranquillité soit menacée par un petit arriviste dans ton genre. J'ai le droit d'accomplir mon travail conformément à ce qu'il doit être, de rentrer chez moi le soir, et de regarder le putain de match de base-ball en mangeant ma putain de pizza quatre fromages. Est-ce que c'est clair ? Est-ce que ça te convient, est-ce que c'est bon pour toi, mon cher Jared, ou est-ce que tu as besoin que je t'explique davantage ?

Justice regarda son chef par en dessous. Une violente bouffée de frustration lui monta au visage. Il s'apprêtait à faire remarquer à Gary que la quatre fromages n'était peut-être pas le choix le plus judicieux, mais il se retint. Il n'était pas fou. Il savait que c'était son emploi qui se jouait là. Et que s'il se faisait virer des douanes postales, se faire recruter par les services secrets, ou par n'importe quelle autre agence gouvernementale, serait bien plus difficile.

Il prit donc soin de refermer la porte du bureau de son chef, qui ne le quittait pas du regard, avec déférence et délicatesse.

Il fallait qu'il s'y prenne autrement. Oui, mais comment ? Il s'imaginait le FBI doté de moyens démesurés. Il avait vu, lors de la visioconférence, la cinquantaine de types en costard, l'air affûté. Il avait aperçu la ligne de crête de Manhattan, par-delà la baie vitrée, étincelante sous le soleil doré. Maintenant qu'il était exclu de l'enquête, comment pouvait-il continuer à servir l'intérêt supérieur de son pays ? Collecter des données dans son coin, à l'insu de son chef ? La démarche lui paraissait ridicule.

Il lui fallut se résoudre. Il retourna à ses bassines bleues.

C'était dur pour lui, après avoir goûté à l'aventure, par le biais de ce site malfaisant et mystérieux, de retourner à cette occupation sans éclat. Lorsqu'il enfilait son costume d'officier le matin, brossant consciencieusement l'insigne fédéral sur la poitrine droite, la plaque portant son nom sur la poitrine gauche, nouant sa cravate noire avec soin, il n'éprouvait plus le même entrain ni la même fierté.

Diriger son équipe, non plus, ne lui procurait plus la même satisfaction. Pourtant, Jared était de ceux qui aiment diriger les autres. Avoir une équipe, être le chef, donner des ordres, froncer les sourcils, tout cela lui plaisait énormément. Il aimait, par principe, la hiérarchie ; en particulier, quand il en était le sommet.

Mais son équipe, lui semblait-il, ne lui répondait plus comme avant. Ils étaient devenus narquois. Ou était-ce l'effet de son imagination ? Jared était dépité, frustré ; pour tout dire, il ne se sentait pas bien. Il savait que dans cet état, son jugement pouvait le tromper.

Tout de même, il ne parvenait pas à se défaire de l'impression qu'on chuchotait à son sujet. Il s'était fait renvoyer aux bassines bleues. Il s'était fait bâcher par le FBI. Il s'était fait bâcher par Gary. Il s'était imaginé démantelant un cartel, et voilà qu'il négociait à présent la disponibilité des chiens renifleurs.

Il en était sûr maintenant, on se moquait de lui. En particulier ce grand blond, là. Il l'avait recruté en remplacement de Mandy, de sinistre mémoire. Jared avait hésité à l'embaucher. Il trouvait difficile de se faire une opinion sur une personne en quelques entretiens.

À la réflexion, ce grand blond lui déplaisait. C'était le genre à faire du surf. Jared le soupçonnait, d'ailleurs, d'avoir choisi ce job afin de pouvoir aller surfer à Rockaway. Il était fin et musclé. Le long de ses bras, les veines saillaient. C'en était trop. Il n'était pas bon de ruminer de cette manière. Il valait beaucoup mieux se défouler sur son subordonné.

Jared le convoqua dans son bureau.

— J'ai une mauvaise nouvelle, dit-il. Pour ne pas te faire mariner, je vais te l'annoncer sans détour. J'ai décidé de ne pas prolonger ton contrat avec nous.

— Quoi ? s'exclama le jeune homme.

— Tu m'as entendu, répliqua Jared, l'air calme mais déterminé.

— Mais enfin, pourquoi ?

— Je vais reprendre, dit Jared, la grille qui me sert à vous évaluer tous. Et dont je t'avais parlé à ton arrivée. Est-ce que tu te souviens de cette grille ?

— Oui, convint l'autre, qui sentait fondre son assurance comme neige au soleil.

Il s'en souvenait bien. Jared prenait plaisir à rappeler à ses subordonnés l'existence de cette grille d'évaluation qu'il leur avait spécialement concoctée. Mais l'infortuné surfeur ne savait plus ce qu'elle contenait. Il ignorait donc à quelle sauce il allait être mangé.

— Le premier critère d'évaluation pour moi, le plus important, démarra Jared, en le regardant par en dessous, c'est le charisme. Or, je trouve que tu manques de charisme.

— Mais enfin, protesta le jeune homme, qu'est-ce que ça veut dire ? On est aux douanes postales. Qu'est-ce que c'est que cette histoire de charisme ?

— Ta réponse prouve, dit Jared, en la notant aussitôt, ton incompréhension totale de notre métier. Quand je vous recrute, c'est dans le but de vous faire monter en grade. C'est dans l'espoir que vous me remplaciez. Ce qui signifie, un jour, diriger une équipe, comme je le fais aujourd'hui. Et pour diriger une équipe, il faut du charisme. Je te l'avais expliqué dès ton entretien d'embauche. Tu ne t'en souviens pas, peut-être ?

— Si, répliqua le jeune homme, en retenant la réplique qui lui brûlait les lèvres.

L'entretien de licenciement risquait de virer au pugilat.

— D'autre part, regarde ce que j'ai trouvé, pas plus tard que ce matin, dans la bassine que tu as fouillée, poursuivit Jared en sortant un colis de dessous son bureau.

Le colis ouvert contenait des tablettes de ce qui ressemblait à une drogue de synthèse.

— Chef, réagit le jeune homme, qui ne pouvait pas se laisser faire, ça arrive à tout le monde de laisser passer un colis.

— Encore une preuve, nota de nouveau Jared, triomphant, de ton absence totale de conscience professionnelle. Et enfin, je tiens à te dire que j'ai relevé, depuis quelques semaines, tous tes horaires. Horaire d'arrivée sur ton lieu de travail, horaire de départ, horaire de début de la pause, horaire de fin de la pause. Veux-tu que nous regardions ce document ensemble ?

— Non, répliqua le grand blond d'une voix blanche.

Il comprenait dans quel piège il était tombé. Il souhaitait à présent terminer cet entretien au plus vite.

— Il me reste donc, conclut Jared, à te souhaiter le meilleur pour la suite. Sache que je conserve de toi une bonne opinion malgré tout. Si tu as besoin de lettres de recommandation, il ne faut pas hésiter à me les demander.

Un entretien rondement mené, pensa-t-il après coup, satisfait. Il s'était attendu à davantage de résistance de la part du surfeur. La facilité avec laquelle il l'avait viré le frustrait presque.

Néanmoins, il regretta son geste dans les jours qui suivirent. Le grand blond était apprécié et, surtout, personne ne se trompait sur le fait que son licenciement était injuste. Les membres de l'équipe prirent leurs distances avec Jared. Ils l'évitaient comme on évite un serpent venimeux. Même Mike, remarqua tristement Jared, lui témoignait de la froideur.

Mais un fléau bien pire que celui de l'impopularité le guettait : celui de l'oisiveté. Ayant perdu le projet auquel il consacrait toute son énergie, il se retrouvait avec beaucoup de temps libre sur les bras. Et il voyait que cela n'était pas bon. Il n'était pas un garçon très équilibré. Il valait mieux ne pas trop se laisser dériver.

Il retourna donc à son premier amour, les films. Comme il était pétri de nostalgie pour son travail sur Silk Road, il préféra les films sur la mafia et le trafic de drogues à ses films d'horreur habituels.

Heureusement pour lui, ces films étaient nombreux. Dès ses débuts, le cinéma, à la recherche d'images spectaculaires, s'était intéressé à la pègre. Il y avait les films de l'acteur italo-américain Al Pacino, ceux de l'Indo-Américain Johnny Depp, ceux du Germano-Américain Leonardo DiCaprio. Jared appréciait particulièrement Leonardo, qui possédait comme lui, quoiqu'à un degré moindre, un front proéminent. Ce détail avait suffi à ce que la magie de l'identification opère.

Jared aimait par-dessus tout *Les Infiltrés*, qui racontait comment Leo s'infiltrait dans une organisation criminelle, dont le métier était le trafic de drogues. Leo n'essayait pas de passer par la grande porte. Il commençait, au contraire, tout en bas. Il se faisait embaucher dans le cartel en tant que petit dealer, petit malfrat, « petite frappe », aurait-on dit dans le milieu. De là, il gravissait les échelons jusqu'à gagner la confiance du patron. La méthode semblait imparable.

Jared se mit à y réfléchir intensément. Jusqu'à ce que naisse une idée. Idée qui devait, par la suite, faire école et connaître une prospérité retentissante dans la lutte contre la cybercriminalité.

*

Le soir, lorsqu'il rentrait de son travail aux douanes, bien que fatigué, il s'équipait d'un bol de nouilles chinoises et se connectait immédiatement à Silk Road. Il s'y était créé un compte d'acheteur. Il avait un plan : infiltrer le site, pour essayer de s'élever, en partant de tout en bas, jusqu'au mystérieux et redouté Administrateur. À son grand regret, il ne pouvait pas le faire en tant que vendeur. Jared n'avait plus le budget octroyé par Gary. Il était donc obligé de jouer avec son propre argent. Et il en avait très peu, surtout pour une drogue à laquelle, de toute manière, il ne toucherait jamais.

Il achetait donc de toutes petites quantités de marijuana sur le site, et se les faisait livrer à sa porte. Il les consignait ensuite soigneusement, avec la pensée qu'elles serviraient peut-être un jour de preuve – ce dont il doutait, étant donné le cadre illégal dans lequel il agissait. Pendant cette période, Jared se sentit exactement comme Leo, agissant à l'insu de tous, même de son employeur, trompant ainsi les deux camps, les gentils comme les méchants. C'était grisant.

L'infiltré connaissait bien la plateforme. Il savait donc se fournir auprès des plus mauvais vendeurs, délibérément, afin de se faire arnaquer gentiment. Il pouvait alors écrire aux Modérateurs, chargés de la résolution des disputes, et se plaindre à eux. Il fut contacté par un certain Cirrus.

« Cirrus » était le nom d'une variété de marijuana, connue essentiellement pour ses pouvoirs relaxants. Elle n'avait pas la réputation d'être forte. Quoi qu'il en fût, le Modérateur qui se cachait derrière ce pseudonyme n'avait rien d'un junkie. Il était professionnel, précis et courtois.

« Salut BoyScout », écrivit-il à Jared la première fois (Jared avait choisi ce pseudonyme par autodérision). « Je vois que tu n'as pas reçu ton produit dans les temps. Je vois aussi l'historique de tes échanges avec le vendeur. Peux-tu m'en dire plus ? »

Jared, à son tour, se montrait extrêmement courtois. Il cherchait à nouer une relation avec Cirrus. Il lui demandait son aide pour des problèmes assez ridicules et dont la réponse, le plus souvent, lui était déjà connue ; mais il demeurait toujours aimable et chaleureux, de bonne humeur, n'oubliant pas le petit mot de remerciement. Ils devinrent assez amis. Cirrus devait le prendre pour un crétin – quelqu'un à qui les sites web en général posaient de graves difficultés – mais semblait tout de même s'intéresser à lui. L'infiltré s'appuyait en réalité sur un trait de psychologie dont il avait souvent vu l'illustration sur le site. Les utilisateurs étaient des geeks, des personnes isolées, contentes de retrouver, même par pseudonymes interposés, un semblant de vie sociale.

Cirrus et BoyScout devinrent donc amis. Et quand Jared estima que le moment était venu, il activa la deuxième partie de son plan.

« Salut, Cirrus », dit-il un jour.

« Salut », répondit le Modérateur.

« Comment ça va aujourd'hui ? »

« J'ai connu des jours meilleurs. »

« Quand ça m'arrive, répliqua BoyScout, j'ai un remède infaillible. »

« Lequel ? »

« Je regarde un bon film d'horreur. On ne se sent jamais aussi léger qu'après un film d'horreur. J'en ai plein à te conseiller. »

« OK », dit Cirrus qui n'avait aucun désir de creuser ce sujet. « Comment puis-je t'aider aujourd'hui ? Tu as reçu ta commande de la semaine dernière, finalement ? »

« Oui. Ce n'est pas pour ça que je t'écris. Je t'écris pour te dire merci. »

« De rien, mon pote. Je suis là pour ça, dit le Modérateur. Merci de tes achats sur la plateforme. »

« Pour te remercier, continua Jared, j'aimerais t'offrir quelque chose. »

« Ah ? »

« Un cadeau. J'ai décelé en toi l'amateur de cannabis. »

« On ne peut rien te cacher », répliqua celui qui portait le pseudonyme de Cirrus.

« J'ai chez moi une huile de cannabis super bonne. C'est un pote à moi qui la fabrique. Elle est vraiment bonne, il suffit de mettre deux gouttes sous la langue, elle a bon goût, elle te détend, je ne connais rien de mieux pour dormir comme un bébé. Tu m'as beaucoup aidé, dernièrement. Pour te remercier, j'aimerais t'offrir un petit flacon. »

« Merci ! réagit aussitôt Cirrus avec ardeur. Vraiment, je suis très touché. Ça n'a pas l'air comme ça mais notre travail à nous, Modérateurs, n'est pas facile. On bosse toute la journée. On a peu de reconnaissance. Les clients ne sont pas tous comme toi, polis et respectueux. Parfois ils s'énervent alors qu'ils sont dans leur tort. Alors, vraiment, ta proposition me fait très plaisir. »

« C'est normal », répliqua Jared, qui dut faire un effort pour contenir son excitation. « Après tout, on est tous unis par la même cause, combattre ce foutu gouvernement. C'est ce qu'il y a de beau sur Silk Road. Tu me donnes une adresse, que je puisse t'envoyer l'échantillon ? »

Le cœur de Jared était battant.

À sa grande déconfiture, Cirrus lui donna une adresse dans le Nevada.

L'infiltré avait réussi son coup. Mais il lui faudrait payer de sa poche le billet d'avion.

*

Mildred était une Mexicaine, mère de deux enfants, vivant dans une bourgade paisible du Nevada. Sa maison était confortable. Elle tâchait de la conserver, pour elle et ses enfants, après que son mari les eut abandonnés sans dire où il allait.

Mildred était courageuse. Elle n'avait jamais travaillé mais dans la situation nouvelle et précaire dans laquelle elle se trouvait, elle avait décroché un travail de serveuse sans hésiter. Puis un autre. Puis encore un autre. Mildred était courageuse, mais elle n'était pas faite pour le métier de serveuse.

Alors elle avait trouvé des solutions lui permettant, au moins temporairement, de joindre les deux bouts. Excellente pâtissière, don qu'elle réservait auparavant à son mari, elle s'était mise à vendre, aux restaurants d'alentour, des gâteaux. Mais comme beaucoup de gâteaux, même délicieux, ne paient pas une maison confortable, elle avait aussi découvert Silk Road. Durant sa vie oisive de femme au foyer, qui semblait loin, elle ne s'était jamais refusé un petit joint avec ses amies. C'était ainsi qu'elle avait entendu parler du site.

Il n'avait pas été facile de se faire admettre dans le cercle très fermé des Modérateurs. Elle était même, une fois, tombée en disgrâce. Ayant répondu de travers à un acheteur qu'elle jugeait impertinent, elle s'était vue exclue du staff, sans délai, par cet « Admin » qu'elle avait appris à connaître comme quelqu'un de pressé et d'impérieux. Elle n'avait récupéré sa place qu'après maintes suppliques. L'Administrateur en personne l'avait réintronisée, expliquant à la communauté des Modérateurs – une vingtaine au total, dissimulés derrière des pseudonymes – que Mildred, alias Cirrus, avait « fauté », mais qu'à présent elle « se repentait » et que dans sa mansuétude, lui, l'Administrateur, avait décidé de lui accorder une seconde chance. Depuis ce temps-là, si elle voyait rouge, Cirrus réfléchissait à deux fois avant d'écrire un message désagréable à qui que ce soit.

Car le job payait bien. Mildred gagnait mille dollars la semaine, plus les opérations spéciales, qui étaient toujours distribuées en urgence et rémunérées grassement. Le travail habituel consistait à modérer les forums, c'est-à-dire à enlever les spams, à déplacer les discussions dans les fils appropriés, à supprimer les posts étourdis qui mettaient en danger la communauté, à répondre aux demandes des utilisateurs inquiets ou perdus.

« Nous sommes très stricts sur ce qui se passe sur nos forums, expliquait l'Administrateur sur le Chat réservé aux

Modérateurs. C'est simple. Tout ce qui n'est pas poli, calme, professionnel, ainsi que tout ce qui est hors sujet, n'a rien à faire sur le site. Si les gens ne veulent pas jouer le jeu, ils n'ont qu'à aller voir ailleurs. Ici, c'est moi qui fixe les règles. »

Mildred tenait beaucoup à ce travail, barbant mais lucratif. La communauté des Modérateurs était sympathique. La flexibilité des horaires lui permettait de s'occuper de ses enfants. À ce rythme-là, elle aurait peut-être même le temps de retrouver une vie sentimentale.

Lorsque l'infiltré sonna à la porte de Cirrus, la surprise fut mutuelle.

— Je pensais que vous étiez le facteur, dit Mildred, qui attendait l'huile de cannabis promise par BoyScout.

— Je pensais que vous étiez un homme, répliqua Jared.

Il n'en fallait pas davantage pour ébranler le timide officier des douanes. Tout son plan s'était échafaudé, en imagination, avec un homme dans le rôle de Cirrus. Jared n'était pas à l'aise avec les femmes. Or, celle-ci était jolie. Elle était un peu plus âgée, certes, mais elle avait de grands yeux pleins de vie.

Cependant, il se ressaisit bien vite, car son plan reposait, pour une bonne part, sur l'effet de surprise.

— Je m'appelle Jared, Homeland Security Officer aux douanes postales. Vous me connaissez sous le pseudonyme de BoyScout. Vous avez eu la naïveté de me communiquer votre adresse.

Le sang de Mildred ne fit qu'un tour. D'effroi, elle couvrit ses lèvres de sa main. Ce qu'elle redoutait le plus était en train de se produire.

— Je suis venu vous offrir un marché, poursuivit l'officier sans laisser à sa victime le temps de réfléchir. Soit vous acceptez de collaborer avec moi, pour m'aider à infiltrer Silk

Road. Soit je vous livre à mes collègues qui seront, je peux vous l'assurer, beaucoup moins conciliants que moi.

Jared bluffait, évidemment. De une, il n'était pas dans l'exercice de ses fonctions. Il agissait de sa propre initiative, sans mandat, sans même que sa hiérarchie soit au courant. Mais le rusé douanier avait pensé à revêtir son costume, qui impressionnait ; et avait même essayé, sans succès, d'emprunter un pistolet à un collègue policier. De deux, Jared était douanier. Son métier n'était pas d'arrêter les criminels, mais de fouiller les bassines bleues. Cependant, Mildred l'ignorait. Jared comptait d'ailleurs sur le manque de lucidité de sa victime pour parvenir à ses fins.

Sa proposition fit son effet. Mildred avait deux enfants à protéger. Elle ne pouvait pas risquer de se retrouver emprisonnée.

— Je ferai ce que vous voudrez, monsieur l'officier, plaida-t-elle, activant involontairement l'imagination lubrique de Jared. Entrez, je viens justement de préparer une tarte aux pommes. J'espère que vous aimez ça.

Elle regretta bien vite sa générosité. Non seulement Jared aimait la tarte aux pommes, et même un peu trop de l'avis de Mildred, mais surtout, il sentait mauvais.

Heureusement pour elle, l'importun n'était pas là pour enfiler des perles. Nous étions vendredi après-midi. Lundi, il devait être rentré à Rockaway. Il ne disposait que de deux journées en tout et pour tout pour tirer de sa proie ce qu'il pouvait.

— Bonsoir, les enfants, dit-il d'un ton qui se voulait naturel, lorsque ceux-ci rentrèrent de l'étude ce soir-là.

Les enfants éprouvèrent une vive antipathie pour l'individu qui se trouvait dans leur salon, en uniforme, les regardant par en dessous, et qui avait mangé leur tarte aux pommes. Ils le dévisagèrent avec mécontentement, avant de se tourner vers leur maman. Mais celle-ci était habituée à leur dissimuler les dures réalités de la vie d'adulte.

— Jared est un officier de police et un ami, expliqua-t-elle à sa progéniture avec un sourire. Je l'aide sur un problème informatique. Il va rester avec nous ce week-end.

Les enfants se retirèrent dans leur chambre sans mot dire.

— Usurper mon identité sur le site, reprit-elle pour Jared, une fois que ses enfants furent partis, ne va pas être évident. Ne te méprends pas, je ne suis pas en train de te mettre des bâtons dans les roues. Je suis là pour t'aider. Je ferai tout ce qui est en mon pouvoir pour que ça marche. Mais la première chose qu'il faut que tu comprennes, c'est que mon employeur, l'Admin, est complètement parano au sujet de la sécurité. Il faut que tu apprennes à faire mon travail, mais aussi à t'exprimer comme moi, à réagir de la même manière que moi, ainsi que mille petites règles de sécurité que je vais t'enseigner. Si tu commets un seul faux pas, il le remarquera.

— Je suis prêt, répliqua Jared, dont l'haleine provoqua chez Mildred un mouvement de recul.

Ainsi, deux jours durant, sans sortir et presque sans dormir, souvent en présence des enfants qui s'ennuyaient en attendant que leur maman soit libre, Jared apprit à devenir Cirrus.

Le travail, les règles et les principes, il les assimila rapidement. Le plus difficile, pour lui, fut d'apprendre à faire la conversation comme la faisait Cirrus.

— Je suis quelqu'un de sociable, expliquait-elle. J'aime poser des questions, m'intéresser aux gens, les amener à se confier, autant que la sécurité le permet, évidemment. Si tu n'es pas capable d'adopter ce comportement, ils vont le voir tout de suite.

— Je comprends, dit Jared qui se goinfrait cette fois d'un clafoutis aux cerises.

— Ce que tu ne comprends pas, répliquait-elle, c'est à quel point le type que tu as en face de toi est parano. Je ne te le répéterai jamais assez.

Mildred faisait tout ce qui était en son pouvoir pour que Jared réussisse. Elle espérait, si elle faisait du bon travail, que Jared sortirait définitivement de sa vie dès le dimanche après-midi.

Il l'assista tout le week-end. Assis à côté d'elle, il l'observait accomplir ses tâches, parler sur le Chat. Les échanges allaient effroyablement vite. Le pauvre officier en était tout suant. Mildred commentait à voix haute tout ce qu'elle faisait. Elle lui parlait en continu, de sa voix cristalline.

Finalement, le dimanche, eut lieu l'instant de vérité. Cirrus devait parler à l'Administrateur à quinze heures. C'était le moment pour Jared de répondre à la place de Mildred et de mettre en pratique tout ce qu'il avait appris.

Au premier échange, il sua l'intégralité de l'eau de son corps.

« Salut ! Comment vas-tu ? » lança l'Admin, qui venait de se connecter.

« Bien ! Et toi ? »

Dans le rush d'adrénaline, Jared ajouta un émoji qui souriait.

« Attends cinq minutes », répliqua l'Admin sèchement.

Il fit poireauter Jared pour ce qui sembla être une éternité. Et quand il revint, ce fut de manière offensive.

« Qu'est-ce que tu prépares comme gâteau aujourd'hui ? »

C'était la question de sécurité. Jared se souvint de la réponse appropriée.

« Je n'en prépare pas aujourd'hui. J'en ferai plutôt demain. »

« Déconnecte-toi et reconnecte-toi », intima l'Administrateur.

« OK », dit Jared, qui s'exécuta aussitôt.

Puis, lorsque ce fut fait :

« Maintenant, déconnecte-toi et reconnecte-toi dans une nouvelle session avec les nouveaux identifiants que je vais te donner », dit l'Admin.

Jared s'exécuta de nouveau.

« Qu'est-ce que tu vois ? »

Les questions posées à travers le Chat étaient, semblait-il à Jared, directes, brutales, pressées.

« Ça me dit "Accès interdit" », écrivit Jared à l'Admin.

— Quelque chose cloche, commenta à haute voix Mildred, achevant de le faire suer.

Heureusement pour les deux complices, la crise de paranoïa de l'Administrateur parut se calmer.

« OK, dit l'Admin. Tu peux fermer la session. Rends-toi sur la page support, on va regarder un truc ensemble. Ça y est ? »

« Ça charge, répondit Jared. OK, c'est chargé. »

« Va dans la rubrique "Posts". »

« OK. »

« Ça doit charger une page. »

« OK. »

« C'est un nouveau truc que j'ai préparé, expliqua l'Admin. On va tester le système, toi et moi. On va voir si c'est efficace. »

« OK », répliqua Jared, alias Cirrus, toujours aussi docilement.

« Ce que tu vois, ce sont tous les posts que la communauté nous signale comme étant inappropriés. Je les fais remonter sur cette page. C'est connecté au forum. Tu vas faire du contrôle qualité. »

« OK », répliqua encore Jared.

Mildred lui conseilla d'être un peu plus bavard et de se détendre.

— Ce n'est pas facile, lui répliqua Jared, les dents crispées.

« Tu connais la règle, repartit l'Admin. Sur Silk Road, on est stricts. On ne tolère que les commentaires qui sont utiles, polis, courtois. Et qui sont dans le sujet. »

« Bien sûr, écrivit Jared, faisant un effort. Ça, c'est facile. Je connais. Ce sont les posts de quel forum ? »

« De tous les forums. C'est mélangé. Tous les posts qui ont été signalés. Ils sont classés par poids. Le poids, c'est ce que tu vois en haut à droite. Ça indique le nombre d'utilisateurs à avoir signalé le post comme inapproprié. »

« OK, j'ai pigé », dit Jared.

« Tu descends la liste, et pour tous ceux qui sont inappropriés, tu suspends les droits de leur auteur. »

« Pour combien de temps ? demanda Jared, qui se souvenait des leçons de Mildred. C'est à moi d'estimer ? Ou il y a une règle que tu veux que je suive ? »

« C'est une nouvelle méthode qu'on teste ici, réagit l'Administrateur, qui réfléchissait en même temps qu'il écrivait. Les mecs vont être surpris. On ne leur a encore jamais suspendu leurs privilèges sans les alerter. Alors je dirais que pour le début, vas-y mollo. Tu vois, si tu cliques sur "Suspendre", tu as un menu déroulant qui apparaît. Il te propose des chiffres. C'est le nombre de jours de suspension du compte. J'ai tout automatisé. »

« T'es balèze », tenta Jared, qui prenait confiance, ajoutant de nouveau un smiley.

« Pour le début, répliqua l'Admin sans réagir à la flatterie, pour les posts qui te paraissent les plus offensants, suspends le compte pour seulement une journée. On verra bien ce que ça va donner. La rumeur va se répandre au sujet de notre nouvelle manière de procéder. On verra comment la communauté va réagir. Si ce n'est pas trop négatif, on pourra se permettre d'avoir la main plus lourde. »

« Pour supprimer le post signalé, je suppose que c'est en bas ? »

« Oui. »

« Et le chiffre à gauche, c'est quoi ? »

« Un truc pour t'aider. C'est une note. Ça va de un à cinq. Cinq, ça veut dire que tu as affaire à un gros acheteur ou vendeur. Quelqu'un qui fait de grosses transactions sur le site. Un, ça correspond à un mec qui est nouveau, ou qui n'achète rien. C'est pour te guider dans ton choix. »

« J'ai compris, dit Jared. Le premier message, par exemple, il a la note cinq. Je clique sur le profil et… je vois un vendeur qui prend cent mille dollars de commandes par semaine. La vache ! Ça, c'est le cartel de Medellín. Je ne vais pas m'amuser à suspendre leurs privilèges. »

À cette plaisanterie bien sentie, Jared ajouta un smiley faisant un clin d'œil. Il commençait à rentrer dans son personnage. Mildred, toujours à ses côtés, lui donna un signe d'encouragement.

« LOL, répondit l'Administrateur, manifestement conquis. Je vois que tu as pigé. »

« Oui, dit Jared, désormais sûr de lui. Tout baigne. »

« On s'en reparle en fin de semaine prochaine », conclut l'Admin avant de se déconnecter.

— Ouf, dit à haute voix Jared, qui voulait maintenant faire une pause.

Mildred l'arrêta :

— Minute, papillon. Tu oublies quelque chose d'important. Cirrus, à ta place, irait perdre du temps à faire la causette aux autres Modérateurs, avant de se mettre au boulot.

— Mais je leur dis quoi ? demanda l'officier, contrarié.

— Sois créatif ! le poussa la Mexicaine. Et je te rappelle que ton vol intérieur est dans une heure. Tu as tout juste le temps de l'avoir.

Une nouvelle période démarrait pour Jared. Il était maintenant infiltré sous le pseudonyme de Cirrus. Il faisait partie de la communauté des Modérateurs. Il prenait ses ordres directement de l'Administrateur.

Mais il y avait une chose qu'il n'avait pas anticipée. Il devait soutenir le rythme de travail qui avait été celui de Mildred. Or il n'était ni aussi rapide, ni aussi malin. Et il avait déjà, aux douanes, une activité à temps plein. Il n'eut d'autre choix que de prendre sur lui et de travailler sans relâche. Quand une journée finissait, l'autre commençait. S'il faiblissait, s'il sous-performait, il risquait d'être démasqué et de perdre le fruit de toute sa peine.

La brune du Nevada le rappela quelque temps après.

— Jared, dit-elle d'une voix inquiète, j'ai peur... J'ai réalisé, un peu tard, que l'Admin possède ma carte d'identité. Il sait où j'habite. Si la couverture venait à tomber, il saurait où me retrouver.

— Ne t'en fais pas, répliqua Jared. Tu sais, ceux qui sont derrière ce site, ce ne sont pas des barons de la drogue. Ce sont des geeks.

À nouveau, il bluffait. Son intuition avait toutes les chances d'être juste, mais au fond, il n'en savait rien.

— J'ai réfléchi, je voudrais faire partie du programme de protection des témoins, demanda la mère célibataire. Je sais que ça existe. Je l'ai vu dans les films.

Là, Jared avait un problème.

— Écoute, répondit-il sans se laisser démonter, oui, c'est possible. Je vais me renseigner. Mais sache que la procédure est très longue. Tu n'auras pas de nouvelles avant de longs mois. En attendant, ce que je peux faire, c'est te jurer, sur mon badge, que tu serais la première informée si quelque chose venait à clocher. Ça te convient ?

— Merci... répliqua-t-elle, hésitante.

— Et je te rappelle que pendant que je fais le boulot à ta place, c'est toi qui continues à être payée. Ça ne t'a pas échappé, je suppose.

— En effet, convint la pâtissière.

— Alors profites-en bien, conclut Jared avant de raccrocher.

La vérité était que l'infiltré n'avait aucune idée du temps que ce petit jeu allait durer. D'ailleurs, du temps avant quoi ? Quel était son but, exactement ? Il aurait été incapable de le dire. Mais comme Leo, il s'accrochait à sa couverture de toutes ses forces.

*

Il était sept heures du matin. Fidèle à son habitude, Chris Tarbell sortait de la Church Street Gym, l'air sombre, vêtu de son costume sombre, sac de sport à la main.

Ce matin-là, il boitait. Il venait de se claquer un muscle à la presse à cuisses. Ses cuisses étaient musclées, très musclées. Mais soit il s'était insuffisamment échauffé, soit il y était allé trop fort. Toujours est-il qu'il avait mal et que son muscle ne lui répondait plus correctement. Le patron de la cybersécurité du FBI clopinait piteusement au milieu des gens pressés, s'approchant du Federal Building, dans la lumière du petit matin.

Cela ne lui ressemblait pas, de se blesser de cette manière. « Comme un con », pestait-il intérieurement. C'était un symptôme. Chris n'était pas versé dans la psychanalyse, mais il n'avait pas besoin de l'être pour comprendre : il s'était claqué un muscle parce qu'il était contrarié.

Et il y avait de quoi. Ça faisait quatre mois que son enquête n'avançait pas. Quatre mois. Pour trente personnes mobilisées. Autant dire, un sacré gaspillage de ressources. Chris était un animal politique. Il savait comment les choses se passaient au FBI. Il attendait, d'un jour à l'autre, un coup de fil venu d'en haut, qui lui expliquerait que l'affaire était désormais entre les mains de quelqu'un d'autre.

Aussi était-ce de mauvaise humeur qu'il passa les portillons de sécurité du Federal Building, prit sa place dans l'ascenseur de nickel, et fit son entrée dans « la fosse » où l'attendaient ses troupes.

À son arrivée, tout le monde se planqua. On aurait dit un chat faisant irruption dans une cuisine pleine de souris. Chris était habitué à cette réaction de peur. Il la recherchait. Elle lui procurait du plaisir. Il aimait balayer l'open space du regard, et que tous les yeux se baissent devant les siens. Mais ce matin-là, la réaction était inhabituelle. Une peur particulière se lisait sur les visages. Une certaine tension se propageait dans l'air. Chris la sentit immédiatement. Il décida de n'en rien laisser paraître.

Sans un bonjour, il se dirigea vers son bureau. Depuis deux mois au moins, au département de la Cybersécurité du FBI, on ne se disait plus bonjour. On savait que les résultats étaient mauvais. On travaillait à les améliorer. Lorsque ces résultats seraient meilleurs, alors on songerait à se dire bonjour de nouveau.

Chris s'installa à son grand bureau, face à la vue splendide du trente-troisième étage. Par-delà la crête des immeubles, le soleil étincelait. On se sentait au ciel, pas sur terre. Malgré lui, il se demanda pour combien de temps encore il pourrait profiter de cette vue. Puis il chassa brutalement cette pensée. C'était une pensée de *loser*. Et Chris détestait l'idée d'en être un.

Plissant ses yeux porcins, il s'apprêtait à se plonger dans son travail. Tout à coup, la sonnerie du téléphone l'interrompit. D'un geste maladroit, il renversa un peu de café sur son bureau. Il poussa un juron dont la sonorité, en français, évoque le nom d'un animal marin. Décidément, ce n'était pas son jour. Il nettoya la surface maculée à l'aide d'un mouchoir, tandis que la sonnerie retentissait toujours.

— Chris Tarbell, FBI, dit-il de sa voix la plus grave, en appuyant sur le bouton pour prendre l'appel.

La précision était inutile. Si on appelait sur cette ligne, on savait à qui on voulait parler.

— Bonjour, Chris, c'est la sénatrice Schumer. Charlene. Comment allez-vous ? demanda une voix exquise dans le haut-parleur.

— Bonjour, sénatrice.

D'instinct, Chris avait compris qu'il n'était pas à son avantage de jouer la familiarité.

— Avez-vous vu la presse ? demanda la voix.

Chris n'avait aucune idée de ce dont elle parlait. Mais un agent du FBI ne pouvait pas être renseigné par une vulgaire élue. Un agent du FBI se devait d'être au courant. Effleurant le plus doucement possible les touches de son clavier, afin que celles-ci ne fissent aucun bruit, Chris entra les mots « Silk Road » dans le moteur de recherche. Puis il se rendit sur l'onglet « Actualités ».

La nouvelle était là, en première ligne, accablante. « Quatre mois après sa déclaration, la sénatrice Schumer n'a toujours rien fait », titrait l'un des plus gros quotidiens du pays. L'article était paru ce matin.

Chris était intelligent. Il avait de la ressource. Il choisit de répondre à la question par une autre question.

— Comment puis-je vous aider, sénatrice ?

— Écoutez, dit celle-ci avec toute la bienveillance possible, cet article, ce sont mes ennemis qui l'ont rédigé, évidemment. Ce n'est pas grave, j'ai l'habitude. Et je ne veux pas perturber votre travail. Mais pourriez-vous me dire où vous en êtes ?

— Le travail du FBI est confidentiel, sénatrice.

— Oui, bien sûr, abonda-t-elle d'un ton compréhensif. Et la cybersécurité, je n'y connais rien. Ce n'est pas moi qui pourrais vous être utile. Mais enfin, ce petit malin, comme vous l'appeliez, que vous deviez attraper en deux semaines, est-ce que vous avez des nouvelles à son sujet ? Est-ce que vous ne pouvez pas me donner un élément, que je rassure la presse ?

Cette allusion à leur conversation d'il y avait quatre mois donna une idée à Chris. Quand il s'agissait de sauver sa réputation, il était vif comme l'éclair.

— Contrairement à ce que nous pensions, il ne s'agit pas d'un petit malin, commença-t-il.

— Non ? réagit la sénatrice, inquiète.

— Nous pensons qu'il s'agit plutôt d'un groupe organisé. Un groupe *très* organisé, insista-t-il de sa belle voix grave.

Nous ne savons pas qui ils sont. Nous ne savons pas quels sont leurs objectifs. Mais nous savons une chose. Ils sont *extrêmement* bien financés. Nous pensons que ce sont les Chinois.

— Ah ? fit Charlene, de plus en plus perplexe.

— Êtes-vous sur une ligne sécurisée, sénatrice ? demanda brusquement Tarbell.

— Je vous demande pardon ?

— Je vous répète ma question. Êtes-vous sur une ligne sécurisée ?

— Euh... hésita la sénatrice, qui ne savait pas ce que ça voulait dire.

— Je vais devoir raccrocher, conclut Chris. Nous vous tenons au courant dans les meilleurs délais.

Il trempa ses lèvres dans le fond de café qui, à présent, était froid. Il contemplait le soleil qui se levait. Il était neuf heures du matin, mais il se sentait déjà fatigué. Il allait falloir qu'il trouve une idée.

*

Le titre de la presse n'avait pas échappé au bon Jared, qui se démenait toujours avec sa couverture, dormait peu, dormait mal, mais maintenait sa relation avec l'Administrateur.

Jared n'avait eu aucune nouvelle du FBI depuis leur visioconférence. Il ne savait pas où en était l'enquête. La seule chose qu'il savait, et qu'il avait comprise avant même le titre de presse, était que le FBI rencontrait des difficultés, puisque à rebours de sa prétention à faire tomber le site « en moins de deux semaines », celui-ci était toujours là au bout de quatre mois.

Mais le titre de presse fut le déclencheur. L'officier des douanes pensa, non sans raison, que le chef de la cybersécurité du FBI, dont il avait aperçu la silhouette massive lors de la visioconférence, devait être dans une situation inconfortable. Il lui sembla opportun de lui écrire.

Il lui envoya donc un e-mail, portant en objet : « Je me suis infiltré dans Silk Road ». La première qualité d'un e-mail, avant d'être lu, est d'être ouvert. Dans cette attente, Jared avait longuement réfléchi à l'objet. Celui-ci lui paraissait vraiment efficace.

Et Justice ne se trompait pas. Il cliqua sur le bouton « Envoyer ». Une minuscule roue se mit à tourner, indiquant que le message était en route. Et avant même que la petite roue eût fini de tourner, le téléphone de Jared avait sonné.

L'officier des douanes ne témoigna nulle rancune. Il était beaucoup trop flatté. Il allait travailler avec le FBI. Il devenait, en quelque sorte, Leonardo. Sauf que Leo lui-même, dans le film, se faisait dézinguer au moment de réussir. Jared, lui, ne se ferait pas dézinguer. Il ferait partie intégrante du FBI et travaillerait depuis le trente-troisième étage du Federal Building de New York.

Enfin, « partie intégrante », pas tout à fait. Chris Tarbell était pressé. Il ne proposa pas de le recruter. Il passa un coup de fil à Gary, aux douanes postales, dont le sang se figea. Il demanda que Jared soit « détaché ». Celui-ci restait donc, sur le papier, officier des douanes postales. Mais il était embarqué dans l'aventure. Tout à son nouveau rôle, il en oublia même de saluer son chef.

Dans la salle de réunion du trente-troisième étage, encerclée de tours qui paraissaient petites en comparaison, Chris se fit expliquer par Jared comment il avait fait. Le chef de la cybersécurité n'en laissa rien paraître, mais il était impressionné. La démarche du douanier avait été aussi simple que subtile. Cela faisait des mois que le FBI furetait sur le site, explorant ses moindres recoins, cherchant la faille, la moindre information sur cet Admin qui leur échappait. Pendant ce temps, Jared avait échangé avec lui sur une base quotidienne. Si l'on en croyait les messages du Chat, que Jared exhiba à un Chris stupéfait, l'Admin et lui étaient même familiers.

Ensemble, ils échafaudèrent un plan. Il s'agissait de ne pas griller la précieuse couverture de Jared. Celle-ci servirait d'appui. Ils créeraient plutôt un faux profil de vendeur, qui prétendrait être un baron de la drogue avec une importante quantité à vendre. Ils solliciteraient l'Administrateur pour les aider à écouler cette quantité. Jared avait déjà vu ça sur le site. Lorsqu'un gros bonnet se présentait sur la plateforme, peu adaptée à un utilisateur de ce calibre, il arrivait que le mystérieux Admin sorte de sa réserve et se propose comme intermédiaire pour faciliter la vente.

— Si on est chanceux, dit Jared, le fondateur lui-même nous répondra. Alors, on fera tout ce qu'on peut pour le faire tomber. Dans le feu d'une négociation, il est très facile de laisser échapper une information qui compromet l'anonymat.

— Il nous faut un type de la DEA, réagit Tarbell.

La DEA était la Drug Enforcement Administration, l'agence américaine de lutte contre le trafic de drogues.

— Un pro. Un mec qui connaît le marché sur le bout des doigts. C'est lui qui prendra le rôle du vendeur, ajouta Tarbell.

Jared était 100 % aligné. Les deux hommes ne quittèrent plus la salle de réunion du trente-troisième étage, sinon pour aller dormir. Chris s'était accoutumé à l'odeur corporelle de Jared. La nuit, à leurs pieds, l'île de Manhattan brillait comme un diamant dans les ténèbres.

La DEA leur dépêcha un type nommé Carl, leur assurant que c'était le meilleur. Chris était habitué à ce genre de baratin. Il s'en servait lui-même chaque fois qu'il avait affaire à quelqu'un d'extérieur à l'agence. Ses gars étaient toujours « les meilleurs », ils allaient toujours exécuter le travail « en un temps record ». Carl portait un bonnet, un tee-shirt, les cheveux longs et il était tatoué, ce qui déplut immédiatement à Chris. Mais le patron de la cybersécurité comprenait que cela était peut-être lié à son métier d'agent infiltré. On ne vendait sans doute pas de la drogue en étant bien dégagé au-dessus des oreilles, comme il l'était lui-même. Il prit donc sur lui de s'habituer au look de Carl, comme il s'était habitué à l'odeur de Jared.

Carl, lui, fut surpris de rencontrer Tarbell, dont l'apparence était conforme à l'image qu'il se faisait d'un agent du FBI, en compagnie d'un type dégingandé en costume des services postaux. C'était pour le moins saugrenu. D'autant que le type en question avait vraiment l'air bizarre et le regardait par en dessous. Une première séance de briefing permit de répondre à ses interrogations.

— OK, dit Carl, bras croisés, avec son look de dealer de rue, alors on est embarqués là-dedans tous les trois. Qu'est-ce que vous voulez faire ?

Ce fut Jared qui prit la parole :

— On va commencer par vendre de petites quantités. C'est indispensable pour obtenir de la recommandation sur le site. C'est assez lent au début, mais c'est un passage obligé, expliqua-t-il, pédagogue ; prenez-le comme un rite pour se faire accepter par la communauté. Une fois qu'on aura acquis notre réputation, on passera aux choses sérieuses.

— OK, dit l'homme au bonnet. Mais je suis qui ?

— Tu es un vendeur sur le site, répliqua Jared. On va te créer un compte utilisateur.

— Ça ne me va pas, dit Carl. Il faut un truc précis. Il faut que je sois crédible.

Il leur exposa un cheminement de pensée qui ne leur parut pas dénué de sens. Pour vendre de la drogue, il allait devoir communiquer avec des acheteurs potentiels. Et pour être crédible lors de ces échanges, il lui fallait prendre un personnage, dont il adopterait la manière d'être. Ce n'était qu'en se coulant dans ce personnage qu'il parviendrait à donner le change.

— Je vais prendre El Chapo, décida-t-il. C'est un chef de cartel mexicain. Je le traque depuis des années, je le connais bien. On dira que je suis El Chapo, que j'ai découvert l'existence du site, et que je trouve ça cool. Je l'envisage comme un nouveau débouché pour mon business.

— Très bien, dit Tarbell.

Depuis que Jared l'avait contacté, Tarbell renaissait. C'était comme s'il revenait des enfers.

— On fait comme a dit Jared, compléta Tarbell. On commence petit, et dès qu'on a de la réputation, on lance l'appât.

— Que veux-tu comme pseudonyme ? demanda Jared, qui était connecté à Silk Road.

Carl prit le temps de réfléchir. Chris et Jared avaient déjà remarqué que son regard ne brillait pas d'intelligence.

— Nob, finit-il par dire.

— Nob ?

— C'est un nom dans la Bible.

— Le nom de quoi ? demanda Jared.

— J'en sais rien, bordel, lâcha Carl sans patience. Je me rappelle plus. Mais c'est le genre de nom que choisirait El Chapo. Un truc fatal, quoi.

Nob démarra donc sur Silk Road, sous la supervision de Jared.

Les débuts furent laborieux. Il s'agissait de ne pas éveiller les soupçons. Il fallait faire de la vente auprès de petits camés, expédier par la poste de minces quantités – fournies gracieusement par la DEA –, faire le service client, et récolter les avis, qui ne se bousculaient pas au portillon. Au bout de quelques semaines, Tarbell perdit patience.

— On passe à la vitesse supérieure, déclara-t-il.

— C'est trop tôt, réagit Jared. On n'a pas assez de recommandations. Si on balance les dix kilos maintenant, ce sera suspect. Il faut attendre.

— Je ne peux pas me permettre d'attendre, rétorqua Chris. Je suis sur un fil. Je prends le risque.

Jared était frustré ; mais il se soumit. Nob posta son annonce sur le site.

Il était, expliqua-t-il, un baron de la drogue bien établi, avec un puissant réseau dans toute l'Amérique latine. Le site lui plaisait, mais il en avait marre de vendre à la petite semaine. Ce n'était pas dans ses habitudes. Ce qu'il voulait, c'était vendre dix kilos. Il les vendait à un prix défiant toute concurrence. Comme cette quantité ne pouvait pas être expédiée par la Poste, il proposait de faire la livraison lui-même, à l'endroit que l'acheteur voudrait bien lui désigner. Quand bien même la drogue s'échangerait en mains propres, il tenait à ce que le paiement s'effectue sur la plateforme, par respect des règles et du système de notation. Il aimait bien la plateforme. Il voulait juste, en matière de volume, s'affranchir de ses limites.

L'offre était inhabituelle pour Silk Road, où ne s'échangeaient que de petites quantités. Chris, Jared et Carl reçurent néanmoins quelques propositions, auxquelles ils firent semblant de répondre. Puis ils allèrent se plaindre aux Modérateurs du site.

« Je regrette, écrivit Nob, de ne pas trouver d'acheteur sérieux pour mes dix kilos. Je n'ai été approché que par des clowns. C'est dommage. N'y a-t-il pas quelqu'un chez Silk Road qui pourrait faciliter cette vente ? Est-il possible de parler à l'Administrateur du site ? » Ils publièrent le message et attendirent. Il ne se passa rien pendant vingt-quatre heures.

Au bout de vingt-quatre heures, Cirrus reçut une convocation pour une assemblée extraordinaire.

Il y avait là l'ensemble des Modérateurs, ainsi que le mystérieux Administrateur.

— Ça sent plutôt bon, annonça Jared à ses nouveaux collègues, tandis qu'il se connectait.

« Salut l'équipe, écrivit l'Admin pour ouvrir le Chat. C'est pas souvent qu'on a l'occasion de se voir tous. J'espère que vous allez bien. Je vous ai réunis parce qu'on a reçu ce message, d'un certain Nob. Suivez ce lien pour voir son profil. Il cherche un acheteur. Dix kilos d'héroïne. Il veut de l'aide. J'étais curieux de savoir ce que vous en pensiez. »

Les commentaires ne se firent pas attendre.

« La première chose à remarquer, fit l'un, c'est qu'il a peu de recommandations. C'est un peu léger pour quelqu'un qui veut vendre dix kilos. »

« Ouais, fit un autre. Et il est sur le site depuis même pas un mois. Qui voudrait acheter dix kilos à un type que personne ne connaît ? »

En aparté, Jared fit la grimace à Tarbell. Il l'avait prévenu. Ils étaient allés trop vite.

« Le prix qu'il propose est intéressant », fit remarquer un troisième.

— Vous voyez, là ? demanda Jared à ses collègues à haute voix, dans le bureau du FBI, désignant de l'index la ligne de texte qui s'était affichée dans le Chat. Ça, c'est Variety Jones. C'est un pilier du site. Je sais qu'il est très proche de l'Administrateur. Ses privilèges sur la plateforme sont très étendus. Bien plus étendus que les miens.

— Intéressant, répliqua Tarbell, qui n'en perdait pas une miette.

« Quelqu'un lui a parlé ? » demanda un Modérateur dans le Chat.

« Ouais. J'ai fait semblant d'être un acheteur. J'ai vu passer l'annonce et j'étais curieux. Ça a pas mal buzzé sur les forums. »

« Alors ? »

« Pour moi, il a l'air OK. C'est un Mexicain. Établi dans le business. Il m'a dit des trucs qui m'ont paru crédibles. Le mec a l'air plutôt sympa. »

« Moi aussi, je lui ai parlé, intervint Jared, alias Cirrus, dans le Chat, tâchant de peser dans la conversation. Il est OK. »

« Foutaises ! dit un autre. La dernière fois qu'il y a eu une opération de ce genre sur Silk Road, l'acheteur s'est fait agresser. C'était totalement bidon. Ce genre d'annonces, c'est des arnaques. Personne ne vend dix kilos sur Silk Road. »

« Je ne suis pas d'accord, tenta Cirrus. J'ai déjà vu des transactions de ce genre. Pour moi, c'est crédible. »

« Ça ne colle pas, renchérit un autre. Il vend trois grammes par trois grammes et puis hop, il veut vendre dix kilos.

Personne ne fait ça. Si vous voulez mon avis, il n'y a qu'une seule bande de gros couillons pour agir ainsi, c'est le FBI. »

Le mot était lâché. La communauté n'ignorait pas que depuis quelques mois le FBI furetait sur le site. Cela avait renforcé le climat de paranoïa ambiant. Dès que quelque chose paraissait louche, on criait au loup. Jared fit une nouvelle grimace en direction de Tarbell.

« Ça m'étonnerait, improvisa-t-il dans le Chat. Le FBI, ils sont nases. Ils ne seraient même pas capables de se créer un profil utilisateur. »

« LOL », lui fut-il répondu plusieurs fois.

Jared était fier de sa plaisanterie. Il sentit néanmoins Tarbell, à ses côtés, se tendre comme un string.

« De toute manière, si ce n'est pas eux qui postent l'annonce, ils peuvent très bien y répondre, remarqua un nouveau. Ce Nob est fou. On ne propose pas de livraison physique, c'est dangereux. Flic ou timbré, moi je dis, ce type, il faut l'ignorer. Il ne faut même pas échanger avec lui. »

« C'est clair », abondèrent plusieurs Modérateurs.

« FBI ou pas, ça pue la merde », résuma un dernier.

Ce fut alors que l'Administrateur intervint de nouveau : « Merci à tous pour vos avis, écrivit-il, réduisant le Chat au silence. Je suis globalement d'accord avec vous. Je pense surtout que ce n'est pas la vocation du site. Nous, on facilite les petites transactions, qui passent par la Poste. Ça fonctionne bien comme ça. On a déjà assez de business. Je ne vois pas de raison de faire évoluer les choses. Quelqu'un lui répond ? Avec politesse, s'il vous plaît. Pas besoin de le froisser. Et ne supprimez pas son annonce. S'il finit par trouver un acheteur, c'est tant mieux pour lui. En soi, je n'ai pas d'objection à ce que la vente se fasse. »

La fenêtre du Chat s'évanouit.

Du côté du FBI, la déception était immense. Chris se leva, s'approcha de la baie vitrée, contempla la vue, tournant le dos à ses collègues, comme s'il voulait être seul.

C'est alors que retentit dans la pièce le « Ding ! » caractéristique de la réception d'un message privé sur Silk Road. C'était à Nob qu'on écrivait. Carl se pencha sur le message.

— Les amis, dit-il, j'ai une bonne nouvelle. J'ai l'impression que ce type, Variety Jones, est intéressé par notre affaire.

— C'est une bonne nouvelle, réagit aussitôt Jared. Variety Jones est la personne la plus importante après l'Administrateur. C'est une piste très précieuse pour nous.

Chris s'était retourné. Sa physionomie avait retrouvé sa combativité.

— Il est vénal, poursuivit le rusé Jared. Et il a accès à la trésorerie de Silk Road. C'est pour ça qu'il répond. Il a les moyens d'acheter les dix kilos et, ensuite, de s'enrichir en les revendant au compte-gouttes.

Les trois agents étaient à présent penchés sur la fenêtre du Chat, échangeant avec le Sommelier. L'intuition de Jared se révélait exacte.

Il ne leur restait plus qu'à convenir d'un rendez-vous.

11
LA MAISON SUR LA COLLINE

Utilisant pour la première fois son passeport nicaraguayen, Ross était rentré à New York. Ces identités qu'il achetait lui donnaient un sentiment d'impunité, et c'est particulièrement détendu qu'il avait passé la frontière, bronzé, en tongs et en chemise à fleurs. Il avait même l'impression que, musclé comme il l'était, après tout ce surf, il faisait sur les filles un certain effet.

Il se rendit à la colocation dont il avait trouvé l'annonce sur Airbnb. Il s'agissait d'un modeste appartement dans le quartier de Carroll Gardens à Brooklyn. Ross ne cherchait pas le confort, il demeurait fidèle à ses habitudes d'ascète.

L'appartement était en enfilade, avec deux escaliers de secours en plus de l'escalier principal. Ce détail aussi faisait partie de ses préférences. Si quelqu'un retrouvait sa trace, il conservait des chances de s'échapper.

L'escalier principal était étroit et raide, et relativement sale. L'appartement se trouvait au dernier étage. Biscornu, il possédait tout de même des bow-windows laissant pénétrer une belle lumière, tamisée par les frondaisons. Le quartier était calme. Les autres habitants de l'immeuble étaient des personnes âgées.

L'étudiant et le couple marié qui formaient la colocation le reçurent dans le salon pour un entretien, ainsi que c'est la coutume lorsqu'on choisit son futur colocataire. Ils furent frappés de son air énergique et de son teint bronzé. Ross expliqua qu'il rentrait de longs mois au Nicaragua.

— Que fais-tu dans la vie ? fut l'une des premières questions qu'on lui posa.

Les colocataires étaient intrigués qu'on puisse gagner sa vie tout en la passant à voyager.

— Je bosse en freelance pour des startups, expliqua Ross. Je suis développeur. Je fais du marketing aussi. Et il m'arrive d'être investisseur.

Le couple et l'étudiant trouvèrent ça très cool. Comme Ross avait l'air aussi cool que son travail, l'atmosphère se réchauffa. Ils lui proposèrent un joint. Ross ne le refusa pas. L'odeur familière emplit bientôt la pièce.

— On a acheté sur Silk Road, expliqua la femme. C'est un site clandestin. Tu y trouves toutes les drogues imaginables.

— J'en ai entendu parler, dit Ross.

— On t'a cherché sur les réseaux sociaux, dit l'étudiant. Juste pour voir ta tête avant de te rencontrer. On ne t'a trouvé nulle part. Comment ça se fait ? C'est rare, de ne pas être au moins sur Facebook.

— Je n'aime pas les réseaux sociaux, expliqua Ross avec une légère condescendance. Je n'y suis pas. Tout ce qu'ils font, c'est le commerce de votre attention. Leur objectif, c'est de vous afficher de la pub. Si vous travailliez dans le marketing, comme moi, vous les fuiriez.

D'une manière générale, le flegmatique jeune homme leur faisait l'effet d'être très malin. Et de posséder une grande tolérance au cannabis.

— Qu'est-ce que vous en pensez ? demanda la femme à ses colocataires, une fois qu'il fut parti.

— Discret, répondit le mari.

— Et cool, rebondit l'étudiant.

— OK, conclut-elle. On lui dit oui ?

Ils furent juste un peu surpris lorsque, en emménageant, il n'apporta rien de plus que le minuscule sac à dos avec lequel il s'était présenté.

Discret, Ross l'était. Il ne faisait aucun bruit, à part, peut-être, écouter un peu de jazz, qui s'échappait de sous sa porte lorsqu'il travaillait. Ross travaillait tout le temps. Le jour, la nuit. Il quittait rarement sa chambre. À en juger par la lumière qui filtrait, il dormait aussi très peu.

Il avait tout de suite écrit à son associé pour lui signaler sa présence. Mais pour l'instant, il n'obtenait pas de réponse. Venant de Robert, ça n'avait rien de surprenant. Il lui donnait rendez-vous à New York, et puis c'était le silence total.

Maintenant qu'il était là, Ross se demandait qui il pouvait voir. Il avait envie de retrouver Julia, mais il n'osait pas. Il savait que ses mensonges ne tiendraient pas avec elle. Il ne s'était pas débarrassé de Silk Road, il n'avait pas tenu sa promesse.

Il décida alors de rendre visite à ses parents. Il ne les avait pas vus depuis presque un an. Sa mère fut très émue de l'entendre et ils convinrent qu'il viendrait dîner dès le lendemain.

En amont de la visite de leur fils, M. et Mme Ulbricht reçurent une livraison de vin, plusieurs caisses d'un excellent cru sud-américain. Ils crurent d'abord à une erreur. On leur assura qu'il n'y en avait pas. Puis Ross arriva pour l'heure du dîner, un paquet-cadeau sous le bras.

— C'est toi qui as offert le vin ? demanda son père, en le prenant dans ses bras et en l'embrassant.

— Tiens, maman, dit Ross avec une espèce de fausse modestie, lui tendant le paquet-cadeau.

Elle déballa. Un magnifique sac à main l'attendait à l'intérieur.

— Mais tu es fou ! réagit-elle.

Elle l'embrassa à son tour, de tout son amour de mère.

Au dîner, Ross prit la pose de celui qui a réussi. Il se tenait à quelque distance de la table, l'air content de lui.

— Que fais-tu maintenant ? lui demandèrent avidement ses parents.

— Je suis freelance. Je travaille pour des startups. Je suis développeur, dit-il avec un clin d'œil en direction de son père. Je fais du marketing aussi.

— Où étais-tu tout ce temps ? répliqua celui-ci.

— Au Nicaragua. Je peux bosser d'où je veux.

— D'où tu veux ? s'étonna le père qui, toute sa vie, aurait rêvé d'un tel luxe. Mais comment tu trouves tes missions ?

Ross se démonta légèrement, mais se reprit tout aussitôt.

— Elles viennent à moi, dit-il. Les clients se passent le mot.

Les parents échangèrent un regard.

— Julia est passée, dit sa mère.

Cette fois, Ross pâlit.

— Comment ça ?

— Nous la voyons de temps en temps, expliqua Mme Ulbricht. Elle est très affectueuse, tu sais. Depuis que tu nous l'as présentée, elle pense à nous. Je ne dirais pas que nous la voyons souvent, mais enfin, régulièrement quand même.

— Et quand elle passe vous voir, elle fait quoi ? Elle vous raconte quoi ? demanda Ross, plus que surpris.

— Elle vient dîner. Elle pose des questions, elle s'intéresse. C'est vraiment une gentille fille. Elle tient énormément à toi, tu sais.

Ross se détendit. Il se fit la réflexion que si Julia avait révélé ce qu'il faisait, la conversation aurait déjà tourné au vinaigre. De toute évidence, sa façade tenait bon.

— Elle a un petit ami, expliqua-t-il à sa mère, non sans une pointe de dépit. Elle ne doit pas tenir à moi tant que ça.

— Tu es sûr ?

— Oh que oui, répondit Ross qui se remémora le vacarme apocalyptique qu'il subissait lorsqu'il vivait à Red Hook.

— Alors, ça ne doit pas être sérieux, dit la mère, avec cette confiance que seules peuvent avoir les mères. Car elle tient vraiment à toi, je le sais. C'est triste ce que tu me racontes là, qu'elle ait eu quelqu'un d'autre. Mais ce n'est pas important. Ce qui est important, c'est que tu fasses un pas vers elle. Invite-la à voir une comédie musicale ?

Comme un petit garçon, Ross avait rougi jusqu'aux oreilles.

— Elle nous a dit aussi que tu ne choisissais pas judicieusement ton travail, ajouta le père. Elle s'inquiète pour toi. Tu sais, Ross, dit-il avec son ascendant paternel, c'est super que tu nous offres des cadeaux. C'est super que tu aies trouvé une manière de vivre qui te convienne, que tu voyages et tout ça. Mais ce n'est pas ce qui compte dans la vie. Il faut que tu voies sur le long terme. Il faut que tu te consacres à quelque chose de pérenne.

Le jeune homme avait perdu sa belle contenance. Il retrouvait ce sentiment d'échec qu'il avait si souvent éprouvé dans cette salle à manger. Il était venu pour se faire valoir, et il se faisait traiter comme un petit enfant.

Ça n'était pas juste. Il était à la tête d'un empire. Il était riche à millions. Les cadeaux qu'il avait offerts, ce soir, n'étaient rien en comparaison. Et il avait tout bâti tout seul. *Tout seul.* Enfin, avec l'aide de Robert.

Mais comment expliquer à vos parents que vous êtes le numéro un de la drogue en ligne ?

Ross se rembrunit. Il comprit que ce qu'il était venu chercher ce soir-là était, au fond, de la reconnaissance. Il se sentit très seul. Il avait besoin qu'on l'admire ou, au moins, qu'on le respecte. Au lieu de cela, il récoltait une leçon.

Le vin qu'il avait offert servit à noyer sa tristesse.

Il rentra à Brooklyn avec le moral dans les chaussettes. Lui qui d'habitude ne se couchait jamais sans un dernier coup d'œil à Silk Road n'eut même pas l'envie d'allumer son ordinateur.

Il ne le fit que le lendemain.

Il fut accueilli par les alertes de sa trésorerie.

Il était encore dans le rouge. Paradoxalement, plus il devenait riche, plus il rencontrait ce type de problèmes. Silk Road brassait à présent énormément d'argent. Tout cet argent qui entrait, qui sortait, était comme une houle qui enflait et pouvait créer des vagues menaçantes. Il n'était pas rare que Ross soit excédentaire sur son fichier comptable, mais déficitaire sur son compte de dépôts.

« Comment ça va ? » l'interpella, dès qu'il se connecta, Variety Jones, son plus fidèle allié.

« Bof », dit Ross.

« Qu'est-ce qui ne va pas ? »

« La compta. Et d'autres choses. »

« Si c'est encore une fille qui te brise le cœur, je ne vais pas pouvoir t'aider, plaisanta Jones. Mais pour la compta, en revanche, j'ai une idée. »

S'il remarquait un retard dans la comptabilité, Ross pouvait être sûr que Variety Jones l'avait vu en premier.

« Oui ? » dit Ross.

« Il faut augmenter notre commission », dit Jones.

Ross ne réagit pas immédiatement. Pour tout dire, il y avait déjà songé. La commission qu'il avait initialement fixée était de 10 %. Il ne l'avait jamais changée. Robert et lui l'avaient pourtant décidée de manière arbitraire lorsqu'ils avaient lancé le paiement en bitcoins.

« C'est difficile d'augmenter une commission, fit-il remarquer. La communauté ne va pas apprécier. »

« C'est sûr, répliqua le Sommelier. Mais quand il faut, il faut. Ces tracas de trésorerie, ça ne peut plus durer. Ce n'est pas bon pour le site. Un jour, ça va nous mettre dedans pour de bon. Il faut que tu l'expliques à la communauté. Ils écouteront leur capitaine, ne t'en fais pas. »

Ross était partagé.

Mais d'un point de vue comptable, il voyait que Jones avait raison. Il avait besoin de 5 % de plus, non pour s'enrichir, mais pour que le site fonctionne mieux.

Il décida de faire comme le lui suggérait son lieutenant.

La décision était inhabituelle, importante. Il envoya donc un message à Robert. Il ne reçut, une fois de plus, aucune réponse. Depuis leur dernier échange, Robert semblait avoir disparu de la circulation. Était-il mort ? Après tout, c'était bien possible. Il semblait rechercher la compagnie des individus les plus dangereux de la planète. Peut-être que son jeu l'avait mené trop loin.

Si Robert était mort, cela signifiait que Ross était libre. Libre de faire autre chose. Libre de revoir Julia. Mais il était encore trop tôt pour l'envisager. Il se contenta d'en prendre note mentalement.

L'Administrateur publia sur le site ce qu'il considérait être un message nécessaire et bienveillant. Il y annonçait la mise à jour de la commission. Il y expliquait qu'il ne le faisait pas pour son profit personnel, mais que les flux de cash étaient devenus si importants qu'il ne savait plus faire face aux problèmes de trésorerie. Il rappela le fonctionnement du système de dépôts, qui permettait aux acheteurs et aux vendeurs de faire du commerce en toute confiance, mais qui induisait, évidemment, une latence. Il souligna ce qu'il avait fait pour que la volatilité de Bitcoin ne pèse pas sur cette latence. Il s'excusait, enfin, de ce qu'il s'apprêtait à faire. Il exprimait son espoir qu'à défaut d'être accueillie avec enthousiasme la nécessité de cette évolution serait, à tout le moins, comprise.

Le message était rédigé avec soin. Ross avait convoqué tous les arguments à sa disposition. Il ne pouvait en ajouter aucun sans nuire à la clarté de l'ensemble. Il le publia donc et, cette publication faite, il retourna à ses moutons, car il avait, comme à l'accoutumée, beaucoup de pain sur la planche. Dans son esprit, cet ajustement de la commission était un développement comme un autre. Sitôt qu'il l'eut expliqué, il cessa d'y penser.

Ce fut Jones qui l'avertit de la mutinerie.

Dans les minutes qui avaient suivi son annonce, un débat des plus chaotique avait fleuri, occupant tous les forums du site, prenant des proportions incontrôlables. « Ils parlent tous de migrer vers le nouveau concurrent, Black Market », résuma Jones.

Ross était profondément peiné et choqué. Il agissait sous le coup de la nécessité, pour le bon fonctionnement du site. Il avait pris soin d'expliquer sa démarche. Mais il devait constater, une fois de plus, qu'il n'avait pas le talent de Robert. Robert, qui n'était décidément pas là où l'on avait besoin de lui.

D'habitude peu enclin au lyrisme, cette vexation lui inspira tout de même une seconde annonce d'un caractère plus intime. Il l'épingla en dessous de la première. Il ne pouvait réagir aux centaines de messages qu'il voyait apparaître à chaque instant. Mais il pouvait dire une chose qui, estimait-il, répondait à tous :

> Je remercie ceux et celles d'entre vous qui accueillent ce changement nécessaire avec bienveillance, qui se montrent compréhensifs, et qui m'honorent de leur confiance, même s'ils ne saisissent pas tous les tenants et les aboutissants. À vous, merci ! Je fais tout ce qui est en mon pouvoir pour mériter cette confiance.
> À ceux qui choisissent une voie différente, qui ne me font aucune confiance, mais qui étouffent les raisons de cette évolution, pourtant clairement expliquées, dans leurs calculs égoïstes, je vous dis ceci : Honte à vous ! Honte à vous, qui traînez dans la boue ce que nous avons construit ensemble. Vous ai-je jamais menti ? Vous ai-je jamais trompés ? Ai-je jamais volé ou dérobé vos bitcoins ? Ai-je jamais traité quiconque avec injustice ? J'ai parfois commis des erreurs techniques. Mais quand m'avez-vous vu prendre une décision injuste ?
> Comment pouvez-vous vous retourner contre moi maintenant, moi qui ai sacrifié ma vie pour ce site ? Moi qui ai investi tout mon temps et toute mon âme dans cette communauté ? Moi qui ai pris tous les risques, au point de devenir, pour les nations du monde entier, l'ennemi public numéro un ?
> Vous pensez que le site tourne tout seul ? Vous pensez qu'il s'est construit tout seul ? Avez-vous la moindre

idée de ce que ça implique au quotidien ? Avez-vous la moindre idée de ce que ça a coûté pour arriver jusqu'ici ? De ce que ça va coûter pour tenir le coup pendant l'année qui vient ?

Que ça vous plaise ou non, je suis le capitaine de ce navire. Vous êtes là volontairement, et si vous n'aimez pas les règles, ou si vous n'aimez plus votre capitaine, vous êtes libres de quitter le navire. Pour ceux qui restent, nous continuerons à faire tout ce qui est nécessaire pour que cette plateforme reste aussi fluide qu'elle l'a toujours été. Et à prendre les décisions parfois difficiles qui s'imposent.

Merci à nouveau de votre confiance.

*

Il versa une larme. Ces paroles étaient les plus sincères qu'il ait écrites de sa vie.

La réaction ne fut pas celle qu'il attendait. « De pauvres junkies qui sont obsédés par la baisse de leur pouvoir d'achat », constata-t-il. De fait, les forums s'emplissaient de messages dictés par l'avarice, tout à l'inquiétude de perdre quelques dollars lors de la prochaine transaction. Ross était dépité.

« Il va falloir que tu m'aides à trouver autre chose, écrivit-il à son lieutenant. Cette fois, je suis à bout. Je ne peux pas m'en sortir tout seul. J'ai besoin de tes conseils et de tes idées. »

Il regretta aussitôt ce message, songeant à la distance qu'il est préférable de garder avec un conseiller, même fidèle. Ce n'était pas son style, de montrer ainsi des signes de faiblesse.

Au regret succéda bientôt l'inquiétude. Variety Jones ne répondait pas. Pourtant à une heure comme celle-ci, Jones était toujours connecté, actif, professionnel. Or, Ross venait de lui envoyer un appel à l'aide. Le Sommelier aurait dû lui répondre dans la minute.

Au lieu de cela, le Chat laissait planer un silence angoissant.

Ross resta ainsi plongé dans une attente pénible pendant au moins deux heures, durant lesquelles il ne fit rien, à part se torturer l'esprit. Jusqu'à ce que Jones se manifeste enfin.

« Salut », dit sobrement celui-ci.

« Salut », répondit Ross, dans un état proche de l'apoplexie.

La mutinerie continuait d'emplir les forums.

« J'ai bien réfléchi, dit Jones. Je veux 50 %. »

Ross mit plusieurs secondes à réagir.

« Tu veux… *quoi ?* »

« 50 % du site, précisa le Sommelier. Je pense que je les mérite. Ce site, j'y passe autant de temps que toi. Tu le sais très bien, d'ailleurs. Je ne pense pas que je m'y investisse moins que toi. Les dernières fonctionnalités viennent de moi. Le renforcement de notre sécurité vient de moi. Alors je ne veux plus être ton larbin. Je veux être ton associé à parts égales. »

Ross faillit répliquer « Et c'est le moment que tu choisis pour m'en parler ? », mais il se retint. Il réfléchit que ce moment était *précisément* celui que Variety Jones avait choisi pour lui parler. Le moment où il était le plus vulnérable. Il y avait là, sans l'ombre d'un doute, un calcul. Le Sommelier préparait son coup depuis longtemps. Peut-être le préparait-il depuis le début.

À défaut de lui apporter du réconfort, cette pensée rendit à Ross toute sa pugnacité. Il avait été naïf. Il avait baissé sa garde. Après tout, il ne connaissait rien de ce type à qui il se confiait quotidiennement. Il fallait qu'il le traite comme le reste de ceux qui traînaient sur le site.

« C'est impossible, répondit-il sans hésiter. Il n'en est pas question. En plus, j'ai déjà un associé. »

« Tu mens », répliqua Jones.

« Pas du tout. Je ne t'en ai jamais parlé parce que je n'en voyais pas l'utilité. En fait, c'est même lui qui a eu l'idée du site. Et ce qui est certain, c'est qu'il ne voudra pas d'un troisième associé. »

« Tu dis ça pour ne pas avoir à me donner ce que je demande. Et qui est légitime », gronda Jones dans le Chat.

« Ça m'est égal que tu me croies ou pas, trancha Ross, retrouvant sa hauteur. Je n'ai pas de comptes à te rendre. Ma réponse est non. »

« Tu ne devrais pas me défier, répliqua Jones. Mon pouvoir sur ce site est grand. »

« Ma réponse est non quand même, rétorqua Ross, perdant un peu de son assurance. D'ailleurs, je pense que je vais mettre un terme à cette conversation. »

« Tu auras de mes nouvelles très prochainement », l'assura son ex-lieutenant, d'une manière lourde de menaces.

Et ce fut lui qui disparut du Chat en premier. Ross se retrouva seul, face à ses doutes et à ses appréhensions.

Variety Jones n'avait pas tort. Son pouvoir de nuisance était, certainement, immense. Ross s'empressa de révoquer tous ses privilèges. Mais il était incapable de dire ce que son ex-lieutenant était encore capable de faire. Le site était devenu trop complexe, même pour son fondateur. Sans parler du défi qui l'attendait, s'il voulait à présent le gérer tout seul.

*

Salt Lake City est une ville de l'Ouest à cheval sur quatre États, l'Utah, le Nevada, le Wyoming et l'Oregon. Elle borde le Grand Lac Salé, immense étendue d'eau, vestige d'un lac préhistorique encore bien plus grand. Ce lac est un refuge pour de très nombreuses espèces d'oiseaux, des pélicans, des flamants, des cygnes, des faucons, des aigles, des oies.

Nous sommes surtout en plein pays mormon. La principale attraction de Salt Lake City est le Temple, le plus important de cette religion. Il fut construit par ses premiers adeptes. L'Église mormone les dépêcha en Europe afin qu'ils s'inspirent de l'architecture gothique. L'expédition enfanta cet imposant bâtiment composé de six flèches, hautes et pointues. Au sommet de la plus haute d'entre elles se dresse l'ange Moroni, tout en or, sa trompette à la main. Il nous annonce la Seconde Venue, celle du Retour du Christ, concomitante à la fin des temps.

Variety Jones n'a jamais été sensible aux croyances des mormons. En fait, il les considère plutôt comme des tarés ; surtout les missionnaires, ces jeunes qui pendant deux années complètes font du porte-à-porte afin de susciter des conversions. Ceux qui ont eu le malheur de sonner chez lui ont toujours été mal accueillis.

Mais à cet instant, Variety Jones n'est pas à son domicile. Il est à quelques kilomètres de là, au HuHot Mongolian Grill, en train de profiter d'un buffet dont l'appellation, en français, se traduirait par « Tout-ce-que-vous-pouvez-vous-empiffrer ». Pour neuf dollars et quatre-vingt-dix-neuf centimes, vous êtes invité à vous goinfrer autant que vous le désirez. Tout le monde n'est pas nécessairement familier de ce concept. Mais Jones, lui, n'a pas besoin de se le faire expliquer. Il est en train de *se faire plaisir*, notamment avec les nouilles aux palourdes. Il faut dire que sa consommation de cannabis lui a ouvert l'appétit.

Un observateur attentif remarquerait qu'il y a, autour de Jones, comme un grand vide. Personne ne s'assied à côté de lui. La raison est à chercher du côté de son apparence physique.

Variety Jones est laid à faire peur. La cinquantaine bien sonnée, il a cessé depuis longtemps de s'inquiéter de ce à quoi il ressemblait. Il est certes un peu gros et avachi, mais ce qui frappe au premier abord, c'est son visage. Il porte tous les stigmates de la souffrance prolongée la plus aiguë.

Rappelons que Jones est atteint d'une maladie dégénérative, qui fait que ses muscles lui procurent des crampes atroces. C'est incurable et cela fait bien longtemps qu'il souffre. Mais Jones a pris son destin en main. Ses connaissances de Sommelier l'éclairent sur le choix des drogues qui lui permettent de tenir le coup.

Variety possède les cernes les plus importants qui aient jamais marqué un visage humain. Ceux-ci ne sont pas rebondis comme des coussinets, mais au contraire creusés dans le visage, de manière affreuse, formant comme de grandes dépressions sous les yeux. D'un gris terne, elles donnent à son regard une expression lugubre. Le pire advient lorsqu'il sourit. Car alors les muscles des pommettes contractent les cernes, qui se rident en une ribambelle de plis. Lorsque Variety Jones sourit, on ne peut que regretter de l'avoir fait sourire.

Les cheveux sont longs, gris, sales et clairsemés. Mais quand on découvre l'individu pour la première fois, on ne pousse pas l'examen à ce niveau de détail.

Variety, donc, est seul à sa table et mange avec appétit. Il ne prête aucune attention aux enfants qui lui jettent, en coin, des regards effrayés. Tout en mastiquant, il pense à sa récente dispute avec l'Administrateur de Silk Road. Il pense aussi aux dix kilos d'héroïne qu'il doit recevoir ce jour, d'un certain Nob. Il n'a jamais réceptionné de quantité aussi importante. Mais il n'est pas inquiet. La police ne peut pas vous inculper pour une chose qui est expédiée chez vous. Et c'est logique. Vous devenez responsable si et seulement si vous conservez chez vous la marchandise coupable, au lieu de la remettre à l'antenne de police la plus proche, comme vous le devez. Il suffit donc, estime Jones, d'être prudent au moment de la livraison.

Jones termine ses bouchées vapeur, plutôt par gourmandise, étant donné ce qu'il a déjà avalé. Puis il se lève, dépose son plateau à l'endroit approprié, salue la serveuse avant de sortir. Celle-ci lui rend son sourire, mais elle a tout de même un léger mouvement de recul en le faisant.

Variety Jones traverse la ville dans son pick-up noir, dont l'emblème est un bélier. Il roule lentement. Il sait qu'il est défoncé et qu'il faut qu'il soit prudent.

Il rentre le pick-up dans son garage et gagne la maison. Il n'a pas vu les véhicules banalisés, aux vitres teintées, répartis aux quatre coins du pâté de maisons. Il faut dire qu'ils sont discrets. Dans l'un de ces véhicules, Chris Tarbell, l'air concentré, une oreillette vissée à son oreille décollée, murmure :

— Attendez mon signal.

Les abords de la maison sont calmes. Nous sommes dans le quartier résidentiel de Farmington, au nord de Salt Lake. Les pavillons sont un peu décrépis, mais suffisamment espacés pour que personne ne se gêne. C'est un quartier sans histoires. Le pavillon de VJ n'est pas différent des autres, un peu plus vétuste peut-être. Il est pourvu d'un perron ombragé, sur lequel Jones aime s'affaler, le soir, pour fumer son petit joint. Il n'y a pas d'étage, juste un rez-de-chaussée assez grand. Le garage attenant est à peine moins grand. Une pelouse descend en pente douce jusqu'à la route.

*

À l'arrière du véhicule où se trouvait Chris, tout entier absorbé dans l'observation de la maison, se tenait aussi Jared, assis sur la banquette, son ordinateur ouvert sur les genoux.

— Commence la conversation, dit Chris, sans prendre la peine de le regarder.

Jared se connecta au Chat crypté. Il fallait qu'il accapare l'attention de Jones. Il fallait que celui-ci soit pris avec son ordinateur allumé, connecté à Silk Road. Sinon, il serait impossible d'apporter la preuve que l'individu arrêté aujourd'hui était bien le même que ce Variety Jones dont la réputation n'était plus à faire.

« Salut VJ », écrivit Jared dans le Chat.

« Salut », répliqua Jones.

— Il est connecté, lança Jared à Chris, qui accueillit la nouvelle d'un imperceptible mouvement de tête.

La respiration lourde, régulière, du chef de la cybersécurité du FBI, emplissait le véhicule banalisé.

« Ça roule ? » écrivit Jared dans un style relâché, qui contrastait avec l'ambiance dans laquelle il était plongé.

Mais depuis quelques semaines qu'il était Cirrus, Jared avait appris à jouer son rôle à la perfection. Même Carl, l'agent de la DEA, était impressionné.

« Ouais, dit VJ, sans désir de prolonger la partie informelle de cette conversation. Quoi de neuf ? Qu'est-ce que tu branles en ce moment ? »

« Je m'occupe des forums. »

« OK. »

« J'envoie mes rapports à Sshh. Comme tu me l'as demandé. Mais ces derniers jours, il ne me répond pas. Tu sais ce qu'il se passe ? »

L'un des Modérateurs portait en effet ce pseudonyme ridicule.

« Ouais, écrivit VJ. Il est absent. Il m'a prévenu. Je suis désolé, j'ai oublié de passer le mot. »

« Pas de souci, répliqua Cirrus. J'ai fini de traiter tous les opioïdes. Tu sais de quoi je dois m'occuper ensuite ? »

« Aucune idée. »

« Je fais quoi alors, je me débranche ? »

« Attends, dit VJ. Il y a un truc où tu peux m'aider. »

Celui qui était encore, du moins tant que ses privilèges n'avaient pas été révoqués, le bras droit de l'Administrateur lui confia alors une tâche fastidieuse, celle de remplir une base de données avec des mots du dictionnaire, afin de préparer les Captcha – ces petits tests où l'utilisateur doit recopier, dans une fenêtre, un mot dont l'écriture est déformée, afin de confirmer qu'il est humain. Les Captcha aident les sites à se protéger des attaques automatisées, et ainsi à prévenir beaucoup de spams.

— Livreur, vas-y, murmura Tarbell qui n'avait pas bougé.

Un véhicule blanc, d'allure minable, arriva à faible allure. Il se gara devant la propriété. Un type en descendit. Il avait le crâne rasé, les muscles saillants sous un polo rouge. Il scruta les profondeurs de la route, dans les deux directions. Il fit le tour du véhicule, lentement, ouvrit la portière du côté passager, en retira un grand carton. Puis il remonta l'allée, jusqu'à la porte de la maison de Jones, en haut de la colline.

Il posa le carton devant la porte, sonna trois fois et se retira aussitôt, ainsi que cela avait été convenu. Pas question qu'ils se rencontrent. Il retourna à son véhicule, démarra le moteur, repartit aussi lentement qu'il était arrivé. La maison de Jones semblait endormie. Mais Chris put apercevoir, à l'aide de ses jumelles, un petit coin de rideau se soulever.

On attendait. Variety Jones n'était pas sorti récupérer le colis. Il était prudent. C'était là que la partie devenait difficile pour Jared, qui devait le garder connecté au Chat, tant que l'opération suivait son cours. Il joua l'idiot, posa des questions qui devaient l'aider à accomplir sa tâche. Bientôt, il fut à court d'idées. Il imagina alors interroger VJ sur le Tramadol, une drogue, expliqua-t-il, dont il se demandait si elle était bien catégorisée, puisqu'elle était vendue en pharmacie comme un antidouleur, alors qu'elle était populaire sur le site pour ses effets euphorisants. VJ ne sortait toujours pas récupérer le paquet.

— Continue, lui dit Chris, concentré mais patient.

Personne ne parlait dans le véhicule. On entendait le bruit des touches sur le clavier.

— Il me dit qu'il revient dans une minute ! annonça Jared triomphalement.

À ce moment, une lumière s'alluma brièvement à la fenêtre qui se trouvait à l'extrémité de la maison. Il s'agissait des toilettes.

Puis la porte du perron s'ouvrit.

En sortit un homme au physique impressionnant. Même à cette distance, tous remarquèrent ses yeux creusés, sa bedaine, son air mauvais. Variety Jones scruta les alentours un bon moment, sans se presser. Puis il se baissa et saisit le carton.

— Maintenant, lança Chris, plus fort dans son oreillette.

De tous les coins de rue, des hommes en uniforme sortirent de leurs véhicules. Il y avait là le FBI, la DEA. Ils pointèrent leurs armes sur VJ qui les regardait, son colis à la main. Était-ce l'effet des cernes, de la distance ? De la drogue, peut-être ? VJ ne paraissait pas impressionné.

La porte coulissante du véhicule dut s'ouvrir complètement pour laisser passer l'immense carcasse de Tarbell, qui remonta l'allée lentement, vêtu de son traditionnel costume sombre. Il s'offrit le plaisir d'annoncer à Jones qu'il se trouvait en état d'arrestation.

Jared n'avait jamais vécu d'assaut de cette sorte. Il en ressentit toute l'adrénaline. Les équipes du FBI et de la DEA se montraient extrêmement professionnelles. Encercler la maison, coincer son propriétaire, le surprendre et le menacer, cela, elles savaient le faire à la perfection.

L'officier des douanes attendit donc que tout ce monde fût entré dans la petite maison de VJ, pour s'y diriger à son tour. Il prit le temps de contempler le quartier, la route tranquille, bordée d'arbres, les maisonnettes discrètes et peintes en blanc.

À l'intérieur de la maison, ils trouvèrent l'ordinateur allumé, connecté à la session du Chat avec Cirrus, comme ils l'espéraient. Ils prirent les photos nécessaires. Chris félicita bruyamment Jared, de sa voix paternelle, comme il avait pris l'habitude de le faire. Ils avaient assis le Sommelier, les mains entravées par des menottes, dans son canapé. Celui-ci ne perdait pas une miette de leur conversation. Quand il comprit que c'était Cirrus qui se tenait là devant lui, il jeta à Jared un regard de haine. Jared prit peur. Il ne s'était jamais confronté à un criminel. Il s'éloigna de quelques pas par précaution.

Tarbell s'assit en face de Jones. Une table basse les séparait, sur laquelle trônait un cendrier, rempli de joints refroidis. Le chef du FBI écarta le cendrier et étala un dossier. Tout autour, une troupe nombreuse les observait en silence, la plupart vêtus de gilets pare-balles, casquettes vissées sur la tête. Tarbell s'installa tranquillement et, quand il eut fini, dévisagea son prisonnier. Sans ciller, celui-ci lui renvoya son regard. Celui de Chris était vicieux et porcin. Celui de Jones était lointain et farouche, comme s'il revenait des enfers. Aucun de ceux qui se trouvaient ici ne s'y trompait : ce qu'on voyait sur ce visage ravagé, c'étaient les stigmates de la souffrance. Ils connaissaient le profil de Jones, sa maladie dégénérative. Ils avaient été briefés. Ils savaient à qui ils avaient affaire.

Ce fut Tarbell qui, le premier, baissa les yeux.

— Au regard de la loi fédérale, vous êtes passible de plusieurs sanctions.

Variety Jones n'avait pas bougé. Il continuait de fixer son interlocuteur, avec une pointe de défi.

— Vous êtes responsable d'un trafic de drogues organisé et opéré dans la durée, poursuivit Tarbell. Vous tombez sous ce qu'on appelle communément le statut de « baron de la drogue ». Vous risquez deux condamnations à vie.

— Tu peux arrêter ton baratin, rétorqua Jones. L'État est une institution illégitime fondée sur l'agression systématisée. C'est ce que vous faites en ce moment. Vous m'agressez. Vous pénétrez sous mon toit alors que je ne vous y ai pas invités. Vous me menacez avec vos armes. Il n'y a absolument rien dans ce que vous faites qui soit légitime. Alors épargne-moi tes salades.

Chris émit un petit rire condescendant.

— Ce que je fais, je le fais au nom de la loi.

— Vous ne représentez pas la loi, dit Jones. Historiquement, la loi, elle vient de la coutume. Des relations marchandes. Elle est née ainsi, jusqu'à ce qu'un État s'en empare et prétende la représenter. Tu *prétends* la représenter. Mais qui est-ce qui t'a donné ce pouvoir ? Qu'est-ce qui te donne le droit de me menacer comme tu le fais ?

— Notre mission est de protéger, asséna Chris avec autorité. Les types comme toi sont une menace pour la société.

— C'est ça, répliqua Jones. Vous nous protégez. *Homo homini lupus*, on connaît votre baratin. Mais dis-moi, agent Ducon, qui est-ce qui nous protège de vous ?

Il n'échappa pas aux collègues de Chris, qui le connaissaient bien, que son visage s'était légèrement empourpré.

— OK, petit malin, embraya-t-il avec un air mauvais, sortant un stylo de la poche de son costume sombre. Je vais te poser des questions. Je vais noter tes réponses. Dans ton propre intérêt, je te conseille de me dire la vérité.

— Je ne suis nullement tenu de te dire la vérité, répliqua Jones, froidement. Mentir aux agents de l'État est ce qu'il y a de plus légitime. Si un voleur et un assassin dans ton genre m'agresse en me sommant de lui dévoiler mes secrets, est-ce que j'y suis moralement obligé ? Est-ce que je n'ai pas plutôt intérêt à mentir, pour me protéger et me défendre ? Personne n'est tenu de donner à l'État des réponses sincères. Mentir sur sa déclaration de revenus, par exemple, est parfaitement légitime.

— Que comptais-tu faire de l'héroïne ? demanda Chris qui s'impatientait.

— Tu es un porc fasciste.

— C'est ta réponse ?

— Pas encore, mais la voici. Regardez ce que vous faites. Vous venez m'empêcher d'utiliser les drogues qui me sont utiles, pour mon propre corps, pour m'épargner la douleur et la maladie. Et vous en êtes fiers ?

— Dix kilos pour une consommation personnelle, ça paraît beaucoup, dit Chris avec un petit sourire, satisfait de coincer son interlocuteur.

— Qu'est-ce que tu y connais, agent Ducon, à la douleur ?

L'entretien tournait mal.

Variety Jones était d'apparence fragile, mais sa voix vibrait. Il y avait dans ses paroles quelque chose d'extrêmement combatif. Dans sa physionomie aussi, dont les marques étaient si profondes et si vilaines qu'il était impossible aux policiers de la regarder longtemps sans faiblir.

— OK, dit Chris, qui changea de tactique. Je vais essayer de te donner une chance. Je vais te dire ce qu'il va se passer. Je vais te proposer un deal. Si tu m'aides, je ferai tout pour alléger ta peine. Je dirai au juge que tu as coopéré. On peut même signer un contrat, toi et moi. Comme si tu étais un honnête homme. Avec mon aide, tu feras un ou deux ans au maximum, voire pas de prison du tout. Ça dépend de ce que tu peux me donner. Qu'est-ce que tu en dis ?

— Va te faire enculer.

Chris soupira et hocha la tête de manière négative, comme quelqu'un qui a tout essayé.

— Allez-y, les gars, lâcha-t-il à son équipe. Il est à vous. Peut-être que vous aurez plus de chance que moi. Je ne sais pas.

L'énorme carcasse, dans son élégant costume, se leva. Chris se rendit dans la cuisine, où il entreprit de se servir un verre d'eau. Il ouvrit un placard et renifla les verres propres, d'un air dégoûté.

Son équipe avait pris place. Certains s'étaient assis en face de Jones, pour le questionner, d'autres s'étaient massés autour de son ordinateur. Tous étaient jeunes et un peu frimeurs, sembla-t-il à Jared, qui les observait de son recoin. Le rouquin qui menait l'entretien, en particulier, lui déplaisait.

— Où sont les serveurs ? disait-il à VJ. Comment sont-ils configurés ? Comment accéder aux bases de données ?

Il l'interrogeait aussi sur les habitudes de l'Administrateur, son travail, ses méthodes, ses horaires, ses manies.

VJ ne lui donnait strictement rien.

— Je ne comprends pas, annonça celui qui s'était assis au clavier de VJ. On dirait que ses privilèges ont été révoqués.

C'était exact. Le FBI ignorait la récente dispute entre l'Administrateur et son lieutenant.

Grâce à son compte, ils purent tout de même accéder au dépôt de bitcoins. Quand les jeunots du FBI découvrirent les sommes qui se trouvaient là, cela les fit jaser. Il y eut un intense débat sur ce qu'il fallait en faire. Il y avait ceux qui voulaient s'en emparer tout de suite, pour mettre à mal le site ; et ceux qui ne voulaient pas griller leur seule opportunité de remonter jusqu'à l'Administrateur.

Comme Jared ne se sentait pas très écouté dans ces débats, il en profita pour aller fureter dans la maison.

Celle-ci était assez triste. Elle était peu aménagée, à part quelques canapés défoncés, un mobilier de mauvaise qualité, une moquette grise. « Une vraie maison de célibataire », pensa-t-il. Ce qui était le plus triste, c'était la présence, partout, de photographies de la femme et du fils de Jones, qui l'avaient quitté, le laissant seul avec sa maladie dégénérative. Qu'est-ce que VJ avait bien pu faire pour être ainsi abandonné dans sa détresse par les deux êtres qui lui étaient les plus chers ?

Dans le salon comme dans le couloir, Jared remarqua l'imposante collection de livres. Il y avait là des romans du genre *fantasy*, mais surtout beaucoup, beaucoup de philosophie. Jared reconnut en particulier tous les classiques de la littérature libertarienne, Mises, Rothbard, Hayek, Friedman, Spooner, ces auteurs dont il avait entendu parler sur Silk Road. L'officier des douanes n'avait jamais poussé la curiosité jusqu'à se procurer l'un de ces ouvrages. La lecture n'était pas son fort. Il préférait les films, qui le divertissaient davantage.

Mais cette fois, les avoir à portée de main le fit hésiter. Il y avait, attaché à cette littérature, quelque chose d'inconnu, de dangereux, d'interdit. Les volumes étaient manifestement collectionnés dans la plus grande religiosité. Jared en prit un au hasard et l'ouvrit. Le livre était impressionnant, de plus de mille pages. Le jeune homme fut surpris de découvrir qu'il était intégralement annoté, d'une écriture fine et serrée, hâtive, illisible.

Il réfléchit. Il se dit que VJ n'en aurait plus l'usage. Étant donné la tournure de l'interrogatoire, il allait passer, c'était certain, le reste de son existence en prison. Jared décida donc de prélever quelques ouvrages, ceux dont les noms lui étaient les plus familiers, et de les fourrer dans son sac. De la littérature libertarienne annotée de la main de Variety Jones. Cela ferait un excellent souvenir.

Ce premier interdit franchi, il remarqua, au bout du couloir, un escalier qui descendait vers le sous-sol. Il s'approcha. Il se trouva au sommet d'un escalier sombre, d'où il vit, tout en bas, une porte, entrouverte dans l'obscurité, qui laissait passer de la lumière. On aurait dit la porte des enfers.

Intrigué, il jeta un coup d'œil par-dessus son épaule. Personne ne le voyait. Personne ne faisait attention à lui. Tous étaient occupés à interroger VJ.

L'officier des douanes descendit les marches dans le noir. Prudemment, il poussa la porte. Elle pivota difficilement en raclant le sol, gardienne d'un lieu qu'on veut garder hermétiquement clos. À l'intérieur, la clarté était aveuglante. Il mit quelques minutes à s'accoutumer.

Une superbe serre souterraine, chaude et humide, abritait une variété de plantes que Jared reconnut pour appartenir toutes à la même espèce. Elles montaient jusqu'au plafond, où de puissantes lampes de culture les éclairaient. Un petit chemin de pierres, soigneusement disposées dans la terre, permettait de s'y promener. La chaleur était intense et l'odeur, capiteuse. Jared se trouvait dans la cave du Sommelier.

Dans le salon, les choses n'avançaient pas. Variety Jones demeurait muet comme une tombe. Les propositions comme les menaces n'y faisaient rien. L'utilisation de son compte pour explorer le site ne donnait rien non plus. C'était incompréhensible. Comme si l'Administrateur, alerté de leur présence, avait eu le temps de prendre les devants.

Chris était frustré. Il avait besoin que ce type se mette à table. D'habitude, tous les criminels à qui il proposait un deal acceptaient. Le coup du malfaiteur incorruptible, on ne le lui avait encore jamais fait.

Il proposa à Carl d'aller fumer une cigarette dehors.

Le soir tombait. Le quartier devenait glauque. Les deux hommes s'avancèrent jusqu'au milieu de la pelouse, à quelque distance de la maison de Jones. Ils contrastaient singulièrement : Carl avec son look d'infiltré, tee-shirt, cheveux longs et bonnet ; Chris en costume et cravate sombres, les oreilles bien dégagées. Sortant son paquet de cigarettes, Carl se rappela que Chris ne fumait pas.

— Qu'y a-t-il ? demanda-t-il aussitôt.

— On n'arrive à rien.

Carl ne fit aucun commentaire. D'une manière générale, l'agent de la DEA ne semblait pas très concerné par son travail. Il regarda Chris, de ses yeux où ne brillait nulle malice. Il donnait l'impression d'attendre que la journée se finisse.

Chris fixait le lointain. Ils se trouvaient sur une colline et il pouvait apercevoir, dans un creux, le clocher d'une église mormone.

— J'ai une obligation de résultat, expliqua-t-il à son confrère. J'ai une sénatrice aux fesses. Elle a fait des déclarations à la presse. Je ne peux pas me permettre que l'enquête piétine trop longtemps.

— Je comprends, dit l'autre, tirant une bouffée de sa cigarette.

— Comment vous faites, à la DEA, dans ce genre de situation ? Je veux dire, lorsque vous avez besoin qu'un témoin parle et qu'il ne veut pas être raisonnable ?

Ce fut au tour de Carl de regarder dans le lointain, en direction du clocher.

— Il y a des méthodes, dit-il en recrachant la fumée.

— Quelles méthodes ?

— On le pousse un peu. Quand on vient d'arrêter un type et qu'on n'est qu'entre nous, avant que ça arrive chez les collègues. Quand on est sûrs que ça ne risque pas de remonter à la hiérarchie.

— Et cette… méthode, tu la mettrais au service d'un ami ? demanda Chris, le dévisageant de ses yeux porcins. Toi et moi, on sait de quoi les carrières dans l'administration sont faites. Crois-moi, tu n'auras pas affaire à un ingrat.

Carl prit le temps de souffler longuement la fumée de sa cigarette.

— Il n'y a pas de souci, Chris, répondit-il. Je sais que tu ferais la même chose pour moi. C'est ce que font les amis. Ils s'entraident. Tu n'as qu'à faire sortir tes équipes et nous laisser à l'intérieur avec le suspect.

Quand ils rentrèrent au salon, Tarbell fit signe à ses hommes de dégager. Le rouquin s'interrompit au milieu d'une phrase. En un éclair, l'équipe de la DEA avait remplacé celle du FBI.

Mais la nouvelle équipe ne s'attarda pas au salon. Deux agents saisirent Variety Jones par les bras. Ils le traînèrent le long du couloir jusque dans la salle de bains où ils entrèrent nombreux, avant de fermer la porte derrière eux.

Chris se campa devant cette porte pour monter la garde, s'assurant qu'aucune oreille indiscrète ne venait traîner. On entendait des bruits étouffés, comme les cris de quelqu'un qui se noyait. Le nouvel interrogatoire ne dura que quelques minutes, mais elles parurent, à Chris, une éternité.

Il se tenait ainsi devant la porte, pas tout à fait à l'aise dans ce nouveau rôle, lorsque Jared parut, remontant de la cave du Sommelier.

En percevant les cris sinistres, Jared demeura hébété. Il se demanda s'il entendait bien. Il leva vers Chris un regard qui ne voulait pas comprendre.

Sans attendre, celui-ci le saisit par les épaules et l'entraîna dehors. Il le prit à part, sur la pelouse.

Comme Chris faisait beaucoup de musculation, Jared put sentir sa poigne formidable. Le rachitique jeune homme crut que ses os allaient se briser.

— Tu n'as rien entendu, lui dit Tarbell immédiatement, dardant sur lui un regard étroit. De toute façon, tu n'as pas de preuves. Si j'apprends quoi que ce soit, je te détruirai.

Et il le planta là, non sans l'avoir dévisagé de très près.

Quelques instants plus tard, Carl était dehors, sur le perron. Il s'alluma une cigarette. Chris vint le trouver immédiatement, le trouva légèrement pâle.

— Alors ? demanda-t-il, impatient.

— Ça n'a rien donné.

Carl prit le temps de cracher un long filet de fumée, comme il en avait l'habitude.

— C'est un dur, expliqua-t-il. Un vrai. Normalement, les types à qui on fait ça, ils craquent. Et pourtant, dans notre métier, on en voit de coriaces. Mais lui, il est différent. Tu as vu sa tronche ?

Chris ne répondit pas. Il l'avait vue, en effet.

— Je ne pourrai rien faire de plus, ajouta l'agent de la DEA, avec la même lenteur. Ce serait prendre un risque inutile. Au moins, j'ai essayé.

Chris acquiesça. Le dénouement ne lui convenait pas. Mais que pouvait-il faire ? Cet imbécile des douanes postales traînait sur la pelouse, manifestement ébranlé, lui jetant des regards par en dessous. Chris avait pris suffisamment de risques. Il lui fallait se résigner.

Au milieu de la nuit, ce fut un Variety Jones fatigué, mais triomphant, qui fit son apparition sur le perron de sa maison, les mains entravées. Son tee-shirt et ses cheveux étaient trempés. Mais malgré l'air frais, il semblait apprécier le moment.

Il arrêta les hommes qui l'escortaient, se dégageant avec dignité. Il les dévisagea l'un après l'autre. Tous baissèrent les yeux, embarrassés. D'un pas royal, il entama la descente de la petite allée, jusqu'au véhicule de police qui l'attendait.

Il ne leur avait rien donné. Cette dernière promenade, c'était celle de la liberté.

*

De retour à son hôtel de New York, Jared se sentit dépité. Travailler pour le FBI n'avait plus la même saveur. Il voyait maintenant combien Tarbell était frustré et désemparé. L'enquête n'allait nulle part. Ils venaient de perdre la meilleure piste qu'ils possédaient. Ils n'en avaient aucune autre, à part l'identité de Cirrus qu'il continuait d'usurper. Et même cela lui pesait de plus en plus. Jared travaillait cinq à six heures par jour en tant que Modérateur, faisant prospérer Silk Road à ses dépens. Les tâches étaient répétitives, encore moins intéressantes que de fouiller les bassines bleues. Il n'y prenait aucun plaisir. Et maintenant, il lui fallait composer avec la sournoiserie de Tarbell, dont l'attitude à son égard était devenue ambiguë.

Son grand corps étendu sur le lit, Jared alluma une chaîne du câble et se plongea dans un film d'horreur. Mais le cœur n'y était pas.

Au milieu de la nuit, il ralluma son ordinateur et se connecta à Silk Road. C'était un geste obsessionnel, sans but. Il observa le site. Rien n'avait changé. On pouvait voir les transactions, les échanges, les produits qui apparaissaient à toute vitesse, comme des champignons. Malgré tous leurs efforts, ils n'avaient pas fait bouger les choses d'un iota.

C'est alors qu'il reçut un message direct de l'Administrateur.

« Hé, l'ami. Comment ça va ? » dit celui-ci.

Jared dut se frotter les yeux deux-trois fois. Le ton était amical. D'habitude, c'était lui qui sollicitait l'Administrateur, pas l'inverse. Et il n'obtenait à chaque fois qu'une liste de choses à faire.

« Ça va, et toi ? »

« Couci-couça. »

« Que veux-tu dire ? »

« Disons que j'ai connu des jours meilleurs, dit l'Admin. Je suis plein de doutes et d'inquiétude. Je pense que j'ai besoin de prendre du recul. »

Le redoutable fondateur de Silk Road avait un coup de blues. Il avait besoin de se confier. Et par chance, c'était Jared qui était connecté.

« Ça ne doit pas être facile tous les jours d'être le capitaine », tenta Jared, qui savait que si la solitude de l'Administrateur était palpable, sa vanité n'était jamais bien loin.

« Tu l'as dit, abonda l'Admin. C'est beaucoup de responsabilités. Et de décisions à prendre, pas toujours très agréables. Passons. Dis donc, il y a cent mille balles qui ont disparu du compte de dépôt. Ça m'indique qu'ils ont été transférés depuis le compte de VJ. Tu sais quelque chose à ce sujet ? Cent mille balles, pour le pognon qu'on se fait aujourd'hui, c'est pas grand-chose. Mais quand même, j'aimerais bien savoir où ils sont passés. »

« Le transfert a eu lieu quand ? »

« Cet après-midi. »

La réponse laissa Jared perplexe. Cet après-midi, Variety Jones l'avait passé en leur compagnie, assis dans son canapé puis, brièvement, séquestré dans sa salle de bains. Il n'avait pas pu faire le transfert.

« Pourquoi tu lui demandes pas ? » finit par réagir Jared, feignant l'ignorance la plus complète.

« On s'est disputés. »

« À quel sujet ? »

L'Administrateur mit quelques instants à répondre :

« Disons qu'il a été un peu gourmand. »

« Je vois, écrivit Jared. La voilà, la raison de ta déprime ! Tu t'es disputé avec VJ. OK. Ça arrive. Le plus important, c'est d'être capable de se pardonner. Et de faire évoluer son point de vue. »

« Tu as raison, souligna l'Admin. Quoique, quand on est au sommet, il n'existe souvent qu'un seul point de vue. »

Jared décelait, à présent, une certaine mégalomanie.

« Au fait, reprit le charismatique fondateur de Silk Road, tu t'y connais, en PHP/MySQL ? »

« Non, répondit Jared. Mais je peux apprendre. »

« Apprends, mon ami. Et quand tu te sentiras à l'aise, écris-moi. Je vais avoir besoin d'aide. »

« À vos ordres, capitaine », répliqua Cirrus, ce qui était la manière dont la plupart des Modérateurs concluaient un échange avec l'Administrateur.

Ayant quitté le Chat, l'officier des douanes se mit à réfléchir.

Il y avait là, de toute évidence, des choses intéressantes qui se passaient. À commencer par ce fait très troublant de la disparition des cent mille dollars. Jared connaissait bien l'Administrateur : il était précis, vigilant. S'il disait que le transfert avait eu lieu dans l'après-midi, le transfert avait eu lieu dans l'après-midi. Cela voulait dire… que l'un des membres de l'équipe de Tarbell s'était amusé à détourner ces fonds. Peut-être pour l'enquête. Peut-être pour son profit personnel. Un agent cupide avait pu penser que les bitcoins étaient intraçables, et qu'en partant du compte de VJ on ne saurait jamais où ils étaient allés. L'opération avait pu se faire en quelques clics. Après tout, c'était bien possible.

Mais surtout, la disparition de Jones provoquait un appel d'air. Il y avait une place à prendre, ou tout au moins, un échelon à grimper. PHP et MySQL étaient les langages de la base de données, objet de la convoitise de toutes les agences fédérales américaines. Jared se rapprochait.

Éteignant son ordinateur et s'allongeant pour dormir, il se dit qu'il n'allait pas rentrer tout de suite à Rockaway. Il continuerait à jouer Cirrus et à aider Tarbell.

Mais il se garderait bien de lui dévoiler ce qu'il savait.

12
OÙ ROBERT REFAIT SON APPARITION

La mutinerie n'était pas allée bien loin. Silk Road y avait laissé quelques vendeurs partis rejoindre les sites concurrents, mais ceux-ci tombaient les uns après les autres. Sur Tor, aucune alternative sérieuse à Silk Road n'avait vu le jour. Il était probable aussi que le FBI se fût mis à scruter attentivement le *dark web*. Il devenait donc plus difficile de démarrer de zéro. Ross récoltait les fruits de son avance.

Toutefois, il était très ennuyé de devoir gérer le site tout seul, sans l'aide de Variety Jones. Ses sentiments vis-à-vis de VJ étaient ambigus. Certes, il lui en voulait. Il ne lui avait pas échappé que le Sommelier avait attendu le moment où il était le plus vulnérable pour attaquer. Ross comprenait qu'il avait été mené en bateau pendant un bout de temps.

Mais cette rancœur ne parvenait pas à effacer tout à fait son attachement pour cet être qu'il ne connaissait que sous un pseudonyme, mais qui avait été son seul ami pendant longtemps. Ils avaient partagé des nuits blanches, par écrans interposés peut-être, mais au plus près l'un de l'autre dans le travail. Vivre ces crises, ces pics de stress, ces moments de fatigue, cette adrénaline ensemble créait des liens forts, plus forts peut-être que l'amitié. La fraternité dans le travail n'a pas d'équivalent.

Or, VJ ne donnait plus signe de vie. Que pouvait-il bien lui être arrivé ? Ross avait du mal à croire à une rupture pure et simple. C'était bizarre. Il aurait au moins dû revenir vers lui pour négocier, essayer d'obtenir une part plus modeste. Mais cette disparition du jour au lendemain, ça n'avait pas de sens. Et puis, il y avait les cent mille dollars qui avaient disparu du compte de dépôt. Comme Ross l'avait expliqué à Cirrus, cent mille dollars, pour Silk Road, c'était peu. Ça n'avait pas de sens non plus. Si VJ avait voulu piquer dans la caisse avant de disparaître, pourquoi aurait-il pris *seulement* cent mille dollars ?

Ross était en proie à une grande perplexité. Il attendait, aussi, le retour de Robert, qui ne donnait nul signe de vie. Il observait l'activité du site faire un pic en Russie et se demandait si c'était de son fait.

Le jeune homme travaillait régulièrement depuis la Public Library de Manhattan. Il aimait profondément cette bibliothèque, belle et grande ; il appréciait qu'elle soit située dans le cœur battant de l'île, où l'on croisait tant de jolies filles. Elle le libérait de la prison de sa chambre.

En plus, l'endroit était discret, très discret, même. Ce n'était jamais rempli. Ross trouvait toujours un recoin où il pouvait se connecter au site sans risquer que quelqu'un aperçoive son écran. Il connaissait bien les lieux, car c'était ici qu'il venait travailler lorsqu'il était étudiant.

En ces soirs bleus d'été, s'il trouvait le courage, il rentrait à pied jusqu'à Brooklyn. Il rangeait son ordinateur dans son sac avant de descendre la Cinquième Avenue. À chaque carrefour, les passants se pressaient. Les voitures klaxonnaient. Les chauffeurs s'insultaient. Les plus hautes fenêtres des gratte-ciel reflétaient les lueurs mourantes du couchant. La pénombre emplissait peu à peu les rues. Les enseignes se mettaient à briller. Un vent tiède et fétide baignait sa tête nue.

Ross travaillait autant qu'il le pouvait mais il fallait se rendre à l'évidence : il n'était plus capable de gérer le site tel qu'il était devenu. Il était dépassé sur le plan technique comme sur le plan opérationnel. C'était trop gros, c'était trop. Il s'était laissé dépasser et à présent il subissait complètement.

À commencer par le fameux Tony76.

Tony76 était le vendeur le plus charismatique ayant jamais existé sur Silk Road. Pour autant, bien entendu, qu'un pseudonyme mérite cette appréciation.

Son ascension fut fulgurante. Il lui fallut à peine deux mois, après la création de son profil, pour devenir le vendeur numéro un de la plateforme. Et ce classement était celui, exigeant et difficile à obtenir, de l'algorithme du site. En matière de notoriété, si l'on en croyait les messages de remerciements, d'amour et même d'adoration dont Tony76 était l'objet, il ne faisait aucun doute qu'il occupait une place privilégiée dans le cœur de tous les utilisateurs.

À l'évidence, Tony76 était plus malin que la majorité des vendeurs sur Silk Road. Il avait compris l'essence précieuse qui faisait tenir tout ce commerce : la confiance. Et il n'y avait pas de limite à ce qu'il était prêt à faire pour l'obtenir.

Il n'échappait à personne que le succès d'un vendeur dépendait des avis positifs laissés par ses acheteurs. Le système engendrait donc de lui-même un certain professionnalisme, ainsi qu'un certain niveau de service. On était commerçant ; on avait peur que le client se fâche ; s'il y avait une dispute, on était prêt à avaler un bout de son chapeau, pourvu qu'on réussisse à s'entendre. Sur Silk Road, les clients étaient rois, et les vendeurs le savaient.

Tony porta cette logique à des niveaux jamais atteints. Avec une courtoisie extrême, il répondait à toutes les questions, même les plus idiotes, pour lesquelles le plus patient des dealers finissait par perdre son sang-froid. Mais pas Tony. À un acheteur qui ne comprenait pas que son compte de bitcoins ait été débité tandis que sa commande était seulement « en cours de livraison », il expliquait le système de dépôts du site. À un autre qui se plaignait de ne pas trouver sur une page les produits dont on lui avait parlé, il apprenait à se rendre dans les paramètres du compte, et à sélectionner les préférences appropriées. Il réexpliquait douze fois ; n'écrivait jamais un mot plus haut que l'autre ; concluait toujours par un « Bonne chance ! N'hésite pas à revenir vers moi si tu as la moindre question ».

*

Tony avait aussi l'âme d'un Robin des Bois. Ross le repéra tout de suite, car c'était la première fois qu'un vendeur adoptait ce comportement sur le site.

Silk Road avait quelque chose de sauvage. La place de marché tenait sur ses deux jambes, à peu près, grâce au système de recommandations. Mais on y trouvait tout de même beaucoup d'arnaques, beaucoup de mauvaise foi, ou même tout simplement beaucoup d'erreurs commises, tant du côté des acheteurs que de celui des vendeurs. Pour un marché noir, ça restait stupéfiant de fluidité. Mais une partie importante des transactions se terminait mal.

Ce grand cœur de Tony volait au secours des plus faibles. Il arrivait qu'un client, un triste drogué probablement, se fasse léser et s'en plaigne sur les forums. Tony n'hésitait pas à intervenir :

« J'ai lu ton post sur les forums, il m'a ému. C'est révoltant la manière dont on t'a traité. Est-ce que tu veux bien me laisser réparer ce qu'on t'a fait ? Envoie-moi ton adresse par message crypté, je te ferai parvenir un petit cadeau. »

On imagine la gratitude que cela suscitait :

« Exactement comme il l'avait promis, Tony76 a eu l'attention la plus gentille et la plus délicate qu'on ait jamais eue avec moi. Il m'a offert un demi-gramme de la meilleure héroïne. Gratuitement ! Pour ceux qui n'ont pas suivi mon histoire, je m'étais fait spolier par cet escroc de DoubleMenton. N'achetez jamais chez ce salaud. Tony a rétabli la justice, à ses propres frais. C'est vrai que j'avais commandé un gramme chez DoubleMenton, tandis que Tony ne m'en a offert qu'un demi-gramme, à peine de quoi tenir le week-end. Mais n'est-ce pas déjà complètement fou ? Tony a été là pour moi. Et je peux vous dire que jamais, jamais plus, je n'irai voir un autre vendeur que lui. En plus, son héroïne est la meilleure. Merci beaucoup, Tony. Du fond du cœur. P.S. : si tu pouvais proposer de la cocaïne aussi, ce serait super chouette. »

Et Tony d'en rajouter une couche :

« Merci à toi, mon frère. Et surtout, ne m'envoie pas d'argent pour cette héroïne que je t'ai offerte. J'étais ému par ta situation, je voulais juste faire quelque chose de bien. »

Les forums se remplirent ainsi d'histoires bouleversantes.

Salut à tous ! » écrivait GrossePatate, qui éprouvait le besoin de dire ce qu'elle avait sur le cœur. Je vais vous raconter une chose extraordinaire. Ma copine et moi cherchions de l'héroïne, et malheureusement, nous nous sommes trouvés complètement fauchés. Je me suis tourné vers mon vendeur habituel. Je lui ai expliqué que je n'avais plus que quelques bitcoins qui traînaient. Je l'ai supplié de me faire crédit, de prendre ces bitcoins qui me restaient et de m'envoyer un peu d'héroïne, juste un tout petit peu, le temps que je me refasse. Je précise que cela faisait presque un an que je me fournissais chez lui. Eh bien, le croirez-vous ? Ce sans-cœur n'a rien voulu entendre. J'étais bien récompensé de ma fidélité. Heureusement, un autre vendeur, Tony76, est venu à mon secours. Il m'a écrit. Il m'a dit qu'il ne pouvait pas m'offrir d'héroïne comme je le voulais, mais que si j'étais prêt à me défoncer à la coke et au haschisch temporairement, il m'en offrirait. J'ai accepté et franchement, je ne m'attendais pas à recevoir quoi que ce soit. Quelle ne fut pas ma surprise de trouver dans ma boîte aux lettres le cadeau de Tony, dès le lendemain ! Je ne veux pas dire quelles quantités j'ai reçues, pour ne pas créer de jalousie. Mais je veux simplement dire ceci : merci, Tony. Rien ne remplacera jamais l'héroïne. Mais ce que tu m'as envoyé m'a aidé à passer le week-end. Tu peux être sûr que je me fournirai toujours chez toi. J'espère que tu resteras sur Silk Road.

Tony76 était aussi extrêmement efficace, au point que même les pires camés s'étonnaient de recevoir leur drogue aussi vite.

« Merci, Tony ! écrivaient-ils. Comment fais-tu pour être aussi rapide ? En plus, tu réponds toujours à mes messages dans l'heure. »

« Je ne dors pas, mon frère, écrivait Tony en réponse. Je suis debout toute la nuit à préparer les commandes, et le matin, avant que le soleil se lève, je les apporte à la Poste, pour qu'elles t'arrivent le plus vite possible. Avec moi, habitue-toi à recevoir tes commandes immédiatement. »

Apparemment, et autant que Ross, qui n'était pas consommateur, pouvait le vérifier, sa marchandise était en plus la meilleure. Voici un avis que laissa IndieHispter, membre influent de la communauté, qui aimait laisser des commentaires longs et détaillés :

Je voulais juste vous donner mon retour d'expérience sur ce nouveau vendeur dont tout le monde parle, Tony76. Je lui ai pris de l'héroïne. En un mot, c'était incroyable. Je crois que j'ai essayé à peu près tous les vendeurs sur Silk Road, se vantait-il – s'il y avait là matière à se vanter. Et la came de Tony est de loin la meilleure.

Je dirais même que l'héroïne de Tony est meilleure que celle que vous pouvez trouver dans la rue, que ce soit à New York, à Baltimore ou à Philadelphie, qui sont, comme chacun sait, les trois meilleures villes pour trouver de l'héroïne.

Note : 10 /10.

Pureté : 90 % (très grande pureté pour de l'héroïne vendue au détail).

Couleur : bronze / brun / beige, une couleur plutôt lumineuse.

Origine : probablement Afghanistan.

Odeur : légère odeur vinaigrée, qui me fait penser qu'elle vient d'Afghanistan.

J'ai pris mon premier shoot du truc de Tony avant d'aller au restaurant avec des potes. Quand je suis arrivé, ils se sont tous mis à rigoler. J'avais l'air complètement défoncé. Et c'était vrai que je l'étais, bien plus défoncé que ce à quoi je m'attendais. Il faut savoir que j'ai une grande tolérance à l'héroïne. D'habitude, pour me procurer cet effet-là, il me faut au moins deux ou trois doses. Mais là, c'est venu tout de suite. J'ai commandé un café bien serré, qui m'a aidé à récupérer au point que j'ai pu avoir une conversation normale avec mes amis. Mais sinon, ce n'était pas gagné.

J'en ai filé à mon pote qui était là, un gros consommateur comme moi. Ça a donné le même résultat. En un rien de temps, ses pupilles sont devenues grosses comme des ballons de foot.

L'euphorie est top. Propre et joyeuse, sans déprime ni saute d'humeur, sans nausée non plus. Ça, c'est la marque d'une héroïne d'une grande pureté, sans adultérant ni contaminant. À mon avis, elle n'est même pas coupée du tout, ou alors au tout début de la chaîne de distribution.

Bref, c'était mon expérience personnelle avec Tony. Pour le moment, je n'achète que chez lui. Si vous voulez en savoir plus sur mon histoire, ou juste me partager la vôtre, n'hésitez pas à m'envoyer un message privé.

Une fois, il arriva qu'un acheteur soit mécontent de Tony. L'avis était plutôt lapidaire. L'acheteur était peut-être une femme, si l'on en jugeait par son pseudonyme, DaddysGirl.

« Son LSD n'est pas aussi bon que ses autres trucs, écrivit-elle. Même si son héroïne est OK. »

Il n'en fallut pas plus à Tony pour s'offenser :

« Comment peux-tu me faire cela ? répliqua-t-il du tac au tac. Je suis le meilleur vendeur sur ce site et je n'ai jamais eu moins de dix sur dix. Et là, ta note me plombe. Peux-tu la retirer s'il te plaît ? Je ne mérite pas ce traitement. Tu n'as qu'à demander l'opinion de la communauté. »

Et en effet, les messages de soutien ne se firent pas attendre :

« Il y aura toujours des gens haineux », dit l'un.

« Je ne peux pas parler pour les autres, mais en ce qui me concerne, Tony a toujours été là pour moi », dit un autre.

« J'ai toute confiance en Tony, abonda un troisième, j'achète chez lui les yeux fermés. »

« Ça me rend malade que quelqu'un ose critiquer un mec comme Tony », ajouta un dernier.

« Laissez-la, conclut Tony. Elle ne mérite pas notre attention. »

Tony76 commençait à réaliser de jolis profits sur Silk Road. Ross pouvait voir qu'il était premier selon son algorithme, premier dans le cœur de la communauté, mais aussi premier pour le pognon qu'il récoltait. Tony faisait beaucoup, beaucoup d'argent. Il l'avait bien mérité, pensait Ross, qui se laissait gagner par le charisme du personnage. Il jouait le jeu à la perfection. Et rien ne faisait plus plaisir à Ross qu'un utilisateur qui appliquait ses consignes à la lettre.

« Je vous en supplie, écrivait Tony sur son profil, arrêtez de me demander de conclure des transactions en dehors de Silk Road, pour éviter la commission. Je ne ferai JAMAIS une chose pareille. J'aime Silk Road, j'aime cette communauté, je n'ai aucun désir de faire autrement. Alors, s'il vous plaît, cessez de me poser la question. Vous êtes trop nombreux à me la poser. » Il fallait le dire : Tony était exemplaire. Il défendait Silk Road mieux que Ross ne le faisait lui-même.

Noël approchait. Manhattan avait revêtu son blanc manteau de neige. On dit ceci pour la beauté de l'expression ; mais le manteau de neige, à Manhattan, n'avait rien de blanc.

L'hiver comptait, en général, une à deux journées de tempête. Les New-Yorkais restaient alors tapis chez eux. On ne travaillait pas. Dehors, les flocons déferlaient par bourrasques. Le ciel était entièrement couvert et à midi, il faisait sombre comme en pleine nuit. Ceux qui s'étaient laissé prendre dans la tourmente se battaient pour attraper un taxi.

La neige se déposait par paquets aux coins des rues, dans les caniveaux, le long des murs. Dès que la tempête cessait, elle fondait. En une journée, il n'en restait qu'une eau noirâtre et croupissante. Les détritus flottaient. Celui qui, par mégarde, mettait le pied dedans était bon pour rentrer se changer. L'odeur était infecte. Les New-Yorkais avaient hâte de sortir de l'hiver.

La période de Noël à Manhattan était aussi celle d'une intense activité commerciale.

La ville était tournée vers le commerce. Acheter, consommer était pour ses habitants un moyen de se sentir vivre. Noël représentait donc une occasion rêvée. L'île entière s'emplissait de messages publicitaires, de forme imprimée, lumineuse ou sonore. En se promenant, on était assailli en permanence. Devant les boutiques, de faux Pères Noël barraient la route pour forcer les passants à entrer.

Silk Road ne dérogeait pas à cette ambiance. C'était la grande période des soldes et des rabais. Les vendeurs se livraient une véritable guerre des prix.

Tout le monde guettait ce que ferait Tony76. Il s'agissait du premier Noël du vendeur le plus populaire du site. Il se montrait déjà, dans le cours régulier des affaires, extrêmement généreux. Que préparait-il pour les petits souliers de ses acheteurs fidèles ?

Il fut l'un des derniers vendeurs à faire son annonce. Pour beaucoup, le suspense était insoutenable. Elle tomba à quelques jours seulement de Noël :

> Au début, je n'avais pas l'intention de faire de promotion pour les fêtes. Mais vous êtes si nombreux à me l'avoir demandé, que je ne pouvais pas l'ignorer.
> Alors, voici les premières infos. Je mettrai ce fil à jour au fur et à mesure.
> Héroïne – 1 gramme pur Afghan – 190 dollars.
> Héroïne – 2 grammes pur Afghan – 370 dollars.
> Héroïne – 5 grammes pur Afghan – 850 dollars.
> Pour profiter de cette promotion, la condition est que vous finalisiez la transaction plus tôt.
> Et aussi, pour la première fois, j'annonce que je m'ouvre à l'international. Jusqu'à présent, je n'ai servi que les États-Unis. Mais j'ai bien étudié les douanes internationales et, maintenant, je suis prêt. Je livrerai dans n'importe quel pays.

Ross aperçut la promotion, et même parmi les premiers. Il suivait de près tout ce qui se passait autour de ce Tony76. Et il fut contrarié.

« Finaliser la transaction plus tôt » faisait référence à une pratique nouvelle, apparue spontanément sur la plateforme. Certains vendeurs demandaient à leurs clients de finaliser la transaction, c'est-à-dire de se déclarer comme livrés et satisfaits, avant de recevoir le produit.

L'avantage pour le vendeur était évident. La finalisation libérait les fonds, et le vendeur n'avait pas à attendre que l'acheteur soit livré pour récupérer son argent.

Pour l'acheteur, le risque était énorme, mais l'avantage non moins évident : le vendeur s'engageait à lui donner la priorité sur les autres acheteurs. Si un produit risquait la rupture de stock, comme c'était fréquent, il s'agissait du seul moyen de s'assurer d'être servi. Le vendeur se concentrait sur ses clients qui acceptaient de « finaliser plus tôt ».

On s'en doute, Ross n'appréciait pas cette pratique. Elle contournait une des fonctionnalités essentielles du site, la rétention des bitcoins jusqu'à la livraison, seul moyen de mettre l'acheteur à l'abri. Et de fait, nombreux étaient les acheteurs à se faire escroquer de cette manière. Ils finalisaient plus tôt, puis attendaient une livraison qui n'arrivait jamais. Ross n'avait trouvé aucun moyen technique de prévenir cette fraude. Il se contentait de mises en garde sur les forums. « Finaliser plus tôt » était devenu peu à peu une pratique courante et représentait, pour les clients, une sorte de risque assumé.

C'était la première fois que Tony76 y recourait.

Un utilisateur se permit de s'en étonner. Tony lui répliqua vertement :

« Tu crois que je suis millionnaire ? Je propose une énorme quantité d'héroïne à un prix dérisoire. Si tout cet argent se retrouve coincé sur le site, comment veux-tu que je m'en sorte ? Tout ceci, je le fais pour vous. Si vous me cassez les pieds, cette promo de Noël, je ne la ferai pas. Et puis c'est tout. »

Il fut soutenu par une avalanche de messages le suppliant de continuer comme il avait prévu.

« Que Dieu te bénisse », écrivit même l'un de ses plus fidèles acheteurs, qui comptait sur cette promotion probablement plus que les autres.

« Tout ce que tu fais est juste et bon. Tu es le Seigneur indisputé de Silk Road. »

« Comment oses-tu ? fit-on remarquer à celui qui avait émis un doute. Si tu ne veux pas acheter chez Tony, n'achète pas. Mais n'empêche pas les autres de le faire. »

Ross était très ennuyé. Il voyait tout cela, mais n'osait pas intervenir. Tony était trop populaire. Et puis, pour avoir lui-même expérimenté de graves problèmes de trésorerie, l'argument lui paraissait fondé. Les flux de cash étaient difficiles à maîtriser sur Silk Road. Ross se contenta donc de poster, dans le fil de discussion, un message neutre, rappelant les principes du site, invitant les acheteurs à agir selon leur conscience, et à mesurer leur risque.

Lorsque la promotion fut ouverte, ce fut un raz-de-marée chez Tony. Ross, qui suivait ceci depuis son tableau de bord, n'avait jamais assisté à un tel phénomène. En moins de vingt-quatre heures, Tony enregistra plus d'un million de dollars de commandes. Il fit durer la promotion autant qu'il put, y ajoutant force cadeaux, en bon Père Noël qu'il était.

La promotion prit fin un vendredi soir. Le week-end, la plateforme fut très calme. La fièvre se dissipait. On attendait impatiemment les livraisons, en se préparant à passer de belles fêtes.

Dès le lundi matin, les premiers doutes surgirent.

Certains clients de Tony, habitués à être livrés dans les vingt-quatre heures, s'étonnaient que leurs commandes n'arrivent pas.

« Suis-je le seul à souffrir d'un retard ? J'ai passé ma commande vendredi matin à onze heures. Si je me fie à mon expérience avec Tony, je devrais déjà l'avoir reçue. Et Tony, d'habitude si réactif, ne répond pas à mes messages. Suis-je le seul ? C'est la première fois que je finalise en avance et je suis un peu inquiet. Je ne veux rien dire de négatif, bien sûr.

Je partage juste un peu d'information pour voir si je suis le seul dans ma situation. »

« Rien reçu pour le moment, répondit quelqu'un. Et j'ai passé deux commandes. »

« Je pense qu'il faut attendre au moins trois jours, dit un autre. Tony doit être débordé… C'est normal que ça prenne plus de temps que d'habitude. Je dirais qu'il faut trois jours avant de s'inquiéter. Je suis comme vous, j'attends ma came pour faire la fête. »

« Avec toutes les commandes qu'il a reçues, il n'a pas pu toutes les poster le même jour, remarqua intelligemment un quatrième. Ce serait beaucoup trop risqué. C'est évident qu'il va devoir étaler les livraisons dans le temps. »

On s'échangeait ainsi des hypothèses.

Mais le problème principal demeurait : Tony ne répondait pas.

Ross pouvait voir, depuis son tableau de bord, que le compte de Tony était parfaitement inactif depuis vendredi soir. Mais il ne voulait pas déclencher une panique.

À la fin de la première semaine d'attente, des doutes sérieux s'exprimèrent.

« De toute façon, il faut être vraiment con pour finaliser en avance. Ça nous apprendra », philosopha l'un.

« Il faut garder la foi, réagit un autre, qui ne voulait pas renoncer à l'espoir. Je crois en Tony. Après tout, il est le vendeur numéro un sur Silk Road. »

Ce genre d'observation arrachait à Ross une grimace d'inquiétude.

« Moi, j'ai cessé d'attendre, confia un troisième. Je suis allé acheter ma came dans la rue, à l'ancienne. Pas question que je passe les fêtes en restant lucide. Autant me tirer une balle tout de suite. »

« Où es-tu, Tony ? pleura un autre. Je relisais nos échanges passés. Je t'ai toujours loué pour ta fiabilité, ta rigueur, ton professionnalisme. OÙ ES-TU ?? »

« Il ne peut pas partir, raisonna un autre. Ça voudrait dire qu'il abandonne sa position de vendeur numéro un sur Silk Road. Une position si lucrative ! Personne ne ferait une chose pareille. »

« Il s'est peut-être fait griller par le FBI ? » suggéra quelqu'un.

« Peut-être qu'il *est* du FBI ? rebondit un client inquiet. Ça veut dire qu'ils ont nos adresses, on va tous se faire choper ? »

« Est-ce qu'il n'est pas encore un peu tôt pour paniquer ? » hasarda un dernier.

Dans ce tumulte, il était impossible d'appréhender où en étaient les choses exactement. Des acheteurs plus malins que les autres eurent l'idée d'organiser un sondage en bonne et due forme. Ils bricolèrent un petit module anonyme qu'ils publièrent sur le forum. Le module proposait trois options : « J'ai été livré », « Je n'ai pas été livré et j'ai passé ma commande il y a moins de six jours », « Je n'ai pas été livré et j'ai passé ma commande il y a plus de six jours ». Il y eut quelques milliers de votants. La première option ne reçut aucun vote. La troisième option en reçut l'écrasante majorité.

Lorsqu'on eut analysé les suffrages, comme pour y faire écho, le même jour, le compte de Tony76 fut supprimé par son propriétaire.

« Ça y est, Tony n'existe plus... » s'ébahit-on sur les forums.

Certains avaient encore du mal à y croire.

Mais la majorité réagit très vite. En fureur, elle se tourna vers l'Administrateur.

« Il faut que tu nous rembourses », disait-on.

« On aimerait que tu prennes tes responsabilités. »

« Si tu ne nous rembourses pas, ton site est mort. Plus personne ne voudra dépenser son argent sur cette plateforme de merde. »

« Alors, Admin, comment sont tes commissions ? Tu as palpé 15 % des ventes de Tony, si je ne m'abuse ? »

Ce n'était pas faux. La promotion de Tony avait généré plus d'un million de dollars. Le site en avait donc retenu plus de cent cinquante mille.

Face à son écran, dans la solitude de sa chambre, Ross poussa un profond soupir. Il alla se servir un grand verre de jus de fruits multivitaminé pour se donner du courage et entama son plaidoyer :

Chers amis,

Vous m'obligez, une fois de plus, à vous rappeler le principe du site.

Vous êtes responsables de vos comportements. Finaliser plus tôt est une pratique que j'ai toujours désapprouvée, et vous le savez parfaitement. Elle contourne l'une des fonctionnalités les plus importantes du site. Je pense que vous avez tous commis une erreur. Je vous l'ai signalée, d'ailleurs, plus haut dans ce fil. Vous irez voir.

C'est VOTRE erreur. Comment étais-je supposé intervenir ? Vous aviez tous l'air si contents. J'aurais pu exclure Tony à ce moment-là, ayant mes doutes personnels, mais vous m'auriez probablement cloué au pilori. Et puis, suis-je censé intervenir selon mes impressions personnelles ?

C'est drôle parce que, en dépit de votre implication dans Silk Road, vous semblez parfois ne pas en comprendre les principes. À ce sujet, permettez-moi un parallèle avec l'histoire d'une plateforme de *crowdfunding*, que j'ai lue récemment dans la presse. Cette histoire, c'est la même que la vôtre. Il y eut un jour un entrepreneur plus talentueux que les autres, qui utilisa la plateforme pour récolter beaucoup d'argent. Mais il ne réalisa jamais le projet financé. Les participants lésés se tournèrent alors vers l'Administrateur en disant : « Rembourse-nous ! » Mais l'Administrateur, étonné, leur rappela le principe du site : l'investissement se fait au risque de l'investisseur. C'était écrit et rappelé partout.

Permettez-moi de répondre à l'une de vos accusations et de ne pas m'en cacher. Oui, le site a réalisé une commission sur les ventes de Tony76. Devrais-je la redistribuer ? Je ne pense pas. Ces ventes ont mobilisé nos équipes pour que la plateforme reste fluide. Nous avons veillé à ce que les serveurs ne craquent pas, nous avons modéré les forums. Nous avons travaillé et la commission est la juste rémunération de ce travail.

Mais ce n'est pas la raison profonde pour laquelle je ne vais pas vous rembourser. Si je ne vous rembourse pas, c'est pour une raison meilleure. Je crois au principe du site. Je crois qu'une place de marché comme Silk Road est capable de s'autoréguler. Je crois à l'efficacité du marché libre. Si j'interviens, tel un Dieu clément, pour rétablir la justice, que se produira-t-il ? J'introduirai un biais. Je vous aurai ôté votre responsabilité. Je vous aurai privés d'une opportunité d'apprendre et de devenir de meilleurs utilisateurs du site. Plus vigilants. Plus prudents. Plus professionnels.

Je crois profondément au modèle de Silk Road. Je ne crois pas à la vertu d'une intervention paternaliste. Pour cette raison, je ne vous rembourserai pas.

Ce fut la fin des aventures de Tony76.

Ross s'en était tiré par le haut, mais il médita tout de même cet épisode. Quand il recollait les morceaux, une question le perturbait au plus haut point. Tony avait été un vendeur plus que parfait, plus travailleur, plus sérieux, plus dévoué à ses clients que n'importe qui sur Silk Road. Avait-il prévu son coup depuis le début ? Ou avait-il été opportuniste ? Était-il possible qu'il ait planifié cette escroquerie de bout en bout ? Si c'était le cas, cela signifiait qu'il était très fort. Un adversaire dangereux, capable, peut-être, de provoquer la chute du site.

Or si le compte de Tony76 avait bel et bien disparu, qu'est-ce qui empêchait la personne qui se trouvait derrière d'ouvrir un nouveau compte ?

Au milieu de ces sombres réflexions, Ross fut à nouveau menacé, de manière bien moins élaborée cette fois, mais tout aussi ennuyeuse.

Il ne prêta pas attention tout d'abord aux messages que lui envoyait, en rafales, un dénommé FriendlyChemist.

Celui que Ross nomma plus simplement, par la suite, le « Chimiste » avait un problème. Il s'était lancé dans une affaire compliquée avec de mauvais partenaires.

Un des moindres défauts du Chimiste était sa difficulté à s'exprimer. Ou plutôt, ce n'était pas son expression qui était confuse, mais ses idées elles-mêmes. Il essayait d'expliquer à Ross une situation que lui-même semblait ne pas comprendre. Ses messages étaient insupportablement longs. Encombrés de propos oiseux. Il était difficile d'en extraire l'information essentielle. En un mot, il possédait un vrai talent pour vous casser les pieds.

Ross finit tout de même par se pencher sur ces messages. Au milieu de la diarrhée verbale, un nom retint son attention : les Hells Angels. Il s'agissait de ce fameux gang de motards qui sévissait aux États-Unis. De nombreuses légendes circulaient à leur sujet, auxquelles Ross s'intéressait peu, au demeurant. Pour lui, les Angels étaient avant tout des bouseux sur des motos. Mais c'étaient aussi des types dangereux. Officiellement amateurs de motos, réunis dans un club, ils étaient reconnus comme une vaste association criminelle, versée dans toutes sortes de trafics.

FriendlyChemist, donc, avait un problème avec les Angels. Et ce problème concernait aussi Silk Road. Or Robert n'était pas là. Lui aurait su gérer ce genre de problèmes. Mais Ross en était réduit à s'en sortir, comme d'habitude, entièrement seul.

Les comptes rendus du Chimiste étant trop pénibles à lire, Ross se lança dans une conversation directe avec lui. Quand il parvint à mettre de l'ordre dans cette histoire, il la trouva effectivement préoccupante.

FriendlyChemist était un vendeur de longue date sur Silk Road. Il connaissait bien le site. Ou du moins, il croyait bien le connaître.

Par ailleurs, il connaissait les Angels. Une opportunité s'était présentée. Il les avait persuadés de lui confier une large quantité de drogues, l'équivalent de sept cent mille dollars, afin qu'il les revende pour eux, au détail, sur le site. La perspective de faire des affaires sur Silk Road avait intéressé les Angels. S'ils savaient actionner la manette des gaz de leur moto, ils ne savaient pas se servir d'un clavier et d'une souris. Cette répartition des rôles avec FriendlyChemist leur convenait bien. Ils avaient décidé de lui faire confiance.

Celui-ci s'était donc mis au travail avec un volume bien plus important que ce à quoi il avait jamais été confronté. Et il lui apparut rapidement qu'il n'arriverait pas à le gérer.

Le Chimiste chercha de l'aide.

Il était actif sur les forums. Il y fréquentait de nombreux utilisateurs, notamment des vendeurs, avec lesquels il échangeait conseils et bonnes pratiques. Il contacta l'un d'eux, LucyDrop, duquel il se sentait particulièrement proche. Ils décidèrent de se partager la vente. LucyDrop reprendrait à son compte la moitié de la drogue provenant des Angels.

Or, LucyDrop disparut aussitôt avec la drogue.

Maintenant, FriendlyChemist avait un problème. Le brave Chimiste, qui avait dû être enfant de chœur dans sa jeunesse, était ingénument allé expliquer son problème aux Angels. Ceux-ci ne s'étaient pas montrés compréhensifs. Ils lui avaient laissé deux semaines pour retrouver la drogue. Sinon, disaient-il, ils l'enverraient faire de la chimie dans l'autre monde.

Lorsqu'il eut démêlé l'affaire, Ross fut, d'une part, fatigué. Cette courte narration était le fruit de très nombreux échanges avec le Chimiste. Mais il fut aussi rassuré. Qu'avait-il à faire là-dedans ? Certes, les Angels étaient un groupe dangereux, à ne pas prendre à la légère. Mais Ross ne voyait pas comment aider le pauvre Chimiste. Il s'était mis dans le pétrin tout seul, il fallait qu'il s'en sorte seul. Ross n'hésita pas à le lui dire franchement.

S'ensuivirent quelques jours sans nouvelles, qui furent pour Ross presque comme des vacances. Rien n'est plus pénible, songeait-il, que de travailler avec quelqu'un qui n'a pas les idées claires.

Puis il reçut un nouveau message. Un message au ton cette fois beaucoup plus agressif. Le message d'un homme qui se sent acculé, qui sait qu'il va mourir, et qui est prêt à tenter le tout pour le tout.

En substance, et avec beaucoup de mots, le Chimiste lui expliquait qu'il détenait un grand nombre d'adresses postales d'utilisateurs de Silk Road ; de ses clients, mais aussi de vendeurs avec qui il avait été en relation. La Charte de Silk Road interdisait de conserver ces informations au-delà du moment de la livraison. Mais Ross savait qu'il ne pouvait s'y fier et qu'il s'agissait d'une des plus sérieuses menaces à la sécurité de son site. Il fermait les yeux, espérant un jour trouver la solution.

Le Chimiste menaçait maintenant de les faire fuiter. Il déclarait qu'il n'hésiterait pas à les publier sur le *clear web*, mettant ainsi en danger des centaines d'utilisateurs. Pour donner du poids à sa menace, il envoya à Ross un échantillon de ces adresses qu'il possédait. Certaines correspondaient aux meilleurs vendeurs de Silk Road. Leur fuite était potentiellement catastrophique, pour ces vendeurs comme pour la réputation du site.

Ross était drôlement ennuyé. Il réfléchissait et ne savait que faire. FriendlyChemist lui demandait trois cent cinquante mille dollars. Il n'était évidemment pas question pour Ross de se laisser extorquer. C'était la porte ouverte à tous les chantages. Qui sait combien de types traînaient sur la plateforme, avec une égale capacité de lui nuire ?

Il réfléchit et il accoucha d'une idée. L'idée se fondait sur un constat simple. FriendlyChemist était un crétin. Or, il devait être facile de tromper un crétin. Ross écrivit en choisissant ses mots :

« Je ne peux pas accéder à ta demande, comme tu t'en doutes. Je n'ai pas trois cent cinquante mille dollars à dépenser. »

Il mentait, évidemment. Il poursuivit :

« En revanche, la présence des Hells Angels sur mon site m'intéresse. Ils peuvent sans doute apporter de l'approvisionnement. Et comme tu le sais, nous ne manquons pas d'acheteurs. À mon avis, ils connaissent mal le site et ses opportunités. Si tu me laisses parler directement avec eux, alors nous pourrons peut-être trouver un arrangement. Un accord de gentlemen qui fera que tout le monde sera content. »

FriendlyChemist ne se le fit pas dire deux fois. Il introduisit Ross auprès d'un utilisateur qui portait le pseudonyme de RedAndWhite.

« Bonjour », lui écrivit Ross sur un ton prudent.

« Salut », répondit le motard.

« Alors tu es un Angels ? » demanda Ross.

« Ça se pourrait. Et toi, comment puis-je savoir que tu es bien l'Administrateur ? »

Le pauvre motard n'était probablement pas à l'aise avec les outils digitaux. Tous les messages de Ross étaient pourtant estampillés « Admin ». Et sur Silk Road, il n'y avait qu'un seul et unique Administrateur. Tout le monde le savait.

Ross décida d'être pédagogue.

« Eh bien, pour te le prouver, je peux te révéler l'identité de ton ami, FriendlyChemist. »

« Ce n'est pas mon ami, rétorqua RedAndWhite. Il me doit de l'argent. Beaucoup d'argent. Alors, cette identité ? »

« Il s'appelle Blake, dit Ross. Il a trente-quatre ans. Oh, et il est le père de trois enfants. C'est le genre de chose qui devrait faire réfléchir avant de se disputer avec un gang motorisé. Mais je n'ai pas l'impression que la réflexion soit son fort. Je peux te dire aussi qu'il habite à Vancouver. »

« Comment tu sais tout ça ? » demanda RedAndWhite, sur un ton méfiant.

« Je suis l'Administrateur, je te l'ai dit. Quand ils s'inscrivent sur mon site, les gens me laissent leur identité personnelle. Je stocke celle-ci sur des serveurs cachés. Je suis la seule personne au monde à connaître les identités des utilisateurs de mon site. »

« OK », écrivit le motard, que ce premier échange sembla mettre dans de bonnes dispositions. « Ce con de Blake m'a dit que tu voulais me parler. Qu'est-ce que tu me veux ? »

Ross se lança dans une explication détaillée de ce qu'était Silk Road. Comme il l'avait anticipé, RedAndWhite n'avait pas compris la plateforme. Mais la démonstration fit son effet et le motard se mit à poser de plus en plus de questions. On se dévoilait un intérêt mutuel, on progressait.

« Tout ça ne me dit pas, observa RedAndWhite au bout d'un moment, comment je vais régler mes comptes avec Blake. Il me doit un sacré paquet de pognon. »

« Et moi, il essaie de m'extorquer, expliqua Ross. Il menace de faire fuiter les identités des utilisateurs avec lesquels il a été en contact. »

« La petite fiotte », commenta le motard.

« Blake, ajouta Ross, est une nuisance dont je me passerais volontiers. Tu veux de l'argent, je veux me débarrasser de lui. Vous êtes les Angels, vous devez avoir l'habitude de ce genre de situations. Est-ce qu'il n'y a pas un prix pour se débarrasser de quelqu'un ? J'ai de l'argent, je ne veux juste pas le donner à Blake. J'ajoute que quelqu'un dans ma position peut avoir besoin de ce genre de services de temps en temps. »

En cet instant, Ross jouait au patron du plus gros marché noir de la planète. Il se sentait en sécurité derrière son écran, entre cette brute qui n'y connaissait rien, d'un côté, et ce crétin désespéré, de l'autre. Cette conversation l'amusait.

Et subitement, il n'était plus qu'à un clic de commander un meurtre.

« Tu veux ça propre ou pas propre ? » lui répondit le motard du tac au tac.

« Propre », dit Ross, qui sans vouloir le laisser paraître n'avait aucune idée de ce que cela signifiait.

« C'est deux cent mille pour un truc propre, cent mille pour un truc pas propre », répliqua l'autre, qui avait dû sentir, d'une manière ou d'une autre, que son interlocuteur hésitait.

« Ce sont tes meilleurs prix ? » demanda l'Administrateur, se donnant l'air de quelqu'un qui négocie.

« Oui. Si tu veux, ça peut être fait lundi. »

Après avoir transféré deux cent mille dollars en bitcoins pour un « truc propre », comme le motard le lui proposait, Ross sentit qu'il avait la tête qui tournait.

Il leva les yeux de son écran. Il se trouvait dans la Public Library si familière.

Ross appréciait ces longues tables de bois sombre, couvertes d'un cuir vert et usé ; ces lumières basses et tamisées, dispensant juste ce qu'il fallait d'éclairage pour travailler ; cette moquette râpée jusqu'à la corde ; ces étagères remplies de livres anciens, du sol au plafond, le long de l'immense salle circulaire et voûtée ; le dôme de verre et sa structure métallique, très haut au-dessus des têtes appliquées. Il appréciait les chuchotements et les messes basses, les bruits étouffés, les regards emplis de la crainte d'avoir dérangé son voisin ; cette odeur de livres moisis, que personne n'ouvre jamais, et dont les revêches occupants du bureau d'accueil sont les gardiens sacrés. Ce lieu lui rappelait ses années d'étudiant, qui précédaient Silk Road. C'était d'ici, d'ailleurs, qu'il avait pour la première fois mis en ligne le site, utilisant le wifi public. Il se le rappelait très bien. Tout ceci paraissait lointain.

Mais en dépit de cette familiarité, dans l'instant présent, il ne se sentait pas à son aise. Il avait mal à la tête. Il passa une main sur son front et remarqua qu'il transpirait. Sans savoir pourquoi, il avait l'impression d'être épié. Il observa la rangée de visages autour de la table, absorbés. Il se tourna sur son siège. Deux étudiants pouffaient. À part cela, tout le monde travaillait. Un vieux documentaliste poussait un chariot dans l'allée, accompagné d'un grincement aigu et métallique.

L'homme tourna son regard vers Ross. Le visage était sévère et ridé, comme un peu fou, les sourcils très arqués. Ross eut l'impression d'être dévisagé. Mais n'était-ce pas plutôt lui, Ross, qui le dévisageait ? Il détourna son regard et laissa le documentaliste tranquille. Il décida de faire une pause et d'aller aux toilettes. Il prit soin, comme il le faisait toujours, de se déconnecter de Silk Road, de fermer son navigateur, de chiffrer son ordinateur et de le fermer, avant de se lever.

Rasant les murs, il se dirigea vers la sortie, sans parvenir à se débarrasser de cette impression qu'on l'épiait. Il se retourna nerveusement deux fois. Il arrivait effectivement que quelqu'un le regarde d'un air distrait, comme lorsque vous regardez, sans y penser, quelqu'un qui passe sous votre nez ; mais rien qui justifiât cette sensation qu'il éprouvait.

Il descendit la volée de marches du grand hall. Sous l'escalier se trouvaient les toilettes. D'habitude, il y avait la queue mais, en cet instant, elles étaient parfaitement désertes. La couleur rouge vif de leur mobilier accentua encore son malaise. Qui diable avait l'idée de faire des toilettes de cette couleur-là ? Ross pissa à la pissotière, où des mouches s'enivraient. Il se sentait de plus en plus mal. Il actionna la chasse, se lava les mains, se passa de l'eau sur le visage. Il se regarda dans la glace : sa pâleur était mortelle.

Tout à coup, dans le reflet du miroir, le vieux documentaliste lui apparut. Ross en fut tellement surpris qu'il sursauta. Le vieil homme, qui venait d'entrer, le toisa de son air désapprobateur. Ross se contenta de décamper des toilettes.

Il quitta la Public Library. Il avait besoin de prendre l'air. Contournant les gigantesques lions de pierre, il s'engouffra dans la Cinquième Avenue, bondée de monde, et prit la direction de Bryant Park, situé juste derrière la bibliothèque. Ce parc était particulièrement accueillant, ouvert et dégagé, tapissé d'une belle pelouse, entouré de grands arbres, bordé de hauts immeubles de verre et d'acier, accentuant la luminosité du ciel new-yorkais. À côté de la fontaine, Ross trouva un marchand de boissons et s'acheta une bouteille de jus de fruits. Il s'installa sur l'une des chaises qui se trouvaient là, à l'ombre des arbres, offertes aux passants.

Il buvait la première gorgée lorsqu'une voix le fit de nouveau sursauter.

— Tu es en contact avec les Angels ?

Ross recracha son jus de fruits par le nez. Il se retourna très vivement mais pour reconnaître la voix, il n'avait pas besoin de voir. Cette voix virile, pleine d'assurance, il la connaissait mieux qu'aucune autre. C'était celle de Robert.

Celui-ci était affalé sur une chaise juste à côté de lui.

Il portait des lunettes de soleil et avait à présent le crâne rasé. Il était vêtu de tongs, d'un short et d'une chemise hawaïenne, qui était ouverte de manière impudique et offrait ainsi son torse, extrêmement musclé, aux rayons du soleil, ainsi qu'à tous les regards. Les femmes ne manquaient pas de se retourner.

Ross était sous le choc. Ça faisait des semaines qu'il espérait des nouvelles de son associé, dont il se demandait parfois s'il n'était pas mort, et le voici qui se trouvait à côté de lui, sans crier gare, comme s'ils s'étaient quittés la veille. Robert lui souriait, de ce sourire bien fendu qui le caractérisait. Ross essuya, avec une serviette en papier, son nez qui coulait.

— Et tu commandites un meurtre ? poursuivit Robert d'un ton railleur, sans laisser à sa proie le temps de réagir.

Cette fois, Ross était au bord du malaise. Pris la main dans le sac. Ce qu'il venait de faire avec RedAndWhite lui paraissait encore factice. Il ne s'agissait, à ce stade, que d'une discussion qui s'était déroulée sur le Chat. Et voilà qu'elle rejoignait brusquement le monde réel. Pétrifié, il ne savait que répondre. De toute manière, Robert était manifestement déjà au courant.

— J'ai eu des ennuis, se justifia-t-il.

— Des ennuis, le taquina Robert. Voyez-vous ça. Il a des ennuis, alors il lui pousse des couilles. Un vrai Parrain de la pègre.

Et il lui administra une grande claque dans le dos.

Le Parrain de la pègre faisait piètre figure, son jus d'orange à la main, dont il se souilla une nouvelle fois. Mais surtout, il tremblait que quelqu'un entende leur conversation. Il répondait à Robert à voix basse. Robert, lui, ne se gênait en rien.

— Il m'est arrivé plusieurs embrouilles, expliqua l'informaticien. Avant FriendlyChemist, il y a eu Tony76.

— Et avant Tony76, il y a eu Variety Jones, asséna Robert.

Ross le dévisagea, incrédule. Il ignorait ce que son associé savait exactement.

— Tu as été imprudent, repartit celui-ci. Tu n'aurais pas dû faire confiance à ce type. Je te l'avais dit. Il aurait pu nous faire beaucoup de mal. Maintenant, je pense que c'est mort et enterré. Mais il n'empêche, tu nous as exposés.

Le ton n'était pas vindicatif, mais il était tranchant. Ross sentait que son associé n'était pas tout à fait content. Avec Robert, c'était difficile à dire. On ne savait jamais quand il était protecteur ou menaçant.

Ross se ressaisit aussitôt. Après tout, Robert l'avait laissé tomber. Il était mal placé pour lui reprocher d'avoir pris des décisions seul.

— J'ai traversé des périodes difficiles, dit Ross en se renfrognant. Je traverse toujours une période difficile, corrigea-t-il, pensant à son affaire avec le Chimiste, qui n'était pas terminée, mais aussi à la mise à jour des serveurs qu'il devait effectuer, désormais, sans l'aide de VJ. La maintenance du site, tu n'as aucune idée de ce que c'est. Ça craque de tous les côtés.

— Tu t'en tires très bien, répliqua Robert.

— Non, Robert. Je ne m'en tire pas « très bien ». Je n'en peux plus. Je suis à bout et tu le sais.

— Juste, fais gaffe à ne pas perdre le principe de réalité, poursuivit Robert, ignorant complètement les doléances de Ross. Les Angels, ce n'est pas pour toi.

— Ah oui, et qu'est-ce qui est pour moi, Robert ? De me taper tout le travail ingrat ? De faire du code sans m'éloigner de mon écran, tandis que tu es par monts et par vaux ? D'ailleurs, comment tu es au courant pour les Angels ?

— Ce sont des amis, dit sobrement Robert.

Il fit signe de la main à une fille qui passait devant eux en louchant sur son torse.

— Tu vois toujours les choses par le petit bout de la lorgnette, reprit-il. Tu ne changes pas. Tu ne comprends pas. D'après toi, qu'est-ce que Silk Road ?

— Une place de marché, répondit Ross, bougon.

— Ce n'est pas suffisant. Tu n'y es pas encore. Qu'est-ce que c'est que Silk Road ?

Ross détestait quand Robert lui parlait de cette manière.

— C'est… le marché libre. Un système qui s'autorégule. La première forme de société basée sur les échanges volontaires.

— C'est mieux, apprécia Robert. Et cette société, elle a un ennemi. C'est qui ?

— L'État, dit Ross qui retrouvait un peu de son ancienne connivence avec Robert.

— Et cet État, il dépend de quoi ? Allez ! Il dépend de quoi ?

— Je ne sais pas, dit Ross. D'un tas de choses. Du monopole de la violence, je crois.

— Pas tout à fait, corrigea Robert. Tu as raison d'en parler, mais le monopole de la violence, il découle d'une chose plus élémentaire. L'impôt. L'argent de l'impôt permet de payer des hommes et de les entraîner, et ensuite, ces hommes se chargent de prélever l'impôt pour toi. Plus d'impôts, plus d'hommes, plus d'hommes, plus d'impôts. C'est un cercle vicieux. Il faut le briser. Comment on le brise ?

— Je ne sais pas, dit Ross qui écoutait à présent avec attention.

— On supprime l'impôt, conclut Robert triomphalement. Ça ne te frappe pas, la manière dont tout le monde se soumet à l'impôt ? Regarde un peu ces moutons, dit-il, désignant les passants devant eux.

— C'est parce qu'on a peur.

— Exact, on a peur. Pourtant, ensemble, on est plus forts que l'État. On est plus nombreux que l'État. Si tout le monde se soulevait au même moment, que crois-tu qu'il pourrait faire ?

— Rien du tout, dit Ross.

— Rien du tout, répéta Robert. Absolument rien. Il disparaîtrait immédiatement. Ce qui prouve que l'État ne repose que sur une chose : la croyance. La croyance que les gens ont qu'il n'existe pas d'alternative à l'État. Mais si tu détruis cette croyance, tu détruis l'État. Si plus personne ne paie ses impôts, l'État n'a plus de moyens d'existence. Il ne peut plus payer ses agents. Il s'abolit de lui-même. On devient la première société libre. Et demain, les nations du monde entier nous imiteront.

Contemplant le parc et les grands immeubles qui le dominaient, comme si pour lui, déjà, rien de tout ceci n'existait plus, Robert laissa planer un silence.

— C'est ça, Silk Road, dit-il pour conclure.

— Tu es fou, répliqua Ross doucement.

Il s'était tourné vers son compagnon et le regardait avec ce mélange d'admiration et d'incrédulité qui avait toujours été le sien. Une partie de lui était prête à le suivre jusqu'en enfer. Une autre voulait le fuir le plus vite possible.

— Ça m'est égal que tout le monde me croie fou, dit Robert. Je sais que j'ai raison. Mon prédécesseur était venu annoncer la mort de Dieu, je suis venu annoncer la mort de l'État. C'est inéluctable.

— Tu te prends pour Nietzsche ?

— Ça n'a aucune importance qui je suis. Ce qui compte, c'est l'évolution qui est en cours. Ceux qui ne m'écoutent pas, demain, ils disparaîtront avec le reste.

Il y eut un silence, pendant lequel Ross prit la mesure de ce qui venait d'être dit.

Face à eux, dans les hauts immeubles, les plus grandes banques conduisaient leurs activités le plus tranquillement du monde. Elles le faisaient grâce à des privilèges qui leur étaient octroyés par l'État. Les banques et l'État, l'État et les banques. Il y avait eu une grande crise financière quelques années plus tôt et l'État avait volé au secours des banques. Personne n'y avait rien compris. Personne n'avait posé de questions. Ross savait tout cela. Il s'intéressait à l'économie, il avait consacré du temps libre à creuser le sujet.

Imaginer ce monde disparaître avait quelque chose de grisant. Pour dire la vérité, il n'avait jamais aimé ce monde. Ce monde ne lui avait rien offert qui aurait fait qu'il pût l'aimer. Mais en même temps, cela lui donnait le vertige. Ross n'était pas d'un tempérament violent. Il n'était pas taillé pour les perspectives que présentait Robert.

— Je... Je ne crois pas pouvoir t'accompagner dans cette démarche, dit-il prudemment.

Son choix de mots lui paraissait à lui-même absurde.

— Je craque déjà, ajouta-t-il. Ces derniers temps, je ne fais que des erreurs. Je vais finir par planter le site. Ou pire, par compromettre notre sécurité. Je n'y arrive plus, Robert. Je suis désolé.

— Tu t'en tires très bien, le contredit Robert. Tu fais un boulot remarquable. C'est toi, le véritable héros de cette histoire. Pas moi. Je sais très bien que le site, sans toi…

— Robert, pour une fois, il faut que tu m'écoutes.

— Que je t'écoute ? Que je t'écoute ? répéta son ami en s'énervant subitement. Non, mais tu te rends compte que je t'écoute te plaindre *en permanence* ? Toujours en train de geindre, toujours en train de pleurnicher. Comment est-ce qu'on peut être un *loser* à ce point ? Ça me dépasse. Je commence à en avoir marre de me casser le cul avec toi. Alors je te préviens. Tu te mouches, et tu fais ce qu'il y a à faire. Il n'y a pas d'alternative.

Robert le regardait avec colère. Le regard bleu, d'habitude si calme et si beau, s'était rétréci comme celui d'un reptile. La physionomie s'était fermée et il s'y peignait à présent une expression de haine et de rage incontrôlée.

— Tout va bien, dit Ross pour l'apaiser. Redescends. C'est normal qu'on discute. On ne se voit pas pendant des mois, tu ne me donnes pas de nouvelles, et d'un seul coup, tu t'enflammes. Il faut qu'il y ait un dialogue entre nous. S'il n'y a pas de dialogue, on ne va pas y arriver.

— Parfois, j'ai l'impression que tu ne comprends pas ce qu'on fait, répliqua Robert, qui cessa de le dévisager et sembla retrouver la maîtrise de soi. Ce qu'on fait, c'est tellement important. Tu sais, en court-circuitant l'impôt, on mettrait le feu aux poudres. Ça peut aller très vite. Mais si on n'y arrive pas, alors je crois que je me suiciderai.

Il regardait à présent dans la profondeur de la Sixième Avenue.

Ross se demanda si leurs voisins avaient entendu leurs propos. Dans le feu de la discussion, ils avaient parlé très fort.

Il trouvait l'idée de se suicider pour Silk Road excessive et absurde.

Le moment paraissait opportun pour prendre le large.

— Il faut que j'y aille, dit-il. Je dois mettre les serveurs à jour. Je ne te cache pas que je ne suis pas tout à fait à l'aise avec l'opération. Mais je vais y arriver, appuya-t-il, pour ne pas déclencher une seconde dispute. Si j'ai besoin de te contacter, comment je fais ? Tu as un téléphone ?

— Je n'échange plus de manière électronique, répliqua Robert en tournant vers lui un regard vide. Ni téléphone ni message, rien. Si je veux te trouver, je sais comment faire. Tu l'as vu aujourd'hui, ajouta-t-il d'un ton ambigu. Si toi, tu veux me voir, tu peux me rendre visite à cette adresse. Le matin, entre sept et neuf, j'y suis toujours.

De sa main musclée, il tendit un morceau de papier sur lequel étaient inscrits un numéro, un nom de rue et un étage.

— Ça marche, à la prochaine, dit Ross en se levant.

Robert ne lui rendit pas son salut. Il était profondément plongé dans ses pensées.

*

Ross regagna sa petite chambre de Brooklyn. Le métro aérien le déposa à Carroll Gardens. Il descendit l'escalier de fer, traversa les rues calmes et bourgeoises de ce quartier familial. C'était l'heure de la sortie d'école. On entendait des voix d'enfants.

En rejoignant l'appartement partagé, il y trouva l'étudiant qui regardait la télé. Il lui fit un brin de conversation. D'habitude, avec ses colocataires, Ross desserrait à peine les mâchoires. Il restait distant et mystérieux. L'étudiant fut surpris de le voir si loquace. La vérité était que Ross éprouvait le vif besoin d'une conversation normale avec un individu normal.

Ensuite, il s'enferma dans sa chambre et mit de la musique. Il se connecta à Silk Road. L'excuse donnée à Robert n'avait rien de mensonger. Il devait faire une mise à jour des serveurs, qui étaient encore en train de craquer. C'était fou mais, en dépit des erreurs techniques, maladresses, escroqueries et trahisons en tous genres, le site ne cessait de croître de manière exponentielle. C'était juste complètement dingue de voir ça, songeait Ross. De quoi auraient-ils été capables s'ils avaient eu une vraie équipe, comme une startup classique ? Les rêveries de Robert, réfléchit-il, n'étaient peut-être pas si éloignées de la réalité. Il était impossible d'estimer le potentiel du site.

En même temps qu'il s'occupait des serveurs, il regardait sa messagerie d'un œil distrait. Or, il avait reçu des messages du Chimiste. Celui-ci lui sauta dessus, par Chat interposé, dès qu'il le vit connecté.

« Qu'est-ce que ça a donné avec RedAndWhite ? » fut la question qu'il lui lança, sans même s'embarrasser d'une formule de politesse.

Ross prit son temps pour répondre. Il ne fallait pas éveiller ses soupçons.

— Le crétin, grommela-t-il entre ses dents. Avec toutes ces émotions, je l'avais presque oublié. Vivement que je sois débarrassé de lui. J'ai vraiment d'autres choses à faire en ce moment.

« Tout s'est très bien passé, écrivit-il fielleusement dans le Chat. Je crois qu'on va arriver à s'entendre. RedAndWhite était très intéressé par les possibilités du site. »

« Pourtant, je lui avais déjà tout expliqué », estima FriendlyChemist.

« Il y a manière et manière de présenter les choses. Et puis, je connais ça mieux que toi. Je pense qu'on va faire du business avec les Angels, rebondit Ross, cherchant à mettre fin à la conversation. Tu n'as à t'inquiéter de rien. Je te tiens au courant dès que j'ai des nouvelles. »

Puis il ferma la fenêtre du Chat et essaya de se concentrer sur les serveurs.

La mise à jour était typiquement le genre de tâche qu'il confiait d'habitude à VJ, qui connaissait les serveurs bien mieux que lui. C'était lui qui les avait amenés à leur configuration actuelle.

En l'absence de son lieutenant, Ross était embarrassé. Il effectuait des recherches, trouvait des bouts de code, les ajoutait au sien. Il était tendu et il suait.

— Merde, lâcha-t-il soudain dans le silence de sa chambre.

Il s'était planté.

L'adresse IP du serveur se trouva exposée sur une des pages du site, la page de connexion où il fallait répondre à un Captcha, ces petits tests qui permettent de vérifier que vous n'êtes pas un robot. L'adresse IP se trouvait exposée ici, de telle manière que n'importe quel curieux possédant des connaissances en informatique pouvait la repérer.

— Merde, merde.

Ross travailla aussi vite qu'il put. En quelques minutes, l'erreur fut corrigée. Le serveur se retrancha dans son anonymat.

Ross remarqua qu'il s'était rongé les ongles jusqu'au sang.

Que fallait-il faire ? La fuite n'avait pas duré longtemps, et il aurait fallu être en train de fouiner en cet endroit précis, à cet instant précis, pour l'avoir aperçue. Ça paraissait hautement improbable.

Mais d'un autre côté, que savait Ross des moyens déployés par le FBI ? L'agence furetait sur Silk Road, c'était clair. Étaient-ils deux, vingt, deux cents ? Travaillaient-ils jour et nuit, sans relâche, testant toutes les méthodes imaginables ? De la réponse à cette question découlait la probabilité que sa sécurité soit en danger.

Il se roula un petit joint. Il fallait avant tout qu'il retrouve son calme. L'éventualité d'avoir été repéré était, objectivement, extrêmement faible. Il travaillait trop. Il était trop tendu. Et les agents de la cybersécurité du FBI étaient, de notoriété publique, une bande de brêles.

13
AU PAYS DES SAGAS

L'agent spécial Chris Tarbell, chargé de la cybersécurité au FBI et de l'enquête visant à saisir le site clandestin Silk Road, maintenant sur la liste noire des gouvernements du monde entier, avait connu des jours meilleurs.

Il ne faisait plus de sport, et lorsqu'il ne faisait plus de sport, il devenait rapidement très gros. Cette énorme masse de muscles, d'habitude entraînée quotidiennement, retombait désormais en une chair flasque. Les biceps s'étaient transformés en de petites ailes de chauve-souris, qui pendaient du mauvais côté et suivaient à présent les mouvements des bras plus qu'elles ne les impulsaient. Les muscles abdominaux, jadis structurés comme une tablette de chocolat, évoquaient à présent les effets d'un abus de cette friandise. Chris se sentait lourd et soufflait. Son visage était blanc gris, comme un linge sale.

Il avait surtout un air mauvais. Absent, il n'écoutait plus ce qu'on lui disait. Il se contentait de regarder dans le lointain, comme si son scepticisme, à présent, concernait la réalité tout entière. Les nouvelles qu'on lui portait lui faisaient toutes l'effet d'être mauvaises. Il parlait peu, et cela convenait bien à ses équipes.

Il était retourné voir VJ plusieurs fois à la prison fédérale, lui offrant des deals, lui proposant d'alléger sa peine en échange d'un peu de coopération. Mais l'agent Carl de la DEA avait raison. VJ était un dur à cuire. Il se contentait de toiser Chris de ses yeux caves et de lui répondre avec mépris, quand il ne l'insultait pas carrément.

Chris n'avait plus d'idées. Ses équipes attaquaient le site continuellement, dans l'espoir d'y découvrir la faille. En vain. Peut-être leurs techniques étaient-elles éculées ? Il n'avait plus d'opinion. Il n'avait plus cette rage qui fait qu'on prend un adversaire de vitesse.

La bouteille de whisky était rangée dans le tiroir de son bureau. Pour le moment, il ne l'avait pas touchée. Il buvait le soir, en rentrant chez lui. Mais pas au bureau. Pas encore. Il savait que le pas serait fatal. Cela ouvrirait la porte à ses vieux démons. Il pensait à son père, journaliste raté, dont l'alcoolisme avait pesé sur toute la famille.

Il réfléchit au fait que le whisky était un produit légal tandis que les drogues qui se vendaient sur ce maudit site, qu'il haïssait, étaient illégales. Pourtant, elles n'étaient pas nécessairement plus dangereuses. Chris savait même, en dépit de son peu de connaissances en histoire, que le whisky, à une époque, avait été illégal. Cette période sombre de l'histoire des États-Unis s'appelait « la prohibition ». Elle n'était pas considérée comme une expérience réussie. Les Américains n'avaient pas moins bu, ils avaient fabriqué de l'alcool dans leurs baignoires, et ils l'avaient vendu sur le marché noir, causant des dégâts bien plus considérables qu'à l'époque où tout était légal.

Ces pensées torturaient Chris, au point qu'il ne prêta pas attention à sa stagiaire, Lena, qui l'appela timidement tandis qu'il passait à proximité. Lena dut le poursuivre jusque dans son bureau.

— Que puis-je pour toi ? demanda Chris machinalement à la jeune femme qui se tenait dans l'embrasure de la porte.

Il regardait par la baie vitrée d'un air mélancolique. Lena, comme tous les subordonnés de Chris, voyait que le chef n'allait pas bien. Elle était jeune et n'avait jamais été confrontée à ce genre de situation. Elle n'avait aucune idée de la manière dont il convenait de se comporter.

— Monsieur Tarbell, commença-t-elle timidement. Vous vous rappelez, vous m'avez chargée d'envoyer des requêtes et d'analyser les réponses ?

— Eh bien ?

— Eh bien, j'ai quelque chose qui peut vous intéresser.

Chris avait en effet confié à Lena la tâche fastidieuse de naviguer sur le site, d'y entrer des données quelconques – en ouvrant des comptes, en postant sur les forums, en créant des pages produits, n'importe quoi en fait – et d'analyser les paquets de données que le site lui renvoyait. En dépit de l'expérience dynamique qu'il nous offre, le web fonctionne comme un bon vieux service postal, ou comme le service d'un restaurant, qui effectue des allers-retours entre la cuisine et le client. Or, pour voyager efficacement le long des réseaux, l'information est découpée en paquets, et ces paquets, à leur tour, contiennent des métadonnées, qui sont comme les informations qu'on inscrit sur l'enveloppe d'une lettre, afin que celle-ci trouve son chemin. La jeune et studieuse Lena s'appliquait donc à envoyer au site des demandes au hasard et à analyser ces métadonnées.

Cette tâche n'avait pas grand-chose de « cyber ». C'était un travail bête et ingrat, sans certitude de résultat. Entrer au FBI pour y accomplir des tâches de cette sorte avait été surprenant pour Lena. Elle s'y appliquait néanmoins avec ferveur, huit heures par jour, sirotant des cafés, chaussée de grandes lunettes.

Car il n'était pas exclu, comme le rappelait toujours Chris – du moins, avant de sombrer dans la dépression –, que le « petit malin » qui se cachait derrière Silk Road « commette une erreur ». Et s'il la commettait, cette erreur, et que, par chance, quelqu'un comme Lena se trouvait sur la bonne page au bon moment, on pourrait en tirer des informations intéressantes, de nature à faire progresser l'enquête.

C'est ce qui s'était produit ce matin-là.

Chris avait du mal à y croire et il était encore à se frotter les yeux devant l'ordinateur de la jeune femme.

— Il s'agit du Captcha, expliqua-t-elle. Le matin, en général, je travaille sur la page d'inscription du site. J'entre des données, je regarde les paquets qui me reviennent. Je consigne les résultats ici, dit-elle en déployant un fichier de calcul qui occupa tout l'écran. Et ce matin, j'ai reçu ceci.

De son air naïf et appliqué, elle pointa, sur son écran, une longue suite de chiffres et de lettres. De cette suite inintelligible pour un simple mortel, l'œil affûté de Chris tira immédiatement un élément intéressant. Une adresse IP. Une adresse qui permettait de localiser un serveur physiquement.

La jeune fille fut presque effrayée lorsque Chris lui demanda, d'une voix où régnait un calme apparent, d'écarter ses mains du clavier, d'éloigner son fauteuil de la table, de se lever et d'aller se faire un café.

Le chef de la cybersécurité du FBI procéda à quelques tests. La stagiaire ne s'était pas trompée. D'habitude, les métadonnées que renvoyait Silk Road ne contenaient que les adresses des nœuds Tor. Mais cette fois, il s'agissait d'une vraie adresse IP. L'Administrateur avait dû faire une erreur dans la configuration de ses serveurs. Rapidement, Chris se mit à jouer avec le Captcha, afin de voir si l'erreur persistait.

Mais elle avait été corrigée. Une erreur temporaire, donc, une maladresse, sur laquelle ils avaient eu la chance de tomber. En plus de sa stagiaire, Chris pouvait remercier sa bonne étoile.

Pourtant, il était encore tôt pour le faire. L'adresse IP pointait vers un *data center* en Islande. C'était une chose. Il fallait entrer en contact avec les autorités locales, leur demander s'ils acceptaient de coopérer. En général, ce genre de coopération se passait bien, Chris n'avait rien à redouter, mais ça pouvait prendre du temps.

Surtout, cette adresse IP ne garantissait rien quant à ce qui se cachait derrière. Chris pouvait tomber sur le site complet, contenant les précieuses bases de données, comme il pouvait y trouver uniquement le Captcha, dans un serveur dédié à ce service. Dans ce cas, la piste s'arrêterait là. Ou pas. Le Captcha pouvait aussi les mettre sur d'autres pistes. En fait, tout était possible. Chris n'était assuré de rien, sauf que c'était certainement la piste la plus sérieuse depuis l'arrestation de VJ.

Il se mit à réfléchir avec intensité. Il fallait prioriser. L'ordre selon lequel il agirait pouvait lui faire perdre ou gagner des semaines. Il décida d'envoyer d'abord la demande à la police de Reykjavik, ville dont il lisait le nom pour la première fois, puis d'appeler la sénatrice afin de s'acheter du temps. « Du temps, du temps, du temps », se répétait Chris. L'enquête piétinait depuis des mois. Il savait qu'il risquait de sauter à tout moment.

Il savait aussi qu'en cas de succès le plus important était qu'on lui en attribue la paternité. Il écrivit donc lui-même à la police de Reykjavik. Quand il était lancé, Chris était conséquent et méticuleux.

Il fit partir la requête. Puis il s'interrogea, tout de même, sur l'endroit où pouvait bien se situer l'Islande sur une carte du monde. Il n'en avait aucune idée. La seule fois où il avait quitté le sol des États-Unis, c'était pour faire un tour en Europe avec des amis, entre la *graduation* et l'université. Il avait été déçu. Les Européens lui avaient paru arrogants.

Dans le nom anglais de « Islande », il y a le mot « glace ». Chris se doutait donc que le pays se trouverait à proximité d'un Pôle. Il fut surpris de le découvrir si près du Groenland.

— Merde, dit-il à haute voix, dans la solitude de son bureau. C'est vraiment un trou.

Il interrogea le moteur de recherche qui lui renvoya quelques photos.

— Il faut que je m'achète un manteau, conclut-il en observateur avisé.

Puis il appela la sénatrice. Il n'était pas bon de rêvasser à un voyage qui n'aurait peut-être pas lieu. Charlene Schumer, elle, rêvassait sans doute très peu. Surtout depuis qu'elle avait été nommée, par le Président en personne, secrétaire d'État au Numérique.

— Bonjour, sénatrice, lâcha Chris dans le combiné du téléphone, de sa voix la plus masculine, sitôt que celle-ci décrocha.

— C'est vous, Chris ?

La sénatrice chuchotait. Elle se trouvait dans les locaux de CNN, la première chaîne d'information du pays. Ils se situaient à Columbus Circle, à l'angle de Central Park, soit à une cinquantaine de blocs au nord du Federal Building où logeait le FBI.

Charlene avait mis son plus beau tailleur rouge et offert à sa chevelure un brushing léonin.

— Je ne vais pas pouvoir parler longtemps, je passe à la télévision dans quelques minutes. Qu'y a-t-il ?

À ce simple échange, Chris pouvait entendre que, suite à sa récente nomination, la sénatrice était encore montée d'un cran sur l'échelle de l'efficacité.

— Je voulais vous donner des nouvelles de Silk Road. Le site de drogues.

— Ah… fit-elle, intéressée. Je vous écoute.

— Je voulais vous avertir que nous avons enfin une piste sérieuse. Les informations que je vous donne là sont confidentielles, bien sûr, s'empressa d'ajouter l'agent spécial. Leur fuite, à la presse par exemple, diminuerait nos chances de nous emparer du site.

— Je comprends, acquiesça la sénatrice, se repliant dans un coin d'ombre du plateau de télévision, où l'on s'affairait. Rassurez-vous, Chris, nous sommes dans la même équipe.

— Nous avons exploité une faille informatique et le serveur nous a révélé son adresse, embraya-t-il. Cette piste nous conduit à Reykjavik, en Islande.

— Je sais où est Reykjavik, réagit la sénatrice.

— Il va falloir que nous coopérions avec la police islandaise. Cela peut prendre du temps. Aussi voulais-je vous prévenir afin que vous vous munissiez encore de patience.

Il y eut un court silence au bout du fil. Aussi long, en fait, que la sénatrice en était capable.

— Écoutez, repartit-elle sur un ton qui avait changé. Je vais passer à la télévision dans une minute. Le Président m'a chargée de faire la pédagogie du programme PRISM au peuple américain. Le programme de surveillance mondialisé de la NSA, dévoilé par Snowden. Je n'y connais rien. Je n'ai même pas eu le temps de me renseigner. Et je doute que le Président y connaisse quelque chose lui-même, ajouta-t-elle d'un ton stressé. À mon avis, jusqu'aux révélations de Snowden, il n'était même pas au courant de l'existence du programme. Il l'aura découvert dans la presse, comme tout le monde. La NSA a agi de sa propre initiative, sans consulter personne, dépensant un budget astronomique. C'est une histoire de dingues. Donc comme vous voyez, je suis assez occupée en ce moment. J'ai besoin que vous me rapportiez des *résultats*, Chris. Pour tout vous dire, je m'apprêtais à m'adresser à vos supérieurs.

Le chef de la cybersécurité du FBI, dont le teint était déjà cireux, pâlit encore.

— Je suis contente de savoir que vous avez une piste, conclut-elle d'une voix légèrement adoucie. Ne tardez pas. Je compte sur vous. Tenez-moi au courant.

Elle avait raccroché. « À ma figure », songea Chris, dont les joues, après avoir pâli, s'enflammèrent soudain. Il avait retrouvé sa combativité. Il tenait une piste, il avait obtenu un délai. Il fallait qu'il avance rapidement et sans faux pas.

Carl, l'agent spécial de la DEA, l'observait depuis le coin où il était installé, son bonnet vissé sur la tête.

Après l'arrestation de VJ, son interrogatoire et sa torture infructueuse, Carl aurait pu rentrer à Baltimore, où se trouvaient les bureaux de la DEA. Mais il n'en avait rien fait. Il était resté traîner au FBI, disant qu'il était impliqué dans Silk Road, que sa couverture pouvait encore servir, qu'il avait envie de se rendre utile. Chris, absorbé, n'avait pas songé à le chasser. Il était vrai qu'il n'appréciait ni les tatouages ni la chevelure crasseuse de l'agent infiltré. Les deux hommes n'appartenaient pas au même monde. Mais Carl s'était rendu complice en acceptant de pousser l'interrogatoire de VJ plus loin que la procédure ne l'autorisait. Chris se sentait donc redevable. Et après tout, la DEA avait peut-être ses propres objectifs, distincts de ceux du FBI.

Il était exact que Carl avait ses propres objectifs. Toutefois, ils n'étaient pas de la nature que Chris soupçonnait.

Pour comprendre ces objectifs, il faut en dire un peu plus sur cet agent.

Il était le père de deux ravissantes petites filles, de quatre et un ans. Sa femme et lui menaient une existence assez précaire dans cette ville morne de Baltimore. Carl était souvent en mission. Il s'absentait pour des semaines, parfois des mois, sans que sa femme sache où il allait, ni à quoi il s'occupait. Pour leur couple, cela représentait un sacrifice énorme. Et pourtant, le salaire d'agent infiltré récompensait mal ces contraintes. Carl et Sofia s'étaient mis sur le dos un emprunt dont les remboursements étaient déjà difficiles *avant* la terrible crise financière qui devait frapper l'Amérique et le monde entier. Quand elle eut lieu, le taux de l'emprunt se mit à grimper, selon un mécanisme qui resta impénétrable à Carl et Sofia.

Ils arrivaient à joindre les deux bouts, mais les perspectives n'étaient guère brillantes. Ce n'était pas du côté financier que Carl tirait sa fierté.

Non, il tirait plutôt sa fierté du regard de sa fille aînée. Papa était policier. Papa arrêtait les méchants. En plus, papa avait un sacré look, avec ses tatouages et ses cheveux longs, pas du tout comme les autres papas. En fait, les autres papas avaient même un petit peu peur de Carl. Pour la fillette, c'était super chouette.

Quand les remboursements devinrent vraiment difficiles, ça ne plut pas à Carl. Il trouvait cela très injuste. Dans son métier, il risquait parfois sa vie, tout ça pour qu'un petit connard de banquier, passez-lui l'expression, se fasse de l'argent sur son dos. Quelque chose ne tournait pas rond au pays de l'Oncle Sam.

Dans ses missions d'infiltration, il traînait toute la journée avec des voyous. Il en avait adopté les manières, les habitudes, presque l'état d'esprit. Carl était voyou comme d'autres sont avocats ou médecins.

Quand ce gros type du FBI l'avait contacté pour lui parler de Silk Road, il en était resté bouche bée. Cette plateforme annonçait une révolution complète de son secteur d'activité. L'âpreté de la rue laissait place à la douceur de l'expérience utilisateur et du service client.

Carl avait été fasciné, en particulier, par Bitcoin. Pour ceux qu'il traquait, blanchir l'argent était presque le problème numéro un. Les ventes pouvaient être rapides et faciles, mais blanchir l'argent ne l'était jamais. Plus les sommes impliquées étaient grosses, plus cela exigeait de travail et de créativité.

Or, encore une fois, une invention informatique, le bitcoin, venait réduire à néant ces difficultés. À ses yeux, c'était la machine à blanchiment parfaite. Vous ouvriez un compte, vous échangiez vos dollars, et hop ! vous deveniez intraçable. Il y avait bien sûr l'inconvénient des fluctuations du cours, mais sur le principe, c'était remarquable.

Tout ceci avait donné des idées à Carl. Sous son bonnet, ça cogitait ferme. Quand ils avaient arrêté VJ, cela faisait quelques semaines que l'agent infiltré jouait sur le site, s'étant créé différentes identités et différents comptes Bitcoin. Pour dire la vérité, il était grisé par le sentiment d'impunité. Si le Far West existait encore, c'était ici, sur ce curieux réseau en oignon.

Aussi avait-il profité de l'arrestation de VJ pour se servir. Il se trouvait dans la pièce lorsque les jeunes informaticiens de l'équipe de Chris s'étaient exclamés qu'ils avaient accès au dépôt de bitcoins. C'était surréaliste. Il y avait là l'équivalent de millions en dollars américains. Une montagne de cash, à portée de clic.

Lorsqu'ils étaient sortis prendre une pause, Carl était resté dans la pièce. Seul cet imbécile des douanes postales furetait parmi les livres du couloir. Sans perdre de temps, Carl s'était installé à l'ordinateur de VJ. Il avait transféré l'équivalent de cent mille dollars sur l'un de ses comptes Bitcoin. Ni vu ni connu. Guère plus qu'une goutte d'eau dans l'océan des transactions du site.

Pour le moment, il se gardait bien de récupérer cet argent. Il le laissait dormir dans son portefeuille, dont il gardait la précieuse clef. Il lui faudrait, sans doute, ouvrir un compte dans une banque offshore, pour y transférer puis convertir les bitcoins, ou quelque chose dans ce genre. Ce serait plus tard, lorsque l'affaire serait close, et qu'il n'y aurait plus aucun risque que qui que ce soit remonte jusqu'à lui. L'agent de la DEA était patient et prudent. Il était surtout soulagé d'avoir trouvé cette solution pour son emprunt qui grimpait.

Il lui arrivait de se maudire intérieurement de n'avoir prélevé « que » cent mille dollars. Il avait le sentiment d'avoir manqué d'ambition. Maintenant, il n'avait plus accès au compte de VJ. Mais ce site fascinant était toujours là, actif. Carl, alias Nob, le parcourait et s'y promenait, dans l'espoir d'y trouver une idée.

Le changement d'attitude de l'agent spécial Tarbell ne lui avait pas échappé. Il l'avait observé, après l'arrestation de VJ, se désagréger lentement. Et il l'avait observé, ce matin, en compagnie de la petite stagiaire, rapidement se revitaminer. Il s'était passé quelque chose.

Carl avait devancé la stagiaire qui allait se chercher un café : « Laisse, avait-il dit. C'est moi qui te l'offre. »

Il avait un don avec les gens. Ça faisait partie de son métier. Il savait les mettre en confiance. Vous aviez quelque chose qui l'intéressait et, subitement, vous étiez son meilleur ami. Il apprit ainsi, sans difficulté, qu'une adresse IP avait fuité. Elle pouvait ne mener nulle part, comme elle pouvait mener au pot aux roses. Pour l'instant, on ne savait rien. Mais s'il en jugeait par la réaction de Tarbell, à défaut de savoir, celui-ci espérait.

Alors Carl eut une idée. Elle représentait, à y regarder de près, le mariage parfait entre son ancienne habitude de se forger des identités, et celle, plus récente, d'être corrompu.

Il se connecta à Silk Road. Sous son pseudonyme Nob, il envoya un message à l'Administrateur, avec qui il n'avait pas échangé depuis la vente des dix kilos :

« Saludos », écrivit-il, dans son rôle de baron de la drogue mexicain.

« Salut, Nob, répondit le mystérieux Admin presque aussitôt. Ça fait un bail. Les affaires vont bien ? »

Vis-à-vis de ses vendeurs, Ross adoptait par défaut une attitude commerciale. Ils faisaient prospérer son site, il les traitait donc comme des clients. Mais il se souvint de l'affaire qui les avait réunis.

« Tu as des nouvelles de Variety Jones ? Comment s'est passée votre transaction ? »

« Très bien », répliqua Nob tranquillement.

« Tu es toujours en contact avec lui ? » insista l'Administrateur.

« Non, dit Nob. Nous ne nous sommes même pas rencontrés. J'ai un gars qui y est allé, comme convenu. VJ était content, mon gars était content, j'ai récupéré l'argent et tout le monde est content. Je n'ai pas de nouvelles depuis. »

« Je vois », écrivit Ross, dérouté.

Il était sans nouvelles de Jones, et cela ne cessait de le tourmenter. Il n'était pas près de retrouver une aide aussi précieuse que celle du Sommelier. Les types qu'il recrutait sur les forums étaient soit des crétins limités, soit des escrocs qui finissaient, immanquablement, par essayer de lui extorquer de l'argent. C'était pénible et déprimant. Ross espérait toujours que Jones réapparaîtrait.

« Alors, quoi de neuf ? » demanda-t-il pour voir.

« J'ai une affaire à te proposer, expliqua Nob. Comme tu le sais, je suis hyper connecté. Ici, au Mexique, mais aussi, bien sûr, sur notre plus gros marché. *Los Estados Unidos.* »

Carl n'hésitait jamais à en faire des tonnes. C'était son métier qui le lui avait appris. Plus c'était gros, plus ça marchait.

« J'ai des amis au FBI, poursuivit-il le plus tranquillement du monde. De très bons amis. L'un d'eux, figure-toi, travaille sur ton site. »

Ross eut un sursaut sur sa chaise. Il se trouvait à la bibliothèque. Nerveusement, il jeta un regard circulaire autour de lui.

« Comment ça ? »

« Euh… il veut le détruire, dit Nob. Et te mettre au frigo. Voilà "comment ça". Si tu as besoin, je peux te faire un dessin. »

Ross eut un froncement de sourcils. L'aplomb de Nob le sidérait. Pour tout dire, il n'aimait pas beaucoup le personnage.

« OK », répondit-il prudemment.

« Mon ami est au premier rang de l'enquête que mène le FBI. Il a toutes les infos, poursuivit Nob. Il voudrait te les échanger pour de l'argent. »

« Et pourquoi ferait-il une chose pareille ? » questionna Ross, plein de méfiance.

« Euh... pour de l'argent », répéta Nob, qui décidément le trouvait lent.

Et en effet, Ross se sentait un peu idiot. C'était aussi gros et difficile à croire que, d'un autre côté, tout à fait crédible. Nob prétendait qu'il y avait au FBI un agent corrompu. Cet agent corrompu avait accès aux informations de l'enquête. Il était prêt à les partager par l'intermédiaire du site, c'est-à-dire une messagerie anonymisée, contre un paiement en bitcoins, garantissant lui aussi l'anonymat. Il permettait à Ross de garder une longueur d'avance sur ceux qui le poursuivaient. Après tout, cela n'avait rien d'impossible.

Restait à voir, évidemment, la qualité de ces informations.

« OK, répliqua Ross une nouvelle fois, toujours prudemment. Alors, qu'est-ce qu'il veut ? Et qu'est-ce qu'il peut me donner ? »

« Ils ont trouvé une faille sur Silk Road récemment. Un serveur mal configuré ou quelque chose de ce genre. Une adresse IP qui a fuité. »

Cette fois, le sang de Ross ne fit qu'un tour. Il était possible, il était même tout à fait probable, que Nob fît allusion à sa récente maladresse lors de la mise à jour des serveurs. Il savait bien que l'adresse IP de son serveur avait été exposée.

Il sentit une peur animale remonter le long de son échine.

Mais il ne fallait pas qu'il panique. C'était ainsi, justement, qu'il risquait de commettre une erreur fatale. Il ne devait *rien* donner à Nob. Qu'il reste maître de la conversation, prudent et avisé.

« OK, dit-il sobrement. Qu'est-ce qu'il veut, ton ami ? »

« Cent mille », dit Nob.

Cent mille, pour Ross, était l'équivalent d'un pourboire. Il n'avait certes pas la moindre confiance en son interlocuteur. Mais cela valait la peine d'essayer.

« Voilà ce que je vais faire, écrivit-il pour couper court à cette conversation dangereuse. Je vais te virer cent mille tout de suite. En retour, reviens me trouver avec des informations valables. Si ces informations sont convaincantes, on pourra continuer. Ça te convient ? »

« Ça me convient », répliqua Nob.

Carl, alias Nob, était assez satisfait de sa ruse. Il venait de gagner cent mille dollars. On pouvait dire qu'il n'avait pas perdu sa matinée. Il en oubliait presque de répondre à ses e-mails de la DEA.

Et maintenant, il ne dépendait que de lui d'en gagner plus ; ou plus exactement, de sa capacité à deviner les intentions de ce gros lard de Tarbell.

Les jours qui suivirent, il fit tout son possible pour se renseigner.

Malheureusement, Chris restait muet comme une tombe. Il travaillait dans le plus grand secret, jaloux de ce qu'il savait, offrant une physionomie fermée à tous ceux qui l'approchaient. Lui poser une question, c'était éveiller sa suspicion.

Carl finit tout de même par comprendre qu'un voyage se préparait, puisque Jared, qu'on avait voulu emmener, en avait finalement été écarté. Il ne fut pas difficile d'obtenir cette information de l'officier des douanes, qui rongeait son frein et cachait de moins en moins son aversion pour Tarbell.

L'agent au bonnet se dirigea donc de son pas tranquille vers le bureau de Tom, le meilleur informaticien du service, et le plus proche collaborateur de Tarbell. Si voyage il y avait, celui-ci ne se ferait pas sans Tom. Carl lui fit donc un brin de conversation.

— Rappelle-moi où vous partez, déjà ? lui demanda-t-il au détour d'une phrase.

— En Islande.

— Ah oui, c'est vrai.

« Tes serveurs sont localisés en Islande », put écrire Nob à l'Administrateur tout aussitôt.

Carl n'y connaissait pas grand-chose en informatique. Il ignorait que Ross ne savait pas lui-même où ses serveurs se trouvaient, puisqu'ils étaient cachés dans les nœuds du réseau Tor.

« C'est tout ce que tu as à me dire ? C'est un peu maigre pour cent mille dollars », répondit sèchement l'Admin.

La vérité était que Ross ne savait pas sur quel pied danser. Il était anxieux et frustré. Frustré d'être privé du soutien du Sommelier en cette heure critique. Anxieux, car la concomitance de son erreur technique et de la proposition de Nob était trop curieuse pour être fortuite. De toute évidence, la roue du destin était en train de tourner. Mais il n'accordait toujours pas la moindre confiance à Nob.

*

Chris ne fit le voyage qu'avec Tom. Il ne s'agissait pas d'arrêter quelqu'un, mais de mettre la main sur un serveur informatique, ronronnant au fond d'un *data center* comme un gros chat qui fait la sieste, et d'en réaliser la copie. À cet effet, Tom suffirait amplement. Il emportait dans sa valise le disque dur qui devait permettre de réaliser une copie légale, recevable par la justice américaine.

Tom était un type étrange, du moins aux yeux de Chris. Informaticien brillant, presque génial, il était passé par le service financier Bloomberg puis par la banque d'affaires Goldman Sachs. Il avait pourtant peu d'attrait pour l'argent. Ce qui l'intéressait, sa vraie passion, c'étaient les mathématiques.

Au-delà de son affinité avec les nombres, Tom était quelqu'un de cultivé. Là démarrait, pour Chris, une terre inconnue. Tom était marié à une Française, ce qui expliquait peut-être sa culture. Il lisait et parlait volontiers de ses lectures bien qu'il rencontrât, au département de Cybersécurité du FBI, une attention assez faible. Il avait effectué plusieurs voyages en Europe et, pour cette raison aussi, Chris l'avait estimé apte à cette visite en Islande.

Outre cela, l'informaticien était un petit brun bedonnant, au physique quelconque. Il portait des lunettes derrière lesquelles il affichait un air perpétuellement contrarié.

Chris et Tom s'envolèrent de New York pour Reykjavik. Ils ne devaient y passer que deux nuits.

Dans l'avion, Tarbell ne pouvait pas se connecter à Internet. Il ne pouvait pas communiquer avec ses équipes et il en était extrêmement frustré. Le voyage durait une dizaine d'heures, et ce temps lui paraissait effroyablement long.

À côté de lui, Tom était plongé dans un livre épais et joliment relié, de couverture bleue. Les sourcils froncés comme à son habitude, il était absorbé dans sa lecture. Cette concentration intrigua Chris. Sur la couverture on pouvait lire : *Sagas islandaises.*

— Qu'est-ce que tu lis ? demanda-t-il pour se distraire.

— Des sagas islandaises, répondit Tom en interrompant sa lecture, et en examinant la couverture du livre comme s'il la découvrait avec Chris. Des récits du treizième siècle.

— Tu veux dire, ça a été écrit à cette époque ?

— Exactement. L'Amérique n'existait pas encore. Enfin, elle n'avait pas été découverte.

— Wow, commenta Chris avec une certaine réserve.

L'agent spécial n'appréciait pas beaucoup ce qui était de nature à diminuer l'importance des États-Unis d'Amérique.

— Ça a été rédigé par des moines, poursuivit Tom sur sa lancée. Des moines chrétiens. À l'époque, les Islandais ne possédaient pas encore l'écriture. Des moines venus du continent se sont installés sur l'île, à des fins d'évangélisation. Ils ont observé ce peuple, sa culture, et ils ont consigné les histoires les plus remarquables dont ils ont été les témoins dans de grands récits, qu'on appelle les « sagas ».

— Les sagas… Comme les films de Hollywood ?

— Exactement ! Ce sont ces moines qui ont inventé le genre. Des histoires qui se suivent et se répondent, dévoilant peu à peu un univers. Comme tu le vois, le livre est très épais. Il faut s'habituer au style bien sûr, un peu désuet, mais quand tu t'y es fait, tu ne peux plus le lâcher.

Il y eut entre les deux hommes un moment de silence, meublé uniquement par les bruits de la cabine.

— Ça raconte quoi ? demanda Chris, qui n'avait jamais posé autant de questions à quelqu'un. C'est quoi comme genre d'histoires ?

— Les Islandais de l'époque étaient ce qu'on appelle des « Vikings ». Mais pas des Vikings comme tu les imagines, comme tu les vois au cinéma ou à la télévision. C'étaient plutôt des gentilshommes campagnards. Ils étaient certes assez violents, mais ils étaient surtout civilisés, avec leurs lois, leurs coutumes. La société viking était remarquablement développée. Les sagas racontent leurs disputes et la manière dont elles étaient résolues. La violence en était rarement l'issue. Il y a aussi le cas des bannis. Les bannis sont des Vikings qui ont enfreint la loi et qui sont exclus de la communauté. Ceux-là sont condamnés à survivre par leurs propres moyens. Et dans un climat comme celui de l'Islande, c'est très difficile. Cette simple peur d'être banni faisait que les lois de l'Islande étaient respectées sans qu'il soit besoin de les faire appliquer. On se réunissait une fois par an et on excluait ceux qui le méritaient. Ce qui est intéressant aussi, c'est la manière dont c'est raconté, reprit l'informaticien après un nouveau silence. Ce sont des récits anonymes. Ils ne sont pas l'œuvre d'un seul auteur, comme les romans de chez nous, mais d'une multitude de moines qui travaillaient ensemble à donner une image, la plus fidèle possible, d'une réalité. Ce qui fait la valeur de ces récits, c'est leur grande objectivité. Aucun jugement ne s'y exprime. Le narrateur disparaît au profit de son sujet. Ça donne une grande impression de réalité.

Un léger ronflement fêlé vint mettre un terme à ce moment de partage. Chris s'était assoupi à côté de Tom. Il faut dire que les dernières semaines avaient été éprouvantes pour l'agent spécial. Beaucoup de doutes, beaucoup de tension. Sans s'offenser, Tom se replongea dans sa lecture.

L'hiver était encore jeune mais Reykjavik était déjà plongée dans la neige et les ténèbres.

Le blanc manteau recouvrait tout, y compris les chaussées. Le froid était vif et les agents spéciaux grelottaient, en dépit de leurs parkas neuves, achetées pour l'occasion. Il y avait bien quelques heures de lumière en journée, mais celle-ci était faible et diffuse, crépusculaire. Ensuite, c'était la nuit, profonde et noire, silencieuse, et surtout très longue. Nos deux Américains perdaient facilement la notion du temps.

Ils gagnèrent leur hôtel en périphérie de la vieille ville. Il était très confortable mais Chris estima que le personnel était distant et froid et, pour tout dire, un peu lugubre. Personne ne souriait jamais. Chris ne tarda pas à se rendre compte que cette attitude n'était pas propre aux gens de l'hôtel. Ils firent un bref tour dans la vieille ville mais Chris la jugea morne, et tous les visages lui faisaient la même impression triste et fermée.

Heureusement, ils n'eurent pas à se distraire longtemps. Ils avaient rendez-vous avec la police de Reykjavik. Ils furent reçus par une femme dont Chris ne put s'empêcher d'admirer la blondeur et la pureté des traits, même si elle aussi se montra plutôt froide. Mais l'Américain s'habituait déjà au caractère des Islandais. La policière avait surtout des yeux bleus très grands et très vifs, qui vous faisaient tressaillir chaque fois qu'ils se posaient sur vous.

Ces coopérations internationales pouvaient être difficiles, car rien n'obligeait la police locale à prêter son assistance, hormis la courtoisie et, parfois, un intérêt commun. Chris présenta son enquête et la femme lui répondit, en l'enveloppant d'un regard bleu qui lui fit perdre le fil de la conversation, que Silk Road préoccupait également les autorités islandaises. La jeunesse islandaise était très connectée et le site rencontrait un immense succès. Chris, de son côté, raconta comment ils avaient eu accès au dépôt de bitcoins, et constaté que le volume de transactions se chiffrait en millions. L'échange fut sobre mais la représentante de l'autorité islandaise se montra de très bonne composition et proposa de les emmener directement au *data center* qui était l'objet de leur visite. Le gérant, leur annonça-t-elle, les attendait.

Ils firent deux heures de route vers le nord. Du fait des ténèbres épaisses, Tom et Chris n'aperçurent strictement rien du paysage islandais. Un vent terrible faisait dévier la voiture. Çà et là, une bourgade éclairée laissait deviner le relief qui l'entourait.

Ils arrivèrent à un port de pêche paisible et charmant. Les montagnes tombaient dans la mer. La lune reflétait sur la surface ridée sa lumière argentée. C'était un tableau magnifique et même l'agent spécial Chris Tarbell en reçut un petit choc esthétique.

À la sortie du port de pêche se trouvait un gigantesque *data center*, flanqué d'un parking. Celui-ci leur parut bien dépeuplé. Ils le traversèrent et se garèrent le plus près possible de la porte d'entrée. Là, boutonnant leurs manteaux, ils franchirent rapidement les quelques mètres glacés qui les séparaient du bâtiment. La femme, elle, n'avait pas l'air de sentir le froid.

À l'intérieur, ils furent accueillis par un gérant plus lugubre encore, si c'était possible, que tous les Islandais qu'ils avaient croisés jusqu'à présent. Mais en dépit de sa physionomie fermée, il se montra professionnel et empressé.

Après avoir obtenu confirmation de l'adresse IP qu'ils cherchaient, il les conduisit à travers les étagères métalliques, chargées de serveurs, animés de myriades de petits points lumineux qui clignotaient.

— C'est ici, leur annonça-t-il en ouvrant une cage et en désignant l'étagère du bas.

Chris et Tom échangèrent un regard.

À leurs pieds se trouvaient deux serveurs d'assez grosse taille, tout à fait aptes à abriter un site tel que Silk Road.

Les deux étaient identiques, et il était probable que l'un fût la copie de sauvegarde de l'autre.

Tom s'agenouilla et s'empara de celui qui était branché. Il vérifia l'adresse IP inscrite sur le côté, qui correspondait à celle que leur avait donnée le Captcha de New York.

Le serveur n'avait rien d'impressionnant, avec ses câbles de plastique, ses boutons colorés et stupides. Tout autour d'eux, la ventilation qui assurait le refroidissement faisait un vacarme assourdissant. Pour qui n'était pas habitué, il était difficile de se concentrer.

Tom se mit au travail sans attendre. Il sortit son ordinateur portable – celui du FBI – et grâce à une connexion Internet, il se connecta à Silk Road. Le site s'afficha sur son écran, la page d'accueil décorée du petit chameau vert bien connu, le menu pour s'orienter dans les grandes catégories de produits illégaux, les images de drogues variées et provocantes.

Tom débrancha le serveur.

La page d'accueil de Silk Road afficha un message d'erreur.

Tom rebrancha le serveur.

La page d'accueil de Silk Road revint comme à l'accoutumée.

Chris et Tom échangèrent un nouveau regard, beaucoup plus long.

*

Ils avaient copié le contenu du serveur sur le disque dur de Tom et remis le serveur en place, ne perturbant le trafic du site qu'un court instant. L'heure n'était pas venue de le saisir et de le fermer, loin de là. L'heure était à la poursuite de son mystérieux Administrateur. Si le FBI voulait avoir la moindre chance d'attraper cet individu prudent, il valait mieux que celui-ci ne se doute pas qu'ils approchaient.

Chris ne savait pas non plus exactement ce que pouvait contenir le serveur. Mais étant donné la manière dont fonctionnaient les services cachés du réseau Tor, il était probable que l'intégralité du site se trouvât sur le disque dur de Tom. Et puis, Chris le sentait, après les déboires, la chance venait.

L'agent spécial Tarbell ne considérait plus du tout les Islandais avec la même hostilité. Il les trouvait même sympathiques, et les femmes, appétissantes.

Leur avion ne partait que le lendemain. Les deux agents rentrèrent donc à leur hôtel déposer le disque, puis Chris insista pour qu'ils sortent fêter cette avancée majeure de leur enquête. Tom n'osa pas dire non. Pourtant, chaque fois que le département de Cybersécurité du FBI s'était avisé de fêter quelque chose, il s'était abstenu. Il détestait ces fêtes d'ivrognes où l'on finissait par rouler sous la table et où l'on était contraint à une promiscuité qu'il n'appréciait guère.

Chris l'entraîna dans la vieille ville. Ils dînèrent dans un restaurant italien, choix qui parut étrange à Tom qui aurait préféré la cuisine locale. Chris se goinfra, arrosant ceci d'une bouteille de vin, qu'il but intégralement à lui tout seul.

Après le dîner, Chris voulut sortir. Aviné, il se retournait sur le passage des jolies filles, parlant fort et se figurant qu'elles ne comprenaient pas sa langue. Tom esquissa un mouvement pour rentrer à l'hôtel, prétextant qu'il était fatigué. Mais Tarbell ne le laissa pas s'échapper.

Il l'entraîna plutôt dans une boîte de nuit. L'endroit était un attrape-touristes, vulgaire, bruyant et hors de prix. Mais Chris était précisément d'humeur à se laisser attraper.

Tom s'installa à un bout du bar, attendant que le moment passe, dédaignant le verre que son chef lui avait offert.

Tarbell, lui, se jeta sur le bar. Il fallait plus d'un verre pour que cette grosse barrique fût pleine, mais l'ambiance et la musique aidant, il est probable qu'elle le fût bien plus vite qu'elle ne s'en rendit compte. On voyait aussi que Chris s'était mis en tête de trouver une compagne pour la nuit. Il abordait toutes les demoiselles qui n'avaient pas l'air accompagnées.

Tom désapprouvait cette attitude. Il savait que l'agent spécial était marié, et il se demandait ce que celui-ci aurait pensé si on l'avait informé que Mme Tarbell, en son absence, s'autorisait les mêmes écarts. Il profita donc de ce que son collègue fût en pleine parade nuptiale pour le quitter discrètement et rentrer à l'hôtel.

Chris avait de la chance : les Islandaises parlaient anglais. Elles étaient courtoises et il ne rencontrait pas de difficulté à les aborder. Mais immanquablement, au bout de quelques instants, elles le plantaient. Il ne s'interrogea pas sur la raison de ce fait. Il en colla une pendant longtemps, qui semblait plus favorablement disposée à son égard. Elle souriait beaucoup, le laissait lui offrir des verres, la suivre quand elle dansait. Mais tout à coup, comme par enchantement, elle disparut. Avait-il commis une maladresse ? Toujours est-il qu'il eut beau errer à sa recherche, il ne la retrouva jamais.

La nuit avançait, et la piste de danse se clairsemait. La plupart des couples étaient formés. S'il n'agissait pas judicieusement, l'agent spécial risquait de se retrouver le bec dans l'eau.

Il avisa alors une jeune femme demeurée seule. En vérité, il l'avait déjà remarquée. C'était difficile de ne pas le faire. Elle donnait une impression de grande disponibilité. Plus tôt dans la soirée, il ne s'était pas senti attiré, mais à cette heure tardive, ses sentiments changeaient. Après un dernier verre, il jeta son dévolu sur elle.

Il n'eut pas besoin de le jeter très fort, car elle n'attendait qu'un signe de sa part. Elle ne parlait pas très bien anglais. De près, elle lui parut plus âgée que ce qu'il avait cru. Mais Chris était résolu à ne pas se laisser distraire.

Dehors, il s'était mis à neiger. Quand ils sortirent main dans la main, il remarqua qu'il avait la tête qui tournait.

— Prenons un taxi, cria-t-il.

— Tu paies, répliqua-t-elle.

Y eut-il, ce soir-là, un coït, même bref ? Chris n'aurait pu en jurer. Il se réveilla dans sa chambre, et manifestement elle avait été là avec lui. Mais elle n'y était plus. Entre le moment où ils avaient décidé de prendre le taxi et l'instant présent, Tarbell ne se souvenait plus de rien.

L'agent spécial avait spécialement mal à la tête. Il fallait qu'il se ressaisisse, s'habille, petit-déjeune, se rende à l'aéroport avec Tom.

C'est alors qu'il comprit ce qui lui était arrivé.

Ses affaires avaient été fouillées. Sa valise, vidée ; ses poches, retournées ; son portefeuille, exploré. La voleuse s'était emparée de son argent liquide, de sa montre, de son téléphone, et apparemment, de sa trousse de toilette, un accessoire de luxe offert par sa femme pour son anniversaire.

Le sang de Chris ne fit qu'un tour. Il se précipita sur sa valise, et – ô miracle ! – le disque dur y était toujours. Il le gardait dans ses affaires. Que se serait-il passé si elle l'avait pris ? Aurait-il été obligé de faire, auprès de la police islandaise, une déclaration lamentable ? À genoux sur la moquette, en caleçon, l'agent spécial remercia le ciel de sa bonne fortune.

Pendant le voyage de retour, à mesure que son alcoolémie descendait, il sentit monter, cuisant, le sentiment de culpabilité. Il se jura que c'était la dernière fois qu'il se mettait ainsi en danger.

*

De retour à New York, Chris s'organisa comme il en avait besoin. Il réquisitionna la plus grande des salles de réunion, qu'il transforma en cellule de crise. Au grand dépit de Carl, l'accès en était réservé. Seuls Chris, Tom et, à l'occasion, un ou deux autres membres de l'équipe pouvaient y accéder.

Dans cette salle, Chris fit créer une image du contenu du disque sur un ordinateur. Et là, son intuition se révéla juste : Silk Road apparut devant eux, dans toute sa majesté. En prime, il s'agissait du site tel que le voyait l'Administrateur, et non simplement du site qu'ils connaissaient en tant que visiteurs. Chris et son équipe purent ainsi comprendre bien des aspects de son fonctionnement, qui leur étaient restés impénétrables au cours de leur enquête. Surtout, il y avait là la base de données des utilisateurs – tous ceux qui avaient utilisé le site, acheteurs, vendeurs, curieux – avec l'historique de leurs connexions à la plateforme.

Les adresses IP associées à ces connexions étaient, dans la majorité des cas, les adresses d'un nœud Tor, qui ne pouvaient mener les enquêteurs nulle part. Mais certaines d'entre elles étaient des adresses IP normales. Ceci s'expliquait par le comportement imprudent d'utilisateurs qui n'avaient pas suivi les bonnes pratiques en matière d'anonymat. Et parmi eux se trouvait, forcément, l'Administrateur, qui avait dû connaître des moments d'urgence et de panique, par exemple en changeant un serveur, en installant une nouvelle fonctionnalité – moments où, pendant un court instant, les questions techniques l'avaient emporté sur sa propre sécurité.

Ces adresses IP, il y en avait un paquet. Il faudrait plusieurs semaines pour en venir à bout. Mais Chris n'était pas anxieux. Il était maintenant dans son élément. Fouiller une base de données, en extraire des adresses IP, relever des correspondances... tout ça, il savait faire. Il fit dresser, sur le mur, une immense carte du monde, sur laquelle il dessinerait les relations entre le serveur et les adresses.

Il ne quittait pratiquement plus la salle close, travaillant sans relâche. Les membres de son équipe le soupçonnaient de dormir sur place. Complètement absorbé par sa tâche, il s'alimentait de plus en plus mal – se nourrissant essentiellement de muffins et de litres de café noir, qu'il achetait à une chaîne de restauration rapide – et cela pesait dangereusement sur sa santé, mais il s'en fichait. Sa santé n'était pas ce qui le préoccupait pour le moment.

Une adresse IP se démarqua du lot. Elle pointait vers la Public Library de New York. Une soixantaine de blocs au nord du Federal Building où il se trouvait.

Elle retint son attention, car elle lui rappelait quelque chose. Au début de l'enquête, une des pistes que son équipe avait suivies était de chercher les plus vieilles mentions du nom « Silk Road » dans l'historique de Google, le plus gros moteur de recherche en Occident. Ils espéraient ainsi remonter à l'origine, trouver la trace du moment où les fondateurs avaient créé le site. Ils étaient tombés sur le post de Robert, celui qui annonçait sur *champi.org* la possibilité de se procurer des champignons hallucinogènes sur un certain site du *dark web*. Ce post représentait, en fait, la plus ancienne mention connue de Silk Road. Et il les avait dirigés, lui aussi, vers la Public Library de New York.

Les plus anciennes connexions à Silk Road provenaient de cette adresse IP. Certaines des plus récentes aussi. Leurs durées, leur fréquence, leur continuité sur la période d'activité du site – plus de deux ans, entre son lancement et maintenant – semblaient trahir le comportement d'un administrateur.

Les mailles du filet se resserraient.

*

Dans le plus grand secret, Chris fit déployer une équipe. Il embarqua aussi le pauvre Jared. Le rôle de celui-ci était de signaler les moments où l'Administrateur serait connecté. Le reste de l'équipe devait scruter la population de la Library, essentiellement des étudiants, relever les comportements de chacun, et établir des correspondances entre ces comportements et les indications que donnait Jared.

La besogneuse équipe du FBI suivit quelques fausses pistes.

Il y eut, notamment, celle de Scott.

Sur de premières concordances établies par ses équipes, Chris découvrit un étudiant en informatique de la Columbia University, particulièrement brillant, major de sa promotion, vainqueur de toutes les compétitions universitaires, président de deux associations et entrepreneur autoproclamé. Scott était, selon Chris, tout désigné pour être le coupable.

— C'est lui, disait-il, l'observant à l'aide de jumelles depuis une planque. Je le sens. Mon flair ne me trompe jamais.

Pourtant, les emplois du temps de Scott et de l'Administrateur de Silk Road finirent par diverger. Il fallut se rendre à l'évidence. Scott n'était pas celui que l'on cherchait.

Il y eut alors ce jeune homme, dont le comportement se mit à correspondre en tout point aux signalements de Jared.

Grand, ténébreux, solitaire et malsain.

« Un *loser* », identifia tout de suite Tarbell, qui ne croyait pas à cette piste. Sur l'insistance de ses équipes, ils se mirent tout de même à le suivre de plus près.

Ils tentèrent d'épier l'écran de son ordinateur, mais le jeune homme était d'une extraordinaire discrétion. Il s'installait toujours dans des recoins. Il refermait systématiquement son ordinateur chaque fois qu'il se levait pour prendre une pause, pour aller aux toilettes, ou simplement pour s'étirer. Il agissait comme un paranoïaque. Il était là presque tous les jours. Cependant, on ne le voyait jamais adresser la parole à personne. Ses heures de travail correspondaient exactement à ce que Jared pouvait constater de l'activité de l'Administrateur sur le site.

Ils le suivirent jusque chez lui. Il apparut qu'il vivait dans une colocation à Carroll Gardens. Ils demandèrent son identité au concierge. Celui-ci leur donna le nom de Justin Welsh. Ils demandèrent son identité à la Library. Celle-ci leur donna le nom de Ross Ulbricht.

Ross Ulbricht semblait être son vrai patronyme. Du moins, il permettait de remonter sa trace. Ross n'avait rien d'un génie informatique. C'était plutôt, en fait, un informaticien raté. Il avait terminé péniblement un cursus de cristallographie à Columbia. Il avait travaillé dans une startup qui avait fermé depuis, dénommée Good Wagon Books. Après cela, plus rien. Ross n'avait aucune source de revenus déclarée. Il menait certes une vie frugale, mais il ne semblait pas non plus dans une situation précaire.

Ses parents habitaient à White Plains. Ils étaient âgés. Pour l'instant, Chris se retenait de les contacter. Si c'était lui le mystérieux Admin, celui qui leur échappait depuis plus d'un an, Chris tenait surtout à ne pas le mettre sur le qui-vive. L'attitude du ténébreux jeune homme portait déjà toutes les marques de la paranoïa. En réalité, il s'agissait du seul élément qui entrait dans l'image préconçue que Chris s'en était fait. Ça, et sa capacité de concentration, proche de celle d'un moine. Pour le reste, Chris était dubitatif, pour ne pas dire déçu. Si c'était bien ce minable qui l'avait tenu en échec tout ce temps, on allait se moquer de lui dans les couloirs du FBI.

Un membre de l'équipe qui le collait prétendait qu'il l'avait aperçu, à Bryant Park, en train de se parler tout seul.

— Tout seul ? avait répété Chris.

— Mais non, avait répliqué son binôme. Il causait au type à côté de lui.

Chris avait une confiance modérée en ses équipes. Quoi qu'il en fût, l'extrême solitude du jeune homme, dont la vie sociale était un pur néant, ne laissait pas de place au doute : on avait affaire à un dément.

14
COMMENT ROSS VOULUT SE DÉBARRASSER DE ROBERT

Julia était sans nouvelles de Ross depuis longtemps.

Cela lui faisait mal chaque fois qu'elle y pensait. Elle ne s'était jamais rendue sur Silk Road, pas plus que sur le *dark web*, et n'avait donc pas de preuve que le site était toujours actif.

Mais elle s'en doutait. Le site suscitait régulièrement l'attention des médias. Il était connu dans le monde entier. Il faisait l'objet d'une traque, orchestrée par le gouvernement et le FBI. S'il avait été saisi, ou simplement abandonné, Julia en aurait entendu parler. Elle imaginait donc Ross toujours en cavale à travers le monde, épuisé de travail, luttant seul contre les attaques, la malveillance, les difficultés insurmontables. La presse, qui avait le sens du spectacle, n'hésitait pas à l'appeler « le plus gros baron de la planète », « celui qui a fait entrer la drogue dans l'ère du digital ». Elle ne savait plus si elle lui en voulait. Ce qu'elle savait en revanche, c'est qu'il lui manquait.

Une fille de sa beauté et de son intelligence n'était pas destinée à rester solitaire et abandonnée. Aussi avait-elle eu, depuis le départ de Ross au Nicaragua, quelques aventures.

La plus longue en date était celle avec Zac. Ils s'étaient rencontrés grâce à des amis de Columbia. Zac avait tout de suite été entreprenant. Il était beau – très beau, même ; d'une taille moyenne, mais athlétique et musclé, le visage d'une grande virilité, le regard bleu perçant et déterminé, la mâchoire carrée, une voix éraillée et sensuelle ; il avait aussi une présence, un magnétisme, une capacité à se faire écouter. Zac ne passait pas inaperçu, encore moins de la gent féminine.

Il s'était si bien appliqué à la conquérir, que Julia n'avait pas réussi à lui dire non. Il n'était pas exactement son genre, mais pour le rejeter, les arguments lui manquaient. Si elle l'avait découragé, elle serait passée, auprès de tous les amis qu'ils avaient en commun, pour une prétentieuse.

Pourtant, la première excitation passée, Julia s'était rapidement ennuyée. Elle lui trouvait en effet un gros défaut. Zac ne parlait que de lui. Il travaillait dans une banque d'affaires et sa carrière était l'unique sujet qui l'occupait. Il se voyait, en toute candeur, comme le centre du monde. Julia comprit bien vite que les seules choses attendues d'elle étaient de l'aimer et de l'admirer.

Ce fut l'album de photos de leurs vacances qui la décida à le quitter. Sur toutes les photos, comme par un fait exprès, Zac était au centre, l'air content de lui. Elle se trouvait toujours à la périphérie, l'enlaçant ou appuyant sa tête sur l'épaule musclée. Relevant ce motif, elle eut un ricanement. Cette mise en images du nombrilisme de Zac acheva de l'en éloigner. Sous ses dehors d'aventurier, il venait d'une famille assez traditionnelle. Il trouva la rupture difficile à avaler.

En ce début de printemps, Julia était donc célibataire et elle faisait ce qui lui réussissait le mieux, se donner corps et âme à son travail. Cela l'empêchait de penser.

Un soir, elle était encore dans les bureaux de HomeDepot lorsque son téléphone sonna.

Elle reconnut immédiatement la voix.

— Comment vas-tu ? s'exclama-t-elle, son affection reprenant le dessus, toute notion de danger subitement écartée.

— Ça va pas mal, dit Ross. Ça me fait plaisir de t'entendre.

La voix était chaleureuse et assurée. Julia eut l'impression qu'ils s'étaient quittés la veille. Son cœur se mit à battre très fort dans sa poitrine.

— Où es-tu ? À New York ? Depuis combien de temps ? Il faut qu'on se voie immédiatement.

Ainsi le mitrailla-t-elle, comme une enfant surexcitée.

La voix changea au bout du fil. Le timbre se fit moins assuré. Embarrassé, Ross lui répondit :

— Je ne peux pas trop te parler au téléphone. Avec plaisir pour qu'on se voie. On n'a qu'à se retrouver demain matin devant notre café préféré. Mets des baskets, on fera une balade.

Les raisons de cette prudence au téléphone n'avaient pas échappé à Julia. Elle se jura cependant de ne pas laisser les circonstances ternir la joie des retrouvailles.

*

Ils empruntèrent la promenade le long de l'Hudson, en direction de la pointe sud de Manhattan. Julia aimait beaucoup ce trajet. On y respirait un air vivifiant venu de la baie, on profitait de la fraîcheur du fleuve. En descendant vers le sud, on se dirigeait vers les hautes tours du Financial District. La Liberty Tower, qui remplaçait les Twin Towers détruites dans les attentats du 11-Septembre, les dominait toutes. Elle était encore en construction. Les derniers étages, inachevés, déployaient leur squelette dans le ciel. Le verre était aérien et pur. Elle donnait l'impression de flotter, et de suspendre la ville dans les nuages.

L'Hudson était large et, de l'autre côté, on apercevait la rive mélancolique du New Jersey. Le long de la promenade, les flots impétueux venaient battre les pontons.

Julia observait son ami à la dérobée. Physiquement, il était en forme – les épaules bien découplées, la nuque musclée, les cheveux longs et le teint hâlé. Il venait de passer de longs mois au Nicaragua et son allure trahissait un certain ensauvagement. Mais en dépit de cette liberté et de cette énergie, Julia lui trouva un air sombre, renfermé. Il la regardait peu. Il préférait laisser son regard errer à la surface du fleuve, ou bien dans le lointain. Il avait l'air de s'être déshabitué à parler.

— Comment ça se passe chez HomeDepot ? demanda-t-il tandis qu'ils marchaient en silence depuis un moment déjà.

— Ça va, dit-elle.

— Sur quoi tu travailles en ce moment ?

— On a une nouvelle stratégie, expliqua-t-elle avec enthousiasme. Avant, on misait tout sur le site. Maintenant, on va devenir app-first, c'est-à-dire que c'est l'application mobile qu'on veut pousser, davantage que le site. Ça change tout au marketing, puisque dorénavant les objectifs seront les téléchargements de l'app ainsi que son utilisation. Mais ça replace aussi le Produit au centre.

— Je suis content pour toi, commenta Ross. C'est cool que les choses aillent dans ton sens.

— Ça n'a pas toujours été le cas, raconta la jeune femme. On a eu un plan social en début d'année. Tu n'es pas au courant ?

— Non, répondit Ross, qui lisait peu la presse. Je croyais que vous étiez l'une des startups qui marchaient le mieux ?

— C'est le cas, confirma Julia. Mais on reste une startup. Nous ne sommes pas rentables. Et avec le contexte économique, ça devient de plus en plus difficile de se refinancer. On devait lever des fonds en janvier mais on n'a pas réussi à le faire. Alors on s'est séparés d'une partie de l'effectif.

— Vous n'êtes toujours pas rentables ? s'étonna Ross.

— Toujours pas. Et nous ne sommes pas près de le devenir.

Ross pensa aux millions qu'il gagnait, seul maître à bord, n'ayant jamais eu besoin de lever des fonds, hormis la petite mise de départ des champignons hallucinogènes. Cette précarité, de la part d'une des meilleures startups du pays, le surprenait.

Il creusa un peu le nouveau projet de Julia, le développement de l'application mobile. Ne connaissant que le *dark web*, il n'était pas familier de ces technologies. Mais le plus frappant, et de loin, était la manière de procéder de Julia : précise, rigoureuse, ordonnée. En comparaison, il faisait figure de pitre. Il travaillait sans méthode. Il se renseignait comme il pouvait. Il réalisait les choses de manière imparfaite, et se satisfaisait de cette imperfection. Pour lui, dès qu'une chose marchait à peu près, il la laissait tomber pour se consacrer à d'autres, plus urgentes. Silk Road était un navire qui prenait l'eau de partout.

— Et toi ? demanda-t-elle, le tirant de sa réflexion.

Ils se trouvaient sur cette portion de la promenade qui fait le tour du Financial District. Le parcours était jalonné de petits ports de plaisance. Sous les immeubles gigantesques, de frêles esquifs gîtaient doucement. Au loin, à présent, ils apercevaient la statue de la Liberté. Elle était positionnée de profil, tournée vers l'embouchure de la baie et le grand large, pour accueillir les visiteurs qui, jadis, arrivaient en bateau sur cette terre promise.

C'était une vue dont Ross ne se lassait jamais. Il aimait profondément la statue de la Liberté, ce qu'elle représentait. Pour lui, l'Amérique était une terre de liberté, la seule, sans doute, où il aurait pu faire ce qu'il avait fait. C'était une terre de tyrannie aussi, il le savait mieux que personne. Mais dans le contexte de notre monde imparfait, où le pire n'est jamais très loin, elle demeurait ce qu'on pouvait trouver de mieux.

Il devait répondre à Julia.

Il lui répugnait de le faire. En cet instant, il appréciait sa compagnie, sa bienveillance, à un point inexprimable. Il avait peur de la perdre. Et il savait que sitôt qu'il s'exprimerait, il la perdrait. Il n'avait rien fait de ce qu'il avait promis : il n'avait ni fermé ni revendu Silk Road, il n'avait même pas tenté de le faire. Il était dedans jusqu'au cou, avec une feuille de route, des moyens, des ambitions.

Il finit par renoncer à s'exprimer clairement.

— C'est toujours pareil, murmura-t-il.

La jeune femme, à son tour, laissa planer un long silence.

Dans son cœur à elle, il y avait de la tristesse et de la déception, mais aussi beaucoup de détermination. La réponse de Ross n'était pas une surprise. Elle était décidée à ne pas se mettre en colère. Leur affection mutuelle était le seul levier qu'elle possédait pour, peut-être, faire changer Ross.

— Tu veux en parler ? proposa-t-elle.

Ross fut surpris de cette ouverture. Il s'était préparé à une dispute. Julia lui offrait une voie de réconciliation. Il s'y engagea avec prudence.

— Ce qu'il est important que tu comprennes, commença-t-il en regardant, cette fois, la jeune fille dans les yeux, c'est que je n'ai pas toutes les cartes en main. Je ne suis pas seul à bord. Le site a suscité des complicités et des attentes. Or techniquement, c'est moi qui le fais tenir. Sans moi, il n'est pas sûr qu'il tiendrait.

— Ces attentes, elles sont de quelle sorte ?

— Elles sont immenses, répliqua Ross. Il faut comprendre aussi qu'au niveau de la sécurité notre vie ne tient qu'à un fil. Au début, je voulais tout contrôler. Je faisais attention à tout. J'étais serein, car rien ne m'échappait. Mais avec les proportions qu'a prises le site, cette maîtrise n'est plus possible. J'ai accepté, petit à petit, l'idée d'être débordé, de ne pas tout contrôler. Parce que ce n'est pas possible. C'est trop gros. Il y a trop de ramifications. Alors je fais au mieux, mais je ne suis assuré de rien. À la moindre trahison, la moindre fuite, la moindre erreur, je suis perdu. Je terminerai ma vie en prison.

— Tu parles comme un paranoïaque, fit-elle remarquer. Ces personnes qui ont des attentes, comme tu dis, elles ne te veulent peut-être pas autant de mal que tu le crois. Tu pourrais peut-être discuter avec elles, les raisonner.

Ross hésita à évoquer la personnalité de Robert. Il se doutait que la jeune femme ne la connaissait pas vraiment. Les relations de Julia et de Robert avaient été essentiellement sexuelles. Ross ne les avait jamais vus, par exemple, dans la même pièce en train de discuter. Robert n'en faisait pas un mystère. Ses intentions vis-à-vis de Julia étaient très claires.

Mais Ross répugnait à parler de Robert. La brutalité de son ami était venue tout gâcher. Et il en voulait aussi à Julia d'avoir cédé. Le trio qu'ils formaient était une planche pourrie, sur laquelle il ne voulait pas s'engager.

— L'autre chose dont tu ne te rends pas compte, c'est l'énorme succès du site. C'est… sidérant, résuma-t-il, incapable de trouver les mots pour rendre son sentiment. En ce moment, je fais un million de dollars par *jour*. Et je ne te parle pas du pic des vacances d'été.

— On dirait que tu parles d'un business normal, fit-elle remarquer avec dureté.

— *C'est* un business normal, répliqua Ross, irrité.

Il se mordit la lèvre. Il avait tendance à se laisser emporter par ses convictions. S'il ne voulait pas faire échouer la discussion, il fallait qu'il prenne en compte le point de vue de Julia.

De son côté, Julia reçut mal cette réplique. Il lui semblait que Ross se laissait griser par quelque chose de mauvais. « Succès pour qui ? Succès pour quoi ? » songeait-elle. Mais elle n'osa pas le lui dire aussi franchement.

— Tu pourrais faire autre chose, observa-t-elle calmement. Avoir du succès ailleurs, dans une entreprise normale.

— Non, dit Ross. Je ne pourrais pas.

— Pourquoi ? répliqua-t-elle, obstinée.

Ce n'était même pas une question. Il y avait un point sur lequel elle ne voulait pas céder, c'était le sujet de l'estime de soi. Elle détestait quand Ross se déconsidérait de cette manière. Elle avait besoin qu'il s'aime lui-même, si elle voulait avoir une chance de le remettre dans le droit chemin.

Le jeune homme soupira. Il s'arrêta au bord des flots, s'appuyant d'une main sur la rambarde. Elle s'arrêta également. Elle était particulièrement belle en cet instant, l'air farouche, les cheveux follement emmêlés par le vent.

— Tu es brillant, tenta-t-elle. Tu pourrais faire ce que tu veux. Je ne peux pas te laisser gaspiller ton talent de cette manière.

— Non, répéta Ross avec aigreur, je ne pourrais pas.

Même lorsqu'il faisait un effort pour la regarder dans les yeux, son regard conservait quelque chose de fuyant.

— Tu ne te rends pas compte, Julia. Tu es diplômée, tu es passée de Columbia à HomeDepot, tu as fait tes preuves, tu t'es construite et tu as un parcours que tu peux faire valoir. Et c'est entièrement dû à ton mérite. Mais moi, je n'ai rien de tel. Je n'ai pas eu mon diplôme de cristallographie. J'ai travaillé dans une startup dont tout le monde se fout, puis dans une autre qui a eu du succès mais dont je ne peux parler à personne. Je n'ai rien à offrir au monde normal. J'ai essayé, Julia. J'ai cherché du travail, j'ai envoyé des candidatures, j'ai écrit à des gens. On ne me répondait pas. On ne voulait pas de moi pour un travail de larbin. J'ai fini par ne plus comprendre ce que la société attendait de moi. Je suis tombé sur ce recruteur, une fois. La startup avait l'air super. J'avais plein d'idées à lui apporter. Mais le type, ça ne l'intéressait pas. Tout ce qui l'intéressait, c'était mon parcours. Pourquoi j'avais fait ceci, pourquoi j'avais fait cela. Il a passé ma vie au peigne fin, et quand il a eu fini, j'ai eu envie de me flanquer par la fenêtre. Ton monde normal, Julia, il ne veut pas de moi.

En silence, elle s'était mise à pleurer. De grosses larmes roulaient le long de ses joues. Elle les essuya du plat de la main.

— Tu es tellement négatif.

C'était son tour à elle de détourner le regard.

— Tu refuses de voir les choses autrement, ajouta-t-elle. Tu sacrifies ton avenir. *Notre* avenir. On pourrait être heureux ensemble. Si seulement tu voulais bien nous donner une chance.

Elle essuya ses larmes des deux mains, pour les faire disparaître totalement. Dans un mouvement pour s'en aller, elle se détourna du fleuve.

— Rien que de te parler, ça me rend complice d'un crime.

Ross posa une main sur son épaule.

— Laisse-moi, dit-elle, repoussant vivement cette main.

Mais Ross lui attrapa délicatement le menton. Ramenant son visage vers le sien, il se pencha pour l'embrasser.

Le premier baiser fut chaste.

Le deuxième le fut moins.

Puis Ross la prit dans ses bras et elle posa sa tête contre sa poitrine.

— Le problème, c'est Robert, dit-il. Il faut que je me débarrasse de lui.

Elle recula et le considéra, surprise.

— Robert ?

— Tout ça, c'était *son* idée, continua Ross d'une voix changée. Le site. Le marché libre. La croisade contre le gouvernement. C'est de la folie pure. Je m'en rends compte maintenant.

— De qui tu parles ?

— Tu sais, poursuivit-il, très agité, je crois qu'il a des plans pour hacker l'IRS. L'Internal Revenue Service. Les impôts. Je n'ai pas très bien pigé son idée, mais c'est clair que si on efface les bases de données du gouvernement, si le système n'a plus de données sur personne, il ne pourra plus prélever l'impôt. À ce moment-là, l'État implosera. On aura généré le chaos. C'est quelque chose de ce genre qu'il a en tête. Il est très malin, tu sais. S'il veut le faire, aucun doute qu'il va y arriver. Et la seule personne à pouvoir l'arrêter, c'est moi.

— Mais enfin, coupa-t-elle, complètement ébahie, *de qui tu parles ?*

— De Robert, dit-il, en revenant à lui.

— Qui est Robert ?

Ce fut à son tour de la considérer avec surprise.

Robert était son associé et son ami, avec lequel elle avait impitoyablement couché. À quoi rimait cette question ? Est-ce qu'elle voulait lui signifier que son aventure avec lui était terminée, qu'il pouvait la considérer comme appartenant au passé ?

Il la saisit par les épaules et la dévisagea de son regard enfiévré. Il louchait. Elle lui trouva une mine épouvantable.

— Ne t'en fais pas, dit-il, je sais comment faire. Je ne peux pas t'en dire plus. Mais je te garantis qu'il ne se mettra plus entre nous. Je te recontacte dans quelques jours, lança-t-il, et il s'éloigna à grands pas.

*

De retour à sa colocation, Ross s'installa confortablement devant son écran, en proie à une idée noire. Il pensait avoir trouvé le moyen de se débarrasser de son acolyte.

Sa première expérience avec RedAndWhite s'était avérée satisfaisante. Pour cent mille dollars, il avait commandité un meurtre. Cela avait été aussi facile que de commander n'importe quel service sur n'importe quel site de commerce en ligne.

Il était vrai que Ross n'avait aucun moyen de vérifier que RedAndWhite ait réellement fait passer le Chimiste de vie à trépas. Mais le meurtre supposé avait eu lieu il y avait quelque temps déjà, et autant que Ross pouvait en juger, le Chimiste n'existait plus. Il ne l'avait plus importuné, il n'était plus réapparu sur Silk Road.

À la grande surprise de Ross, RedAndWhite lui avait même proposé un autre marché, faisant surgir du passé le nom de Tony76. « Avant de régler son compte à Blake, avait-il écrit à Ross, j'ai pris le temps de le questionner sur ses activités. Comme tu te doutes, je l'ai un peu bousculé. Il m'a révélé pas mal de choses. Notamment le fait qu'il connaissait un certain Tony76. Ils travaillaient ensemble, ils montaient des arnaques sur ton site. Et ils en recrutaient d'autres pour faire la même chose. » RedAndWhite prétendait connaître la véritable identité de Tony76. Il proposait à Ross de l'en débarrasser, comme il l'avait débarrassé du Chimiste.

Ross n'était pas très sûr de ce coup-là. RedAndWhite ne lui inspirait pas tellement confiance. Mais l'histoire se tenait, plus ou moins, et Ross gardait une grande rancune à Tony76. Il avait donc envisagé le projet. Comme RedAndWhite lui en demandait cent cinquante mille dollars, contre seulement cent mille que lui avait coûtés le Chimiste, Ross s'était étonné de cette différence. RedAndWhite avait sobrement répondu que Tony76 était « plus dangereux ».

Le jeune informaticien en était là lorsqu'il revit Julia. Il prenait goût à la facilité avec laquelle tout ceci s'accomplissait sur son site. Mais il avait pris goût aussi, il faut le dire, au meurtre lui-même. Pour une somme d'argent qui lui avait paru modique, il avait rayé un humain du nombre des vivants. Il avait exercé ce pouvoir si ancien et si fatal, qui consiste à prendre la vie d'un de ses semblables. Il s'était senti redoutable. Il avait franchi cette barrière morale avec délices.

Maintenant, il envisageait de repasser une commande de ce genre, dont la victime serait son associé, Robert. Mais pas avec RedAndWhite. Robert connaissait les Angels. Il ne devait pas emprunter ce chemin-là. Il fallait aller chercher un autre prestataire, dans les profondeurs du site.

Ross se rendit sur les forums. Il n'ignorait pas que s'échangeaient sur Silk Road toutes sortes de choses inattendues : armes, explosifs, et même des organes. Dans un élan vertueux, initialement, il avait tenté de les bannir. Puis il s'était ouvert l'esprit. Il faisait maintenant preuve de tolérance et laissait s'épanouir tout ce commerce.

Ce genre de produits ne pouvaient pas se vendre à la manière des drogues. Ce n'était pas la vocation du site. Il s'agissait plutôt d'un usage détourné. De petits messages s'échangeaient sur les forums. Un intérêt s'exprimait. Une proposition se faisait. On basculait à deux sur un Chat crypté. On se mettait d'accord. On échangeait des bitcoins. Tout se déroulait dans l'anonymat le plus complet.

Sur les forums et sous un pseudonyme, Ross demanda donc si quelqu'un pouvait lui recommander un tueur à gages. Un mercenaire. Un individu sans scrupule qui accomplirait un meurtre pour de l'argent.

Il reçut beaucoup de réponses amusées, de plaisanteries, de propos vides de sens. Il ne reçut aucune réponse scandalisée. Il reçut un petit nombre de réponses tout à fait sérieuses.

Il entra ainsi en relation avec un type qui disait s'appeler Kurtz, comme le colonel fou de *Heart of Darkness*. Kurtz était tout à fait professionnel. Pour liquider Robert, Ross lui proposa cent mille dollars d'acompte, plus cent mille encore au bout d'un mois si la disparition de Robert se confirmait. Kurtz accepta. Ross se dit qu'au pire il se ferait escroquer. Il n'était pas à cent mille dollars près. Il régla la commande et communiqua à Kurtz l'adresse que Robert lui avait donnée sur un petit bout de papier, ce fameux jour où il était réapparu à Bryant Park. Il l'alerta aussi du danger de la mission.

« Robert n'est pas précisément ton client moyen, prit-il le temps d'expliquer à Kurtz. Il est costaud, affûté, prudent, et il traîne avec tout un tas de types pas recommandables. Tu es sûr que ça va aller ? »

« J'ai l'habitude », répliqua Kurtz, aussi loquace qu'un tueur à gages.

Cette affaire traitée, Ross se mit en peine de se procurer une nouvelle panoplie de fausses cartes d'identité. Il faisait en effet le calcul qu'une fois Robert éliminé il serait enfin libre de fermer le site. Et le site fermé, le temps que l'excitation retombe, que le FBI et cette sénatrice enragée lui lâchent les baskets, il serait bon qu'il voyage un peu. Il resterait à l'intérieur de États-Unis, mais il se déplacerait sous de faux noms, rendant la traque difficile. Il n'avait pas de doute que si le site disparaissait, les poursuites se calmeraient rapidement.

Contrairement aux meurtres, les faux papiers d'identité avaient des pages produits dédiées sur le site, avec descriptions, avis et photos. Ross aurait pu les consulter. Mais il préféra, paresseusement, se laisser guider par la communauté.

« Salut à tous ! écrivit-il. Je suis à la recherche de faux papiers de haute qualité. Des recommandations ? Des vendeurs qui vous ont plu ? »

Les réponses ne tardèrent pas à arriver.

« RoiDeLaFraude est très bien », dit l'un.

« Pardon, RoiDeLaFraude n'est pas "très bien", disait un autre. Il est "OK". C'est du travail honnête, c'est tout. Ce n'est pas de la grande qualité. »

« Qu'est-ce qui te fait dire ça ? » demanda le premier.

« Je lui ai acheté un permis de conduire. Ce n'était pas si mal. Mais je l'ai montré à un pote qui est videur dans une boîte de nuit, et qui voit des cartes d'identité à longueur de soirée. Il m'a dit que pour lui, ça se voyait au premier coup d'œil que c'était bidon. »

« Intéressant. Il t'a dit pourquoi ? »

« La couleur est trop sombre. L'hologramme ne disparaît pas quand on le fait jouer dans la lumière. Et la carte est un tout petit peu moins épaisse qu'un permis normal. Mon pote m'a dit qu'auprès d'une personne qui n'y connaît rien, ça passe, mais qu'il ne faut surtout pas s'amuser à montrer ça à la police. »

« Sinon, il y a CopieParfaite, intervint un troisième, même si ça m'ennuie de le recommander. Il est malpoli et son relationnel est à chier. Mais je dois avouer que le travail est bon. Je lui ai acheté un permis de conduire, comme vous. J'ai passé plusieurs fois la frontière du Canada avec. Il y a même des douaniers qui l'ont scanné. Le permis a passé le scan sans difficulté. Je ne sais pas comment il fait ça. Il doit être balèze. »

« Ce sont des Chinois », commenta l'un.

« Pas du tout, répliqua un autre. Ils m'ont dit qu'ils sont américains. Ils utilisent les mêmes machines que l'imprimerie nationale, ça explique que le rendu soit si bon. »

« Ça explique aussi le prix, tacla un troisième. Huit cents dollars pour un faux permis, putain, c'est pas donné. »

« Tu paies la qualité, réagit son interlocuteur. Mais c'est vrai que tu peux économiser six cents balles, et terminer en taule, si ça te fait plaisir. »

« Tu paies peut-être la qualité du produit, mais pas la qualité du service. Je suis d'accord avec Hibou38, je le trouve malpoli. »

Ross en savait assez pour ses emplettes. Bien qu'il fût le père du système de recommandations de Silk Road – en paternité partagée avec Robert –, il savait d'expérience que pour ce genre de services requérant une expertise poussée, le meilleur fabricant n'était pas toujours le plus obséquieux. Ce qu'il lisait au sujet de CopieParfaite était plutôt de nature à le convaincre.

Il le contacta donc et le trouva conforme à la description qu'on lui en avait faite : malpoli, donnant des délais longs et réclamant beaucoup d'argent. Ross se sentait de plus en plus en confiance. Il commanda neuf pièces d'identité, de neuf États différents.

Il dut ensuite prendre son mal en patience. Il attendait ses papiers ; il attendait des nouvelles du colonel Kurtz. Mais dans *Heart of Darkness*, Kurtz n'était-il pas plutôt commandant ? Le temps qui coule fait prendre du recul sur les choses. Ross commençait à douter de la fiabilité du bonhomme.

Il y eut un soir, il y eut un matin. Dans l'attente d'un dénouement, Ross continuait à travailler, sans grande conviction, sur les pages du site. Le trafic avait encore enflé. On arrivait au fameux pic du printemps, celui qui annonce l'été, période riche en consommation de drogues.

En raison de cette affluence, la plateforme était fortement ralentie. Elle était même devenue d'une lenteur ahurissante. Il faut dire que Ross travaillait de plus en plus mal. Le temps qu'une page se charge, l'expérience d'achat devenait plus longue que d'aller chercher sa came au coin de la rue. C'était assez honteux, songeait Ross. Mais le travail d'optimisation des pages lui paraissait fastidieux et infini.

*

Il se faisait aussi enquiquiner par Nob, qui ne le lâchait plus. « Pour un baron de la drogue mexicain, il a beaucoup de temps à perdre sur Internet », se disait Ross.

La situation était la suivante. Carl, alias Nob, traînait toujours dans les bureaux du FBI et il voyait que les équipes s'agitaient. Il savait que Chris et Tom étaient allés en Islande. Il savait qu'ils en étaient rentrés tous deux avec une mine satisfaite, quoique légèrement renfrognée dans le cas de Tom, ce qui était compréhensible si l'on réfléchissait à quel point voyager en compagnie de Tarbell devait être pénible. Ils étaient donc sans doute en possession du serveur, ou de quelque chose pouvant les mener au serveur. Quoi qu'il en fût exactement, il était évident qu'ils se rapprochaient. Leur excitation de chiens de chasse pouvait se lire dans leurs pupilles dilatées. Jared, de son côté, faisait la tête, mais cela n'enseignait pas grand-chose à Carl.

Chris s'était enfermé dans la grande salle de réunion du trente-troisième étage, celle dont les murs étaient insonorisés et qui n'avait pas de fenêtres. Carl avait demandé à entrer dans cette salle. Il avait insisté sur la coopération nécessaire entre la DEA et le FBI. Chris l'avait dévisagé de son regard porcin. Il lui avait répliqué qu'au contraire il ne pensait plus que leur collaboration soit utile.

Carl était ennuyé. Pour dire la vérité, il n'avait pas envisagé la saisie du site. Il pensait que Silk Road se déroberait éternellement. Le *dark web* était trop tortueux. Il était manifeste que les équipes du FBI s'y perdaient. Or si, un jour, par malchance, les serveurs étaient saisis, il se pouvait, réfléchissait Carl, que ses conversations avec l'Admin fussent retrouvées. Et si jamais c'était le cas, il risquait gros. Il risquait pire que de perdre son travail. Il risquait de revoir sa fille, qu'il aimait tant, à travers la vitre en Plexiglas du parloir d'une prison.

En fait, dire que Carl était ennuyé était un euphémisme. Il en avait perdu le sommeil. Il était aux abois et aurait fait n'importe quoi pour que le cauchemar s'arrête.

Son seul levier d'action, il s'en apercevait, était sa relation avec l'Administrateur, dont il espérait se jouer.

« Ils connaissent ton identité, lui écrivit-il. Mon ami au FBI est formel. Tu ferais mieux de fermer le site maintenant, tout effacer et disparaître. Pendant qu'il en est encore temps. »

« Merci de prendre soin de mes intérêts, répliqua Ross froidement. Peux-tu demander à ton ami quelle est cette identité ? »

« Je ne suis pas sûr qu'il puisse te la dire. Mais il est certain que le FBI sait qui tu es. »

Comme cet argument ne donna rien, Carl en essaya un autre :

« Jure-moi que tu effaces systématiquement toutes nos conversations. »

« Je n'ai pas à te jurer quoi que ce soit, répliqua Ross, tranquille. Mais ces conversations sont effacées. Cela fait partie de la Charte du site, que j'ai moi-même rédigée. »

« Si jamais un jour quelqu'un en retrouve la trace, sache que je te tuerai, menaça Nob. J'ai le bras long. Ne te crois pas à l'abri. Même en prison, je peux te faire assassiner d'un claquement de doigts. »

Face à la dégradation de leurs échanges, Ross décida d'y mettre un terme. Abandonnant le pauvre Carl à ses inquiétudes, il ne répondit plus.

*

Il était en train de travailler à l'optimisation de ses pages lorsqu'un beau matin on sonna à l'interphone de la colocation.

Ross ne répondit pas. Il n'attendait personne. Il n'était pas dans ses habitudes d'aller ouvrir.

On sonna une deuxième fois. Ross se souvint qu'il avait commandé de fausses pièces d'identité et songea que c'étaient peut-être elles qui arrivaient.

Il sortit torse nu de sa chambre. À l'interphone, il apprit qu'il s'agissait effectivement d'une livraison de la Poste. Il demanda qu'elle soit montée. On le pria au contraire de descendre. Il grogna, ne prit pas la peine de se vêtir, descendit torse nu les trois étages de l'escalier raide qui conduisait au rez-de-chaussée.

En ouvrant la porte du *brownstone*, il eut un choc.

Sur le perron attendaient deux policiers. La main encore sur la poignée de la porte grande ouverte, Ross se figea. Il demeura muet et sentit la panique l'envahir tout entier. Son cœur battait à se rompre.

— Edward Louis ? interrogea l'un des policiers, qui avait l'air à peu près aussi stupéfait que Ross.

L'informaticien mit quelques secondes à retrouver ce que ce nom signifiait. C'était le nom qu'il avait donné à CopieParfaite, pour qu'il le mette sur les fausses pièces d'identité.

Son cerveau se mit à s'activer, refoulant rapidement la panique. Si les flics cherchaient Edward Louis, ça signifiait qu'ils avaient mis la main sur les faux papiers. Cela n'était pas rare pour une commande sur Silk Road. Il arrivait que le colis soit intercepté. Il arrivait que la police se déplace pour interroger le destinataire.

Ross considéra les policiers de toute son acuité. Il s'agissait de deux petits flics minables, très jeunes, du genre à travailler aux douanes. Ça n'était pas une équipe du FBI. S'il avait été démasqué en tant qu'Administrateur, ce ne seraient pas ces deux petits flics qui seraient venus le chercher. Il y aurait eu une intervention musclée, des tireurs, des voitures, peut-être des hélicoptères, quelque chose de l'ordre de ce qu'on pouvait voir au cinéma. Ross comprit que ce n'était pas le cas. Il était évident que les deux policiers ne faisaient rien d'autre qu'un knock-and-talk.

Quand il comprit cela, il retrouva son calme naturel.

— C'est moi, répliqua-t-il d'un ton rusé.

Il n'y avait pour lui aucun danger à se dévoiler. Ross le savait mieux que personne pour avoir étudié le sujet de fond en comble : on ne peut pas inculper quelqu'un pour *recevoir* quoi que ce soit par la Poste.

— On a saisi neuf pièces d'identité qui vous étaient destinées, dit l'un des flics.

Il lui montra un sachet plastique qui en contenait effectivement neuf, chacune d'un style différent, selon l'État d'où elle était censée provenir. Toutes exhibaient la frimousse de Ross, l'air placide, accompagnée de ce nom qu'il s'était choisi.

— Est-ce que vous les reconnaissez ?

— Absolument pas, répliqua Ross qui se penchait. Je n'ai aucune idée de ce dont il s'agit.

Les policiers échangèrent un regard déçu.

— Ne vous inquiétez pas, dit le flic. Nous ne vous accusons de rien. Vous n'avez commis aucun crime. En revanche, nous sommes intrigués par ces fausses pièces d'identité, qui sont de très bonne qualité. On espérait que vous pourriez nous aider à comprendre d'où elles viennent et comment elles ont été fabriquées.

— Encore une fois, ne vous inquiétez pas, ajouta l'autre. Ce que vous nous communiquez ne pourra pas être utilisé contre vous. On veut parler, c'est tout. Manifestement vous êtes un habitant du quartier. Vous êtes étudiant ?

— Non, dit Ross.

— Vous travaillez ?

— Oui.

— Qu'est-ce que vous faites, si ce n'est pas indiscret ?

— Je fais de l'informatique en freelance, dit Ross.

— Est-ce que vous voudriez bien nous dire, à votre avis, d'où peuvent venir ces pièces d'identité ? l'interrogea celui qui avait l'air d'être le chef. Si vous nous aidez à comprendre, vous aiderez, peut-être, l'Amérique à devenir un endroit plus sûr.

Ross prit le temps de les considérer un instant. Il se sentait en sécurité. Il *était* en sécurité. Les policiers n'en avaient pas après lui. Ils désiraient se renseigner, se faire expliquer d'où venaient ces fausses pièces d'identité, d'excellente facture, comme ils l'avaient remarqué, livrées comme un produit de grande consommation. Eh bien, il allait le leur expliquer.

Son regard se fit narquois et son timbre de voix, arrogant.

— Vous avez entendu parler d'un site qui s'appelle Silk Road ?

— Non, confessèrent-ils d'une seule voix.

— Vous savez ce qu'est Amazon ?

— Oui, bien sûr, répliqua le plus âgé. C'est le géant de la vente en ligne.

— Silk Road, c'est comme Amazon, mais pour les produits illégaux, expliqua Ross triomphant. C'est le *dark web.* Une place de marché anonyme où les honnêtes citoyens comme vous et moi peuvent acheter et vendre tout ce qui est illégal.

Le policier qui était le chef le regarda, incrédule.

— Un Amazon illégal ? Vous voulez dire que ces fausses pièces d'identité ont été commandées en ligne ?

— Exactement, répliqua Ross au comble de la satisfaction. Commandées en ligne, comme sur n'importe quelle plateforme d'e-commerce. Vous devriez jeter un œil. Ça s'appelle Silk Road. C'est très facile à trouver, ajouta-t-il avec provocation.

— J'en ai entendu parler, confirma le flic qui était le subalterne.

— Vous voulez dire qu'il y a un site web sur lequel je peux commander des produits illégaux, comme si c'était Amazon ? reformula le chef, qui refusait de comprendre. Mais si c'est le cas, pourquoi le gouvernement ne fait rien ?

— Ils ne *peuvent* rien faire, expliqua Ross avec condescendance. Silk Road s'appuie sur une technologie que le gouvernement n'est pas capable de craquer. Et il ne le pourra jamais. Les types qui sont derrière tout ça sont trop malins, ajouta-t-il.

Il les dévisageait, à présent, avec une grande impudence.

Les deux policiers ne réagirent pas à son insolence. Peut-être ne la percevaient-ils pas. Le chef, en particulier, avait l'air complètement ébahi par ce qu'il venait d'apprendre. Ils le remercièrent de les avoir renseignés.

Toujours torse nu, Ross les observa disparaître au coin de la rue tranquille de ce quartier résidentiel bordé de platanes, empli des cris d'enfants qui résonnaient depuis les aires de jeux. Il ne put s'empêcher de rire. Il n'y avait pas à dire, le rôle de bandit masqué était plaisant.

Non loin de là, dans une voiture banalisée, un agent du FBI s'épongeait le front. Il observa, lui aussi, les policiers disparaître au coin de la rue. Il avait eu chaud. Ces deux imbéciles, qui n'étaient au courant de rien et qui avaient déboulé sans crier gare, avaient failli faire capoter l'opération minutieusement préparée du FBI.

*

Frustré de ne pas avoir récupéré ses faux papiers, mais l'ego satisfait, Ross remonta prestement les trois étages qui le séparaient de sa chambre. La première chose qu'il ferait serait de repasser commande, avertissant CopieParfaite que le premier colis avait été saisi et qu'il fallait changer de méthode d'envoi.

Sur le palier du troisième et dernier étage, il trouva la porte de l'appartement ouverte.

Cela le surprit, car il était persuadé de l'avoir fermée derrière lui.

Il s'arrêta un instant et écouta. Un calme absolu régnait dans la cage d'escalier, aussi bien que dans les profondeurs de l'appartement. Il haussa les épaules et il entra.

Dans le frigidaire partagé il prit sa brique de jus de fruits et se servit un grand verre, auquel il ajouta deux glaçons, car il commençait à faire chaud sous les toits. Il but. Les frondaisons s'agitaient doucement à la fenêtre, bercées par la brise printanière. Il réfléchit à s'offrir une plage de lecture, sous le soleil pénétrant par la fenêtre, histoire de se détendre. Dans sa bibliothèque trônaient les classiques de la littérature libertarienne, seule trace de ce qu'il était vraiment.

Soudain, il sentit une présence derrière lui. Une présence imposante et menaçante. Il n'eut même pas le temps de se retourner.

Le verre de jus d'orange tomba sur le sol et se brisa.

La masse énorme était à présent collée contre son dos, elle lui avait passé une sorte de filin autour du cou et elle tirait de toutes ses forces. Par chance, Ross avait eu le réflexe de protéger sa gorge de sa main. Le filin, au lieu de s'enfoncer dans la trachée, cisaillait les chairs de la main.

Ross suffoquait. Son agresseur le serrait fort. De sa main partait une douleur très aiguë, qui lui aurait arraché un cri s'il n'avait été étranglé en même temps.

La forme bicéphale tournoya dans le salon, luttant, renversant les meubles. Depuis le Nicaragua, Ross était athlétique et il se débattit férocement. Mais l'agresseur devait faire plusieurs fois son poids. Il devenait de plus en plus difficile de le mouvoir. Le jeune homme sentit ses forces décliner. Dans un mouvement désespéré, il prit appui des deux pieds contre le mur et poussa de toutes ses forces.

La tête de son agresseur heurta quelque chose. Le choc dut l'étourdir, car il lâcha prise. Ross récupéra et l'usage de sa main et sa respiration.

Il demeura quelques secondes accroupi, avalant l'air goulûment, tâchant de retrouver ses esprits.

Derrière lui, un type énorme gisait dans une flaque de sang. Il n'était pas mort, mais il se tenait la tête à deux mains, comme quelqu'un qui s'est blessé et qui souffre. Il s'était ouvert l'arrière du crâne sur un coin de la bibliothèque.

Ross revenait à lui. Il n'avait aucune idée de qui était ce type et de ce qu'il lui voulait. Était-ce un voleur ? Ça paraissait improbable. S'attaquer à une vie dans l'espoir de récupérer un ordinateur et quelques dollars dans un portefeuille n'était pas rationnel. Mais alors, que voulait ce gros type qui avait failli l'étrangler et à présent gémissait ? Il apparut à Ross qu'il était vraiment énorme. Cela expliquait qu'il ait eu tant de mal à se dégager de son emprise. Entre le jogging et le tee-shirt trop court pointait une bedaine colossale.

À part une douleur cuisante à la main, Ross n'était pas si mal en point. Son adversaire était à sa merci. Il y avait tout ce sang par terre, mais il pouvait s'en occuper plus tard. Il fit redresser son agresseur, qui se tenait toujours l'arrière du crâne à deux mains, et l'adossa contre le mur. Surmontant la douleur, le gros type leva vers lui un regard apeuré. Il avait l'air plus idiot que méchant, songea Ross, plutôt propre à éveiller la pitié.

Le jeune homme se saisit d'une batte de base-ball qui traînait, prêt à en asséner un coup si nécessaire.

— Qui es-tu ? demanda-t-il au gros type quand celui-ci lui parut en état d'engager une conversation.

— Je m'appelle Curtis, gémit l'agresseur en réponse.

— Qu'est-ce que tu veux ?

— Te tuer, répliqua le gros, et subitement il fondit en larmes.

Ross demeura stupéfait et changea de couleur.

Curtis pleurait toujours, comme un enfant qui ne s'arrête pas tant qu'il n'a pas été consolé. La scène était grotesque. Ross se demanda s'il n'avait pas reçu, lui aussi, un coup sur la tête.

— Pourquoi me tuer ? demanda-t-il lorsque les sanglots se furent calmés.

— Pour de l'argent, reconnut son agresseur.

— Pour mon argent ?

— Non, pour de l'argent qu'on m'a donné. Pour te tuer.

Tout ceci n'avait ni queue ni tête. C'était tellement absurde que Ross n'arrivait même pas à éprouver de la colère. Et le gros type paraissait véritablement très honteux.

— Qui t'a donné de l'argent pour me tuer ? demanda Ross.

— Je ne le connais pas, dit le gros.

— Tu ne le connais pas ?

— Non. Je l'ai rencontré sur Internet. Sur le *dark web*. Un site qui met les gens en relation pour ce genre de travail.

Ross était complètement ébahi par ce qu'il entendait.

— Silk Road ?

— Tu connais ? demanda Curtis dont, pour la première fois, le visage s'éclaira.

Ross n'était pas sûr de la réponse à donner à cette question. À vrai dire, il commençait à ressentir un certain malaise. L'angoisse l'étreignait et, au fond de lui, il redoutait l'issue de cette conversation.

— Qui t'a embauché sur Silk Road ?

— L'Administrateur, avoua le gros.

— Tu es Kurtz ?

Curtis leva les yeux, surpris.

— Oui, c'est moi, bredouilla-t-il. Comment le sais-tu ?

— Imbécile, c'est moi qui t'ai embauché. Mais qu'est-ce que tu fiches ici ? Et comment tu as eu cette adresse ? s'inquiéta soudain Ross, ne se souvenant pas d'avoir communiqué son adresse à quelqu'un.

— Mais enfin, s'écria le gros, éperdu, c'est l'adresse que tu m'as donnée ! Troisième étage, quatre-quatre-un, deuxième rue, Carroll Gardens ! Tu m'as prévenu que le type était costaud, et tu m'as donné cette adresse. Sinon, comment je l'aurais eue ?

Ross sentit sa raison vaciller.

Était-il possible qu'il se soit trompé ? Qu'il ait donné son adresse personnelle dans un moment de distraction, au lieu de celle de Robert ? Mais était-il possible d'être distrait quand on commandite un meurtre ?

C'est alors que, machinalement, il porta la main à sa poche. À l'intérieur, il rencontra le papier plié, griffonné par Robert, sur lequel celui-ci avait laissé son adresse. Ross sortit le papier, le déplia. D'une écriture rapide, mais impitoyablement nette, était écrit : « Troisième étage, quatre-quatre-un, deuxième rue, Carroll Gardens. »

Robert lui avait donné ce papier. Il en était sûr. Il ne l'avait pas rêvé. Robert avait rédigé lui-même cette adresse. Il ne pouvait en être autrement.

Robert lui avait donc donné sa propre adresse ? Mais pourquoi ? Et était-il possible qu'il l'ait recopiée pour la donner à Kurtz, sans se rendre compte de rien ?

Ross fut saisi d'un mal de tête très violent. Il crut aussi qu'il allait vomir. Le monde autour de lui se retira, lointain et incertain, comme si les portes de sa conscience étaient en train de se refermer. Se refermer sur un secret.

Son agresseur en profita pour prendre ses jambes à son cou.

Agenouillé dans la flaque de sang, Ross rassembla son courage et se força à tirer des conclusions.

Il fallait partir d'ici. Ross était peut-être confus et paniqué, mais il restait suffisamment lucide pour comprendre que si vous êtes un ennemi public, traqué par le FBI, et que vous ne pouvez plus vous fier à vous-même, alors le danger est potentiellement partout. Il fallait qu'il s'en aille et au plus vite.

Il fallait aussi, c'était une évidence, fermer le site. Au point où il en était, l'avis de Robert n'avait plus d'importance. Il était le moindre de ses soucis – à considérer qu'il soit un souci tout court.

Enfin, il fallait avertir Julia que les choses avaient dérapé. Elle saurait quoi faire. Elle aurait la réponse à cette énigme.

Péniblement, il repensa à leur entrevue sur la jetée – le vent, la houle, les mouettes. Il repensa à leurs disputes folles dans la maison de Red Hook, ou au café. Il repensa au timide incurable qu'il avait été, incapable d'assumer son désir et de le manifester – et son cœur s'emplit de honte et de regrets.

Elle seule pouvait le sauver.

Mais avant, il fallait fermer le site.

Il nettoya les dégâts de la lutte, le sang, le jus d'orange, le verre brisé. Quelques minutes lui suffirent à rassembler ses affaires et à effacer toutes ses traces. Il quitta la colocation pour toujours, laissant sur la table, en évidence, l'argent du dernier loyer.

L'air de la rue lui fit un bien relatif. Sa main pansée lui faisait mal. Il avait probablement, songea-t-il avec contrariété, une mine de déterré. Il espérait seulement que ce ne fût pas au point de se faire arrêter dans l'espace public et conduire à l'asile de fous. Il n'avait pas osé se regarder dans le miroir. Il avait eu peur de ce qu'il y verrait.

Son petit sac sur le dos, Ross se mit en route pour la Library. Là-bas, il serait tranquille pour travailler. Il supprimerait le site, organiserait sa fuite. Il serait au calme pour reprendre ses esprits et aviser.

Il ne vit pas les agents sortir de la voiture banalisée, en haut de la rue, et lui emboîter le pas à une distance respectueuse.

15
LA CAPTURE

L'équipe du FBI communiquait à l'aide d'une messagerie instantanée.

Tandis qu'ils descendaient la très paisible deuxième rue du quartier non moins paisible de Carroll Gardens, les agents en filature écrivirent à Tarbell :

« Il se dirige vers le métro. Probablement en route pour la Library. »

En effet, Ross empruntait son chemin habituel. Il gagna la station de la Quatrième Avenue, traversant le carrefour immense et déshumanisé, grimpant les marches du métro aérien, et il attendit longtemps sur le quai, dans un courant d'air. À cette heure-ci, c'est-à-dire le milieu de l'après-midi, il n'y avait pas grand monde. S'étant placés à l'autre bout du quai, les agents du FBI firent leur possible pour rester discrets.

La rame arriva dans un bruit strident. Ross prit place à l'intérieur. Inquiet d'avoir l'air d'un fou, il fut rassuré lorsqu'il constata qu'il n'attirait pas l'attention plus que d'habitude. L'air morne, les New-Yorkais vaquaient à leurs occupations. Nul ne le dévisagea comme un dément.

Sans attendre son arrivée, le FBI s'était déployé aux alentours et à l'intérieur de la Library. Il y avait plusieurs camionnettes, réparties discrètement, dont les vitres étaient teintées. Dans l'une d'elles se trouvait Chris, chef d'orchestre, ainsi que Jared, premier violon du dispositif. À l'intérieur de la bibliothèque, des agents avaient pris place, déguisés en étudiants, aux quatre coins de la grande salle. Tous s'employaient à se donner un air studieux. Ils n'échangeaient aucun regard. Mais ils surveillaient tous la messagerie de leur téléphone, qui les informait du déplacement de Ross, minute après minute.

L'un de ces agents dans la Library était une jeune et très jolie Asiatique. Elle s'était habillée de manière sexy, un débardeur révélant la naissance des seins, un pantalon moulant ses formes avec beaucoup de netteté. Elle avait des yeux de chat, des lèvres pleines, des cheveux noirs comme l'enfer et une queue-de-cheval soigneusement tirée, dégageant sa jolie nuque. Elle se promenait dans le rayon des œuvres de science-fiction, se hissant parfois sur la pointe des pieds pour attraper un livre et le consulter, ne manquant pas d'attirer l'attention de tous les mâles de la bibliothèque, et même de quelques femelles.

Lorsque Ross passa devant les vénérables lions de pierre et se mit à gravir les degrés qui le menaient à l'intérieur du prestigieux bâtiment, Chris jugea que le moment était approprié pour appeler Charlene Schumer sur son téléphone personnel.

— Sénatrice, dit-il sans lui laisser le temps de prononcer un mot, ici l'agent Tarbell, FBI. Je voulais vous annoncer que nous nous apprêtons à capturer qui vous savez. Surtout, ne communiquez cette information à personne. Mais il est dans notre filet. Il ne peut pas s'échapper. Je voulais vous informer afin que vous puissiez préparer votre déclaration. Je vous enverrai des photos.

La sénatrice comprit immédiatement de quoi il retournait. Si elle voulait s'attribuer le mérite de l'opération, il fallait qu'elle soit la première à l'annoncer à la presse. Chris lui servait cette opportunité sur un plateau.

— Je vous remercie, dit-elle de manière appuyée.

Mais le patron de la cybersécurité du FBI avait déjà raccroché.

Il écrivit consciencieusement dans la messagerie instantanée partagée par ses équipes :

« Il est entré. Attention, il n'est pas connecté. On attend qu'il soit connecté. À mon signal, d'abord l'ordinateur, ensuite le suspect. Je répète : D'ABORD l'ordinateur, ENSUITE le suspect. L'ordinateur est plus important que le suspect. »

Ces sages paroles étaient le fruit de son expérience avec LolSec. Chris savait que s'il arrêtait Ross, mais que celui-ci avait le temps de chiffrer son ordinateur (probablement configuré dans ce but), il ne serait pas capable de le faire condamner au tribunal. Il fallait que Ross soit arrêté avec son ordinateur ouvert et connecté.

En cette matinée de printemps, il faisait chaud. Chris essuya, d'une main distraite, un peu de sueur qui coulait le long de sa nuque musclée. Depuis qu'il se sentait près de triompher, il s'était remis à fréquenter la salle de sport assidûment.

Ross choisit, comme à son habitude, une place à l'écart, d'où personne ne pourrait apercevoir son écran. Avant de se mettre au travail, il envoya un petit message à Julia :

« Retrouvons-nous à dix-huit heures dans notre café préféré. Nous serons libres, je te le promets. »

Quittant son navigateur classique, ainsi que sa sécurité l'exigeait, il ouvrit le navigateur Tor et se connecta à Silk Road. Concentré, il se mit à travailler.

Il ne put s'empêcher de remarquer, toutefois, la magnifique Asiatique qui traînait au rayon science-fiction. Ross appréciait la science-fiction. Mais là n'était pas le sujet. Le sujet était l'Asiatique, son débardeur et son pantalon moulant.

Ross peinait à détacher ses yeux du postérieur, tandis qu'elle s'agitait pour récupérer des livres placés en hauteur.

Ayant constitué une pile, la jeune femme vint s'installer, comme par un fait exprès, juste en face de Ross, qui se retrouva immergé dans le décolleté généreux et plongeant. Les seins étaient volumineux, magnifiques. Leur peau, veloutée. Leur forme, légèrement évasée. On devinait sans difficulté l'emplacement exact des tétons. Ross pouvait regarder tout à son aise : plongée dans sa lecture, la jeune femme ne prêtait aucune attention à lui.

Il se ressaisit. S'il ne faisait pas un trop mauvais travail cet après-midi, il disposerait de la vie entière pour loucher sur les décolletés.

« Il est assis. L'ordinateur est allumé », écrivit l'un des agents sur la messagerie instantanée.

« Il n'est pas connecté, attendez », répliqua Chris.

— Entre en conversation avec lui, dit-il à Jared, assis à côté de lui.

L'officier des douanes ouvrit la fenêtre du Chat :

« Salut ! » lança-t-il à l'Administrateur.

Il n'obtint pas de réponse.

« Il y a une urgence. Es-tu disponible ? » essaya-t-il.

Il n'obtint toujours pas de réponse. De pesantes minutes s'écoulèrent.

— D'habitude, il répond, s'excusa Jared.

— Il va falloir que tu trouves mieux que ça, répliqua Chris.

Toute l'opération dépendait à présent de la capacité de ce simple officier des douanes à trouver le bon sujet de conversation.

Il était vrai que Jared commençait à avoir une grande habitude de Silk Road.

« On se fait voler des bitcoins, écrivit-il à l'Admin. Beaucoup de bitcoins. Il faut que tu jettes un œil. »

« OK, répondit l'Admin. Où est-ce que tu vois ça ? »

Même sur le point de fermer le site, Ross n'appréciait pas de se faire voler. Ce n'était pas une question d'argent. C'était une question de principe.

Le rusé officier des douanes esquissa un sourire.

L'opération pouvait se déclencher.

« On y va, écrivit Chris dans la messagerie instantanée. L'ORDINATEUR D'ABORD. »

Il pria pour que le message ait été bien compris de ses équipes.

Dans la bibliothèque, l'Asiatique s'était levée.

— Laisse-moi ! cria-t-elle soudain.

Toute la bibliothèque se tourna dans sa direction.

Elle s'adressait à un jeune homme – en réalité l'un de ses collègues du FBI – avec lequel elle se disputait.

Lui bredouillait des paroles inintelligibles, d'une voix de basson.

— Laisse-moi ! cria-t-elle encore plus fort.

Et à la stupéfaction de tous, elle lui administra une gifle retentissante.

Comme tout le monde, Ross avait levé les yeux vers le spectacle. Il suivait la scène, ahuri, essayant de comprendre ce qu'il se passait.

Il ne réagit pas lorsque son voisin de table étendit le bras d'un geste souple, pour lui confisquer son ordinateur.

Lorsqu'il remarqua la manœuvre, il était trop tard.

— FBI ! crièrent des voix venues de tous les coins de la bibliothèque, tandis que des armes à feu se braquaient dans la direction de Ross.

Celui-ci demeura bouche bée tandis qu'on lui passait les menottes et qu'un petit groupe s'affairait autour de son ordinateur, sa session d'administrateur ouverte sur Silk Road.

Il était fait comme un rat.

Il y avait même un agent en train de prendre des photos. Lorsqu'il le prit de face, l'insaisissable Administrateur lui offrit un visage des plus stupide. C'était Charlene Schumer qui allait être contente.

*

Julia attendait au café. Elle était intriguée par ce que lui avait annoncé Ross. « Nous serons libres, je te le promets. » Était-ce possible ? Allaient-ils enfin sortir de ce cauchemar dans lequel les avait plongés ce maudit site ? Elle ne doutait pas de la sincérité des intentions de Ross ; mais elle doutait de leur fermeté. Il était vulnérable et fragile. Avec lui, on n'était jamais à l'abri d'une mauvaise surprise.

Elle repensa à ces années à l'université où elle l'avait rencontré. Son air ténébreux et renfermé. La poésie de ses yeux noirs. Sa présence magnétique.

S'il n'avait pas été aussi introverti, il aurait remarqué qu'il faisait de l'effet à beaucoup de filles. Julia s'estimait chanceuse d'avoir pu l'approcher, lui parler, nouer une relation avec lui. Elle était certainement celle qui le connaissait le mieux, même s'il restait des zones d'ombre, des incohérences et, pour tout dire, quelque chose de double.

Mais aujourd'hui, il semblait prêt à un nouveau départ. Qui sait, ils seraient peut-être heureux ensemble ?

Sauf qu'il était en retard. Le nouveau départ se transformait en faux départ. Il lui avait dit dix-huit heures, il était maintenant dix-huit heures trente. Elle avait dû écourter une réunion chez HomeDepot pour être à l'heure, et voilà qu'il semblait avoir oublié le rendez-vous. Ça ne témoignait pas d'un grand respect.

Il y avait dans le café, au-dessus du comptoir, une télévision. Elle était allumée sur la première chaîne d'actualité du pays. Le son était faible mais audible. Sirotant son eau minérale, Julia se laissa distraire par ce qui se passait à l'écran.

On y voyait une conférence de presse. Elle reconnut immédiatement la sénatrice Schumer, cette horrible femme qui représentait à peu près tout ce qu'elle détestait : rétrograde, rigide, belliqueuse. Une vivante incarnation de la loi du plus fort, de l'establishment et de l'autorité. La sénatrice s'était récemment illustrée par des propos particulièrement durs au sujet d'Edward Snowden, qu'elle avait qualifié de « traître », sans aucune nuance. « Il a trahi son pays », ainsi avait-elle balayé le scandale du programme PRISM, qui révélait pourtant la manière cynique dont le gouvernement américain espionnait le monde entier.

Sur l'écran de télévision, la sénatrice affichait un air triomphant. Julia fut intriguée. Le regard était de glace, le brushing avait quelque chose d'inhumain.

Le cœur de Julia cessa alors de battre.

— Le créateur de Silk Road, le site clandestin, connu aussi sous le nom d'« Amazon de la drogue », a été arrêté ce matin, commença la sénatrice de manière factuelle.

Ça nous a pris du temps, confessa-t-elle, mais nous y sommes arrivés. Il faut dire que le site s'appuyait sur des

technologies extrêmement sophistiquées. Le FBI a montré, une fois de plus, que rien n'était hors de sa portée. J'en profite pour féliciter l'agent spécial Chris Tarbell, qui a mené l'enquête d'une main de maître.
Le créateur du site va maintenant être placé en détention. Il sera poursuivi pour trafic de drogues, blanchiment d'argent, et piraterie. Le département de la Justice va reprendre le dossier et je compte sur ses agents pour le mener jusqu'à sa conclusion naturelle, poursuivit-elle. Car cette affaire est sans précédent. Ce site clandestin était le premier de son espèce. Il va donc falloir créer la jurisprudence, et rendre un verdict qui fera date dans l'histoire de la lutte contre le crime. Je compte sur la Justice américaine pour ne pas manquer cette opportunité d'envoyer, à tous ceux qui se laisseraient inspirer par cette histoire, un message clair et sans ambiguïté.

Tandis qu'elle parlait, les images de l'arrestation de Ross, prises par l'équipe de Tarbell, défilaient. Julia était bouleversée et ses joues, déjà baignées de larmes.

— Car je veux vous dire une bonne chose, continuait la sénatrice, impitoyablement. Nul n'est au-dessus de la loi. Une entreprise criminelle n'est pas moins criminelle du fait qu'elle a lieu sur Internet. Elle peut même être *plus* criminelle, quand elle est servie par une philosophie qui nie ouvertement nos lois, les ridiculise et se fait un mérite de les transgresser. J'ai lu les tribunes du créateur de Silk Road. J'en ai été profondément choquée. J'espère que les juges en tiendront compte dans leur verdict.

Au créateur du site, qui se trouve maintenant, Dieu merci, derrière les barreaux, je veux aussi dire une chose. Le fait qu'il se soit caché derrière un écran ne fait pas de lui une personne meilleure que n'importe quel trafiquant de drogues. Bien au contraire. Il a importé des produits illégaux dans notre pays. Il a exploité l'addiction de pauvres gens pour s'enrichir personnellement. Il a probablement semé plus de mort et de malheur qu'il ne le saura jamais. Tout ceci n'a rien de virtuel, martela-t-elle d'un air glacial. Il a mis sa créativité, son esprit, son énergie, au service du Mal.

Le visage du fondateur de Silk Road, concluait-elle tandis que la physionomie ahurie de Ross s'affichait en gros plan, est celui de la criminalité du futur. À cette criminalité du futur, il faut envoyer un message dès aujourd'hui.

*

Telle est la manière dont Julia apprit la funeste nouvelle. Le lendemain, elle se déclara malade et ne se rendit pas au bureau.

Au cours des mois qui suivirent, elle fut prise de fréquents accès de larmes, qu'elle ne pouvait réprimer en aucune manière. Elle devait s'isoler, parfois dans les toilettes de HomeDepot, pour laisser libre cours à sa tristesse. Elle n'aurait pas soupçonné que Ross, dont elle s'était habituée à l'inconstance et à l'étrangeté, pût laisser en elle un tel vide.

Elle tenta aussi de rassembler les morceaux du puzzle. De nombreux points restaient dans l'ombre, sur lesquels le procès ne jetterait aucune lumière, chaque partie ayant pour but de détruire les arguments de l'autre, sans égard pour la vérité. Mais surtout, elle se demandait ce que Ross avait voulu dire par ces mots : « Nous serons libres, je te le promets. » Elle chercha une opportunité de lui parler.

Or, Ross ne lui accorda jamais cette opportunité. Pour une raison qu'elle ne put comprendre, la porte de la prison lui demeura fermée. « M. Ulbricht ne souhaite pas vous voir » fut la seule réponse qu'elle obtint. Elle en était réduite à contempler le bâtiment sinistre, se demandant ce que son ami, enfermé là-dedans, avait sur le cœur.

Elle n'osa pas non plus se signaler à l'enquête. Le jeu était beaucoup trop dangereux – elle avait, au nom du ciel, contribué à *coder* ce site maudit – et, par miracle, l'enquête ne semblait pas se diriger vers elle. C'était une chance. Julia s'imaginait mal se retrouver dans une cellule.

Aussi ne sut-elle jamais ce que le jeune homme avait voulu lui dire. Et Ross, dans sa prison, conserva son secret.

ÉPILOGUE

Au réveil, il était près de midi.

Maître Dratel s'étira dans ses draps de soie. Il recouvrait peu à peu ses sens, et il percevait la rumeur forte et ininterrompue de la Cinquième Avenue, loin sous ses fenêtres. Il se leva et s'approcha pour admirer la vue. Cela faisait bientôt un an qu'il habitait ici et ne s'en lassait pas. L'appartement se situait près de Washington Square, où les immeubles sont les plus anciens. Celui de Dratel arborait même un balcon de pierre et des blasons. On se serait cru en Europe. Avec plus de moyens, bien sûr ; Dratel habitait tout de même au dix-neuvième étage. Il se délecta de la perspective, filant droit vers le nord.

Puis l'anxiété le gagna. Il avait failli ne pas se réveiller à temps pour l'audience. Ce n'était pas son habitude de somnoler ainsi. Il faut dire qu'il avait travaillé presque toute la nuit.

La vérité était que maître Dratel n'était pas satisfait de sa plaidoirie, la dernière de ce procès majeur, qu'il devait présenter au jury cet après-midi. Après lui, l'accusation aurait encore la parole, accablant davantage son client. Enfin, le jury rendrait son verdict. Ça ne se présentait pas bien. Dratel était un homme d'expérience. Il avait travaillé autant qu'il avait pu, mais il savait qu'il avait peu de chances de remporter ce procès.

Pourtant, les arguments étaient solides. Sur ce plan-là au moins, son client l'avait aidé. Il était futé, le petit. Futé mais perturbé. Quand il parlait de ce qu'il connaissait, comme ces sujets techniques, son débit s'accélérait, sa pensée volait plus vite que la vôtre. Dratel lui avait souvent demandé de ralentir. À d'autres moments cependant, il semblait plongé dans une hébétude proche de la stupidité.

Dratel avait accroché l'attention du jury à l'aide d'une métaphore :

— Prenez, avait-il déclamé dans la salle silencieuse, une empreinte de pas dans la neige. Vous avez une forme. D'autre part, vous détenez la chaussure de Ross. Vous voyez que la chaussure correspond à la forme. Et vous vous écriez : « C'est lui ! C'est la chaussure de Ross. C'est donc bien lui qui a marché dans la neige. » Mais en réalité, qu'en savez-vous ? Quelqu'un aurait pu emprunter la chaussure de Ross, dans le but de donner l'impression que c'est Ross qui est passé dans la neige. Quelqu'un pourrait porter sans le savoir le même modèle de chaussures que Ross. Vous l'ignorez. Vous tirez des conclusions à partir des indices qui vous sont donnés. Mais pour se permettre de condamner, mesdames et messieurs, il ne suffit pas de supposer. Il faut être certain.

À cette entrée en matière, Dratel avait déjà pu sentir à quel point le jury était dérouté. Il s'agissait de citoyens pris au hasard, suivant la coutume américaine. On pouvait voir au premier coup d'œil qu'ils ne connaissaient rien à ces technologies. Au cours du procès, il avait fallu leur expliquer le web de A à Z.

— Les éléments dont vous disposez, ou plutôt, pardon ! s'était-il repris fielleusement, *l'élément* dont vous disposez, le seul et unique petit élément de preuve, c'est le fait que

mon client ait été attrapé à la bibliothèque, les mains sur le clavier, connecté à une session administrateur de Silk Road. Cela, ni mon client, ni moi-même ne le nions.
Mais j'affirme que cet élément est presque insignifiant, et ne prouve rien. La seule chose qu'il prouve, c'est que ce jour-là, à cette heure-là, mon client était connecté en tant qu'Administrateur à Silk Road. Mais le jour d'avant ? Et tous les jours qui ont précédé ? Car nous ne voulons pas, je crois, arrêter celui qui s'est connecté une fois, à l'aide d'identifiants qu'on peut lui avoir donnés. Nous voulons arrêter celui qui a construit et dirigé Silk Road, au fil de deux longues années.
Je suis bien aise, poursuivait maître Dratel – qui effectivement semblait à l'aise dans son somptueux costume sombre –, d'avoir avec nous M. Jared Yeghiayan, qui a rendu de fiers services dans cette affaire. Vous avez écouté comme moi son témoignage, cette plongée fascinante dans les dédales du site. Nul autant que M. Yeghiayan n'a fait l'expérience de ce qu'était vraiment Silk Road. Eh bien, vous souvenez-vous de cet épisode où M. Yeghiayan a emprunté le pseudonyme de Cirrus ? Une mère célibataire du Nevada puis un agent des douanes postales de New York ont revêtu tour à tour la même identité. Ils se sont échangé un pseudonyme, comme on échange un masque, sans que personne, jusqu'à l'Administrateur lui-même, ne remarque le moindre changement. Tout le monde s'y est laissé prendre. Un pseudonyme, deux utilisateurs, et vous voudriez me faire croire que mon client, parce qu'il s'est fait prendre une fois la main dans le sac, est nécessairement celui qui porte la plus lourde responsabilité ?

À l'inverse, lorsque vous avez affaire à une multitude de pseudonymes, qu'est-ce qui vous prouve qu'ils ne sont pas tous administrés par une seule et même personne ? M. Yeghiayan ici présent, évoquant ses interlocuteurs sur le site, a souvent manifesté une grande confusion.

Jared, assis sur son banc, s'était rembruni. Mais il n'avait rien dit.

— Là où je veux en venir, mesdames et messieurs, avait conclu Dratel, c'est que sur le web, on n'est sûr de rien. En toute conscience, vous ne pouvez condamner Ross que pour ce dont vous êtes certains, c'est-à-dire d'avoir eu effectivement, à un moment donné, le rôle d'Administrateur du site.

On ne pouvait lier à Ross, avait encore insisté Dratel, aucune des évolutions majeures du site. Ni sa création, ni l'introduction du bitcoin, ni les changements de serveurs, ni l'ouverture des forums, rien. Rien ne prouvait l'implication de son client. Il y avait certes le cas embarrassant du portefeuille Bitcoin qui avait été retrouvé sur son ordinateur. Celui-ci contenait l'équivalent de seize millions de dollars. Une bagatelle, pour le fondateur d'un site de renommée mondiale comme Silk Road. Mais là encore, avec une endurance digne d'un philosophe grec, Dratel avait poussé l'argument. Un portefeuille Bitcoin, comme n'importe quel fichier, pouvait être installé à distance sur un ordinateur. On pouvait prendre le contrôle d'un ordinateur à distance, il existait des logiciels pour le faire. Dratel en avait même donné une démonstration en direct, en salle d'audience, au jury ébahi.

La présence de ce portefeuille sur l'ordinateur de Ross ne prouvait absolument rien.

Les arguments de Dratel étaient bons. Il eût été déraisonnable de le nier.

Ils étaient bons, mais ils étaient froids. « Un jury, pour être convaincu, a besoin d'autre chose qu'un raisonnement froid », disait Dratel. Il lui faut une histoire.

Et cette histoire, Ross refusait de la lui donner.

Dratel enrageait, car il comptait beaucoup sur cette affaire. Il ne l'avait pas choisie au hasard. Il n'était plus un débutant, il était ce qu'on appelle un avocat chevronné, à la mine grave, aux yeux lestés de cernes, au front légèrement dégarni. Mais Dratel avait grandi à l'ombre de la redoutable Lewis, son aînée et son associée. Lewis avait un don incontestable pour mettre la main sur les affaires médiatiques, celles qui font qu'un avocat devient célèbre. Dratel, lui, n'avait fait que suivre. Aujourd'hui à l'hémistiche de sa carrière, il aspirait à récupérer un peu de cette lumière. Malheureusement, à la tournure que prenaient les choses, il redoutait que ce procès si prometteur ne lui apporte pas la gloire espérée.

Le moins que l'on pouvait dire était que Ross n'était pas très coopératif.

Lorsqu'il allait le voir, Dratel devait se rendre tout en bas de la Cinquième Avenue, à Chinatown, ce qui déjà ne lui plaisait guère. Il lui fallait ensuite passer les portillons de sécurité, au nombre de six, à l'intérieur du sinistre bâtiment pénitentiaire. Tout ceci se déroulait sous le sol. Après chaque portillon, on descendait plus profondément encore. On parcourait des galeries de béton, étroites et longues, lumineuses, silencieuses et froides. « Ironique, pensait Dratel pour se ragaillardir, de venir ici rencontrer un défenseur de la liberté. »

Les défenseurs de la liberté, Dratel s'en était fait une spécialité. Le créneau lui avait semblé relativement disponible, suffisamment pour espérer se hisser au sommet. Après le cas de Ross, il devait récupérer celui d'Assange, le fou qui avait conçu un site où l'on pouvait publier anonymement tout ce qui était classé secret-défense. « Encore un drôle de zozo, probablement, se disait Dratel, qui n'avait pas rencontré Assange. Et encore une prison de haute sécurité. Ça promet d'être gai ! » En vérité, cela faisait beaucoup de défenseurs de la liberté, en ce premier quart de vingt et unième siècle, qui finissaient dans des prisons de haute sécurité. Mais Dratel ne poussait pas la réflexion aussi loin.

Il se souvenait de son dernier entretien avec Ross. Celui où il avait joué le tout pour le tout. Dans le minuscule parloir de béton, après une course épuisante dans le dédale des galeries souterraines, Dratel lui avait trouvé une mine épouvantable. Perché sur sa chaise, le jeune homme était pâle, amaigri, l'air absent, et son regard paraissait curieusement désaxé, comme s'il vous regardait avec deux yeux gauches. « J'espère qu'il ne va pas se suicider, et me lâcher avant la fin du procès », songeait Dratel, inquiet, se caressant la nuque, afin de retrouver le contact de quelque chose de doux.

— Alors comment ça va ? lança-t-il avec son plus beau sourire – celui qui lui avait valu, il y a longtemps, d'être choisi par Lewis pour devenir son associé.

Ross lui renvoya son sourire d'un air idiot.

— Et vous, maître Dratel ?

— Fort bien, monsieur Ulbricht. Votre santé, ça va ? demanda-t-il d'un ton soucieux.

— Ça va, répondit le jeune homme, qui hésita. Je crois que je donnerais n'importe quoi pour voir un coin de ciel bleu.

— Je vous apporte d'excellentes nouvelles, enchaîna l'avocat, de plus en plus mal à l'aise. Savez-vous que votre site est réapparu ? On vous l'a dit ?

— Non, répliqua Ross, curieux.

— C'est tout à fait inattendu. Nous sommes, quoi, un mois après votre arrestation ?

Dratel fouilla les poches de son gilet à la recherche de son portable, pour vérifier la date, avant de se souvenir qu'il l'avait laissé, six sous-sols plus haut, à une étape de sécurité.

— Il est de nouveau en ligne. Votre site, insista-t-il en capturant le regard de Ross, qui lui donnait l'impression de décrocher de la conversation. Le même site. Ils ont juste parodié l'image d'accueil qu'avait plantée le FBI. L'image disait « CE SITE CLANDESTIN A ÉTÉ SAISI », avec la ribambelle de logos des agences fédérales. L'image actuelle dit « CE SITE CLANDESTIN EST RÉTABLI », avec les mêmes logos, précisa Dratel, qui espérait que ce détail amuserait son client.

Mais Ross regardait à nouveau dans le vague.

Dratel décida qu'il fallait prendre le taureau par les cornes. Après tout, ils n'avaient guère qu'une vingtaine de minutes devant eux. Le temps officiel était d'une heure trente, mais de ce temps était décompté celui de passer tous les portillons de sécurité, c'est-à-dire un peu plus d'une heure. Encore une ironie du système judiciaire américain.

— Écoutez, monsieur Ulbricht, dit-il sans perdre de temps. Cette nouvelle est tout à fait inespérée. Elle va exactement dans le sens de notre défense. Votre site réapparaît. Il faut bien que *quelqu'un* l'ait remis sur pied, vous me suivez ?

— J'ai peut-être fait des émules, répliqua Ross, qui comprenait où l'avocat voulait en venir. J'ai peut-être été imité par des membres de la communauté.

— C'est le *même* site, monsieur Ulbricht. Page pour page. Avec le *même* bordel.

Maître Dratel toussa dans son poing. Il n'avait pas pour habitude de dire des gros mots, surtout dans un cadre professionnel. Il s'était laissé emporter. Mais chaque fois qu'il progressait, le jeune homme le contredisait. C'était à se demander s'il appréciait la vie dans une prison de haute sécurité.

— Vous êtes sûr ? questionna Ross, intrigué.

— Certain. Il y a même une fonctionnalité qui permet aux anciens utilisateurs de s'identifier, et de récupérer leur historique sur Silk Road. Fonctionnalité précieuse entre toutes pour la communauté, comme vous l'imaginez. Le site a pu repartir quasiment tel que vous l'aviez laissé.

Cette fois, Ross était perplexe.

Dratel en profita :

— Il s'agit forcément de votre associé. Il devait posséder une copie, ou quelque chose de ce genre. Nous le prouverons sans difficulté.

— Vous ne le connaissez pas, rétorqua Ross, sèchement. Il serait incapable d'un travail pareil. Non, j'aime mieux croire que j'ai été copié. Même si en un mois seulement, ça paraît tout à fait impossible.

Saisissant entre le majeur et le pouce l'arête de son nez, Dratel se mit à la masser, comme un endroit douloureux.

— Monsieur Ulbricht, nomma-t-il son client, de manière à lui rappeler sa situation. J'apprécierais que vous me fassiez confiance. Au moins de temps en temps. Je ne vous demande pas si mon interprétation vous convainc, *vous*. Je vous dis qu'elle convaincra le jury. Ce que je vous demande, à vous, c'est de me donner ce que vous me refusez depuis le début. Le nom de votre associé. C'est l'éléphant dans la pièce, ajouta-t-il, jetant un coup d'œil inquiet aux dimensions du parloir où ils pouvaient à peine tenir à deux. Il me faut un nom. Nos arguments ont beau être imparables, ils resteront sans effet si nous ne les confirmons pas par une histoire. C'est la nature humaine. Les jurés ont besoin d'entendre une histoire qui valide le raisonnement.

— Vous me demandez de livrer mon associé. Je ne peux pas.

— Je connais les jurys, monsieur Ulbricht, insista Dratel avec toute la bienveillance que lui inspirait ce malheureux jeune homme. Ça fait vingt ans que je fais ce métier. Si on ne leur donne pas un nom, ils ne nous croiront pas. Ils n'arriveront pas à se représenter les choses. Donnez-moi un nom, idéalement quelques détails sur votre rencontre, et je broderai. Je ne vous demande pas de me livrer qui que ce soit. Je vous demande juste de m'aider à vous aider.

Un sourire triste se mit à errer sur les lèvres du jeune homme. Dratel estima que ce sourire n'annonçait rien de bon.

— La nuit dernière, j'ai fait un rêve, commença Ross en guise de réponse.

Le sourire ne quittait plus ses lèvres.

— Je sortais de cette prison. Je m'évadais de ces couloirs sans fin. Je remontais vers la surface. Je poussais une trappe. Je me retrouvais à l'air libre.

Il fit une pause, perdu dans son souvenir. En dépit de l'heure qui tournait, Dratel n'osa pas le couper.

— Mais je ne retrouvais pas les rues de Manhattan. Je me trouvais dans un paysage côtier. Il y avait des falaises, et il y avait la mer. Il faisait chaud. La végétation était très abondante. On se serait cru dans une serre tropicale, sauf que la végétation était celle du Nord, et que j'étais à l'air libre. Et j'étais absolument seul. Je ne sais pas pourquoi, mais j'avais ce sentiment que la Terre était désolée.

Ross avala sa salive, manifestement impressionné par ce qu'il racontait.

— La mer était grise. Et du milieu de la mer, je vis surgir la tête d'un animal. Cette tête était plate. Elle me regardait d'un air hostile.

Il ramena son regard sur celui de l'avocat.

— À ce moment-là, je me réveillai.

La sonnerie annonçant la fin de leur entretien retentit.

Dratel se souleva en poussant un soupir. Il était trop tard. C'était sans doute la dernière fois qu'ils se voyaient en privé.

Maintenant, maître Dratel se trouvait dans sa salle de bains, et il était frustré. Il fallait qu'il se dépêche, il allait être en retard au tribunal. Pour sa propre plaidoirie. Ça en disait long sur sa motivation.

Nouant sa cravate nerveusement, il dut s'y reprendre à trois fois. Cela ne lui ressemblait pas. « Après tout, que puis-je faire, s'agaça-t-il, défiant son reflet dans le miroir, pour un type qui n'a pas envie de s'en sortir ? »

TABLE DES MATIÈRES

TABLE DES MATIÈRES

Retrouvez l'auteur sur :
linkedin.com/in/renaud-du-peloux

#lisez! engagé
www.lisez.com
Pour plus d'information :
Imprimé sur du papier issu de forêts gérées durablement.

Achevé d'imprimer par
Normandie Roto Impression s.a.s. à Lonrai
N° d'impression : 2501515

Imprimé en France